Wolfgang Burger
Echo einer Nacht

PIPER

Zu diesem Buch

Der sechsjährige Gundram Sander wird seit Wochen vermisst. Alles sieht danach aus, als wäre er tot oder einem Pädophilen in die Finger geraten. Kriminalrat Gerlach, Chef der Heidelberger Kripo, steht mächtig unter Druck. Die verzweifelten Eltern setzen ihm ebenso zu wie die Medien, und auch die Staatsanwaltschaft wird von Tag zu Tag nervöser. Daher passt es ihm gar nicht, dass seine Töchter ihm von einem weiteren mutmaßlichen Entführungsfall erzählen: In der Nachbarschaft einer Freundin soll ebenfalls ein kleiner Junge verschwunden sein. Gerlach geht der Sache wohl oder übel nach. Bald muss er sich mit dem Gedanken vertraut machen, es mit einem Serientäter zu tun zu haben. Und er hat plötzlich das Gefühl, als laufe ihm die Zeit davon ... Packend und atmosphärisch dicht erzählt Wolfgang Burger von einem brisanten Fall, der den Leser bis zur letzten Seite in Atem hält.

Wolfgang Burger, geboren 1952 im Südschwarzwald, ist promovierter Ingenieur und hat viele Jahre in leitenden Positionen am Karlsruher Institut für Technologie KIT gearbeitet. Er hat drei erwachsene Töchter und lebt heute in Karlsruhe und Regensburg. Seit 1995 ist er schriftstellerisch tätig. Seine Gerlach-Krimis waren bereits zweimal für den Friedrich-Glauser-Preis nominiert und standen mehrfach auf der SPIEGEL-Bestsellerliste.

Wolfgang Burger

ECHO EINER NACHT

Ein Fall für Alexander Gerlach

PIPER

Mehr über unsere Autorinnen, Autoren und Bücher:
www.piper.de

Von Wolfgang Burger liegen im Piper Verlag vor:
Anatomie eines Mordes

Originalausgabe
ISBN 978-3-492-25240-9
1. Auflage Mai 2009
8. Auflage August 2024
© Piper Verlag GmbH, München 2009
Umschlaggestaltung: semper smile, München
Umschlagfoto: Michael Cich
Satz: Filmsatz Schröter, München
Druck und Bindung: CPI books GmbH, Leck
Printed in the EU

1

Wie uns zum Hohn schien zu allem die Sonne.

Ein verlogener, farbenglühender Oktobernachmittag, milde, würzige Waldluft, überall am Boden dieses schreiend bunte Laub und um mich herum eine kleine Ansammlung schwitzender Menschen, von denen keiner einen Blick für die Schönheit der Szenerie hatte. Über uns, in der Krone einer mächtigen Buche, randalierte ein Schwarm aufgekratzter Stare, die sich vermutlich über ihren Reiseweg in den Süden nicht einig wurden.

»Und?«, fragte ich den hünenhaften Chef der Spurensicherung, der eben in weißem Schutzanzug und gelben Stiefeln den nicht allzu steilen Hang zu uns heraufstapfte. »Kann man schon irgendwas sagen?«

Er stieß eine Mischung aus Fluch und Seufzer aus. Auch er hatte Kinder, hatte er mir vorhin im Auto erzählt. Ein Mädchen von siebzehn Jahren und einen Jungen. Der war zwölf, ein Ass im Fußball und sein großer Stolz. Bis vor wenigen Wochen hatte der Kollege, dem der Ruf vorauseilte, einer der Besten seines Fachs zu sein, noch beim Landeskriminalamt in Stuttgart gearbeitet. Seine Versetzung nach Heidelberg war ein ziemlicher Karriereknick gewesen. Dennoch hatte er im Sommer auf eigenen Wunsch zu uns gewechselt. Seine Frau, eine eingefleischte Kurpfälzerin, hatte auch nach fünfzehn Jahren im Schwabenland immer noch gefremdelt.

»Hätte ich damals bloß auf meine Mutter gehört«, knurrte er augenrollend und wischte sich mit einem zerknüllten Papiertaschentuch den Schweiß von der Stirn, »und was Gescheites gelernt. Nein, man kann noch nichts sagen.«

Etwa dreißig Meter von uns entfernt, am Fuß des Abhangs, gruben zwei seiner Männer in den gleichen weißen Anzügen vorsichtig, Schicht um Schicht den Waldboden auf. Die beiden arbeiteten wie in Zeitlupe, jede Bewegung wirkte einstudiert und tausendfach geübt, und für nicht Eingeweihte hatte das Ganze sicherlich viel Ähnlichkeit mit absurder Pantomime. Dort, wo sie gruben, war der Boden weich. Zu weich. Hin und wieder bückte sich einer von den beiden, um etwas aufzuheben, vorsichtig von loser Erde zu befreien und mit spitzen Fingern auf einer müllsackblauen Plane abzulegen.

Es waren Knochen.

Kleine Knochen.

Das verschüchterte junge Paar, welches das Grab entdeckt hatte, hielt sich in meiner Nähe, als fühlte es sich hier sicherer. Der Mann rauchte Kette, seit er vor wenigen Minuten verlegen um Erlaubnis gefragt hatte. Ich hatte ihm eingeschärft, dass er hier wegen eventueller Spuren weder Asche noch Kippen verstreuen durfte. Seine kleine und ein wenig pummelige Frau zerrte an ihrer möglicherweise sogar echten Perlenkette herum, als wollte sie sich das altmodische Ding vom Hals reißen. Und natürlich musste ich bei dem Anblick an Theresa denken. Auch sie besaß ein solches Schmuckstück, ein Erbstück von irgendeiner Urgroßmutter. Wann hatte sie die eigentlich zum letzten Mal getragen?

Schon wieder bückte sich einer der Männer dort unten. Diesmal schien es ein etwas längerer Knochen zu sein, den er aus der dunklen, fruchtbaren Erde zog. Für mich als Laien sah es nach Oberschenkel aus. Aber wer weiß schon, wie lang der Oberschenkelknochen eines Sechsjährigen ist? Die Fläche, die sie aushoben, hatte exakt die Maße eines Kindergrabs.

Die Frau mit der Halskette wandte sich ab und erbrach sich, ohne zuvor auch nur eine Sekunde zu würgen, in einen herbstbunten Laubhaufen.

»Passen Sie auf, dass Ihre Jacke nicht Feuer fängt«, sagte ich zu ihrem überschlanken Mann, als er seine halb gerauchte Zigarette an einem Baumstamm ausdrückte und brav in der Tasche seines grauen Leinensakkos versenkte, nur, um sich anschließend sofort eine neue anzustecken. Der zementfarbene Pudel des Paares, der vorhin eine halbe Ewigkeit lang hysterisch herumgekläfft hatte, schlief jetzt friedlich zu Füßen seines Herrchens. Der Hund war der Einzige hier, der die Sonne genoss.

»Wenn sich Ernesto nicht so aufgeführt hätte«, stieß der Mann zwischen zwei hektischen Lungenzügen hervor, »wir hätten doch im Leben nicht gemerkt, dass da unten was ist! Wer rechnet denn auch mit so was?«

Neben Ernesto stand ein helles Weidenkörbchen, halb voll mit Pilzen, von denen man nur hoffen konnte, dass alle essbar waren. Die Frau hörte endlich auf zu würgen. Ich reichte ihr ein Päckchen Papiertaschentücher.

»Wann kommt denn jetzt endlich der Medizinmann?«, maulte der Chef der Spurensicherung, der sich inzwischen ebenfalls eine angesteckt hatte.

»Professor Hültner sollte längst hier sein«, antwortete die Erste Kriminalhauptkommissarin Klara Vangelis an meiner Stelle. Sie hatte sich in der Nähe umgesehen und gesellte sich eben wieder zu uns. »Er wird sich verfahren haben.«

Irgendwo, nicht allzu weit entfernt, begann ein Glöckchen zu bimmeln.

Es war später Nachmittag, wir standen in einem lichten Buchenwald unweit von Beerfelden, und in Gedanken war ich schon bei der Pressekonferenz, an der ich als Chef der Heidelberger Kriminalpolizei am nächsten Vormittag wieder einmal würde teilnehmen dürfen. »Entführter Junge nach über zwei Monaten tot aufgefunden« würde noch die harmloseste Schlagzeile sein. »Heidelberger Kripo versagt auf der ganzen Linie« vielleicht nicht einmal die schlimmste.

Obwohl ich seit zwanzig Jahren nicht mehr rauchte, überfiel mich plötzlich eine fast übermächtige Lust auf eine Zigarette.

Anfang August war es gewesen, als die Eltern von Gundram Sander ihr einziges Kind als vermisst meldeten. An einem hitzeflirrenden Sonntagnachmittag hatte der Junge draußen gespielt, wie er es schon oft getan hatte. In einem wohlhabenden Viertel Sandhausens, eines Städtchens etwa zehn Kilometer südlich von Heidelberg, wo abgesehen von gelegentlichen Einbrüchen oder handgreiflichen Ehestreitigkeiten seit Jahren nichts Erwähnenswertes vorgefallen war. Am Tag seines Verschwindens war Gundram sechs Jahre und zehn Monate alt gewesen. Ein aufgewecktes Kind, das von niemandem Süßigkeiten annahm und niemals, niemals, niemals freiwillig in ein fremdes Auto steigen würde, wie die Mutter ein ums andere Mal beteuert hatte.

Wie in solchen Fällen üblich, hatten die zuständigen Kollegen die Angelegenheit zunächst mit gebremstem Schaum behandelt und versucht, erst einmal die aufgelösten Eltern zu beruhigen. Nahezu stündlich verschwand irgendwo in Deutschland ein Kind, nur um kurze Zeit später mehr oder weniger vergnügt und mehr oder weniger fern von zu Hause aufgefunden zu werden. Nahezu jeden Jungen übermannte früher oder später der Drang, die Welt zu entdecken. Mädchen machten gern irgendwann ihren ersten Einkaufsbummel auf eigene Faust. Ein pfiffiger Knirps von dreieinhalb Jahren hatte es letzten Sommer mit dem Intercity bis nach Hannover geschafft, indem er sich einfach neben ein älteres Paar setzte und so tat, als gehörte er zur Familie.

Aber Gundram tauchte nicht wieder auf. Nicht nach vier Stunden und nicht nach sechs und auch nicht am nächsten Tag. Das Handy, das er auf Wunsch seiner Eltern immer bei sich trug, war etwa eine Viertelstunde, nachdem er das Haus verlassen hatte, aus dem Netz verschwunden und nicht mehr zu orten gewesen. Es gab keine Spuren, keine Zeugen, nichts. So gerieten unsere Ermittlungen bald ins Stocken, und ebenso bald waren die Eltern nicht mehr gut auf mich und meine Mitarbeiter zu sprechen.

Erst gab es einige unerfreuliche Anrufe, und schon am dritten Tag warfen sie der Polizei öffentlich Untätigkeit und später Schlimmeres vor. Was hatten sie erwartet? Dass wir gleich mit Hundertschaften jeden Winkel der Umgebung absuchten? Mit Lautsprecherwagen durch die Straßen fuhren? Hundestaffeln durchs Gelände scheuchten? All das war selbstverständlich geschehen, aber erst in den folgenden Tagen und Wochen.

Und leider erfolglos. Gundram Sander blieb verschwunden.

Auf der Suche nach Zeugen läuteten die Mitarbeiter der zunächst kleinen, später großen Sonderkommission an jedem Haus im Viertel. Mit allen erdenklichen Mitteln versuchten sie, Menschen aufzutreiben, die zur fraglichen Zeit etwas beobachtet oder wenigstens einen kleinen Jungen auf seinem Rad gesehen hatten. Gleichzeitig steigerten sich die Eltern immer weiter in ihren Zorn auf die Polizei hinein. Eine Woche nach dem Verschwinden ihres Kindes begannen sie mit Inbrunst und leider auch beachtlichem Erfolg, die Presse auf uns zu hetzen.

Die Stare flogen auf und schwirrten in einem wirbelnden Schwarm davon. Ich beneidete sie. Einfach fortfliegen dürfen, einfach alles hinter sich lassen: den Stress mit ernstlich besorgten Staatsanwälten und den Ärger über neunmalkluge Zeitungsschreiber, die Sorgen um einen verschwundenen Jungen, der nach aller Erfahrung und Wahrscheinlichkeit längst nicht mehr lebte.

Wieder ein Knochen. Ein kleiner, diesmal. Auch mir wurde allmählich übel.

»Bisschen arg verwest für zehn Wochen«, meinte Vangelis leise zu mir. »Da ist ja praktisch schon nichts mehr dran!«

Spätestens morgen Abend würde ich mich wieder einmal im Fernsehen bewundern dürfen. Kriminalrat Alexander Gerlach: nicht der Held des Tages, sondern der Versager des Jahres. Der Mann, der es mit seinen vielen Beamten und modernster Technik nicht schaffte, in zweieinhalb Monaten auch nur eine winzige Spur eines vermissten Sechsjährigen zu finden. Nein, eines Siebenjährigen, denn vor zwei Wochen, am siebten Oktober, hatte Gundram Sander Geburtstag gehabt. Hätte er Geburtstag gehabt, musste man nach so langer Zeit wohl sagen, auch wenn sich alles in mir gegen diesen Gedanken sträubte.

Auf dem gut ausgebauten Waldweg, der etwa zwanzig Meter hinter uns fast schnurgerade von Süden nach Norden führte, bremste ein grauer Mercedes und kam hinter unseren Fahrzeugen schlingernd zum Stehen. Ein älterer und offensichtlich sehr wütender Mann warf die Tür zu und marschierte zu uns herüber. Da er die falschen Schuhe trug, rutschte er mehr, als er ging. Mehrmals rettete ihn nur ein rascher Griff nach dem nächsten Baum vor dem Sturz ins trockene Laub. Seine Laune wurde dadurch nicht besser.

Mit grimmigem Nicken grüßte er in die Runde, reichte mir die Hand.

»Hültner mein Name, Tag allerseits. Sorry, aber mein Navi hat mal wieder seine Tage. Ich habe mich mindestens fünf Mal verfahren.«

Professor Hültner mochte zehn Jahre älter sein als ich, Mitte fünfzig, trug einen silbergrauen Dreitagebart zu Designerbrille, Bluejeans und einem eisblauen Poloshirt von René Lezard. Sein

Händedruck war schmerzhaft kräftig. Vermutlich spielte er Golf mit gutem Handicap.

Gundrams Eltern waren nicht unvermögend, weshalb wir anfangs von einer Lösegelderpressung ausgegangen waren. Der Vater war Inhaber und Chef einer kleinen Werbeagentur und schien damit nicht schlecht zu verdienen. Ich hatte das Übliche veranlasst: lückenlose Überwachung aller Festnetzanschlüsse und Handys, zwei Beamte, immer ein Mann und eine Frau, die den Eltern rund um die Uhr Gesellschaft leisteten. Nebenbei hatten wir diskret das Umfeld durchleuchtet. Gab es Angestellte der Werbeagentur, die Grund hatten, auf ihren Chef sauer zu sein? Entlassene Angestellte? Nachbarn, mit denen man im Streit lag? Missgünstige Verwandte? Aber natürlich auch: bekannte Pädophile in der näheren oder weiteren Umgebung?

Es kam jedoch keine Lösegeldforderung. Stattdessen die üblichen Briefe und Anrufe von Witzbolden und Trittbrettfahrern – kein Wunder in Anbetracht des Aufsehens, das die Eltern erregten. Als Fachmann für Marketingangelegenheiten verfügte Mike Sander über vorzügliche Kontakte zu den Medien. Und zu meinem Leidwesen machte er in den Wochen nach dem Verschwinden seines Sohnes überreichlich Gebrauch davon.

Der Gerichtsmediziner hangelte sich auf seinen glatten Ledersohlen weiter von Baum zu Baum den Hang hinab. Endlich war er bei den beiden Spurensicherern angekommen, die einen Schritt zurücktraten, und ging neben der blauen Plane in die Hocke. Wir hörten ihn eine Weile maulen und schimpfen, konnten jedoch nichts verstehen.

Das Grab war aufgewühlt gewesen, als das Paar mit dem Pudel es vor etwa drei Stunden fand. Wer immer es angelegt hatte, hatte nicht tief genug gegraben. Wildtiere hatten sich daran zu schaffen gemacht, vermutlich auch schon das eine oder andere daraus verschleppt.

Mit der Achtlosigkeit des Profis kramte der Professor in den schmutzigen Knochen herum. Schließlich richtete er sich auf, drückte stöhnend sein Kreuz durch und begann, den Hang wieder hinaufzusteigen, den er vor kaum zwei Minuten hinab-geschlittert war.

Wenn nach einer Kindesentführung kein Lösegeld gefordert wird, dann bleiben erfahrungsgemäß zwei Möglichkeiten: Bei der Entführung ist etwas furchtbar schiefgegangen, und das Kind ist tot. Oder aber wir hatten es mit einem Sexualdelikt zu tun. Auch im zweiten Fall war nach so langer Zeit die Wahr-scheinlichkeit gering, dass Gundram noch lebte. Längst waren die Alibis aller einschlägig Vorbestraften im Umkreis von zwei-hundert Kilometern überprüft. Es war nichts dabei herausge-kommen.

Aber all diese Überlegungen waren letztlich Spekulation. Noch immer wussten wir nicht einmal, ob wir es tatsächlich mit einer Entführung zu tun hatten. Noch immer bestand die Mög-lichkeit, dass Gundram einen Unfall gehabt hatte und wir auf-grund irgendwelcher seltsamer Umstände seine Leiche nicht fin-den konnten. Wir wussten im Grunde nichts, außer dass das Kind am Abend des fünften August nicht nach Hause gekom-men war.

Und das war das Schlimmste, nicht nur für die Eltern: die Ungewissheit.

»Was soll das?«, brüllte der Professor mit rotem Kopf, als er zehn Schritte von mir entfernt war. »Wollen Sie mich ver-arschen, oder was?«

Er brauchte noch einige Sekunden, bis er schwer atmend vor mir stand.

»Ein Hund!«, blaffte er. »Da unten hat einer seinen toten Hund verbuddelt! Das sieht doch jeder halbwegs intelligente Mensch, dass das keine Kinderknochen sind! Und für so einen Quatsch lassen Sie mich durch den halben Odenwald gurken und meinen Lack ruinieren?«

Klara Vangelis stieß einen abgrundtiefen Seufzer aus. Vermut-lich dachte sie dasselbe wie ich: Lieber tausend Hundegräber als ein einziges für ein Kind. Lieber das Gespött der Boulevard-presse, als am Tod eines Jungen mitschuldig zu sein, der vor wenigen Wochen seinen ersten Schultag hätte erleben sollen.

Ich hätte den wutschnaubenden Professor am liebsten an mich gedrückt. Plötzlich war wieder Hoffnung. Wahrscheinlichkeit nicht, aber Hoffnung. Es hatte Fälle gegeben, da waren Kinder nach Monaten oder Jahren wieder aufgetaucht. Selten, ja, aber es hatte sie gegeben.

Solange wir Gundrams Leiche nicht hatten, war noch alles möglich.

2

Natascha Sander, geborene Dobroljubowa, gab noch am selben Abend in der üblichen, perfekt dosierten Mischung aus Verzweiflung, Empörung und Erleichterung ein Fernsehinterview. Einmal mehr wurde die Frage gestellt, ob bei der hiesigen Polizei die richtigen Leute an den wichtigen Stellen säßen. Ob es nicht an der Zeit wäre, den einen oder anderen verantwortlichen Herrn gegen jemanden auszutauschen, der seiner Aufgabe besser gewachsen war.

Mehr aus Pflichtgefühl als aus Interesse hatte ich die Flimmerkiste eingeschaltet und hörte mir an, wie ich, meine Leute und unsere Arbeit schlechtgeredet wurden. In ihrem Schlussstatement erklärte die schöne Mutter mit großen Augen, sie und ihr Mann hätten das Vertrauen in die Behörden nun endgültig verloren. Man würde ab sofort die Zusammenarbeit mit der Polizei verweigern und auf eigene Faust Nachforschungen anstellen. Wer sachdienliche Hinweise zu machen habe, möge sich bitte über die eingeblendete Telefonnummer an sie wenden. Ich notierte die Nummer auf dem Rand der Zeitung.

Gundrams Eltern spielten die Klaviatur der Medien perfekt. Schon am dritten Tag hatte es eine Internetseite gegeben: »Rettet unser Kind!«, die es bald auf tausend Klicks am Tag brachte. Mike Sander konnte es sich offenbar erlauben, seine Firma vorübergehend im Stich zu lassen und sich mit aller ihm zur Verfügung stehenden Energie auf die Rettung seines Sohnes zu stürzen.

Seine Frau, vor Jahren einmal beinahe zur Miss Sankt Petersburg gekürt, wie man bald in jeder Zeitung lesen durfte, hatte bis zur Geburt ihres Kindes ebenfalls in der Werbebranche gearbeitet. Als ehemaliges Fotomodel den kalten Blick der Kameras gewohnt, unterstützte sie ihren Mann nach Kräften. Das eine Mal gab sie die verzweifelt um Fassung ringende Mutter in kühlem Grau, dann wieder die flammend Empörte in apartem Bordeauxrot. Einmal brach sie telegen schluchzend zusammen, ein anderes Mal setzte sie mit steinerner Miene und nur ganz leicht bebender Stimme eine Belohnung von fünfzigtausend Euro aus für denjenigen, der ihr geliebtes Kind zurückbrachte.

Zumindest in einem Punkt hatten die Eltern erreicht, was sie wollten: Nie zuvor war die Heidelberger Polizei einem Fall mit mehr Aufwand und Personal nachgegangen. Und nie zuvor hatte es auch nur halb so viele aufgeregte Anrufe, anonyme Hinweise, abstruse Zeugenaussagen, irrwitzige Selbstanzeigen und getürkte Lösegeldforderungen gegeben. Bald hatten wir aufgehört, sie zu zählen, all die Gundrams, die angeblich in Eppelheim oder Verona, auf Mallorca, Zypern oder Hawaii gesichtet worden waren. All die Zeugen, die nächtliche Kinderschreie im Nachbarhaus gehört haben wollten, wo dieser unsympathische Kerl hauste, der niemals duschte und dafür umso mehr trank. Die Zahl der vermeintlichen Kindesentführungen war in ungeahnte Höhen geschnellt. Eltern wählten schon die Hundertzehn, wenn sie ihren Sprössling länger als zehn Minuten nicht mehr gesehen hatten. Und niemand unter meinen Leuten wagte noch, irgendetwas davon auf die leichte Schulter zu nehmen.

Mike Sander hatte während des Fernsehauftritts mit finster entschlossener Miene schräg hinter seiner schönen Frau gestanden, die Rechte auf ihre schmale Schulter gelegt, als müsste er sie stützen oder ihr Mut machen.

Nun trat er vor und verlas mit tonloser Stimme eine Erklärung: »Wir haben beschlossen, die ausgesetzte Belohnung noch einmal zu erhöhen. Wer uns, gleichgültig auf welchem Wege, unseren Sohn zurückbringt, erhält von uns eine Million Euro.« Er faltete das Blatt sorgfältig zusammen, von dem er die paar Worte abgelesen hatte, und blickte dann direkt in die Kamera. »Das ist alles, was wir aufbringen können. Mehr haben wir nicht. Wir werden unser Haus verkaufen müssen und unsere

Firma. Aber das Leben Gundrams ist uns mehr wert als alles andere.«

Er senkte den Blick, und ich dachte schon, das wäre alles gewesen. Da sah er noch einmal auf und fügte mit rauer Stimme hinzu: »Dieses Angebot gilt übrigens auch für den Täter selbst. Wir werden Sie nicht anzeigen. Wir wollen Ihren Namen nicht wissen und nicht die Gründe für Ihr Tun. Wir wollen keine Rache. Wir wollen nur eines: unser Kind zurück.«

Ich schaltete den Fernseher aus und legte die Füße auf den Couchtisch. Am nächsten Morgen würde die Hölle über mich hereinbrechen. Nicht wenige Menschen würden für eine Million ohne zu zögern ihre Mutter ins Gefängnis oder ihren Großvater ins Grab schicken.

Eigentlich hätte ich jetzt gar nicht zu Hause sitzen und mich ärgern, sondern neben Theresa liegen sollen, meiner Geliebten. Dienstag war unser Tag. Heute hatte meine Göttin jedoch überraschend abgesagt. Sie hatte nicht einmal Zeit gefunden für Erklärungen. Ihre knappe SMS hatte nervös geklungen, als bahnte sich ein Problem an. Ich konnte nur hoffen, dass die plötzliche Aufregung nichts mit der Tatsache zu tun hatte, dass sie verheiratet war.

Ich nahm das oberste Buch vom Stapel, der auf dem Couchtisch lag, und versuchte, ein wenig zu lesen. Theresa hatte mir schon vor Monaten Albert Camus ans Herz gelegt und mir alles geliehen, was sie von ihm besaß. Außer »Die Pest« hatte ich zuvor nichts von ihm gelesen. Camus war ein hartes Brot, hatte ich bald festgestellt. Ein Viertel fand ich genial, drei Viertel unverständlich.

Plötzlich hörte ich aufgekratzte Mädchenstimmen im Treppenhaus, ein Schlüssel wurde ins Schloss geschoben, die Wohnungstür flog auf.

Ich nahm die Füße vom Tisch.

Meine Zwillinge wirbelten herein, küssten mich achtlos links und rechts auf die Wangen, »Abend, Paps«, und plumpsten atemlos in die Sessel.

Ich klappte das Buch zu.

»Ihr wart bei Silke?«

»Hm.«

»Und habt Französisch gelernt?«

Ihr Nicken geriet nicht ganz überzeugend.

»Ihr müsst das ernster nehmen, Kinder.«

»Wie sind keine Kinder mehr!«

»In der ersten Arbeit habt ihr eine Sechs geschrieben. Demnächst schreibt ihr die zweite. Und wenn das so weitergeht …«

»Ja, ist ja gut!«

»Wir haben ja auch gelernt.«

»Echt! Ganz ehrlich!«

Sie hatten etwas auf dem Herzen. Wäre es nicht so gewesen, dann wären sie längst in ihrem Zimmer verschwunden, an den neuen PC. Der stand dort erst seit wenigen Wochen, seit ihrem fünfzehnten Geburtstag, und in beängstigend kurzer Zeit hatte das Gerät sich zum Lebensmittelpunkt meiner Töchter entwickelt. Nahezu jeden Abend hockten sie davor und kicherten und alberten und schienen sich dabei so prächtig zu amüsieren, dass mir von Tag zu Tag mulmiger wurde.

»Paps«, fing Louise an. »Stell dir vor, es ist schon wieder ein Kind entführt worden!«

»Fangt ihr jetzt auch noch mit dem Unsinn an? *Eine* Kindesentführung reicht mir vollkommen.«

»Hab ich's nicht gesagt?« Sarah warf Louise einen vielsagenden Blick zu. »Er schimpft.«

»Ich schimpfe nicht«, widersprach ich. »Ich kann das Wort Entführung nur nicht mehr hören.«

»Du bist in letzter Zeit so …« Louise traute sich plötzlich nicht weiter.

»Nervös bist du«, vervollständigte Sarah ihren Satz kühl. »Richtig total nervös.«

Louise zwirbelte eine Strähne ihres langen, gerstenblonden Haars um den Zeigefinger.

Ich atmete zweimal tief durch. »Mädels, ihr habt keine Ahnung, was bei uns zurzeit los ist. Fast jeden Tag gibt es neue Entführungen. Heute Vormittag zum Beispiel, da hatte ich wieder mal so eine völlig verzweifelte Mutter am Telefon. Sie hat ihre kleine Tochter vermisst. Das Mädchen ist keine drei Jahre alt, und überall hatte sie schon gesucht. Im Garten, im ganzen Haus, auf der Straße, einfach überall. Natürlich habe ich sofort eine Streife losgeschickt. Und wisst ihr, wo die Kollegen das Kind dann am Ende gefunden haben?«

Meine Töchter sahen mich mit runden Augen an.

»Es hat die ganze Zeit keine fünf Meter vom Telefon entfernt auf dem Klo gesessen. Das arme Mädchen hat überhaupt nicht begriffen, wieso seine Mutter so aufgeregt war, bloß weil es zum ersten Mal in seinem Leben allein zur Toilette gegangen war.«

»Wir haben gedacht, du solltest es vielleicht wissen, wenn ein Kind verschwindet«, versetzte Sarah patzig. »Du würdest es vielleicht wichtig finden, haben wir gedacht.«

»Okay, dann schießt los«, seufzte ich ergeben. »Woher wisst ihr von dieser ... Entführung?«

»Von Silke«, gestand Louise. »Und wir wissen eigentlich auch gar nicht, ob es wirklich eine Entführung ist. Wir wissen nur, dass ein Kind verschwunden ist.«

»Silke jobbt nämlich manchmal als Hundesitterin.« Sarah klang immer noch verstimmt. »Bei einer Kollegin von ihrer Mutter. Sie wohnt in Handschuhsheim draußen.«

»Und jetzt ist das Kind dieser Kollegin verschwunden?«

»Nein.« Sie schüttelten absolut synchron die Köpfe. »Das Kind von einer Nachbarin von der Kollegin.«

»Es ist ein Junge. Er heißt Tim.«

Ich blickte auf die Uhr. Eigentlich hatte ich vorgehabt, noch eine Runde mit dem Rad zu drehen, bevor es dunkel wurde. Das würde meinen Nerven guttun, und nicht nur denen. Aber daraus würde heute wohl nichts mehr werden.

»Und wieso wenden sich die Eltern nicht einfach an die Polizei? Wäre das nicht das Nächstliegende?«

»Genau.« Sarah nickte eifrig. »Das ist ja das Komische dabei.«

Ich zog die Zeitung wieder heran, drückte den Knopf meines Kugelschreibers und notierte den Namen: Tim.

»Nachname?«

»Jörgensen. Tim Jörgensen.«

»Was wisst ihr sonst über die Familie?«

»Ein ziemlich großes Haus haben sie«, sagte Louise langsam. »Und einen großen Garten.«

»Also, ich glaube, die Eltern werden erpresst«, spekulierte Sarah mit fachmännischer Miene. »Und die Erpresser haben ihnen natürlich verboten, mit der Polizei zu reden.«

Louise nickte. »Das machen die ja immer so.«

Um ein Haar hätte ich erwidert, sie sähen zu viel fern. Aber das stimmte ja seit Neuestem nicht mehr. Seit der PC im Haus war, blieb der Fernseher kalt.

»Und wie heißt diese Nachbarin mit Hund? Vielleicht rede ich lieber erst mal mit der, bevor ich mich bei Tims Eltern mit dummen Fragen blamiere.«

Sven Balke sprach bei der Fallbesprechung am Mittwochmorgen in seiner norddeutsch kühlen Art aus, was ich bisher nur gedacht hatte.

»Sie haben doch bestimmt gestern Abend auch den Fernsehauftritt der Eltern verfolgt, oder?«, begann er, als alle saßen.

»Um ehrlich zu sein«, seufzte ich, »ich fange an, die Leute zu hassen.«

»Ich finde es zum Kotzen, was die für eine Show abziehen. Die geilen sich ja regelrecht auf an ihrem Unglück!«

»Mir ist das alles zu glatt«, meinte Vangelis mit düsterer Miene. »Viel zu perfekt. Jedes Wort, das ich bisher von denen gehört habe, klang nach Hollywood. Man könnte auf den Gedanken kommen, sie nutzen das Verschwinden ihres Kindes aus, um Werbung für ihre Firma zu machen.«

»Worauf wollen Sie hinaus?«, fragte ich.

»Überlegen Sie mal, Herr Gerlach.« Vangelis beugte sich vor und sah mir aufmerksam ins Gesicht. »Wenn Sie in der Situation der Eltern wären. Wenn eine Ihrer Töchter entführt würde, würden Sie dann auch alles, was Sie besitzen, als Belohnung aussetzen?«

»Vermutlich ja. Aber ich lege keinen Wert darauf, es herauszufinden.«

»Ich verstehe, worauf du hinauswillst, Klara.« Balkes Augen wurden schmal. »Wovon wollen die zwei ihren wiedergefundenen Knirps eigentlich ernähren, wenn sie alles hergeben, was sie besitzen?«

Vangelis nickte. »Mir fallen mehrere denkbare Erklärungen

für das Verhalten der Sanders ein. Entweder sie sind jetzt völlig durchgedreht ...«

»Was man verstehen könnte.«

»Oder sie sind reicher, als uns bekannt ist ...«

»Was kein Verbrechen wäre.«

Balke führte ihre Überlegungen zu Ende: »Oder sie sind absolut sicher, dass sie nicht in die Verlegenheit kommen werden, die Belohnung auszuzahlen.«

Und damit war es heraus.

»Ein schwerwiegender Verdacht«, gab ich zu bedenken.

»Unsere Fernsehstars wären nicht die Ersten, die die Entführung ihres Kindes vortäuschen, um etwas Schlimmeres zu vertuschen.«

»Wir haben nicht einen Hinweis gefunden, der in diese Richtung deutet.« Ich nahm die Brille ab und legte sie vor mich auf den Schreibtisch. »Die Geschichte, die die Eltern erzählen, ist schlüssig. Es gibt Zeugen, die den Jungen am fraglichen Nachmittag auf der Straße gesehen haben.«

Vangelis wiegte den Kopf. »Okay, der italienische Eisverkäufer und diese kurzsichtige alte Nachbarin. Aber wer sagt uns, dass Gundram nicht später wieder heimgegangen ist? Weil er Durst hatte, zum Beispiel? Oder mit dem Rad gestürzt ist und sich das Knie aufgeschlagen hat?«

»Und dann hätte die Mutter ihn einfach so kaltgemacht?«, meinte Balke belustigt. »Der Vater kommt ja nicht infrage. Der war ja nicht zu Hause.«

Er trug heute eine dünne, rehbraune Lederjacke zum obligatorischen T-Shirt und einer nicht mehr ganz sauberen Jeans. An seinem linken Ohrläppchen entdeckte ich einen neuen Ring. Insgesamt zählte ich jetzt neun. Sechs rechts und drei links. Seine weißblonden Haare waren millimeterkurz geschnitten. Und seine Miene war finster entschlossen.

»Behauptet er.« Vangelis, wie üblich im selbst geschneiderten Designerkostüm, schob konzentriert eine ihrer dunklen Locken hinters Ohr. »Aber niemand hat gesehen, wie Herr Sander von seiner Radtour zurückgekommen ist. Wir haben die Aussagen zweier Zeugen, die das Kind gegen drei Uhr ungefähr gleichzeitig auf der Straße gesehen haben. Und die Aussagen der

Eltern. Und das ist alles. Punkt. Wir wissen nicht, was zwischen drei, halb vier und dem Zeitpunkt passiert ist, als der Vater wieder heimkam.«

»Das soll gegen acht gewesen sein«, warf Balke ein.

»Stopp!« Ich setzte meine ungeliebte Sehhilfe wieder auf die Nase, weil mir ohne sie die feineren Gefühlsregungen meiner Mitarbeiter entgingen. »Das ist mir alles zu spekulativ. Soweit wir wissen, gab es keinen Streit, bevor der Junge verschwand. Soweit wir wissen, ist er nicht geprügelt worden und nicht vernachlässigt. Die Mutter ist zwar eine – nun ja – eitle Zicke, aber sie soll immer gut für ihren Sohn gesorgt haben.«

»Soweit wir wissen.« Balke betrachtete seine breiten Fingernägel aus wechselnden Perspektiven. »Vielleicht wissen wir ja das eine oder andere nicht?«

Ich wandte mich an Vangelis. »Sie haben in den Tagen nach Gundrams Verschwinden stundenlang mit der Mutter gesprochen. Ihren Protokollen habe ich nichts entnommen, was einen solchen Verdacht stützen würde.«

Sie schlug ihre sehenswerten Beine in weiß schimmernden Strümpfen übereinander. »Einen wirklichen Verdacht habe ich auch heute nicht. Nur das unbestimmte Gefühl, dass die Frau uns etwas verschweigt. Und dass sie sich schuldig fühlt.«

»Würde das in ihrer Situation nicht jede Mutter der Welt tun?«

Nach kurzer Denkpause ergriff Balke wieder das Wort: »Was könnte das denn sein, was sie verschweigt?«

Vangelis hob die Schultern im Nadelstreifenblazer. »Diese Frau ist extrem kontrolliert. Von der hörst du kein unüberlegtes Wort. Und sie neigt – vorsichtig ausgedrückt – nicht zu emotionalen Ausbrüchen.«

Durch die Tür zum Vorzimmer hörte ich Sonja Walldorf telefonieren, meine treue Sekretärin, die enormen Wert darauf legte, Sönnchen genannt zu werden. Schon als Kind hatte sie diesen Spitznamen gehabt und später auch, und damit basta. Ihr helles Lachen kam mir heute deplatziert vor, geradezu unanständig.

Der Gedanke, Gundram Sander sei gar nicht entführt worden, war mir natürlich auch schon gekommen. Aber ich hatte die Idee bisher immer verworfen. Zugegeben, ich konnte Natascha

Sander nicht ausstehen. Aber war sie tatsächlich zum Mord am eigenen Kind fähig? Andererseits – wie viele Menschen hatten mir im Lauf meiner Karriere schon gegenübergesessen und mit tränennassem Gesicht Verbrechen gestanden, die ich ihnen nie und nimmer zugetraut hätte? Warum eigentlich hatte ich es bis heute für undenkbar gehalten, dass die Mutter ihren kleinen Gundram selbst auf dem Gewissen hatte?

»Es muss ja nicht gleich Mord oder Totschlag sein.« Vangelis' Gedanken gingen offenbar in dieselbe Richtung wie meine. »Ein Unfall, an dem die Mutter sich die Schuld gibt. Anschließend eine Kurzschlussreaktion, vielleicht aus Angst vor der Reaktion des Vaters oder dem Gerede der Nachbarn, und plötzlich gibt es kein Zurück mehr, sondern nur noch die Flucht nach vorn.«

Ich legte den Kopf in den Nacken. »Wenn wir uns da rantrauen«, sagte ich, »dann betreten wir ein Minenfeld, in dem wir alle unseren Hals riskieren.«

Balke grinste breit. »No risk, no fun, Chef.«

»Mit allen Nachbarn haben wir gesprochen.« Die schwarze Locke war Vangelis schon wieder ins Gesicht gerutscht. »Und mit allen Bekannten der Familie ebenfalls. Von familiären Problemen oder gar Misshandlungen des Jungen war nicht einmal gerüchteweise die Rede.«

»Das sind doch gerade die Schlimmsten!«, meinte Balke. »Diese Typen aus der Zahnpastareklame, die hab ich so was von gefressen! Von früh bis spät nur Liebe, Sonnenschein und frisch gebackene Brötchen. Aber hinter der Fassade …«

»Die Sanders wohnen in einem dieser Viertel, wo niemand jemals schlecht über seine Nachbarn reden würde«, überlegte ich laut. »Man tratscht unter seinesgleichen, aber nach außen hin hält man dicht.«

»Dann müssen wir eben in dieses geschlossene System eindringen.« Balke schlug sich auf die Oberschenkel, dass es knallte. »Und falls da überhaupt einer reinkommt, dann ja wohl Sie, Chef.«

»Wenn ich die Akten richtig im Kopf habe«, erwiderte ich langsam, »dann gibt es noch eine Quelle, die wir bisher nicht angezapft haben.«

3

Ein kurzer Anruf hatte genügt, um noch am selben Vormittag bei der Leiterin des Kindergartens in Sandhausen, den Gundram Sander besucht hatte, einen Termin zu bekommen. Die junge Frau sah aus wie eine etwas zu groß und zu breit geratene Edith Piaf und hieß Alina Schächele. Ihr Blick war warm und wach.

Sie führte mich in ihr winziges, quietschbunt eingerichtetes Büro gleich neben dem Eingang. Hinter einer breiten Doppeltür am anderen Ende des langgestreckten Flurs tobte jener Radau, den zwanzig, dreißig Kinder machen können, wenn sie gute Laune haben. Jeder Sicherheitsbeauftragte einer deutschen Fabrik würde seinen Job verlieren, ließe er zu, dass Menschen unter solchen Bedingungen ohne Gehörschutz arbeiteten.

Frau Schächele schloss sorgfältig die Tür hinter uns, und der Krach wurde deutlich leiser. Die Wände des Büros waren bis unter die Decke mit Kinderzeichnungen gepflastert, soweit sie nicht von Regalen voller Ordner verstellt waren. Sie nahm hinter ihrem Naturholzschreibtisch mit bunten Schubladen Platz. Ich setzte mich auf einen wenig vertrauenerweckenden rot-gelb-blauen Klappstuhl. Es roch streng nach Putzmittel.

»Sie kennen die Familie Sander«, begann ich.

»Kennen wäre zu viel gesagt. Die Mutter hat ihn morgens gebracht und mittags geholt, mit ihrem …« Ihr Blick wurde für eine Sekunde unsicher. »Na ja, mit diesem Mega-BMW.«

»Aber Sie mögen sie nicht besonders?«

»Es ist nicht mein Job, die Eltern unserer Kinder zu mögen«, erwiderte sie tapfer. »Ich finde, es reicht, wenn ich ihre Sprösslinge mag.«

»Aber eine Meinung werden Sie vermutlich haben.«

»Was wollen Sie von mir hören? Gundram war gewaschen, wenn er morgens kam. Er hatte gefrühstückt, er hatte immer saubere Sachen an.«

»Ich versuche nur, mir ein Bild davon zu machen, wie die Eltern mit ihrem Kind umgehen.«

»Korrekt.«

»Das ist ein merkwürdiges Wort in diesem Zusammenhang.«

Frau Schächele schlug die dunklen Augen nieder und sah auf ihre wie zum Gebet gefalteten Hände.

»Den Vater kenne ich gar nicht. Den habe ich in den drei Jahren, die Gundram jetzt bei uns ist, nicht ein einziges Mal gesehen. Aber die Mutter: Schätzelchen, mach dich nicht schmutzig, denk an das neue Auto. Lieber, vergiss bitte den Schal nicht, wenn ihr draußen spielt. Süßer, hast du auch brav deine Milch getrunken und deine Hände gewaschen?«

»Hatten Sie den Eindruck, dass sie ihr Kind liebt?«, fragte ich vorsichtig.

Sie musterte mich, als hätte ich etwas selten Dämliches gesagt. »Jede Mutter liebt ihre Kinder. Irgendwie.«

»Ich komme jetzt zu einer etwas heiklen Frage. Sie müssen sie natürlich nicht beantworten.«

Sie sah mir aufmerksam ins Gesicht.

»Hat sich Gundram normalerweise gefreut, wenn er abgeholt wurde? Hat sie sich gefreut? Hat sie ihn in den Arm genommen, zum Beispiel?«

Dieses Mal musste ich einige Sekunden auf die Antwort warten. In der Ferne lärmten die Kinder. Eines davon weinte und tobte abwechselnd in einem Wutausbruch, der sich gewaschen hatte.

»In den Arm genommen hat sie ihn nur, wenn er sich vorher ordentlich die Nase geputzt hat«, sagte die Leiterin des Kindergartens schließlich, als schämte sie sich für den Satz.

Der Lärm in der Ferne schwoll plötzlich zum Orkan. Kurz vor zwölf, Zeit, sich anzuziehen und für den Heimweg fertig zu machen. Frau Schächele sprang sichtlich erleichtert auf. Vor dem kleinen, bunt bemalten Fenster des Büros bremsten die ersten Wagen.

»Wissen Sie was?« Plötzlich strahlte sie. »Reden Sie doch mit der Frau Berger. Die hat mal eine Weile bei den Sanders den Haushalt gemacht.«

Von einer Haushaltshilfe hatte ich in den Akten nichts gelesen.

Alma Berger war eine der Mütter, die ihre Kinder auch an sich drücken, wenn sie von oben bis unten voller Rotz und Dreck sind. Eine lebensstarke Frau mit rustikalem Gesicht und etwas verschlossener Miene. Verwirrt sah sie zwischen der Erzieherin und mir hin und her, als diese sie in ihr Büro bat. Ihren kleinen Sohn hielt sie an der Hand. Er sei schon vier, erklärte mir Josef Berger bereitwillig und mit neugierigen Blicken. Er trug eine Jeans mit zahllosen bunten Flicken und einen dunkelblauen Pulli, der ihm schon ein wenig zu klein war. Als ich mich zu ihm hinunterbeugte, um ihm die Hand zu reichen, lächelte er. Und als ich mich wieder aufrichtete, lächelte auch seine Mutter.

»Sie können aber mit Kindern, das muss ich schon sagen. Unser Josef ist nämlich nicht zu jedem so.«

Als sie hörte, ich hätte Fragen an sie, wurde ihre Miene unsicher. Nervös sah sie auf die Uhr. »Das ist aber jetzt grad schlecht. Mein Mann kommt um halb eins, und dann will er was auf dem Tisch haben.«

»Sie sind mit dem Wagen hier?«

»Nein, mit dem Rad. Wieso?«

»Ich könnte Sie ein Stück begleiten.«

Josef packte meine Hand und zog mich in Richtung Ausgang.

»Sonst ist er wirklich nicht so.« Frau Berger folgte uns kopfschüttelnd. »Zum Glück, muss man ja heutzutage leider sagen.«

»Ja, ja, die Sanders«, seufzte Alma Berger, als wir die Straße vom Kindergarten in Richtung Ortszentrum hinuntergingen. Sie schob ihr robustes und schon etwas in die Jahre gekommenes Dreigangrad mit Kinderanhänger, Josef tippelte tapfer neben mir her und ließ meine Hand nicht los.

»Die Mama vom Gundi hat einen ganz tollen BMW-Geländewagen!« Er sah mit leuchtenden Augen zu mir auf. »Und der Gundi hat sogar eine eigene Schaukel im Garten! Und eine Rutsche! Und im Keller haben sie ein Schwimmbad.«

»Du bist schon mal da gewesen?«

Er nickte eifrig. »Schon ziemlich oft. Aber jetzt nicht mehr. Seit die Mama nicht mehr für die Mama vom Gundi arbeitet.«

Frau Berger nickte. »Ich bin ein paar Jahre bei den Sanders gewesen. Bis letzten April. Dann ... na ja, es hat ein bisschen

Krach gegeben, und da hab ich gekündigt. Man kann's ihr nicht leicht recht machen, der Frau Sander.«

»Ich würde gern ein wenig mehr darüber erfahren, wie es in der Familie zugeht. Die Dinge, die sonst nicht nach außen dringen.«

Eine Weile gingen wir schweigend nebeneinanderher. Josef zählte munter und ohne Neid auf, was es in Gundram Sanders großem Kinderzimmer an sensationellen Spielsachen zu entdecken gab. Die Sonne schien, als hätten wir Anfang September und nicht Ende Oktober. Trotz unseres gemächlichen Tempos kam ich bald ins Schwitzen.

Endlich öffnete auch Josefs Mutter den Mund. »Sie will halt immer alles perfekt«, sagte sie leise. »Alles muss immer perfekt sein, wenn Sie verstehen, was ich meine.«

»Und wie ist das Verhältnis zwischen Herrn und Frau Sander?«

Wieder zögerte sie lange mit der Antwort. »Wissen Sie, ich hab schon in manchen Familien geputzt und gekocht. Und es gibt weiß Gott Schlimmere als die Sanders. Aber Schlimmere gibt's ja eigentlich immer.«

Sie hustete und wischte sich die Nase mit dem Ärmel ihres schon ein wenig zerschlissenen Norwegerpullovers ab.

»Und das Kind?«

»Was soll man sagen …«

Wir erreichten die Hauptstraße und blieben an der Fußgängerampel stehen. Josef durfte den Knopf drücken und wollte gar nicht mehr damit aufhören. Ein dunkler Mercedes fuhr vorbei. Vom Rücksitz winkte ein rothaariges Mädchen mit Sommersprossen. Josef winkte zurück. Die Ampel schaltete auf Grün.

»Ich will's mal so sagen«, fuhr Frau Berger fort, als wir die andere Straßenseite erreichten und der Fahrradanhänger auf den Gehweg rumpelte. »Ich möcht bei denen kein Kind sein.«

»Haben Sie je gesehen oder gehört, dass Gundram geschlagen wurde? Dass jemand von den Eltern aufbrausend war?«

»Der Mann, der kann schon mal grob werden. Aber welcher Mann kann das nicht. Er ist ja meistens in der Arbeit gewesen oder mit seinem tollen Rad unterwegs. Aber wenn er ausnahmsweise mal daheim war und es gab Streit, dann hat seine Frau ihm ordentlich Kontra gegeben. Und das ist eine richtige Giftspritze. Aber nach Backpfeifen hat's eigentlich nie gerochen, wenn Sie verstehen, was ich meine. Die Sanders, das sind so Leute, die können sich wehtun, ohne die Hände zu benutzen.«

Wir gingen die Hauptstraße entlang in Richtung Süden. Frau Berger fuhr sich wieder mit dem Ärmel über die Nase. Die Gangschaltung ihres Fahrrads tickerte leise.

»Wer hat nach Ihrer Kündigung die Stelle übernommen?«

»Weiß ich nicht. Nur dass es eine Ausländerin sein soll, hab ich später mal gehört. Eine Illegale, nehm ich an. Da hat die Frau Sander auch noch fein was gespart. Ein bisschen geizig ist sie nämlich auch, wenn Sie verstehen, was ich meine.«

Ein voll beladener Kieslaster rumpelte an uns vorbei. Josef sah ihm interessiert nach. Es roch nach Dieselabgasen.

»Früher ist der Gundi oft bei uns gewesen.« Frau Berger lächelte plötzlich. »Wenn die Frau Sander mal wieder zum Friseur gemusst hat oder das Auto in die Werkstatt. Dann hat sie mich angerufen und gefragt, ob ich den Gundi vom Kindergarten mit heimnehmen könnt und auf ihn aufpassen, bis sie ihn holen kommt.«

Josefs kleine Hand klebte inzwischen in meiner. Allmählich wurde er müde, wir mäßigten das Tempo. Frau Berger nickte ihm aufmunternd zu.

»Und wenn sie ihn dann später geholt hat«, fuhr sie in einer Lautstärke fort, dass Josef es nicht hören konnte, »dann hat sich der arme Bub eigentlich nie so richtig gefreut. Der wär viel lieber bei uns geblieben, hab ich oft gedacht. Auch wenn wir kein so tolles Haus haben und nur ein kleines Auto statt zwei große und keinen Fernseher, so groß wie eine halbe Schrankwand.«

»Der Gundi hat nämlich auch einen eigenen Fernseher im Zimmer.« Offenbar hatte Frau Berger das Gehör ihres Söhnchens unterschätzt. »Und seine Mama hat einen in der Küche!«

Ich wagte mich noch ein wenig weiter vor: »Hatte Gundram vielleicht manchmal merkwürdige Verletzungen? Blaue Flecken? Kratzer im Gesicht?«

»Welcher Bub in seinem Alter hat keine Kratzer und Beulen?

Sie meinen, ob er Schläge gekriegt hat? Ich ... Nein, ich weiß nicht.«

Der letzte Satz war eine Spur zu zögernd gekommen.

Bevor wir die Heidelberger Straße überqueren konnten, mussten wir eine Weile warten. Josef hüpfte nervös von einem Fuß auf den anderen. Offenbar musste er mal. Ein wenig Wind war aufgekommen und kühlte mein Gesicht.

»Frau Berger«, sagte ich sanft, »Ihre ausweichende Antwort bringt mich eher ins Grübeln, als dass sie mich beruhigt.«

Einige Zeit durchquerten wir schweigend ein Wohnviertel. Es ging um einige Ecken, und bald hatte ich die Orientierung verloren. Dann erreichten wir den südlichen Ortsrand. Vor uns lagen die Umgehungsstraße und jenseits davon umgepflügte Felder. Der Wind roch nach Herbst. Ein Rettungshubschrauber ratterte in geringer Höhe über uns hinweg in Richtung Autobahn und machte eine Unterhaltung für einige Sekunden unmöglich.

Vor einem schmalen Reihenhaus blieb Frau Berger stehen. Das in den Fünfzigern eilig hochgezogene, zweistöckige Häuschen war frisch gestrichen, und überall standen noch Farbeimer und Gerüstteile herum. Offenbar war man mitten in einer umfassenden Renovierung. Neben der ebenfalls erst kürzlich gestrichenen Eingangstür verblühte ein prächtiger Busch voller lachsfarbener Rosen. Mit routinierten Bewegungen öffnete Josefs Mutter das Garagentor, schob Rad samt Anhänger hinein, wozu mir der Junge aufgeregt etwas erklärte, das ich nicht verstand. Das erbärmlich quietschende Tor wurde geschlossen, verriegelt, der Schlüssel verstaut. Und dann gab es kein Ausweichen mehr.

Frau Berger sah mir in die Augen. »Mal, da hat er so Striemen auf der Backe gehabt. Vier, hübsch nebeneinander. Von scharfen Fingernägeln, wenn Sie verstehen, was ich meine. Und ein anderes Mal, letztes Jahr ist das gewesen, da war das mit seinem Arm. Er sei mit dem Rad hingefallen, hat's geheißen.«

»War der Arm gebrochen?«

»Direkt gebrochen nicht. Mehr verrenkt. Aber so was kommt ja schon mal vor, bei wilden Kindern.«

»Gundram ist ein wildes Kind?«

Sie senkte den Blick, spielte mit dem Saum ihres Pullovers. »Aber nein. Der Gundi ist ein Braver. Trotzdem, jeder kann mal vom Rad fallen, oder nicht?«

»Sie wissen nicht zufällig, bei welchem Arzt Gundram damals war?«

»Doch, das kann ich Ihnen sagen. Die Sanders gehen immer zum Professor Schaaf. Der hat seine Praxis in Leimen drüben.« Frau Berger streckte ihrem Söhnchen die Hand hin. »Komm jetzt, Josef. Der Onkel muss gehen.«

Als ich schon einige Schritte entfernt war, rief sie mir nach: »Der Professor Schaaf sei der teuerste Arzt in der ganzen Kurpfalz, hat mir die Frau Sander mal erklärt.«

Josef winkte mit der freien linken Hand und strahlte übers ganze Gesicht.

Ich winkte ebenfalls, und erst in diesem Moment wurde mir bewusst, dass mein Wagen beim Kindergarten stand und ich den ganzen Weg zurück zu Fuß gehen musste.

Am Empfangstresen der Praxis begrüßte mich ein empörtes Rauschgoldengelchen in frisch gestärktem weißem Kittel und mit rosafarbenen Segeltuchschuhen an den Füßen.

»Der Herr Professor empfängt eigentlich Patienten ohne Termin nur im Notfall. Sind Sie denn ein Notfall?«

Ihre großen graublauen Augen musterten mich von oben bis unten auf der Suche nach Blutflecken oder Spuren von Gewaltanwendung. Ihr Make-up war dezent, das wild kringelnde Haar vermutlich frisch vom Stylisten.

Ich schob ein Visitenkärtchen über den blank polierten Tresen aus dunklem Granit, und ihre Augen wurden noch eine Spur größer.

»Vielleicht macht der Herr Professor bei mir ja eine Ausnahme?«

Sie duftete nach Röschen, die ich mir unwillkürlich in der Farbe ihrer Schuhe vorstellte.

»Kripo?« Ihre Stimme klang plötzlich ratlos. »Wieso denn Kripo?«

»Das würde ich Ihrem Chef gern selbst sagen«, erwiderte ich liebenswürdig.

Fünfzehn Minuten später saß ich Professor Schaaf gegenüber. Niemand hatte in der Zwischenzeit seinen saalähnlichen Behandlungsraum betreten oder verlassen. Vermutlich gehörte es einfach zum Stil des Hauses, dass man nicht sofort vorgelassen wurde. Die Stimme des großen Mannes war angenehm ruhig und voller mitfühlender Zuversicht. Der herzliche Händedruck reichte bei manchem Patienten vermutlich schon aus, ihn auf den Weg der Besserung zu bringen. Bereits in der ersten Sekunde hatte ich das angenehme Gefühl, dass der teuerste Arzt weit und breit immerhin sein Handwerk verstand. Sein volles weißes Haar wirkte wie getönt.

»Um die Sanders geht es«, sagte er mit strahlendem Lächeln, nachdem ich ihm in wenigen Sätzen den Grund meines Besuchs geschildert hatte. Ohne hinzusehen spielte er mit meinem Kärtchen.

Hinter ihm blühten vor Gesundheit strotzende Orchideen auf der breiten Fensterbank. Auch hier, im Sprechzimmer, roch es nicht etwa nach Desinfektionsmitteln, sondern nach einem Blumengarten. Außer einer Furcht einflößenden Sammlung medizinischer Fachbücher gab es nichts zu sehen, was an eine Arztpraxis erinnert hätte. Nicht einmal einen Kittel trug mein Gesprächspartner, sondern einen hellgrauen zweireihigen Anzug.

»Genauer, es geht um den kleinen Sohn der Sanders und einen verstauchten Arm«, korrigierte ich ihn freundlich.

Er nickte. »Ich erinnere mich. Das war letzten Sommer, richtig?«

Plötzlich gab er sich einen Ruck, tippte etwas in seine metallisch glänzende Designertastatur, schob die Hornbrille in die Stirn und starrte eine Weile kurzsichtig auf seinen Flachbildschirm.

»Hier, ja. Letztes Jahr im Juli. Ausgekugelte Schulter. Nichts weiter Schlimmes.« Die Brille rutschte ganz von allein wieder auf die Nase herunter. »Was ist in Ihren Augen interessant daran?«

»Die Umstände. Ist der Junge wirklich mit dem Rad gestürzt? Oder eher vom Baum gefallen?«

»Vom Rad gestürzt. Sagte mir die Mutter.«

»Und das klang glaubwürdig für Sie?«

»Ich hatte keinen Grund, daran zu zweifeln.« Neugierig musterte er mich. »Worauf wollen Sie hinaus?« Ein bemerkenswert unauffälliger Blick auf die Visitenkarte. »Herr Gerlach?«

»Auf gar nichts. Ich möchte lediglich Ihre Meinung als Arzt hören. Klang die Begründung der Mutter glaubhaft? Wenn jemand vom Rad fällt, dann hat er in der Regel noch andere Verletzungen. Hautabschürfungen an den Händen, eine Beule am Kopf.«

Professor Schaaf nickte langsam. »Prellungen, Blutergüsse, ausgeschlagene Zähne ...«

Wieder sah er auf seinen Bildschirm, dann offen in mein Gesicht und schließlich auf den Tisch. »Wissen Sie, Herr Gerlach, das ist nicht so einfach, wie Sie zu denken scheinen.«

»Sie möchten sich nicht festlegen.«

»Die Frage ist nicht, ob ich möchte, sondern ob ich kann. Ich bin Internist, kein Forensiker. Der Junge hat damals alle möglichen Blessuren gehabt. Die konnten durchaus von einem Sturz stammen oder ...« Er nahm die Brille ab, blinzelte mich an und sprach langsam weiter: »... oder auch von etwas völlig anderem. Ich ahne, worauf Sie anspielen. Aber mehr kann ich und werde ich nicht dazu sagen. Ich sehe auch heute keinen Grund, an den Worten der Mutter zu zweifeln.«

4

»Wir haben leider ein Problem, Alexander«, sagte Theresa am Abend.

Ganz außer der Reihe trafen wir uns am Mittwoch in der kleinen Wohnung ihrer Busenfreundin Ingrid, die sich praktischerweise nun schon seit über einem Jahr in Sydney aufhielt. Theresa hatte es übernommen, während ihrer Abwesenheit hier ein wenig nach dem Rechten zu sehen und die vor sich hin kümmernden Pflanzen zu gießen. Davon, dass wir Ingrids etwas achtlos, aber hübsch eingerichteten beiden Zimmer samt Bad, Kühlschrank und Bett als Liebesnest missbrauchten, hatte die Gute keinen Schimmer. Hoffte ich zumindest.

Meine Geliebte war das, was man vor fünfzig Jahren als

Prachtweib bezeichnet hätte. Groß, dunkelblond, selbstbewusst und, wie sie nicht aufhören wollte zu behaupten, vor allem oben herum ein wenig zu füllig, was mich keineswegs störte. Außerdem war sie intelligent, eloquent, rauchte zu viel und war süchtig nach Sex mit mir, was mir ebenfalls nicht unangenehm war. Dieses wunderbare Weib hatte im Grunde nur einen Nachteil: Sie war verheiratet. Und zwar zu allem Elend mit Polizeidirektor Dr. Egon Liebekind, meinem Chef.

Es war nicht so, dass ich mich ständig davor fürchtete, aufzufliegen. Das hatte ich anfangs getan, in den ersten zwei, drei Monaten unserer Beziehung. Später hatte ich mich an die Gefahr gewöhnt, wie man sich früher oder später an nahezu alles gewöhnt. Lediglich eine gewisse Anspannung war geblieben, wenn ich persönlich mit meinem Dienstvorgesetzten zu tun hatte. Feuchte Hände und ein wenig Herzklopfen, wenn ich auf dem Weg zu seinem Büro war. Was jedoch zum Glück nicht allzu oft vorkam.

Ich schenkte Wachenheimer Sekt in die Champagnerkelche. Wenn wir uns trafen, dann gab es Sekt oder – zu besonderen Anlässen – Champagner. Mal brachte ich eine Flasche mit, mal Theresa und hin und wieder auch wir beide. Das hatte sich in den dreizehn Monaten so eingebürgert, die wir uns nun kannten und mehr oder weniger innig liebten.

»Es wäre nett, wenn du das Wort Problem in meiner Gegenwart vermeiden könntest«, seufzte ich und reichte ihr eines der Gläser. Wir stießen an und tranken. Dann stellte sie ihres beiseite und begann kommentarlos, sich zu entkleiden. Das war es, was ich an unserer Beziehung immer wieder aufs Neue liebte: Zwischen uns gab es kein Herantasten, keine augenzwinkernden Andeutungen oder verzwickten Rituale. Wenn wir uns trafen, dann wollten wir miteinander schlafen. Zeit zum Reden und Trinken war später. Meist geschah das am Dienstag, weil Liebekind an diesem Abend zu seinen Rotariern musste, und freitags, weil er da als Alter Herr zu seiner Studentenverbindung geladen war.

Aber heute verriet Theresas Miene nichts Gutes. Inzwischen trug sie nur noch Unterwäsche und fummelte ungeduldig an meinem Gürtel herum.

»Es ist aber leider wirklich ein Problem«, sagte sie zwischen zwei feuchten Küssen. »Ingrid kommt zurück.«

»Ing…« Ich hustete und half ihr nebenbei aus ihrem Slip, der vermutlich so viel gekostet hatte, wie manche Menschen für einen Anzug ausgeben. »Du willst doch nicht andeuten, wir können nicht mehr in unsere Wohnung?«

Ihre heißen Arme umschlangen meinen Hals. Wir plumpsten ziemlich unelegant aufs Bett, und es dauerte eine Weile, bis wir das Gespräch fortführten.

»Das ist heute unser letzter Abend hier«, erklärte Theresa nach einigen tiefen Zügen an der unvermeidlichen Zigarette danach. »Sie landet am Samstagmorgen in Frankfurt. Und vorher muss ich hier ein wenig Ordnung schaffen und Spuren beseitigen.«

Das konnte man nun in der Tat ein Problem nennen. Die Frage »zu dir oder zu mir« verbot sich bei uns. Zu Theresa konnten wir nicht wegen der Nachbarn und der Gefahr eines zu früh heimkehrenden Gatten. Zu mir konnten wir nicht wegen der Nachbarn und der Gefahr unerwartet hereinplatzender Töchter.

»Und jetzt?«

»Jetzt gucken wir erst mal dumm«, erwiderte sie ruhig. »Und dann lassen wir uns etwas einfallen.«

»Warum kann sie nicht bei ihren Kängurus bleiben?«

»Irgendeine Krise in der Zentrale der Firma, für die sie arbeitet. Und nun muss die arme Ingrid her und alle retten.«

»Aber wie ich dich kenne, hast du natürlich längst eine Idee, wie wir nicht obdachlos werden.«

Theresa schnippte die Asche in den gläsernen Aschenbecher, der zwischen ihren sehenswerten Brüsten balancierte.

»Ganz einfach: Wir suchen uns eine eigene Wohnung.«

»Wie sollen wir denn zu einer Wohnung kommen?«

»Wohnungen kann man in unseren Breiten entweder mieten oder kaufen.« Sie blies mir den Rauch ins Gesicht. »Wir mieten uns irgendwas Kleines, Schnuckeliges, und die Kosten teilen wir uns.«

»Käme mich vermutlich immer noch billiger als zweimal die Woche ins Bordell«, überlegte ich und entging haarscharf einer schweren Kopfnuss.

»Den Mietvertrag musst natürlich du unterschreiben. Stell dir vor, mir flattert eine Nebenkostenabrechnung ins Haus, und Egonchen bekommt sie in die Finger!«

Dieser Satz beantwortete ganz nebenbei die Frage, die mich beschäftigte, seit wir uns kannten: ob ihr Mann etwas von unserem Verhältnis ahnte oder gar wusste. Offenbar ahnte und wusste er nichts.

»Dann werde ich also demnächst die Wohnungsanzeigen studieren.« Ich begann schon, mich auf das Projekt zu freuen. Vielleicht würde das ja ganz romantisch werden, zusammen in einer Wohnung, wo alles uns gehörte. Die wir einrichten konnten, wie es uns gefiel. Und wer wusste, was sich sonst für neue Möglichkeiten ergaben? Zum Beispiel könnte man dort das eine oder andere Wochenende in kuscheliger Zweisamkeit verbringen ...

Theresa stellte den Aschenbecher zur Seite und rückte wieder näher. Sie hatte noch nicht genug. Augenblicke später lag sie auf mir und begann, mich wohlig seufzend zu streicheln und abzuküssen.

»Und bis wir was gefunden haben«, schnurrte sie in mein linkes Ohr, »tun wir, was alle tun. Wir gehen ins Hotel.«

»Paps, hast du eigentlich schon die Frau Weberlein angerufen?«, fragte Louise am Donnerstagmorgen beim Frühstück.

»Ist das eure neue Französischlehrerin?«, fragte ich versuchsweise.

»Quatsch! Wegen Tim natürlich!«

Richtig, dieser kleine Junge, der sich angeblich in Luft aufgelöst hatte.

»Du hast es vergessen.« Sarah klang, als hätte sie nichts anderes erwartet.

»Nein, ich bin einfach nicht dazu gekommen. Ihr macht euch keine Vorstellung, was bei uns zurzeit los ist. Seit wann soll dieser Tim noch mal verschwunden sein?«

»Das ...« Betreten sahen sie sich an. »... wissen wir auch nicht so genau.«

»Okay. Das kann ich ja dann die Nachbarin fragen. Wie alt ist er?«

»Vier. Im Januar wird er fünf.«

»Falls er nicht längst tot ist, natürlich.« Louise schien keine große Hoffnung in meine Fähigkeiten als Kriminalist zu setzen.

»Wer weiß, vielleicht ist es sogar der gleiche Mörder, der auch den anderen Jungen umgebracht hat?«

»Bisher hat niemand irgendjemanden umgebracht!«, fuhr ich die beiden an. »Und es ist in meinen Augen äußerst unwahrscheinlich, dass Tim entführt wurde. Sonst hätten sich die Eltern doch längst bei uns gemeldet.«

»Du hättest ja trotzdem wenigstens anrufen können«, maulte Louise.

»Es ist immer das Gleiche mit dir«, meinte Sarah. »Du nimmst uns nicht ernst.«

»Heute«, versprach ich, um die Diskussion zu beenden. »Sobald ich im Büro bin, rufe ich diese Frau an.«

Über Nacht war der Krieg ausgebrochen. Selbst Sönnchen hatte ihre sonst so unverwüstliche Heiterkeit verloren. Ich kann bis heute nicht sagen, wer geredet hatte. Wie meine gestrigen Gespräche hatten an die Öffentlichkeit dringen können. Aber irgendwer hatte es ausgeplaudert, dass wir plötzlich Gundrams Eltern unter die Lupe nahmen.

»Liebekind hat auch schon nach Ihnen gefragt.« Meine niedergeschmetterte Sekretärin wagte kaum, mir in die Augen zu sehen. »Und außerdem haben schon ungefähr zehntausend Journalisten angerufen. Und die Staatsanwaltschaft natürlich …«

Liebekind war ein Chef, wie man ihn sich wünscht. Nie launisch, selten aufbrausend. Er ließ einen ausreden und dachte nach, bevor er urteilte. So wie heute hatte ich ihn noch nie gesehen. Für einen Moment fürchtete ich wieder einmal, er hätte herausgefunden, wo seine Frau zweimal die Woche ihre Abende verbrachte. Aber schon seine ersten Worte beruhigten mich.

Zumindest in diesem Punkt.

»Sie haben schon die Zeitungen gesehen?«, fuhr er mich an, bevor wir uns die Hand gereicht hatten.

»Nein«, erwiderte ich wahrheitsgemäß. »Warum?«

»Darum.« Er warf mir die Rhein-Neckar-Zeitung über den Tisch.

Wir hatten es wieder einmal auf die Seite Eins geschafft.

»Eltern des Entführungsopfers Gundram S. unter Mordverdacht?«, lautete die Schlagzeile. Und daneben mein Bild.

»Erklären Sie mir das bitte.« Sein Ton gefiel mir ganz und gar nicht.

Ich erzählte von unseren neuen Überlegungen und meinen gestrigen Gesprächen. »Aber damit eines klar ist«, schloss ich, »ich habe niemandem gegenüber einen derartigen Verdacht auch nur angedeutet. Mir ist völlig schleierhaft, wie jemand meine Fragen so interpretieren kann.«

»Wie auch immer«, brummte mein Chef nur halb überzeugt. »Wir müssen sofort in die Offensive gehen. Auf keinen Fall dürfen wir uns von den Medien treiben lassen. Ich habe für elf Uhr eine Pressekonferenz anberaumt. Vielleicht sind wir heute ausnahmsweise vor den Eltern in den Nachrichten.«

Ich formulierte eine knappe Erklärung für die Presse, verwarf sie wieder, bastelte eine neue, die noch mehr nach Rechtfertigung klang als die erste. Dabei gab es ja nichts zu rechtfertigen. Wieder und wieder ging ich meine Gedächtnisprotokolle durch. Hatte ich auch wirklich nichts vergessen? Nichts hinzuphantasiert? Nein, ich hatte mir nichts zuschulden kommen lassen. Einem begründeten Verdacht war ich nachgegangen, mit aller gebotenen Diskretion, weiter nichts. Ich hatte weder Zeugen beeinflusst noch Informationen durchsickern lassen. Ich hatte mir nicht das Geringste vorzuwerfen. Und dennoch wurde ich mit jeder Minute, die die Pressekonferenz näher rückte, unruhiger.

Die Veranstaltung begann mit zehn Minuten Verspätung, da immer wieder Stühle gerückt und neue hereingeschleppt werden mussten, bis endlich jeder seinen Platz gefunden hatte. Liebekind begrüßte die unruhige Journaille mit angemessenem Ernst. Anschließend ergriff die Leitende Oberstaatsanwältin, Frau Dr. Steinbeißer, das Wort und gab einige Unverbindlichkeiten von sich, die nicht danach klangen, als gedenke meine vorgesetzte Behörde, sich vor mich zu stellen. Dann durfte ich meine Erklärung verlesen, und anschließend brach ein wahrer Tsunami von Fragen über mich herein.

Niemand wollte wissen, was ich eben gesagt hatte. Niemand schien mir überhaupt zugehört zu haben. Kein Mensch machte mir irgendwelche Vorwürfe. Plötzlich ging es nur noch um die Eltern, die sensationellerweise über Nacht von bemitleidenswerten Opfern zu Mordverdächtigen mutiert waren. Die Meute warf sich wie im Blutrausch auf ihre unverhofft aufgetauchte neue Beute.

Und jede zweite Frage war in Wirklichkeit eine Unterstellung.

»Glauben Sie denn nun, die Leute haben ihr Kind ermordet, oder glauben Sie es nicht?«

»Wir werden hier ja nicht fürs Glauben bezahlt. Im Augenblick denken wir nur über Verschiedenes neu nach. Schließlich müssen wir jede denkbare ...«

Meine letzten Worte gingen im Lärm unter. Blitzlichter gewitterten, die Scheinwerfer der Fernsehkameras blendeten mich und brachten mich noch mehr zum Schwitzen.

»Aber Sie halten es schon für denkbar«, schrie eine junge Frau in den hinteren Reihen mit überkippender Stimme, »dass die Eltern ihr Kind mit voller Absicht getötet haben?«

»Wir müssen grundsätzlich immer alles für denkbar halten«, sagte ich ins Mikrofon, dessen Lautstärke irgendein Idiot plötzlich hochgedreht hatte, damit mich auch wirklich jeder gut verstand. »Es ist unsere Pflicht, alles für möglich zu halten.«

Ich wollte noch hinzufügen: »Aber natürlich halte ich persönlich diese Hypothese für absolut unwahrscheinlich.« Doch dazu kam ich nicht mehr.

Die ersten rannten schon hinaus, Handys am Ohr, Laptops im Arm, um es noch in die Zwölf-Uhr-Nachrichten zu schaffen.

Ich konnte sagen, was ich wollte. Richtigstellen, zurechtrücken, differenzieren, abwägen. Niemand hörte mir mehr zu.

»Ich wäre Ihnen sehr verbunden«, sagte Liebekind mit tödlichem Ernst, als wir endlich wieder unter uns waren, »wenn Sie in Zukunft die Finger von diesem Fall lassen würden, lieber Herr Gerlach.«

Sein »lieber« tat mir unglaublich gut.

Er packte mich am Arm und hielt mich mit hartem Griff. »Das ist nämlich das Gute an der üblichen Aufgabenverteilung zwischen Chef und Mannschaft: Der Subalterne kann sich hie und da einen Fehler erlauben. Der Chef nicht, denn sonst ist er bald keiner mehr.«

Ich sah ihm fest in die Augen und versprach, ab sofort artig zu sein und mich wie ein richtiger Kripochef zu gebärden und meinen Untergebenen nicht mehr ins Handwerk zu pfuschen.

Um sieben Minuten vor zwölf ging die Meldung über die Nachrichtenagenturen: »Mordverdacht offiziell bestätigt. Heidelberger Kripo verdächtigt die Eltern, ihr angeblich entführtes Kind getötet zu haben.«

Unsere Pressestelle verbreitete fast gleichzeitig die inzwischen in aller Hast formulierte Richtigstellung. Selbstverständlich gaben sich die Redaktionen, die den Unsinn bereits gesendet hatten, betroffen. Selbstverständlich würde man alles umgehend korrigieren, relativieren, ins rechte Licht rücken.

Und natürlich bewirkte das alles nichts.

Jeder hörte die sensationelle Nachricht. Aber wen interessierte Stunden später die langweilige Gegendarstellung?

Als ich in mein Büro zurückkehrte, war meine sonst so unverwüstliche Sekretärin den Tränen nahe. Das Ehepaar Sander hatte Anzeige gegen mich erstattet, wie sie eben von der Staatsanwaltschaft erfahren hatte. Wegen übler Nachrede, Rufschädigung sowie anhaltender Vernachlässigung meiner Dienstpflichten.

Nun würde es also Vernehmungen geben, bei denen ich plötzlich an der anderen Seite des Tisches saß. Schlimmstenfalls, wenn es ganz schlecht lief, würde ich vorübergehend von meinen Aufgaben entbunden. Und natürlich gäbe es jede Menge miserable Presse. Ich verfluchte mich dafür, dass ich die heiklen Gespräche gestern allein geführt hatte. Ich war allein gegangen, weil man auf diese Weise oft rascher das Vertrauen der Menschen gewinnt und mehr von ihnen erfährt.

Weil es für niemanden angenehm ist, sich mit zwei Fremden gleichzeitig zu unterhalten.

Aber was, wenn einer meiner Gesprächspartner die Sache

anders darstellte als ich? Was, wenn auf einmal Aussage gegen Aussage stand?

Mit Abstand betrachtet, war meine Situation nicht sonderlich aufregend. Natürlich war die Staatsanwaltschaft letztlich auf meiner Seite. Aber wenn man unversehens mittendrin steckt in einem solchen Schlamassel, dann entwickelt man eine ungeahnte Kreativität darin, sich die schlimmsten Verwicklungen und gemeinsten Intrigen auszumalen.

Nach einem ohne Appetit hinuntergeschlungenen Essen ließ ich mir die Akten bringen. Alle. Ich bat Sönnchen, mir am Nachmittag alles vom Hals zu schaffen, was nicht unaufschiebbar war.

An einem lähmend heißen Hochsommernachmittag war es gewesen, am Sonntag, den fünften August. Gegen halb drei hatte Gundram Sander laut Aussage seiner Mutter sein Elternhaus verlassen. Er hatte ein wenig mit seinem neuen Rad herumfahren wollen, das er erst seit wenigen Tagen besaß. Dass er allein draußen spielte, war nicht ungewöhnlich. Das Viertel war sicher, Autoverkehr auch an Werktagen kaum vorhanden. Wie immer hatte Natascha Sander ihrem Sohn eingeschärft, wo die Grenzen seines kleinen Reviers lagen: Nach links die ruhige Anwohnerstraße hinunter bis zur Einmündung in die nächste größere Straße. Nach rechts bis zur Wendeschleife. Der dahinterliegende Wald war schon wieder verbotenes Gebiet.

Bisher hatte er diese Regeln immer respektiert. Gundram schien überhaupt ein Kind zu sein, das Verbote achtete. Meist hatte er allein gespielt. Viele Spielkameraden und Attraktionen gab es ohnehin nicht im näheren Umkreis, da das Viertel hauptsächlich von älteren Paaren und Familien mit erwachsenen Kindern bewohnt war. So war Gundram einige Male einsam und ziemlich langsam die Straße hinauf- und hinuntergeradelt, hatte dabei Geräusche gemacht wie ein Rennwagen mit defektem Auspuff. Einmal sei er sogar ein klein wenig gestürzt, sagte später eine ältere, alleinlebende Nachbarin aus. Er habe jedoch nicht geweint, sondern sei tapfer wieder aufgestiegen und weitergefahren. Von nun an allerdings ohne Motorengeräusche.

Der Vater war an jenem Tag – wie so oft – allein mit seinem Mountainbike unterwegs gewesen. Bei diesen Touren legte er meist mehrere hundert Kilometer zurück, gerne im Schwarzwald und dort am liebsten auf den unwegsamsten und steilsten Strecken.

Selbst was der Junge am Tag seines Verschwindens getragen hatte, war akribisch dokumentiert. Es existierte ein am Vormittag desselben Tages aufgenommenes Foto. Der Vater hatte es geknipst, als Gundram sich zur allerersten Ausfahrt mit seinem niegelnagelneuen silbermetallicfarbenen Rad mit siebenundzwanzig-Gang-Shimano-Schaltung aufmachte. Adrette Jeans, dazu ein weiß-gelb gestreiftes Poloshirt und einen für den Tag viel zu warmen roten Kapuzenpulli, den er vernünftigerweise bald ausgezogen zu haben schien.

Als die Nachbarin ihn irgendwann zwischen drei und Viertel nach drei an ihrem Küchenfenster vorbeifahren sah, hatte sie jedenfalls nichts Rotes an ihm bemerkt. Vermutlich hatte der Pulli sich zu diesem Zeitpunkt schon auf dem Gepäckträger befunden, ordentlich gefaltet, wie sich das gehört für ein wohlerzogenes Kind. Dazu trug Gundram weiße Puma-Sportschuhe mit blassblauen Verzierungen. Sogar Farbe und Marke seiner Unterhose (dunkelblau, Calvin Klein) sowie die der Söckchen (hellblau, Falke) waren in unseren Akten vermerkt.

Während ich blätterte und las und mir hin und wieder Notizen machte, fiel mein Blick auf den Zettel mit Namen und Nummer der Frau, die ich auf Wunsch meiner Töchter anrufen musste. Ich wählte, aber es meldete sich nur ein Unverständliches quakender Anrufbeantworter. So setzte ich seufzend meine Brille wieder auf, ohne die ich in letzter Zeit kaum noch etwas entziffern konnte, und blätterte weiter.

Frau Sander hatte im Lauf des Nachmittags einige Male nach ihrem Sohn Ausschau gehalten. Als sie gegen fünf wieder einmal auf die Straße trat, war er plötzlich nirgendwo mehr zu finden gewesen. Auch nicht das Rad oder der Kapuzenpulli. Das Seltsame dabei war: Niemand hatte im fraglichen Zeitraum einen fremden Wagen gesehen oder in dem sonntagsstillen Viertel auffällige Geräusche gehört. Niemand schien überhaupt irgendetwas gesehen oder gehört zu haben.

Der einzige Fremde, der sich nachweislich dort aufgehalten hatte, war ein italienischer Eisverkäufer in seinem kunterbunt bemalten VW-Bus. Giuseppe Domenica war nach eigener Schätzung um zehn nach drei in die Straße eingebogen, wo die Familie Sander wohnte, hatte gebimmelt, in der Wendeschleife eine Weile gewartet, ein zweites Mal gebimmelt und war nach geschätzten fünf Minuten weitergefahren, ohne eine einzige Kugel Eis verkauft zu haben. Auch er hatte Gundram einige Zeit beim Herumkurven zugesehen. Als Klara Vangelis ihn jedoch zwei Tage später befragte, war er sich schon nicht mehr sicher gewesen, da in dem in den Achtziger- und Neunzigerjahren erbauten Viertel eine Straße aussah wie die andere.

All unsere Suchaktionen, alle Bitten an die Öffentlichkeit um Mithilfe, alle flehenden Aufrufe der Eltern und versprochenen Belohnungen blieben vergeblich. Außer der leider schon ein wenig betagten Nachbarin und dem Eisverkäufer fanden wir keinen einzigen ernst zu nehmenden Zeugen.

Ich nahm das Foto noch einmal zur Hand. Der kleine Gundram war flachsblond und schmal. Ernst, aufmerksam und ein wenig zu schüchtern für einen Erstklässler in spe blickte er in die Kamera. Keine Spur von Stolz auf das funkelnde Rad. Das Ganze sah eher nach Pflichtübung aus. Gundi, komm doch mal eben, der Papi will ein Foto machen. Nun freu dich doch. Jetzt lach halt mal. Aber Gundram hatte sich offensichtlich nicht gefreut.

Jungs in seinem Alter halten sich nicht immer an Vorschriften. Mädchen übrigens auch nicht, ich spreche aus Erfahrung. Irgendwann packt jeden gesunden Jungen die Abenteuerlust. Die Sehnsucht, zu wissen, wie es sich jenseits des Horizonts der Verbote anfühlt. Was geschieht, wenn man die magische Grenze passiert, einfach weiterfährt, vielleicht sogar bis zur Bundesstraße, wo die großen Laster vorbeibrausen. So unglaublich laut und schnell, dass es einem die Haare ins Gesicht weht. Wo es tausendmal spannender ist als im immergleichen Einerlei eines Viertels voller mehr oder weniger gleich aussehender Einfamilienhäuser und zum Sterben langweiliger Erwachsener.

Falls es sich so abgespielt haben sollte, dann hätte irgendjemand den Jungen außerhalb seines Reviers sehen müssen.

Natürlich waren an dem heißen Nachmittag nicht allzu viele Menschen auf den sonnenglühenden Straßen. Natürlich achtete nicht jeder auf ein vorbeiradelndes Kind. Aber der eine oder andere schon. Mütter und Großmütter zum Beispiel. Irgendwer findet sich am Ende immer.

Nicht jedoch im Fall Gundram Sander.

Jenseits der Wendeschleife führte ein schmaler Fußweg in ein kleines, aber unübersichtliches Waldgebiet. Ging man dort weiter, dann landete man überall und nirgends. Wenn man wollte, dann konnte man über Feld- und Waldwege Dutzende von Kilometern zurücklegen, ohne einen Ort zu passieren. Meine Leute hatten das Gelände im Umkreis von zehn Kilometern abgesucht. Zunächst mit Hunden, später mithilfe eines Helikopters, der mit Infrarotkameras ausgerüstet war.

Das Telefon schreckte mich auf. Sönnchen.

»Da ist eine Dame in der Leitung. Es geht um den Jungen, sagt sie.«

»Schicken Sie sie zu Vangelis.«

»Sie will aber unbedingt mit Ihnen ...«

»Wer ist es?«

»Das will sie nicht sagen.«

»Okay«, ich nahm die Brille wieder ab, »dann stellen Sie durch.«

Es kam vor, dass Zeugen nur mit mir, dem Kripochef persönlich, sprechen wollten. Sei es, weil sie fürchteten, was sie zu sagen hatten, würde sonst nicht gebührend gewürdigt, vielleicht auch nur, weil sie sich endlich einmal richtig wichtig fühlen wollten.

Die Anruferin sprach mit selbstbewusstem und leicht schnippischem Tonfall. Und sie klang nicht, als wäre sie Widerspruch gewohnt.

»Ich denke, was ich zu sagen habe, wird Sie sehr interessieren.«

»Ich bin ganz Ohr.«

»Aber bitte nicht am Telefon.«

»Sie wollen mich persönlich sprechen?«

»So ist es.«

»Meine Sekretärin wird Ihnen gern einen Termin geben.«

»Ich ziehe es vor, Sie an einem neutralen Ort zu treffen. Und ich denke, es ist auch in Ihrem Interesse, wenn wir es rasch hinter uns bringen.«

Wir verabredeten uns im Café Gekco am Ende der Bergheimer Straße. Mir passte die Unterbrechung ganz und gar nicht, aber etwas in ihrem Tonfall ließ mich einwilligen. Außerdem waren es von meinem Büro zum vereinbarten Treffpunkt kaum mehr als zehn Minuten zu Fuß.

Bevor ich mich auf den Weg machte, drückte ich, schon im Mantel, die Wahlwiederholung. Aber Frau Weberlein, die Nachbarin des angeblich verschwundenen Tim, war immer noch nicht zu Hause.

5

Ich war ein wenig außer Atem, als ich das Gekco betrat. Die Bergheimer Straße war länger als gedacht. Das Lokal war gut besucht, vor allem von jungen, schick gekleideten Menschen. Dennoch entdeckte ich die Anruferin sofort. Sie saß allein an einem runden Vierertisch links neben dem Eingang mit Blick durch eines der hohen Rundbogenfenster auf Straße und Bismarckplatz. Merkwürdigerweise sah sie genauso aus, wie ich sie mir nach dem Telefongespräch vorgestellt hatte.

Auch sie schien mich zu erkennen, denn sie erhob sich, kam mir jedoch keinen Schritt entgegen. Sie verdiente in jeder Hinsicht die Bezeichnung Dame. Ein wenig erinnerte sie mich an Theresa mit dem wallenden, rötlich schimmernden Blond, den beeindruckenden Augen, der stolzen Haltung. Sie war jedoch ein gutes Stück kleiner als meine Geliebte, schmaler und noch wesentlich teurer gekleidet. Ihr sandfarbenes, knielanges Kleid war aus glattem Leinenstoff und mit Sicherheit vom Schneider.

Wir reichten uns die Hand und nahmen Platz. Eine etwas schüchterne dunkelhaarige Bedienung mit rotem Schürzchen erschien und mühte sich ein Lächeln ab. Ich bestellte mir einen Tee, da ich heute schon genug Kaffee getrunken hatte. Ein Hauch eines gewiss sündteuren Parfüms umgab meine Gesprächspartnerin. Aus den Boxen an der Wand schrie Falco leise nach seiner »Jeanny«. Ein Lied, das mir auch unter anderen Umständen Gänsehaut machte.

»Was kann ich für Sie tun, Frau …?«

»Mein Name tut nichts zur Sache«, erwiderte sie mit klarer, auch bei gedämpfter Lautstärke voller Stimme.

»Wie Sie meinen.«

»Es geht um diese Leute, die ihr Kind vermissen.«

Faszinierend, wie viel Verachtung man in ein so harmloses Wort wie »Leute« legen konnte.

»Es gibt da etwas, was Sie wissen sollten.«

Mein Tee kam. Er war lauwarm. Die namenlose Dame schlug die Augen nieder, betrachtete für Sekunden mit dezent angewiderter Miene die saubere Tischdecke. Dann sah sie wieder auf.

»Es widerstrebt mir zutiefst zu tun, was ich nun tun werde. Ich denke aber, es könnte wirklich wichtig für Sie sein.«

»Vielleicht möchten Sie mir doch erst einmal Ihren Namen nennen? Es redet sich leichter, wenn man weiß, wen man vor sich hat. Ich garantiere Ihnen selbstverständlich absolute Diskretion.«

»Nein, das möchte ich nicht. Ich will da in keiner Weise hineingezogen werden.«

Wieder schwieg sie mit gerunzelter Stirn, kämpfte ein letztes Mal mit sich und ihrem Gewissen.

»Die Mutter des armen Jungen«, mit einem Seufzer nahm sie einen Schluck von ihrem Espresso doppio, »sie empfängt regelmäßig – nun ja – Herrenbesuche. Und das hat sie auch an dem Sonntag getan, als ihr Kind verschwand.«

»Wechselnde Herrenbesuche?«

»Nein.« Ihr Lachen klang nicht unsympathisch. »So schlimm ist es nun auch wieder nicht.«

»Und dass der Besucher am fünften August bei ihr war, wissen Sie auch nach so langer Zeit noch?«

»Ich selbst weiß überhaupt nichts. Meine Informationen stammen von einer guten Freundin. Sie wohnt ganz in der Nähe der Sanders und will … Nun ja, sie legt Wert auf gute Nachbarschaft. Aber als nun plötzlich dieser schreckliche Verdacht gegen die Eltern aufkam, hat sie sich mir anvertraut. Und ich habe es übernommen, mit Ihnen zu sprechen.«

Ein junges Paar am Nachbartisch brach in schallendes Gelächter aus, fiel sich dann in die Arme und begann, sich hemmungslos zu küssen. Ich konzentrierte mich wieder auf meine Gesprächspartnerin.

»Den Namen dieser Freundin werden Sie mir natürlich ebenfalls nicht verraten.«

»Sie sagen es«, erwiderte sie heiter.

»Und seit wann geht das schon, mit diesen Herrenbesuchen?«

»Seit Jahren.«

»Wie oft?«

»Zwei, drei Mal die Woche. Sie haben anscheinend keinen festen Tag. Hin und wieder kommt er auch am Sonntag, wenn die Luft rein ist. Unter der Woche ist der Junge im Kindergarten, oder sie kann ihn irgendwo unterbringen. Und sonntags muss das arme Kind dann eben zwei, drei Stunden allein draußen spielen, damit das Tête-à-Tête nicht gestört wird.«

»Und Ihre Freundin ist sich absolut sicher, dass der geheimnisvolle Mann am fünften August bei Frau Sander war?«

»Der Tag ist ihr Geburtstag. Sie hatte Gäste, und jemand hat sich geärgert, weil der Maserati des Herrn gleich zwei Parklücken blockierte.«

Ich unterdrückte ein Lächeln. Es würde mich keine zehn Minuten kosten herauszufinden, wer in der Nachbarschaft der Familie Sander an diesem Tag Geburtstag hatte.

»Kommt er immer noch?«

Sie leerte ihre Tasse zum Zeichen, dass das Gespräch sich seinem Ende näherte.

»Er parkt jetzt immer einige Straßen entfernt. Zwischen den Grundstücken gibt es parallel zu den Anwohnerstraßen einen schmalen Fußweg. Der kann von den meisten Häusern wegen der hohen Hecken nicht eingesehen werden. Viele haben hinten hinaus ein Törchen zu diesem ›Hexenweg‹, wie er genannt wird. Darunter auch die Sanders. Diesen Weg hat er schon früher immer genommen. Und deshalb denkt er wohl, niemand bemerke etwas von seinen heimlichen Hausbesuchen.«

»Das ändert zunächst nicht allzu viel«, überlegte ich. »Gut, das Kind war an dem Nachmittag anscheinend ohne Aufsicht.«

»Sie lügt, wenn sie behauptet, sie habe hin und wieder nach

ihm gesehen. Frühestens um fünf ist der Maserati wieder verschwunden. Sagt meine Freundin.«

Ich lehnte mich zurück und legte die Fingerspitzen aneinander.

»Wenn das so stimmt, dann ist der Verdacht gegen die Mutter wohl gegenstandslos.«

»Dafür haben Sie ja nun einen neuen Verdächtigen«, erwiderte sie lächelnd. »Die beiden sind gerade hübsch bei der Sache, da platzt das Kind herein und macht Geschrei, der Mann dreht durch und …«

Das Paar am Nachbartisch war nicht mehr weit entfernt davon, zur Sache zu kommen. Ich nickte erst und schüttelte dann den Kopf. Meine geheimnisvolle Gesprächspartnerin erhob sich mit fließenden Bewegungen und reichte mir eine schmale, schmuckfunkelnde Hand.

»Und außerdem bleibt Ihnen ja immer noch der Vater. Was halten Sie von einem kleinen Eifersuchtsdrama?«

Natascha Sanders Techtelmechtel entlastete sie tatsächlich, überlegte ich auf dem Rückweg zur Direktion. Und vermutlich würde es neuen Ärger geben, wenn ich nun plötzlich nach ihrem Lover fahnden ließ.

Ich überquerte die Straße. Die frische Luft tat mir gut, stellte ich nebenbei fest. Allerdings hatte meine Gesprächspartnerin auch in einem zweiten Punkt recht: Was, wenn der Vater aus irgendeinem Grund zu früh von seiner Radtour zurückgekehrt war und seine Frau im Bett mit einem anderen ertappt hatte? Was, wenn er gar nicht erst losgefahren war, sondern sich irgendwo in der Nähe versteckt hielt, um seine Frau der Untreue zu überführen? In einem solchen Fall wird es in der Regel laut. Zu laut, als dass alle auf ihren Terrassen vor sich hin dösenden Nachbarn es hätten überhören können.

Ein leichter, angenehm kühler Wind ging, bunte Blätter segelten in eleganten Pirouetten vor meine Füße. Ein nicht mehr ganz junges, offenbar frisch verliebtes Paar radelte vorbei. Er lenkte, sie saß auf dem Gepäckträger, hielt ihn umklammert wie ein Äffchen und musste treten. Eine Straßenbahn hielt an der Haltestelle Römerstraße und entließ drei Fahrgäste. Niemand stieg ein.

Der Vater hatte auf seiner Tour durch den Nordschwarzwald angeblich mit niemandem gesprochen, kein bekanntes Gesicht gesehen. In dem Höhenrestaurant an der Schwarzwaldhochstraße, wo er zu Mittag gegessen haben wollte, konnte sich niemand an ihn erinnern, was jedoch angesichts des Trubels, der dort an schönen Sonntagen herrschte, niemanden wunderte. Aber kam er wirklich als Täter infrage?

Ich erreichte die Polizeidirektion, passierte den Haupteingang und nickte der blonden Frau an der Pforte zu. Sie nickte zurück und lächelte, als würde sie nicht mich meinen.

Sollte Gundram einer Trennung im Weg gestanden haben? Natascha Sander war ja offenbar in ihrer Ehe nicht so glücklich, wie sie die Öffentlichkeit glauben machen wollte. Vor Jahren hatte sie sich von ihrem Job als Model in ein Dasein als Mutter verabschiedet. Es waren nicht die großen Fotografen und Modejournale gewesen, die sie engagiert hatten. Dennoch war denkbar, dass sie irgendwann das Gefühl übermannt hatte, das Kind stehe im Weg. In einem solchen Fall engagierte man jedoch in ihren Kreisen ein schwedisches Au-pair-Mädchen oder eine spanische Kinderfrau und griff nicht zu Messer oder Plastiktüte.

Ich stand vor meiner Tür, hielt die Klinke schon in der Hand und schüttelte den Kopf. Nein, das war alles Unsinn. Kindermord war etwas für die Unterschicht. Dennoch konnte es nicht schaden, mit diesem Maserati-Fahrer einige Worte zu wechseln.

Als meine Mädchen am Freitagmorgen – wie üblich viel zu spät – vom Frühstückstisch aufsprangen und mit einem zweifach gemurmelten »Tschüssi, Paps« verschwanden, schlug ich die Zeitung auf und vergaß im nächsten Augenblick das Kauen.

»Neuer Zeuge entlastet Gundrams Eltern«, knallte es mir in den größten Lettern entgegen, die der Setzerei zur Verfügung standen. Der dazugehörige Artikel war kleiner als die Überschrift und rasch gelesen. Vermutlich animiert durch die sensationell hohe Belohnung hatte sich ein bislang unbekannter Zeuge gemeldet und vor einem Notar eine eidesstattliche Erklärung abgegeben. Der Mann behauptete, Gundram Sander am Nachmittag seines Verschwindens über fünf Kilometer von seinem Elternhaus entfernt gesehen zu haben. Allein, auf der

Bundesstraße unterwegs in Richtung Süden. Auch das Rad und der rote Pulli auf dem Gepäckträger wurden erwähnt. Außerdem hatte der Junge angeblich einen Rucksack bei sich gehabt, wovon bisher noch nie die Rede gewesen war.

Ich ließ alles stehen und liegen und machte mich auf den Weg in die Polizeidirektion. Dort trommelte ich meine engsten Mitarbeiter zusammen. Natürlich hatten alle die sensationelle Neuigkeit schon gehört.

»Schaffen Sie mir diesen Zeugen her«, begann ich ohne Einleitung. »Und zwar sofort, wenn's geht.«

Balke klappte seinen PDA auf, um darin nach irgendwelchen Informationen zu suchen. »Ich schlage vor, wir fangen mit dem Detektivbüro an, das die Sanders beauftragt haben. Ich hab mal die Telefonnummer gecheckt, die die Eltern im Fernsehen angegeben haben. Hier ist es: Detektei Pretorius.« Befriedigt klappte er sein elektronisches Gedächtnis zu. »Diskret, seriös und zielorientiert.«

»In der Zeitung wird ein Rucksack erwähnt …«

Auch Klara Vangelis war stinksauer. »Da sieht man mal wieder, was unsere sogenannten Augenzeugen wert sind! Wenn das stimmt, was der Mann sagt, dann stehen wir wieder völlig am Anfang.«

Ich legte das Gesicht in die Hände.

»Sie beide«, entschied ich nach kurzem Nachdenken, »befragen bitte noch einmal die Eltern und die beiden Augenzeugen. Wir müssen jetzt wohl die Möglichkeit in Betracht ziehen, dass der Junge nicht entführt wurde und keinen Unfall hatte, sondern schlicht und einfach ausgebüxt ist.«

»Er müsste jetzt irgendwo in Mittelitalien sein«, meinte Balke grinsend. »Falls er Richtung und Tempo beibehalten hat, natürlich.«

Mir war nicht nach Witzen zumute.

»Die Eltern werden nicht begeistert sein über Ihren Besuch. Aber es muss ja schließlich auch in ihrem Interesse liegen, den Verdacht von sich abzuwenden.«

Ich sprang auf. »Und ich knöpfe mir jetzt sofort diesen Detektiv vor.«

René Pretorius war ein smarter Mittdreißiger mit leicht sarkastischem Zug um den Mund, der auch nicht verschwand, wenn er lächelte. Er hatte sofort Zeit für mich, als seine Empfangsdame meinen Namen nannte.

»Eigentlich müsste ich längst auf dem Weg nach Ludwigshafen sein«, erklärte er mir freundlich. »Da droht ein äußerst lukrativer Job von der BASF. Aber wenn schon mal so hoher Besuch kommt ...«

Seine offenbar blendend gehende Detektei befand sich in einem repräsentativen Altbau am Adenauerplatz, und so hatte ich nur wenige Minuten gebraucht, um sie zu erreichen. Nicht weniger als fünf Türen hatte ich gezählt, als mich die junge Frau den Flur hinunterführte zum letzten und vermutlich geräumigsten Raum der schönen Altbauwohnung. An den Wänden hing großformatige und mit Geschmack ausgewählte moderne Kunst. Nichts wirkte hier billig oder gar schäbig. Keine Ähnlichkeit mit den versifften Büros amerikanischer Detektive in alten Filmen.

»Nun denn«, sagte Pretorius, nachdem seine Empfangsdame lautlos die schalldichte Tür hinter sich geschlossen hatte. »Wenn wir es vielleicht zügig hinter uns bringen könnten?«

»Ich nehme an, Sie haben meinen Besuch erwartet?«

»Ehrlich gesagt, nein«, entgegnete er, nach wie vor lächelnd. »Eigentlich hatte ich eher einen empörten Anruf erwartet. Dass der Kripochef gleich persönlich vorbeikommt ... Sie müssen ganz schön unter Feuer stehen.«

Pretorius wies auf einen der anthrazitfarbenen Polsterstühle, die um einen runden und peinlich sauberen Besprechungstisch standen, und nahm ebenfalls Platz. Nicht ohne dabei so diskret wie sorgenvoll auf eine schmale Armbanduhr zu blicken, in der sicherlich ein Schweizer Uhrwerk tickte. Sein legerer hellgrauer Anzug saß zu gut für Konfektionsware, das blasslila Hemd war von D & G, wenn ich das Emblem auf der Brust richtig deutete. Dazu trug er eine rostrote Krawatte, und alles zusammen wirkte wie aus einem französischen Haute-Couture-Prospekt abgeguckt. Er schlug die schlanken Beine übereinander.

»Kaffee?«

»Danke, nein.« Ich faltete die Hände auf dem Tisch und sah

ihm ins Gesicht. »Wer ist dieser angebliche neue Zeuge, Herr Pretorius?«

»Diese Frage kann ich Ihnen leider nicht beantworten, Herr Gerlach.« Plötzlich war sein Lächeln erloschen. Wir waren beim Geschäftlichen. »Sowohl meine Auftraggeber als auch der Zeuge wünschen in diesem Punkt strengste Vertraulichkeit. Sie haben Sorge, dass Sie den Mann andernfalls so lange durch die Mangel drehen, bis er seine Aussage widerruft.«

»Ich kann Sie problemlos zwingen, den Namen zu nennen, und das wissen Sie auch. Behinderung polizeilicher Ermittlungen, Vertuschung einer Straftat, Unterschlagung von Beweismitteln und so weiter. Ich lasse Sie so oft vorladen, dass Sie gar nicht mehr zum Arbeiten kommen.«

»Aber, ich bitte Sie!« Pretorius hob abwehrend die gepflegten Hände. »An mir soll es doch nicht scheitern. Ich bin hier nur das Helferlein, das leider an seine Schweigepflicht gebunden ist.«

Ich beugte mich noch weiter vor. Er hielt meinem Blick stand, ohne zu blinzeln.

»Ich pfeife auf Ihre Schweigepflicht. Sie sind – wie jeder andere auch – verpflichtet zu sagen, was Sie wissen. Es geht um ein Menschenleben, falls Sie das vergessen haben sollten. Ein kurzes Telefonat mit der Staatsanwaltschaft, und Sie können Ihren Laden heute noch dichtmachen.«

Pretorius sah mir fast mitleidig ins Gesicht. »Ich denke eher nicht, dass Sie dieses Telefonat führen werden.«

»Was sollte mich daran hindern?«

»Von Unterschlagung von Beweismitteln kann keine Rede sein. Mein Zeuge schwört nämlich, dass er einen Tag nach Gundrams Verschwinden Ihre Behörde kontaktiert und dort ordnungsgemäß seine Aussage zu Protokoll gegeben hat.« Ein kaum wahrnehmbares Grinsen machte sich auf seinem weich geschnittenen Gesicht breit, das ich in diesem Moment zu gern geohrfeigt hätte. »Nur scheint sie bei Ihnen leider irgendwie verschüttgegangen zu sein.«

Für Sekunden sahen wir uns in die Augen. Er deutete mein Schweigen richtig.

»Der einzige Rat, den ich Ihnen geben kann, verehrter Herr

Gerlach: Sprechen Sie mit meinen Auftraggebern. Das wird nicht leicht werden, ich weiß. Die Sanders sind ein wenig verschnupft, seit Sie die beiden so medienwirksam unter Mordverdacht gestellt haben.«

Wieder sah er auf seine teure Uhr.

»Niemand hat irgendeinen Mordverdacht geäußert«, versetzte ich rau. »Das wissen Sie so gut wie ich.«

»Richtig, wir beide wissen das. Aber meine Klienten sehen das unglücklicherweise ein wenig anders. Und jetzt muss ich leider. Die Herren bei der BASF warten ungern. Sie entschuldigen mich?«

Noch ein warmes Lächeln, ein fester Händedruck, und er ließ mich einfach stehen. Wie einen lästigen Versicherungsvertreter oder aufdringlichen Zeitungswerber.

Vangelis und Balke, die eine halbe Stunde nach mir zurückkamen, hatten auch nicht mehr Glück gehabt.

»Der Eisverkäufer erinnert sich inzwischen an gar nichts mehr«, eröffnete mir Balke zornig. »Hätten wir ihn noch eine Minute länger gelöchert, dann hätte er seine komplette Aussage zurückgezogen. Die Nachbarin meint sich eventuell an einen Rucksack zu erinnern, will sich aber nicht festlegen. Ich glaube langsam, die hat überhaupt nichts gesehen. Wenn wir sie gefragt hätten, ob der Junge zwei Hörner auf dem Kopf hatte, dann hätte sie sich auch an die erinnert.«

»Und die Mutter?«

»Hat uns nicht mal die Tür geöffnet.«

»Soll ich sie vorladen?«

»Sie wird nicht kommen«, meinte Vangelis. »Die Eltern sind jetzt offenbar entschlossen, die Sache ohne uns durchzuziehen. Ich habe den Vater angerufen. Er sagte, sie hätten genug Zeit vertrödelt und würden jetzt mit Leuten zusammenarbeiten, die etwas von ihrem Job verstehen.«

Ich berichtete von Pretorius' Behauptung, der unbekannte Zeuge habe sich bereits Anfang August an uns gewandt und seine Aussage gemacht.

»Wie?«, wollte Vangelis wissen. »Telefonisch? Schriftlich? Anonym oder offen?«

Ich zuckte die Achseln. »Vermutlich spinnt er sich nur irgendwas zusammen, um an die Belohnung zu kommen. Alles, was er ausgesagt hat, kann er aus der Zeitung wissen.«

»Bis auf den Rucksack«, warf Vangelis ein.

»Den außer ihm keiner gesehen hat«, knurrte Balke. »Ich glaube, dieser saubere Herr Pretorius hat seinen Zeugen schlicht und ergreifend erfunden. Geht doch ganz easy: Irgendein Penner wird zum Notar geschleppt, sagt ein auswendig gelerntes Sprüchlein auf, unterschreibt irgendeinen Wisch und wird anschließend mit ein paar Scheinen in der Tasche in den nächsten Zug gesetzt.«

»Es wäre ja leider nicht das erste Mal, dass bei uns eine Aussage verschlampt wird«, gab ich zu bedenken. »Das passiert schon mal, wenn der Fall heiß ist und pausenlos alle Telefone klingeln.«

Mit den Händen auf dem Rücken trat ich ans Fenster. Der Wind hatte zugenommen. Die Blätter an den Bäumen wurden weniger und weniger. Die Sonne würde sich heute wohl nicht mehr blicken lassen.

»Fragen Sie jeden, der am fraglichen Tag Dienst hatte«, sagte ich und wandte mich um. »Ich werde ihn nicht anschreien. Oder höchstens ein kleines bisschen. Ach was, ich will seinen Namen gar nicht wissen. Jeder baut mal Mist. Ich will nur, dass dieses Protokoll gefunden wird. Je schneller, desto besser. Wir müssen Pretorius den Wind aus den Segeln nehmen. Und wir brauchen jetzt dringender denn je einen Erfolg.«

Die beiden sprangen auf und ließen mich allein. Ich machte mich wieder an meine Akten. Es gelang mir jedoch kaum noch, mich zu konzentrieren, und ich kam nur schleppend voran. Irgendwann klopfte es, und Sönnchen streckte den Kopf herein.

»Da wäre jemand für Sie, Herr Kriminalrat.«

6

Natascha Sander war das, was Sven Balke eine »Wow-Frau« nannte. Dabei war sie aus der Nähe betrachtet nicht einmal wirklich schön. Gundrams Mutter blühte offenbar erst im Auge der Kamera auf. Sie beeindruckte durch ihr Selbstvertrauen, ihre atemberaubende Präsenz und diese natürliche Eleganz der Bewegungen, die man nicht lernen kann. Zu einer gewollt lässig wirkenden schwarzen Jeans trug sie provozierend schlichte flache Schuhe und ein blassgrünes Shirt, das sicherlich aus einer Nobelboutique stammte. Den dünnen, beigefarbenen Kaschmirpullover hatte sie nachlässig über die Schultern geworfen, die exakt die richtige Breite hatten.

Sie kam nicht allein. Der Mann, der sie begleitete, war ein Kaugummi kauender, dürrer Schlacks von vielleicht fünfundzwanzig Jahren. Er trug einen nietenübersäten Jeansanzug zur betont gelangweilten Miene.

Ich erhob mich, um den beiden die Hand zu reichen, aber sie blieben drei Schritte vor mir stehen. Ich wies auf die Besucherstühle, aber sie ignorierten meine Geste.

»Warum wollen Sie uns vernichten?« Ihr slawischer Akzent, den sie manchmal vor Kameras so wirkungsvoll einsetzte, war heute kaum wahrzunehmen. »Was haben wir Ihnen getan?«

»Darf ich fragen, wer der Herr …?«

»Der Herr ist mein Bruder Sergej«, versetzte sie kalt. »Sergej besucht mich hin und wieder, und mir ist zu Ohren gekommen, dass Sie seit Neuestem nach ihm fahnden lassen.«

Sie wechselte mit dem jungen Mann einige Worte auf Russisch. Er nickte, und seine Miene wurde noch eine Spur gelangweilter.

»Ihr Bruder fährt einen Maserati?«

Sie nickte. »Das ist ja wohl kein Verbrechen.«

»Ich lasse nicht nach Ihrem Bruder fahnden, sondern würde nur gern ein paar Worte mit ihm wechseln.«

»Es gibt nichts zu besprechen. Sergej hat nichts gesehen. Er hat Gundram nicht gesehen, als er an dem Sonntag kam, und er hat ihn nicht gesehen, als er ging.«

»Warum besucht Ihr Bruder Sie heimlich, wenn ich fragen darf?«

Sie hielt meinem Blick unbeirrt stand. »Mein Mann und Sergej verstehen sich nicht so gut. Aber das ist ja wohl unsere Privatangelegenheit.«

»Selbstverständlich ist es das. Und bitte glauben Sie mir, ich wünschte wirklich, ich könnte mehr tun, um Ihnen Ihr Kind zurückzubringen. Aber wir können leider Gottes nicht zaubern.«

Bei ihrem starren Blick wurde mir bewusst, wie sehr diese Frau mich hasste. Ihre über Wochen aufgestaute Verzweiflung, all die Sorgen um ihren kleinen Jungen projizierte sie auf mich. Der Täter war nicht greifbar, und irgendjemand musste doch schuld sein an ihrem Elend.

Sie nahm die teuer aussehende Handtasche auf die andere Schulter und wechselte das Standbein. Das Make-up war dezent, das Parfüm bemerkenswert unauffällig. Sergej, der kein Deutsch zu sprechen schien, stopfte die Hände in die Taschen seiner Jeans und schob den Kaugummi in die andere Backe.

»Sie tun nichts, um Gundram zu finden«, stieß sie heiser hervor. »Sie verbreiten nur Lügen über uns. Wir hätten unser Kind geschlagen oder sogar umgebracht. Wir hätten ihn hinausgeworfen oder so lange gequält, bis er davongelaufen ist. Nichts als Gemeinheiten, Ungeheuerlichkeiten, Frechheiten. Warum hassen Sie uns so?«

»Niemand hasst Sie«, seufzte ich. »Bitte glauben Sie mir: Wir tun alles Menschenmögliche, um Ihren Sohn zu finden. Wir sind jeder Spur nachgegangen. Wir haben wirklich alles versucht. Im Augenblick bleibt uns leider nur noch zu warten, bis sich neue Hinweise ergeben. Ich weiß, wie schwer es Ihnen fällt, das auszuhalten.«

»Nichts wissen Sie. In Wirklichkeit denken Sie, Gundram ist längst tot. Und deshalb legen Sie die Hände in den Schoß. Weil es sich nicht mehr lohnt, denken Sie.«

»Frau Sander, bitte. Ich bin der Letzte, der so etwas denken würde. Für mich wird Ihr Sohn leben, solange ich keinen Beweis für das Gegenteil habe.«

»Dafür brauche ich keinen Beweis. Ich weiß, dass er lebt, denn ich bin seine Mutter. Mir ist klar, dass Sie von mir als Mutter nicht viel halten. Ich bin keine von diesen Glucken, die ständig an ihren Kindern herumtatschen. Ich liebe mein Kind auf meine Weise. Und es ist nicht wahr, dass ich ihn an dem Tag hinausgeworfen habe. Er wollte selbst auf die Straße. Ein bisschen mit dem neuen Rad herumfahren, das ist doch völlig normal. Es stimmt nicht, ich habe ihn nicht vor die Tür gesetzt.«

»Niemand hat etwas Derartiges behauptet, Frau Sander. Und selbstverständlich können Sie Besuch empfangen, so oft und von wem Sie wollen.«

»Sergej ist noch nicht lange in Deutschland.«

Und fährt schon einen italienischen Sportwagen, dachte ich.

»Er besucht mich hin und wieder, weil er sonst niemanden zum Reden hat.«

Und zu diesem Zweck muss das Kind aus dem Haus.

»Mike passt das nicht, aber das tut nichts zur Sache.«

Wer weiß, vielleicht doch.

Laut sagte ich: »Natürlich. Sie haben vollkommen recht.«

Hoch aufgerichtet stand sie vor mir, jetzt mit beiden Beinen fest am Boden. Eine Hand in die Hüfte gestützt, die andere am Riemen der Handtasche. Ihr Blick war fest und kalt. Plötzlich bemerkte ich das leise Flackern darin, die mühsam unterdrückte Angst, den rasenden Schmerz einer Mutter, die um das Leben ihres Kindes fürchtet.

Sergej sah sich die Wände an.

»Wenn Gundram stirbt«, sagte Natascha Sander leise und jetzt nur noch mühsam beherrscht, »dann werde ich Sie persönlich dafür verantwortlich machen. Wenn meine Familie zugrunde geht, dann wird auch Ihre zugrunde gehen. Um Ihnen das zu sagen, bin ich hier.«

Augenblicke später waren die beiden ungleichen Geschwister verschwunden. Grußlos. Ohne ein Nicken. Wie auf Kommando hatten sie sich umgewandt und waren gegangen.

Erst nach Sekunden bemerkte ich, dass meine Hände sich ineinander verkrampft hatten. Vorsichtig löste ich sie. Was war das eben gewesen? Eine leere Drohung aus Verzweiflung? Oder pflegte Natascha Sander, vielleicht über ihren merkwürdigen Bruder, Kontakte zu kriminellen Kreisen in ihrer alten Heimat? Drohte mir demnächst Besuch von der russischen Mafia?

Nach dem Essen erstattete Balke mir einen ersten Bericht. Die Dienstpläne des sechsten August, des Tages, an dem Pretorius' angeblicher Zeuge seine Aussage bei uns abgeliefert haben wollte, waren inzwischen ausgewertet. Balke brachte eine Liste aller Kollegen und Kolleginnen mit, die damals im Haus gewesen waren. Die wollte er nun abarbeiten, was einige Zeit dauern würde, denn nicht jeder war gleich erreichbar. Aber die Aufgabe schien überschaubar.

Was die Suche nach dem geheimnisvollen Zeugen betraf, hatten andere mehr Glück als ich: Am Nachmittag sendete Phönix ein ausführliches Interview mit dem Mann. Eine Kollegin in der Pressestelle hatte es aufgezeichnet und mir die Datei per E-Mail zugeschickt, sodass ich sie mir auf dem Laptop ansehen konnte. Mit elektronisch verzerrter Stimme und unkenntlich gemachtem Gesicht wiederholte der Zeuge Punkt für Punkt, was heute Morgen schon in der Zeitung gestanden hatte. Allerdings war keine Rede davon, dass er all dies schon am Tag nach Gundrams Verschwinden der Polizei mitgeteilt habe.

Der Zeuge schien mittleren Alters zu sein und aus der näheren Umgebung Heidelbergs zu stammen, soweit ich das als Nicht-Kurpfälzer beurteilen konnte.

Die Journalistin, die das Interview führte, zog am Ende die richtigen Schlüsse. »Der jüngst aufgekommene Verdacht gegen die Eltern dürfte hiermit aus der Welt sein«, erklärte sie mit ernster Stimme und bedeutendem Blick in die Kamera.

Den Anruf bei der Redaktion ersparte ich mir. Dort würde man mir eine Nase drehen und sich auf das Recht der Presse auf Quellenschutz herausreden, und dann konnte ich gegen die Leute klagen bis zum Jüngsten Gericht.

Stattdessen rief ich Vangelis und Balke zu mir. Zusammen sahen wir uns die Aufzeichnung noch dreimal an.

»Er stammt aus der Gegend«, meinte Vangelis mit schmalen Augen. »Nördliche Kurpfalz, würde ich sagen. Vielleicht Schriesheim oder Hirschberg.«

Klara Vangelis, in Griechenland gezeugt und in Deutschland geboren, war die Einzige unter uns, die in der Kurpfalz aufgewachsen war und deshalb die feinen Unterschiede der Dialekte hörte.

»Und sein komischer Anzug ist ihm zwei Größen zu eng«, stellte Balke mürrisch fest. »Stammt vermutlich noch von seiner Konfirmation.«

»Dieser Schnitt mit den langen Revers ist in den Achtzigerjahren aus der Mode gekommen«, ergänzte Vangelis, die einen Blick für so etwas hatte. »Insgesamt ist der Mann eher Unterschicht.«

Balkes Handy brummte.

»Was halten Sie davon, wenn wir einen Aufruf veröffentlichen?«, fragte er, während er das Gerät aus der Tasche seiner Jeans fingerte, aufklappte und stirnrunzelnd eine SMS überflog, um sie anschließend sofort zu löschen. »Wir können ihn doch einfach ganz freundlich bitten, sich bei uns zu melden.«

»Das wird er nicht tun«, erwiderte ich. »Da passt dieser Privatschnüffler schon auf. Außerdem würden wir uns durch einen solchen Hilferuf nur noch mehr blamieren. Nein, es hilft alles nichts: Wir müssen diese Aussage finden. Wenn er sich wirklich bei uns gemeldet hat, dann muss irgendwo im Haus ein Protokoll existieren. Oder wenigstens eine Telefonnotiz.«

Mit einer süßsauren Grimasse ließ Balke das Handy wieder verschwinden.

»In diesem Gebäude dürfte es einige zehntausend Ordner geben«, warf Vangelis ein. »Bis wir die alle durchgeblättert haben ...«

»Und wenn das Ding aus Versehen in der Rundablage gelandet ist, dann ist es sowieso Asche.« Balkes Laune hatte sich durch die SMS dramatisch verschlechtert. Sollte er etwa immer noch Ärger mit seiner Nicole haben, die er im Sommer Knall auf Fall vor die Tür gesetzt hatte? Damals hatte ihm eine äußerst hartnäckige Verehrerin nachgestellt, und Nicole hatte ihm partout nicht glauben wollen, dass er die Frau kaum vom Sehen kannte. Seit er wieder allein lebte, erschien er öfter übernächtigt und unrasiert zum Dienst.

»Ich gehe davon aus, dass der Mann hier angerufen hat«, überlegte ich. »Die wenigsten kommen persönlich vorbei, um eine Aussage zu machen. Wenn Sie über die Befragung der Kollegen nicht weiterkommen, dann lassen Sie alle Anrufe zurückverfolgen, die am sechsten August eingegangen sind. Im ersten

Schritt überprüfen Sie alles, was über die Zentrale ging. Sollten wir ihn so nicht kriegen, dann nehmen Sie sich die Durchwahlnummern vor.«

»Autsch«, stöhnte Balke augenrollend. »Das gibt Arbeit!«

Als ich wieder allein war, versuchte ich zum dritten Mal, die Nachbarin des angeblich verschwundenen Tim zu erreichen. Dieses Mal wurde zu meiner Überraschung nach dem ersten Klingeln abgenommen.

»Weberlein?«, kreischte mir eine etwas ordinär klingende Frauenstimme ins Ohr.

»Gerlach, Kripo Heidelberg.«

Ihre Stimme wurde noch eine Spur dissonanter. »Ist der Horst etwa schon wieder zu schnell gefahren?«

»Nein. Es geht um ein Kind aus Ihrer Nachbarschaft.«

Sie wurde mehrere Grade leiser. »Der kleine Tim, ach so. Schön, dass sich mal wer um das arme Kind kümmert.«

»Ich habe gehört, Tim sei verschwunden.«

»Das stimmt.«

»Seit wann?«

»So genau weiß ich das nicht. Aber ein paar Wochen ist es schon her, dass ich den Tim zum letzten Mal gesehen hab.«

»Sagten Sie: Wochen?«

Bisher war ich davon ausgegangen, dass der Junge – wenn überhaupt – erst seit wenigen Tagen nicht mehr gesichtet wurde. Und zwar, weil er vermutlich krank im Bett lag oder aus einem anderen, völlig banalen Grund.

»Wochen, ja. Sie hat den armen Jungen ja auch früher nicht so oft rausgelassen. Aber vor ein paar Tagen ist mir aufgefallen, dass man ihn in letzter Zeit überhaupt nicht mehr sieht. Ich hab auch schon ein bisschen rumgefragt. Keiner in der Nachbarschaft hat den Tim gesehen in den letzten Wochen.«

»Haben Sie auch mit den Eltern darüber gesprochen?«

»Mit denen red ich nicht. Und da ist sowieso nur noch die Mutter, und mit der red ich gleich zweimal nicht. Der Mann ist nämlich ausgezogen. Und jetzt sitzt sie allein mit ihrem alten Vater in ihrem Riesenhaus und kann sehen, wo sie bleibt.«

»Vielleicht ist Tim ja einfach nur krank?«

»Möglich. Aber fragen müssen Sie schon selber. Sie ist nämlich eine furchtbar eingebildete Schnepfe, die Frau Jörgensen.«

»Gibt es sonst jemanden in der Nachbarschaft, der engeren Kontakt mit Tims Mutter hat?«

»Die kann hier keiner leiden. Wir machen hier jedes Jahr im Juli ein Straßenfest. Seit Ewigkeiten gibt's das schon. Alle helfen und backen irgendwas oder stellen einen Grill auf oder machen wenigstens Musik. Nur die Jörgensens, die lassen sich nie blicken. Halten sich für was Besseres, und dabei ist der alte Gernhardt auch bloß ein kleiner Maurer gewesen, bevor er damals seine Baufirma aufgemacht hat. In letzter Zeit ist er ja nicht mehr ganz richtig im Kopf. Den sieht man sowieso nicht mehr.«

Ich nahm den Hörer ans andere Ohr, um nicht einseitig zu ertauben. Dadurch entging mir die erste Hälfte ihres nächsten Satzes.

»... fünfundneunzig ist er im Frühjahr geworden.«

»Aber irgendwelche Kontakte zur Außenwelt muss Frau Jörgensen ja wohl haben.«

»Also, ich kenn jedenfalls keinen, der was mit der zu tun haben will. Ihr Mann wird schon seine Gründe haben, warum er sie hat sitzen lassen.«

Am Abend ließ sich auch das Ehepaar Sander wieder einmal im Fernsehen bestaunen. Kein Wunder, dass die Redaktionen sich um diese Leute rissen. Die attraktive Mutter mit dezent verweinten Augen und heute leicht brüchiger Stimme, bei der plötzlich wieder der osteuropäische Akzent durchschimmerte. Daneben der durchtrainierte und braun gebrannte Vater mit grimmig-empörter Miene und mahlendem Kiefer. Wieder einmal war vom Versagen der Polizei die Rede. Und nun also auch noch dieser unerhörte Verdacht gegen sie. Als wäre ihr Leben nicht schon schwer genug. Aber zum Glück gebe es ja nun diese neue Zeugenaussage, die sie entlaste.

Zu meiner Verwunderung wurde auch hier mit keinem Wort erwähnt, dass diese im richtigen Moment aufgetauchte Aussage bei uns verloren gegangen war. Hatte Pretorius – aus welchen Gründen auch immer – diese Information nicht an die Eltern weitergegeben? Hielt er sie zurück, um ein Druckmittel gegen mich in der Hand zu behalten?

Über achtzig Prozent aller Anrufe, die am Tag nach Gundrams Verschwinden die Telefonzentrale der Polizeidirektion erreicht hatten, waren bereits am nächsten Tag, einem Freitag, abgehakt. In den meisten Fällen existierte eine Telefonnotiz über das, was gesagt worden war. In den anderen Fällen hatte Balke zurückgerufen und nachgefragt. Nun kam der schwierige Teil. Anrufe von nicht registrierten oder als gestohlen gemeldeten Handys oder aus Telefonzellen. Anrufe von Personen, die nicht erreichbar waren oder abstritten, jemals die Nummer der Heidelberger Polizei gewählt zu haben.

Jeder, der an jenem Montag Dienst gehabt hatte, war inzwischen zur Sache befragt worden. Viele hatten sich zur Auffrischung ihrer Erinnerung die Aufzeichnung des Interviews mit dem unbekannten Zeugen angesehen und seiner verzerrten Stimme gelauscht. Aber niemand konnte sich erinnern, den Mann schon einmal gesprochen zu haben.

Wegen der Entführung war die Menge der Anrufe damals dramatisch in die Höhe geschnellt. Ungezählte Spaßvögel, Wahrsager und Verrückte hatten sich gemeldet. Dazu die üblichen Selbstbezichtiger, die in solchen Fällen immer anriefen und um ihre Verhaftung ersuchten. An mindestens zwanzig verschiedenen Stellen im Großraum Heidelberg war Gundram gesichtet worden. Mit Fahrrad und ohne. In Begleitung eines gepflegten älteren Herrn oder einer verlotterten und bestimmt drogensüchtigen jungen Frau. An der Hand einer Zigeunerin, im Bentley eines blonden jungen Mannes, der wie verrückt Pfeife rauchte, weinend hinter dem nie ordentlich geputzten Küchenfenster eines verhassten Nachbarn.

Ansonsten ereignete sich an diesem Freitag nichts Erwähnenswertes. Als ich abends nach Hause radelte, war es schon halb acht, noch immer standen knapp fünfzig Telefonnummern auf Balkes Liste, und wir waren so schlau wie am Morgen. Zu Balkes Empörung hatte ich angeordnet, dass die Nachforschungen übers Wochenende fortgesetzt wurden. Mein Handy würde die ganze Zeit eingeschaltet bleiben.

58

»Ich habe mit der Nachbarin telefoniert«, eröffnete ich meinen Töchtern, als ich die Wohnungstür hinter mir schloss. »Tims Mutter muss ja eine schreckliche Frau sein.«

Die beiden wechselten einen verunsicherten Blick. »Wir finden sie eigentlich ganz okay.«

»Ihr ... was?« Ich hängte meinen Mantel an die Garderobe.

Treuherzig sahen sie mich an. »Wir sind heute Nachmittag dort gewesen und haben einfach mal geklingelt«, gestand mir Sarah.

»Ihr habt bei wildfremden Menschen geläutet und gefragt, was aus ihrem Kind geworden ist?«

»Wir sind ja nicht doof«, versetzte Louise gekränkt. »Wir haben einfach gesagt, wir wären auf der Suche nach einem Babysitter-Job.«

»Und was hat Frau Jörgensen geantwortet?«

»Dass sie keinen Babysitter braucht.«

»Weil Tim ja schon fast vier ist.«

»Und außerdem ist er für eine Weile bei seiner Tante.«

»Und sie hat nicht gesagt, ihr sollt euch zum Teufel scheren?«

»Nein. Sie war eigentlich total nett.«

»Nur ein bisschen müde ist sie mir vorgekommen«, meinte Louise.

»Und gestresst irgendwie. Wie du manchmal.«

»Sie hat euch vermutlich auch verraten, wo diese Tante wohnt?«

Sie schüttelten die Köpfe. »Er ist länger krank gewesen, hat sie gesagt.«

»Husten hat er gehabt. Und da hat der Arzt gemeint, sie soll ihn für ein paar Wochen ans Meer schicken.«

»Das heißt, die Tante wohnt am Meer?«

Diesmal nickten sie. »An der Nordsee.«

»Und all das hat euch die Frau einfach so an der Haustür erzählt?«

Sie folgten mir in die Küche und sahen zu, wie ich den Kühlschrank nach etwas Essbarem durchsuchte. Mein Magen knurrte, ich fand jedoch nichts, worauf ich Appetit hatte.

»Habt ihr schon gegessen?«

»Ist ja nichts da.«

»Ihr hättet einkaufen können.«

Diese Idee lag ihnen offensichtlich so fern wie der Mond.

»Was haltet ihr vom Italiener?«

»Keine Zeit. Wir wollten noch weg.«

Ich setzte mich auf einen der Stühle und überlegte, ob ich mir eine Pizza kommen lassen sollte.

»Sie ist echt ganz nett gewesen«, sagte Louise. »Sie hat sogar gesagt, wenn Tim wieder da ist, dann sollen wir uns ruhig noch mal melden. Vielleicht braucht sie doch hin und wieder wen, der auf ihn aufpasst.«

»Wir können nämlich auch ganz nett sein, wenn wir wollen.«

»Ich weiß«, seufzte ich. »Und ich fände es schön, wenn ihr daheim auch häufiger von eurer Nettigkeit Gebrauch machen würdet.«

»Was soll denn das jetzt heißen?«, fuhr Sarah auf.

Müde und hungrig zählte ich an den Fingern ab: »Der Kühlschrank ist leer, der Müll muss seit Tagen runter, die Spülmaschine muss ausgeräumt werden, in der Waschmaschine fault die Wäsche …«

»Geht leider gerade nicht«, unterbrach mich Sarah, bevor die Liste noch länger wurde. »Wir sind sowieso schon spät dran.«

»Wir sind verabredet«, sekundierte Louise. »Sonst natürlich gerne.«

»Darf man wissen, mit wem und bis wann?«

»Mit Jungs.«

»Könnte bisschen später werden.«

»Kommt nicht in die Tüte.«

»Paps, es ist Freitag! Morgen haben wir keine Schule!«

»Bis zehn und keine Minute länger. Ihr seid fünfzehn, vergesst das nicht.«

Mit offenen Mündern plumpsten sie auf die Stühle.

»Manno!«, tönte es in Stereo. »Kommt jetzt wieder diese Leier?«

»Ihr durftet noch nie länger als bis zehn wegbleiben.«

»Aber wir haben's schon oft gemacht!«

»Schlimm genug.«

»Sag jetzt bloß nicht, dass ab sofort andere Saiten aufgezogen werden oder irgend so 'n Quatsch.«

»Es lag mir auf der Zunge.«

»Und wenn wir vielleicht jetzt gleich noch die Spülmaschine …?«

»Okay. Viertel nach zehn.«

»Und den Müll …?«

»Halb elf.«

»Die Waschmaschine?«

»Viertel vor elf.«

»Ey, das ist voll die Erpressung!«

»Das ist keine Erpressung, das nennt man ein Geschäft.«

Während meine Töchter sich leise, aber unüberhörbar mau-
lend ans verhasste Werk machten, griff ich zum Telefon und
rief den Pizzaservice an. Auch ich hatte vor, nach dem Essen
noch einmal wegzugehen. Aber das brauchten meine Töchter
nicht zu wissen.

7

Am Samstagmorgen bekam ich meine Zwillinge – wie an
Wochenenden üblich – nicht zu Gesicht. Gestern Abend waren
sie sogar halbwegs pünktlich, wenn auch miserabler Laune
heimgekommen. Worte wie »Altersheim«, »Grufti« und »Kindergarten« grummelnd, waren sie in ihrem Zimmer verschwunden. Dort setzten sie sich an ihren PC und taten Dinge, von
denen sie mir wenig erzählten. Als ich um kurz nach zwölf
schlafen ging, hörte ich sie immer noch kichern und beschloss,
mit den beiden bei Gelegenheit ein ernstes Gespräch über die
Gefahren des Internet zu führen.

Ich selbst war nur wenige Minuten vor ihnen nach Hause
gekommen. Zuvor hatte ich mit Theresa zusammen gebührend Abschied von Ingrids Wohnung gefeiert. Es war ein schöner Abend geworden, voller rührseliger Erinnerungen und
»weißt du noch?«.

»Was hättest du eigentlich gemacht«, wagte ich zum ersten
Mal zu fragen, »wenn ich damals nicht gewollt hätte?«

»Wenn du was nicht gewollt hättest?« Meine Göttin gab sich
heute begriffsstutzig.

»An unserem ersten Abend hast du mich in diese Wohnung gelotst, nachdem wir uns kaum mehr als eine halbe Stunde kannten. Und zwar mit dem eindeutigen Ziel, mich zu verführen.«

Theresa hatte mir lange und ernst in die Augen gesehen.

»Du hast mit jeder Faser deines Körpers gewollt. Das spürt man als Frau.«

»Aber wenn ich es im letzten Moment mit der Angst gekriegt hätte? Du wusstest, dass wir uns früher oder später über den Weg laufen würden.«

Sie strich mir zärtlich durchs Haar. »Dann hätte ich dich umgebracht. Und hinterher vielleicht auch mich.«

An jedem Teil der bescheidenen Einrichtung hing ein Stückchen Erinnerung. Als hätten wir Ewigkeiten in dieser kleinen Wohnung gelebt und nicht nur ein gutes Jahr lang hin und wieder einen Abend hier verbracht.

Später half ich Theresa beim Aufräumen. Ich hatte einen extragroßen Begrüßungsstrauß für die rechtmäßige Bewohnerin mitgebracht. Den drapierten wir so auf den Couchtisch, dass Ingrid ihn als Erstes sehen musste, wenn sie morgen von ihrem langen, für unseren Geschmack jedoch viel zu kurzen Auslandsaufenthalt zurückkehren würde.

Und schließlich hatten wir noch ein allerletztes Mal ihr Bett missbraucht. Dann waren wir ein klein wenig traurig auseinandergegangen, jeder in seine Richtung.

Jetzt, am Samstagmorgen, schliefen meine Töchter. Und das würden sie noch lange tun. Ich machte mir einen ersten Espresso, genoss die morgendliche Ruhe und das berauschende Gefühl, nichts zu tun zu haben, und überlegte, was ich morgen als Sonntagsessen kochen würde. Vor Wochen hatte ich mich an der Volkshochschule für einen Kurs zum Thema »Vegetarische Küche« angemeldet. Leider war es mir bisher erst ein einziges Mal gelungen, daran teilzunehmen. Meine Mädchen weigerten sich nach wie vor, tote Tiere zu essen, und es war nicht leicht, außer den immergleichen Spaghetti mit Tomatensoße, Gnocchi mit Pesto oder Gemüseburgern neue Gerichte zu entdecken, die ihnen schmeckten. Es ist gar nicht so einfach, zwei Vegetarier zu ernähren, die weder Salat noch Gemüse mögen.

Noch immer herrschte draußen herrliches Spätherbstwetter. Das bisschen Frühnebel löste sich schon während meines ausführlichen Frühstücks auf und machte der Oktobersonne Platz. Das Laub an den Bäumen leuchtete in allen Farben, die knusprigen Brötchen schmeckten, wie Frühstücksbrötchen am Wochenende zu schmecken haben. Später räumte ich gemütlich den Tisch ab, legte die Füße auf einen der freien Stühle und faltete die Zeitung auseinander.

Den Teil mit den Wohnungen fand ich ziemlich weit hinten, und das Angebot war überraschend groß. Entgegen anderslautenden Gerüchten schien es nicht weiter schwierig zu sein, in Heidelberg eine kleine Wohnung zu finden.

Helle Altbau-Traumwohnung über den Dächern der Altstadt ab sof. z.v. 1,5 ZKB, 17 qm, DG, 360,– kalt. Der Preis erschien mir ein wenig hoch, aber noch akzeptabel. Schließlich musste ich ja nur die Hälfte davon bezahlen.

Daneben eine Handynummer.

Da rief ich doch gleich mal an.

Einige Male war besetzt, anschließend war das Handy ausgeschaltet. Merkwürdige Idee, eine Wohnung zu inserieren und dann das Telefon nicht abzunehmen. Ich kringelte die Anzeige ein und suchte weiter.

Nachm. ges. f. lichtdurchfl. Traumwg. m. Traumblick auf Neckar u. Schloss, 2 ZKB, DG, 38 qm, Ablöse f. Küche VHS. Zweimal Traum ist besser als einmal Traum. Die Miete, vierhundertzwanzig Euro, war happig, aber vielleicht ließ man ja mit sich handeln. Wieder landete ich ungefähr zehnmal auf der Voice-Box. Aber dann, beim letzten Versuch, kam ich schließlich durch.

»Doch, die ist noch zu haben«, erklärte mir eine hörbar genervte Frauenstimme.

»Und es stimmt alles, wie es in der Anzeige steht? Traumblick und so?«

»Wieso nicht?«

»DG heißt Dachgeschoss?«

Sie lachte auf. »Sie suchen noch nicht so lange, was?«

»Ehrlich gesagt, ich habe vor zehn Minuten damit angefangen. Sie sind mein zweiter Versuch.«

»Da haben Sie aber ein Megaglück, das muss ich schon sagen.«

»Wenn ich vielleicht gleich vorbeikommen dürfte?«

»Am besten, Sie nehmen das Rad. Parkplätze in der Altstadt, Sie wissen ja …«

Ich notierte Adresse und Telefonnummer auf einem der bunten Zettel, die ich sonst für die Einkaufsliste benutzte, und machte mich auf den Weg. Fünfzehn Minuten später war ich an der angegebenen Adresse und fesselte mein gutes altes Motobecane-Rennrad an eine Straßenlaterne.

Die Wohnung lag im Dachgeschoss eines schmalen, hohen und in optimistischem Hellgrün gestrichenen Hauses an der östlichen Hauptstraße.

Die Häuser der Heidelberger Altstadt waren höher, als ich gedacht hatte. Vier Geschosse zählte ich, und am Ende des Aufstiegs geriet ich ein wenig außer Atem. Aber das war vielleicht gar nicht schlecht, denn jedes bisschen Bewegung war gut für einen Büromenschen wie mich. Was würde Theresa zu diesem Punkt sagen? Im Gegensatz zu mir war sie ja geradezu stolz auf ihre »No sports!«-Haltung. Das Treppenhaus machte einen gepflegten Eindruck, war sogar vor nicht allzu langer Zeit neu gestrichen worden.

Eine schmale Dunkelhaarige empfing mich in einer Art hellgrauem Kimono. In ihrem linken Nasenflügel funkelte ein Glitzersteinchen. Ihre Füße waren nackt, die Zehennägel blutrot lackiert.

»Sie haben angerufen?« Flüchtig überließ sie mir ihre kühle, schlaffe Hand. »Dann kommen Sie mal rein in die hübsche Stube.«

Zweimal Traum war nicht übertrieben. Nicht nur der Blick, die ganze Wohnung war sehenswert. Groß genug für den vorgesehenen Zweck, klein genug, dass man sich beim Putzen nicht überarbeitete. Helle Fliesenböden, weiße Wände, an denen zurzeit noch Schwarz-Weiß-Fotos im Plakatformat hingen. Einige Schrägen gab es natürlich, aber wen störte das schon? Probleme mit dem Stellen der Möbel würden wir nicht haben, da wir kaum welche brauchten. Ein Bett, zwei Stühle zum Ablegen unserer Sachen, einen Tisch für die Sektgläser und einen Kühlschrank für die Flaschen. In Gedanken war ich schon beim Einrichten.

Die großformatigen Fotos an den Wänden zeigten Gesichter. Menschen aller Altersgruppen, in allen denkbaren Stimmungen, meist jedoch ernst. Der Hintergrund war oft so dunkel, dass man nur Schemen erahnen konnte. Alle Porträtierten schienen nackt zu sein und diese Tatsache vergessen zu haben.

Auch das Bad war okay, die ultramodern eingerichtete Küche winzig, aber brauchbar. Die ganze Wohnung roch nach irgendeinem indischen Duft. Vielleicht auch – passend zum Kimono – japanisch.

»Wie hoch war noch mal die Miete?«

Ich begann schon, mich aufs Einweihungsfest zu freuen. Erst mal reichte ja auch eine Matratze am Boden.

»Mit Nebenkosten müssen Sie circa fünfhundert rechnen. Das ist für die Lage billig.«

Meine Begeisterung legte sich ein wenig. Andererseits war die Aussicht wirklich überwältigend, die Lage ideal. Das Schlafzimmer ging nach Norden mit Blick auf die Alte Brücke, Neckar, Philosophenweg. Selbst Lorenzos Haus konnte ich erkennen.

»Diese Fotos sind toll!«

»Sind von mir.« Ihre Antwort klang merkwürdig desinteressiert.

»Machen Sie das beruflich?«

»Halb und halb.«

Dann schaute sie zum ersten Mal auf die Uhr.

Wenn man auf der Südseite aus den Fenstern sah, blickte man direkt auf das mächtige Schloss, das über uns in der Vormittagssonne thronte.

»Dass Sie das aufgeben«, wunderte ich mich.

»Ich muss.« Die junge Frau wurde allmählich nervös. »Wenn Sie sich dann vielleicht bald entscheiden könnten? Gleich kommt noch wer.«

Falls uns die Wohnung irgendwann zu teuer werden sollte – man konnte sie ja auch wieder kündigen.

»Was ist mit Kaution?«

»Drei Monatsmieten.«

»Ein bisschen teuer ist sie schon.«

»Sorry.« Sie hob die schmalen Schultern. »Ich bin nicht der Vermieter.«

Es klingelte. Wieder sah sie auf die Uhr.

»Also, was ist nun?«

Wir sind nicht auf der Welt, um zu sparen, sondern um zu leben, schrieb Camus, der es zeitweise mit vier Frauen gleichzeitig getrieben haben soll. Das Leben ist kurz, und seine Zeit zu verlieren eine Sünde, war eines von Theresas Lieblingszitaten aus »Der Fremde«. Meine Göttin würde angesichts der Miete vermutlich nur die Achseln zucken. Sie stammte aus einer wohlhabenden Familie und hatte sich noch niemals in ihrem Leben ernsthafte Gedanken um Geld machen müssen. Schlimmstenfalls würde sie sich ein paar Dessous von Simone Pérèle weniger leisten.

»Okay«, hörte ich mich sagen. »Wie funktioniert das mit dem Vertrag?«

»Ich geb Ihnen die Nummer vom Vermieter. Da wäre dann nur noch die Ablöse für die Küche.«

Die hatte ich völlig vergessen.

»Ich musste die Küche extra anfertigen lassen. Hier geht ja nix mit Ikea bei den schrägen Wänden. Hat ein Schweinegeld gekostet. Und ist noch nicht mal ein Jahr alt.«

Das klang weniger gut. Es klingelte schon wieder an der Tür. Das klang erst recht nicht gut. »Wie viel?«

»Fünfzehntausend. Zwanzig hab ich selber gezahlt. Ich kann Ihnen die Belege zeigen.«

»Tut mir leid. Aber das übersteigt meine Möglichkeiten.«

»Ja dann«, meinte sie achselzuckend. »So sehen Sie eigentlich nicht aus. Aber Sie müssen's ja wissen.«

Deprimiert schob ich mein Rad zurück in Richtung Weststadt. Die Souvenirbuden rund um die Heilig-Geist-Kirche machten gute Umsätze mit bayerischen Bierkrügen und original Schwarzwälder Kuckucksuhren. Die Sonne wärmte schon ein wenig.

»So sehen Sie eigentlich nicht aus«, hatte sie gesagt. Und hatte sie nicht recht? Gut, fünfzehntausend Euro waren eine Menge Geld für eine Kücheneinrichtung, die man nicht brauchte.

Außerdem hatte die Frau nie und nimmer so viel für den Krempel bezahlt, Sonderanfertigung hin oder her.

Aber diese Aussicht! Theresa würde mir jauchzend um den Hals fallen. Wer hatte schon ein Liebesnest mit einem solchen Blick? Vor dem Perkeo saß eine Gruppe Chinesen und frühstückte, gut gelaunt schwatzend.

Andererseits: Wann hatten wir in Ingrids Wohnung zum letzten Mal aus dem Fenster gesehen? Wenn wir uns trafen, dann hatten wir gewöhnlich Besseres zu tun… Sollte ich anrufen und um Bedenkzeit bitten? Das Handy hatte ich dabei, den Zettel mit der Telefonnummer allerdings vorhin in der ersten Enttäuschung weggeworfen. Ich war mir nicht einmal sicher, ob in einen Papierkorb oder auf die Straße.

Ich blieb stehen, machte kehrt, ging dann doch weiter und hatte endlich eine Idee. Kurz vor ihrem westlichen Ende lag an der Hauptstraße ein Büro der Rhein-Neckar-Zeitung, wo immer die aktuelle Ausgabe in den Fenstern hing. Meine Schritte beschleunigten sich von ganz allein, und fast hätte ich mich aufs Rad gesetzt. Aber Radfahren ist in der Heidelberger Flaniermeile verboten und wird polizeilich verfolgt.

Diese Hauptstraße schien heute noch viel länger zu sein als sonst. Zudem war sie am Samstagvormittag auch noch maßlos bevölkert. Ständig standen mir Menschen im Weg. Ein zierliches japanisches Ehepaar versuchte mit verzückter Miene, ein blondes, vielleicht zwölfjähriges Mädchen zu fotografieren. Die junge Eingeborene hielt jedoch beide Arme schützend vors Gesicht, war wohl schon zu oft abgelichtet worden und hatte keine Lust, in einem weiteren fernöstlichen Fotoalbum vertreten zu sein.

Das Geld würde ja nicht für alle Zeit weg sein, sondern lediglich keine Zinsen bringen. Wenn wir die Wohnung irgendwann aufgaben, dann würden wir die Ablösesumme mit ein wenig Glück vollständig zurückbekommen. Und was war schon Geld? Das Leben ist kurz, und seine Zeit mit Wohnungssuche zu verplempern bestimmt auch eine Sünde.

Endlich der blaue Schriftzug der Rhein-Neckar-Zeitung. Zum Glück herrschte gerade kein allzu großes Gedränge vor den Fenstern. Ich fand die Anzeige, tippte hastig die Nummer ins

Handy und landete wieder einmal auf einer dieser verfluchten Voice-Boxen.

»Hier spricht das kleine Handy von Sandra Groß. Wenn Sie meiner mittelgroßen Herrin etwas zu sagen haben, dann können Sie das nach dem kleinen Pieps gerne tun …«

Beim siebten oder achten Versuch hörte ich plötzlich eine neue Ansage: »Falls Sie wegen der Wohnung anrufen – die ist weg. Sorry und viel Glück!«

Stark desillusioniert radelte ich nach Hause zurück. Inzwischen war es elf geworden. Ohne viel Hoffnung nahm ich mir die Zeitung noch einmal vor, aber alle weiteren Anrufe führten zum selben Ergebnis: Entweder die Wohnung war längst vermietet, oder ein Anrufbeantworter versprach baldigen Rückruf, der nicht erfolgte. Als die Uhr der Christuskirche zwölf schlug, gab ich mich für heute geschlagen und ging einkaufen.

Die Zwillinge schliefen immer noch.

8

Gundram Sanders Eltern hatten offenbar den Bogen überspannt. Die Stimmung hatte gedreht, und plötzlich wurde alles, was sie sagten, von den Medien zu ihren Ungunsten interpretiert. Obwohl die Aussage des immer noch unbekannten Zeugen die beiden entlastete, wurden – selbstverständlich zwischen den Zeilen und an den richtigen Stellen mit Fragezeichen versehen – ständig neue Hypothesen und Verdachtsmomente konstruiert. Das verschaffte mir und meinen Leuten für die nächsten Tage Luft. Es war jedoch nur eine Frage der Zeit, bis die öffentliche Meinung sich wieder gegen uns wenden würde.

»Falls das wirklich stimmt.« Balke war wieder einmal schon am Morgen müde. Aber wer war das am Montag nicht? »Falls der Typ hier angerufen hat, dann ist er definitiv nicht über die Zentrale gegangen. Er muss eine Durchwahlnummer benutzt haben, sonst hätten wir ihn.«

»Wir sind auch die Besucherlisten des Pförtners durchgegangen und haben alle infrage kommenden Personen kontaktiert«, erklärte Vangelis, die heute ungewohnt nervös wirkte.

»Der mysteriöse Zeuge ist auch nicht persönlich hier aufge-kreuzt.«

»Und Sie haben jeden gefragt, der an dem Tag Dienst hatte?«

»Jeden.«

»Außer Rübe natürlich«, schränkte Balke ein. »Der ist in Urlaub und hat kein Handy.«

Rübe, das war Rolf Runkel. Obwohl über fünfzig, war er immer noch Oberkommissar und, wie Balke es ausdrückte, schon kurz nach der Stadtgründung zur Heidelberger Kripo gestoßen.

»Weiß jemand, wo Herr Runkel sich aufhält?«

Runkel musste unbedingt befragt werden. Ihm traute ich ohne Weiteres zu, eine wichtige Aussage falsch abzuheften oder versehentlich in den Aktenvernichter zu stopfen. Selbst Aufgaben, bei denen man nach menschlichem Ermessen nichts falsch machen konnte, war er imstande, spektakulär zu vermasseln. Erst vor wenigen Wochen hatte er zum Beispiel einen Taschendieb entkommen lassen, weil er plötzlich niesen musste und dabei die Handschellen fallen ließ. Jeder Mensch muss hin und wieder niesen. Nur Runkel musste es zuverlässig im falschen Moment. Die Handschellen hatte der Taschendieb übrigens mitgehen lassen.

»Irgendwo in Südbaden, soweit ich weiß.« Balke gähnte schon wieder. »Ich glaube, er bleibt noch fast zwei Wochen da.«

Theresa klang in ihrer Morgen-SMS nicht übermäßig enttäuscht über meinen Misserfolg bei der Wohnungssuche. Sie selbst hatte offenbar auch ein wenig gesucht und war ebenfalls nicht fündig geworden. »Wird schon«, schrieb sie optimistisch, »das Glück ist mit den Liebenden.«

Eine knappe halbe Stunde später klingelte mein Telefon.

»Der Herr Runkel«, erklärte Sönnchen knapp und stellte durch. Die beiden konnten sich nicht leiden, hatte ich kürzlich zu meiner Verwunderung erfahren. Vor langer Zeit war man einmal in irgendeiner Sache verschiedener Meinung gewesen, und seither beschränkte sich die Kommunikation auf das Nötigste. Nie hätte ich gedacht, dass meine Sekretärin mit dem großen Herzen einen Menschen nicht mögen könnte.

»Sie wissen, worum es geht?«, fragte ich, als ich Runkels empörtes Schnaufen hörte.

»Irgendeine Aussage, die keiner finden kann.« Balke hatte ihn offenbar schon aufgeklärt. »Aber wieso kommen Sie ausgerechnet auf mich?«

»Wir haben jeden im Haus gefragt. Irgendwer muss ja damals mit dem Mann telefoniert haben. Und außer Ihnen ist keiner mehr übrig.«

»Mit mir hat der nicht telefoniert. An dem Montag bin ich sowieso die meiste Zeit in Sandhausen gewesen und hab Spuren gesucht. Ich kann mich noch ganz genau an den Tag erinnern. Wir haben geschwitzt wie die Schweine, wie wir da im Wald rumgestiefelt sind.«

»Wie ist Ihr Urlaub?«, fragte ich, um die Stimmung ein wenig aufzulockern. »Über das Wetter können Sie ja bisher nicht klagen, oder?«

Die Antwort klang nicht gerade euphorisch: »Also, mir gefällt's schon hier im Markgräflerland. Man kann ein bisschen wandern, und es gibt viele schöne Wirtschaften. Aber die Mahsuri, die läuft halt nicht so gern. Und Wein mag sie auch keinen. Aber die Frauen sollen ja sowieso keinen Alkohol trinken, wenn sie schwanger sind.«

Runkel hatte erst vor wenigen Jahren geheiratet, eine ungewöhnlich umfangreiche und sagenhaft hässliche Philippinerin, hatte mir Balke einmal berichtet. Seither war das Ehepaar Runkel dabei, mit einer Geschwindigkeit Kinder in die Welt zu setzen, als wäre ihr Lebensziel ein Eintrag ins Buch der Rekorde. Überraschend hübsche Kinder, hatte ich mir sagen lassen.

Ich entschuldigte mich für die Störung seines Urlaubsfriedens. »Wenigstens haben Sie da unten Ruhe vor Kriminellen«, scherzte ich.

»Oh, die gibt's hier schon auch«, brummte er. »Ganoven gibt's ja leider Gottes überall.«

»Was passiert denn so im Markgräflerland?«, fragte ich belustigt. »Weinpanscherei? Traubendiebstahl? Fahrerflucht mit dem Traktor?«

»Im Frühjahr zum Beispiel, da hat einer im Nachbardorf seine

70

Frau umgebracht. Bloß ein paar Kilometer von hier, in Auggen. Nächste Woche fängt der Prozess an. Und vor ein paar Jahren ist auch mal ein Kind verschwunden. Die Wirtin hat's mir gestern beim Frühstück erzählt, wie sie gehört hat, dass ich bei der Kripo bin. Ein Mädchen.«

Ich griff nach einem Kugelschreiber. »Wie alt?«

»Elf, glaub ich.«

Zögernd legte ich den Stift wieder hin. Pädophile blieben bei der Wahl ihrer Opfer meist berechenbar. Einer, der auf Jungs steht, vergreift sich nicht an Mädchen. Einer, der Kinder im Vorschulalter bevorzugt, interessiert sich meist nicht für solche am Beginn der Pubertät. Mir war kein Fall bekannt, bei dem der Täter seine Opfer ohne Rücksicht auf Geschlecht und Alter ausgewählt hatte.

Zudem hatten meine Mitarbeiter selbstverständlich längst den Fall Sander mit all denen verglichen, die in der zentralen Datei des Bundeskriminalamts gespeichert waren. Das gehörte zum Standardprogramm: Übereinstimmungen suchen, Ähnlichkeiten im Vorgehen des Täters, in der Wahl der Opfer, des Tatorts, der Tatzeit. Sie hatten nichts gefunden. Nach derzeitiger Lage der Dinge hatten wir es nicht mit einem Serientäter zu tun.

Als ich den Hörer auflegte, wurde mir bewusst, in welch einer perversen Situation ich mich befand: Dass Gundram Sander von einem Pädophilen gefangen gehalten wurde, war im Grunde meine letzte Hoffnung. In diesem Fall wäre er immerhin noch am Leben. Alle anderen denkbaren Szenarien bedeuteten nach so langer Zeit seinen sicheren Tod.

Nach dem Gespräch mit Rolf Runkel hatte mich eine merkwürdige Unruhe ergriffen. Das Wort Serientäter ging mir plötzlich nicht mehr aus dem Kopf.

Nur zur Sicherheit loggte ich mich beim BKA ein und fand auch rasch den Entführungsfall, den Runkel erwähnt hatte. Das verschwundene Mädchen hieß Andrea Basler. Der Fall lag etwas mehr als drei Jahre zurück. An einem Julinachmittag war Andrea allein unterwegs zum Schwimmbad in einem Nachbarort gewesen. Sie war jedoch niemals dort angekommen. Auch in diesem Fall gab es keine Lösegeldforderung, auch Andrea war samt Fahrrad wie vom Erdboden verschluckt, und auch hier gab es weder Zeugen noch Spuren.

Das Foto zeigte ein strahlendes Mädchen mit dicken blonden Zöpfen, das problemlos die Hauptrolle in einem Heidi-Film hätte spielen können.

Ich habe einmal von einem Mann gelesen, der ganz allein eine Wanderung durch eine gottverlassene Wildnis im Norden Kanadas machte. Es war ein so abgelegenes Stück Erde, dass er erst am vierten oder fünften Tag auf einen anderen Menschen traf. Auch dieser war zu Fuß unterwegs. Auch er war Deutscher, wie man rasch und zur beiderseitigen Erheiterung feststellte. Damit nicht genug, kamen sie aus derselben Stadt, ich meine, es war Dortmund, und wohnten seit Jahrzehnten in derselben Straße, wenn auch auf verschiedenen Seiten. In ihrer Heimatstadt waren sie sich wissentlich noch nie begegnet. Es gibt sie, diese aberwitzigen Zufälle, die einem kein Mensch glauben will. Jeder von uns kann die eine oder andere Geschichte dieser Art erzählen.

Ich weiß nicht, wie viele Zufälle zusammenkommen mussten, damit Tim Jörgensen schließlich zu einem offiziellen Fall wurde. Wäre ich eine Minute später oder früher zum Essen gegangen, dann hätte ich Balke nicht auf der Treppe überholt. Hätte ich nicht mein Portemonnaie im Büro vergessen, dann wäre ich nicht noch einmal zurückgegangen. Und hätte sie nicht genau zu diesem Zeitpunkt angerufen, dann wüsste ich bis heute nicht einmal, dass Balkes alte Mutter noch lebt.

Balke stammte aus dem Norden, aus einem Örtchen in der Nähe von Bremerhaven. Man sah es an seinen weißblonden Haaren und stahlgrauen Augen, und man hörte es natürlich am Tonfall.

»Nein, Muttchen, ehrlich, das stimmt nicht«, sagte er mit verhaltener Stimme in sein Handy, wobei er mich verlegen angrinste. »Ich besuche dich sehr gerne. Und ich schlafe mit Freuden in meinem alten Zimmer, nur ...«

Er wandte mir den Rücken zu, sodass ich seine nächsten Worte nicht verstehen konnte. Wäre ich weitergegangen, hätte ich vom Rest nichts mehr mitbekommen und wüsste möglicherweise bis heute nicht, was aus Tim Jörgensen geworden war. Ich stellte jedoch plötzlich fest, dass der Knoten meines rechten Schnürsenkels sich gelockert hatte – ein weiterer Zufall –, und ging auf der Treppe in die Hocke.

»Nein, Muttchen, ich kann am Wochenende wirklich unmöglich kommen … Sieh mal, ich sitze eine halbe Ewigkeit im Zug, und so wichtig ist der Geburtstag von Tante Thea ja nun auch wieder nicht …«

Seine Stirn warf tiefe Sorgenfalten.

»Muttchen, ich kann doch nichts dafür, dass Tante Elise nie mehr Zeit für dich hat, seit Papa tot ist … Soll ich sie vielleicht mal anrufen? … Na, siehst du.«

Ich hörte die empörte Stimme der alten Frau noch aus fünf Schritten Entfernung. Balke war kurz davor, rot zu werden, und senkte die Stimme noch weiter. Dennoch verstand ich seinen nächsten Satz: »… und in ein paar Tagen ist ja auch Frau Jörgensen wieder gesund, und dann könnt ihr zwei beide endlich wieder zusammensitzen und Tee trinken und klönen, bis euch Bärte wachsen …«

Mein Knoten war wieder fest. Ich richtete mich auf. Balke ging noch einige Schritte auf und ab. Dann hatte er seine einsame Mutter endlich halbwegs beruhigt und klappte das Handy mit einem abgrundtiefen Seufzer zu.

»Leben Ihre Eltern noch?«, fragte er.

»Sie erfreuen sich bester Gesundheit, danke.«

»Da haben Sie Glück. Mutter ist seit drei Jahren allein, und wenn das so weitergeht, dann weiß ich auch nicht, wie das weitergehen soll.«

»Wer ist Frau Jörgensen?«

Verblüfft sah er mich an. »Eine Nachbarin. Die beiden kennen sich ungefähr seit der großen Flut im vierzehnten Jahrhundert.«

»Wissen Sie zufällig, ob Frau Jörgensen einen Bruder hat?«

»Schon.« Balkes Miene wurde mehr und mehr zum Fragezeichen. »Ich meine sogar, der ist irgendwo hier im Süden gelandet. Hat eine gute Partie gemacht, erzählt man sich im Dorf. Wenn ich mich richtig erinnere, dann hat er sozusagen eine Baufirma geheiratet.«

Zwei Minuten und einen Anruf bei Balkes Mutter später wusste ich, dass es sich bei der Nachbarin tatsächlich um Tims Tante handelte. Helga Jörgensen lag, nachdem sie sich als rüstige Fußgängerin mit einem Reisebus angelegt und dabei den Kürzeren gezogen hatte, seit zwei Monaten in einem Bremer Krankenhaus. In den nächsten Tagen würde sie jedoch endlich wieder nach Hause dürfen. Eine zweite Schwester existierte nicht.

Muriel Jörgensen war trotz ihrer Größe von fast eins achtzig eine zerbrechlich wirkende, nervöse Frau. Ihr Händedruck war flüchtig.

»Ich komme wegen Tim«, sagte ich freundlich, während sie mit kritischem Blick meine Miene zu enträtseln versuchte.

»Tim?«, fragte sie erstaunt. »Der ist nicht hier.«

»Das ist ja auch der Grund, weshalb ich mich mit Ihnen unterhalten möchte.«

Nach dem Gespräch mit Balke war ich sofort nach Handschuhsheim hinausgefahren, dem nördlichsten Teil Heidelbergs. Die Familie Jörgensen bewohnte ein großes, über die Jahre ein wenig heruntergekommenes Haus am westlichen Ortsrand. Das Grundstück war weitläufig, aber ungepflegt, und das ganze Anwesen kündete von vergangenem Wohlstand und mangelnder Freude an Gartenarbeit. In der Nachbarschaft hingegen glühten die Dahlien in der Herbstsonne.

Zögernd reichte Tims Mutter mir die Visitenkarte zurück, machte jedoch keine Anstalten, mich ins Haus zu bitten. Für einen Moment meinte ich, verhaltene Angst in ihren grauen Augen flackern zu sehen. Aber vielleicht war es auch nur das unruhige Licht, das durch die Äste eines vom Wind bewegten, fast schon kahlen Baumes auf ihr schmales und blasses Gesicht fiel.

»Ich verstehe nicht ganz …«

Ich hatte beschlossen, mit offenen Karten zu spielen. Sicherlich gab es eine ganz einfache Erklärung für alles.

»Sie brauchen nicht zu erschrecken. Ich bin nicht in amtlicher Mission hier. Ich mache mir nur ein wenig Sorgen um Ihren kleinen Sohn.«

»Aber weshalb? Und woher wissen Sie überhaupt ...?«

»Wollen wir nicht lieber hineingehen? Es muss ja nicht jeder mithören.«

Ihre Rechte tastete automatisch nach der verglasten Haustür mit Aluminiumrahmen, die im Gegensatz zum Rest des Hauses erst wenige Jahre alt zu sein schien.

»Nein«, erwiderte sie fest. »Das möchte ich bitte nicht.«

»Wie Sie meinen.« Ich zwang wieder ein Lächeln in mein Gesicht. »Frau Jörgensen, ich habe durch Zufall erfahren, dass Tim seit Wochen nicht mehr gesehen worden ist. Und ich würde gerne sicher sein, dass es ihm gut geht.«

»Tim geht es sogar sehr gut. Er ist bei seiner Tante. Er war den Winter über so viel krank, und unser Hausarzt meinte, eine Luftveränderung würde ihm guttun.«

»Weiter weiß ich, dass seine Tante seit Wochen im Krankenhaus liegt.« Ich sprach jetzt sehr leise und eindringlich. »Und ich fände es wirklich besser, wenn wir das drinnen besprechen könnten.«

Im Nachbarhaus, wo vermutlich Frau Weberlein wohnte, bewegten sich die Gardinen.

»Marlen im Krankenhaus?«, fragte Frau Jörgensen entgeistert. »Wir haben doch gestern Abend noch telefoniert!«

»Ich spreche von Helga Jörgensen, der Schwester Ihres Mannes.«

Erleichterung huschte über ihr Gesicht. Sie ließ die Tür los.

»Tim ist bei Marlen, meiner Schwester auf Korfu. Sie ist dort verheiratet. Meinem Sohn geht es wirklich gut. Sie können ganz unbesorgt sein.«

Da hatten meine beiden Hilfsdetektive wohl nicht richtig hingehört. Ich wollte mich schon verabschieden, doch irgendetwas in der Miene dieser Frau gefiel mir nicht. Vielleicht war ihre Erleichterung eine Spur zu groß gewesen.

»Wäre es möglich, kurz mit Ihrem Mann zu sprechen? Verstehen Sie mich bitte nicht falsch, aber ich würde mich wohler fühlen ...«

»Muriel?« Im Haus rumorte etwas. Eine brüchige Stimme rief mit zunehmender Ungeduld mehrfach ihren Namen: »Muriel!«

»Nein«, erwiderte Tims Mutter mit gehetztem Blick über die

Schulter. »Das ist nicht möglich. Und wenn Sie jetzt bitte gehen würden. Ich muss mich um Vater kümmern.«

Als ich ihr die Hand zum Abschied reichen wollte, war die Tür schon ins einbruchsichere Schloss gefallen.

Bevor ich abends meine Schreibtischlampe ausknipste, suchte ich noch einmal den zerknautschten Zettel heraus, der unter einen Aktenstapel gerutscht war, und wählte die Nummer, die mit Mädchenschrift darauf notiert war. Das Gespräch mit Tim Jörgensens Mutter ging mir nicht aus dem Kopf.

»Weberlein?«, gellte die wohlbekannte Stimme.

»Hier ist noch mal Gerlach von der Kripo.«

»Ah, Sie schon wieder.« Sie klang ein wenig enttäuscht. »Dass Sie um die Zeit noch arbeiten. Sind Sie das gewesen, der heut Mittag bei der Frau Jörgensen gewesen ist? Was sagt sie?«

»Das möchte ich eigentlich nicht am Telefon …«

»Also ist der arme Tim tatsächlich weg.«

»Er ist bei seiner Tante, und es geht ihm bestens.«

»Aber Sie denken, dass da irgendwas nicht stimmt. Ich hör's an Ihrer Stimme.«

»Ich denke im Augenblick noch gar nichts.«

»Wie geht das denn, nichts denken? Ach so, Sie sind ja Beamter.«

Ich atmete zweimal tief durch.

»Frau Weberlein, weshalb ich anrufe: Wie erreiche ich den Vater? Herrn Jörgensen?«

»Der ist auch weg, das hab ich Ihnen doch schon gesagt. Hat sie sitzen lassen. Wen wundert's.«

»Wann ist er ausgezogen? Und vor allem, wohin?«

»Wo der hin ist, kann ich Ihnen nicht sagen. Im September hat man ihn irgendwann auf einmal nicht mehr gesehen. Das hat sie jetzt von ihrem aufgeblasenen Getue. Erst läuft ihr der Mann davon und jetzt anscheinend auch noch die Putzfrau. Bei der hält's einfach keiner aus.«

»Ihre Putzfrau hat gekündigt? Wann war das?«

»Weiß nicht. Mir ist bloß aufgefallen, dass sie schon länger nicht mehr kommt.«

An diesem Abend hatte ich ein merkwürdiges Erlebnis. Als ich gegen acht endlich nach Hause kam, hörte ich Musik aus dem Zimmer der Zwillinge. Es war »Echo of a night«, ein Titel, der in den letzten Wochen ständig im Radio lief. Eine dieser Girlie-Groups, die meist so schnell wieder verschwinden, wie sie aufgetaucht sind. Aber es klang anders als sonst. Der Soundtrack war original, aber es sangen andere Stimmen. Junge, klare Stimmen. Und sie sangen nicht einmal schlecht, die beiden. Jedenfalls um Welten besser als das Original.

Plötzlich brachen erst der Gesang und kurz darauf die Musik ab. Dann hörte ich meine Töchter eifrig diskutieren. Erst als der Soundtrack wieder startete und der Gesang von vorn begann, wurde mir klar, dass ich Ohrenzeuge einer Karaoke-Übung meiner Zwillinge war. Hatten sie etwa wieder einmal eine neue Leidenschaft entdeckt? Womöglich kamen nun die Gitarren doch noch zu Ehren, die sie sich vor Jahren so innig gewünscht und nie benutzt hatten?

Während ich den Tisch deckte, hatte ich das Vergnügen, das Lied noch mehrmals anzuhören, sodass ich den Refrain bald auswendig kannte:

> *Echo of a night,*
> *Your lips so soft, your arms so tight,*
> *In that warm and tender light,*
> *Nothing to fear and nothing to fight.*

Beim Abendessen erzählte ich den beiden von den neuesten Entwicklungen, soweit sie Tim betrafen.

»Und du bist sicher, dass er auch wirklich bei seiner Tante auf Korfu ist?«, fragte Sarah misstrauisch. »Hast du das überprüft?«

»Mädels, jetzt lasst aber mal die Kirche im Dorf! Wenn die Mutter sagt, das Kind ist bei ihrer Schwester, dann wird das ja wohl stimmen. Warum sollte sie mich anlügen?« Während ich sprach, kam mir ein Gedanke: »Die Eltern leben übrigens seit einiger Zeit getrennt. Bei so was gibt es oft Streit und Tränen. Vielleicht will die Mutter nicht, dass Tim das alles mitbekommt?«

»Und warum fragst du den Vater nicht einfach?«

»Das werde ich eventuell sogar tun.« Ich schmierte Leberwurst auf mein Brot und legte eine Essiggurke in Scheiben darauf. Auch ich hatte meine Zweifel an Muriel Jörgensens Geschichte.

Louise schob mir einen aus einem Schulheft gerissenen Papierfetzen über den Tisch. »Hier sind seine Nummer und die Adresse. Er wohnt jetzt in einer Mietwohnung in Neuenheim drüben. Mit einer neuen Frau.«

»Sie ist jünger als die andere«, ergänzte Sarah.

»Und hübscher auch.«

»Bevor ihr demnächst im Streifenwagen heimgebracht werdet«, seufzte ich, »verspreche ich hiermit: Ich werde morgen Tims Vater anrufen. Und damit ihr endlich Ruhe gebt, werde ich außerdem Frau Vangelis überprüfen lassen, ob Tim wirklich auf Korfu bei seiner Tante ist. Ihr habt nicht zufällig auch die Adresse der Tante?«

»Die finden wir raus«, meinte Sarah überzeugt. »Das ist easy. Wir wollten nachher sowieso noch mal kurz ins Internet.«

»Ihr habt schön gesungen vorhin.«

Sie lächelten geschmeichelt, sagten aber nichts.

9

Dieses Mal hatten meine Töchter keinen Erfolg gehabt bei ihren Internetrecherchen, gestanden sie mir enttäuscht beim Frühstück. Korfu war wesentlich größer, als wir alle drei gedacht hatten, und wir kannten ja bisher nur den Vornamen von Tims Tante. Vermutlich hatte sie bei der Heirat den Namen ihres Mannes angenommen.

Wie versprochen, wählte ich im Büro als Erstes die Nummer, die Louise mir aufgeschrieben hatte.

»Ja?«, fragte eine klanglose Frauenstimme, als ich schon fast wieder auflegen wollte.

»Ich würde gern Herrn Jörgensen sprechen.«

»In welcher Angelegenheit?«

Die Nummer schien immerhin richtig zu sein.

»Sagen Sie ihm, es geht um seinen Sohn.«

»Einen Moment bitte.«

Sekunden später meldete sich eine dröhnende und sehr unwirsche Männerstimme: »Was ist mit dem Jungen? Und wer sind Sie überhaupt?«

»Ich spreche mit Herrn Jörgensen? Dem Vater von Tim Jörgensen?«

»Worauf Sie einen lassen können.«

Ich erklärte dem unsympathischen Kerl, worum es ging. Sein norddeutscher Tonfall erinnerte mich an Balke.

»Und der Junge ist verschwunden, sagen Sie? Bei mir ist er nicht, falls Sie das gehofft haben sollten.«

»Seine Mutter sagt, Tim sei bei ihrer Schwester auf Korfu, und ich wollte nur Ihre Meinung dazu hören.«

»Wenn Muriel das sagt, dann wird das schon stimmen.«

»Entschuldigen Sie, wenn ich das so offen sage: Es scheint Ihnen ziemlich gleichgültig zu sein, wie es Ihrem Sohn geht.«

»Das lassen Sie mal meine Sorge sein«, versetzte er mit einer Spur Heiterkeit in der Stimme. Dann wurde er wieder ernst: »Kann mir gut vorstellen, dass sie den Jungen zu Marlen in die Sonne geschickt hat. Muriel ist ein bisschen durch den Wind, seit … nun ja. Wahrscheinlich hat sie gedacht, so kriegt er das ganze Geheule und Gezanke nicht mit. Dass der Alte mit im Haus wohnt, macht es ja auch nicht einfacher für sie. Kennen Sie ihn schon, den Alten?«

»Ihre Frau hat mich nicht in ihr Haus gelassen.«

»Ist nicht ihr Haus. Das gehört immer noch dem Alten. Deshalb steckt sie ihn ja auch nicht in ein Heim. Oder in die Klapse, wo er hingehört. Hat Angst, er enterbt sie oder belegt sie mit einem Fluch oder was auch immer.«

»Können Sie mir Namen und Anschrift der Tante auf Korfu nennen?«

»Name ja, Adresse nein. Mitsotakis heißt sie oder Mitsokatis oder so ähnlich. Aber was ist denn eigentlich los? Darf man jetzt nicht mal mehr sein Kind zur Verwandtschaft schicken, ohne dass einem die Bullerei auf den Leib rückt?«

Ich verkniff mir die Antwort, die mir auf der Zunge lag, und wünschte ihm einen guten Tag. Dann drückte ich die Direktwahltaste zu Vangelis. Sie wiederholte den mutmaßlichen Familiennamen von Tims Tante zweimal.

»Und Sie möchten wissen, ob sich dort seit einiger Zeit ein vierjähriger Junge aufhält?«, fragte sie dezent verwundert.

»Ich dachte, wenn Sie als gebürtige Griechin mit den dortigen Kollegen sprechen, dann kommen wir bestimmt wesentlich schneller voran, als wenn ich ein Amtshilfeersuchen starte.«

»Ich bin in Dossenheim geboren, Herr Gerlach«, erwiderte sie heiter.

»Außerdem steigt mir so die Staatsanwaltschaft nicht aufs Dach, weil ich mich wieder mal um Dinge kümmere, die mich nichts angehen.«

Jetzt lachte sie, was nicht oft vorkam.

Ich ließ die Hand noch für einige Sekunden auf dem Hörer liegen. Mir war nicht wohl bei der ganzen Sache. Hoffentlich klärte sich alles auf. Hoffentlich war Tim Jörgensen nicht mein nächster Entführungsfall. Gewisse Ähnlichkeiten zum Verschwinden Gundrams waren nicht zu leugnen. Plötzlich war meine gestrige Nervosität wieder da.

Aber dann wurde mir klar, dass dieser Gedanke völliger Unsinn war. Weshalb sollte die Mutter behaupten, Tim sei bei ihrer Schwester, wenn er in Wirklichkeit entführt wäre? Weshalb sollte sie wochenlang schweigen und sich in ihrem Haus verstecken, wenn sie Angst um ihren Sohn hätte?

Dennoch wollte meine Nervosität an diesem Tag nicht mehr weichen. Irgendetwas war seltsam. Und sei es auch nur dieses sekundenkurze Flackern in Muriel Jörgensens Augen.

»Ein paar fehlen mir leider immer noch«, gestand Balke frustriert. »Manche Anrufe lassen sich aus technischen Gründen nicht zurückverfolgen. Und bei manchen haben wir von vornherein null Chancen. Bei denen zum Beispiel, die von einer Zelle angerufen haben.«

»Ich brauche diesen Zeugen, Herr Balke!«

»Was, wenn der Typ nie hier angerufen hat? Sondern einen Brief geschrieben hat, zum Beispiel? Oder wenn es an einem anderen Tag war?«

»Es ist nun mal unser Job, neunundneunzig Prozent unserer

Zeit darauf zu verschwenden, das Falsche zu tun. Wenn wir immer alles vorher wüssten, dann wären wir alle arbeitslos.«

»Ich kann doch nicht die Telefonate von einer ganzen Woche durchgehen, verflucht noch eins!« Stöhnend sah Balke zur Decke. »Auf der Suche nach einer Stecknadel, von der wir nicht mal wissen, ob sie überhaupt existiert!«

Er betrachtete seine kräftigen und sonnengebräunten Hände und schnitt grimmige Grimassen.

»Wenn ich weiter nach diesem Typen fahnden soll, dann brauche ich Unterstützung, Chef. Allein ist das unmöglich zu schaffen.«

»Ich habe im Moment keine Leute frei«, entschied ich nach kurzem Überlegen. »Wir stoppen die Aktion erst mal. Und ich rede noch mal mit Pretorius und trete ihm ein bisschen auf die Zehen.«

Wie bei unserem letzten Gespräch setzten wir uns an den Besprechungstisch des Privatdetektivs. Zu meiner Überraschung war er auch dieses Mal sofort bereit gewesen, mich zu empfangen. Der Kaffee duftete verführerisch, aber ich verzichtete. Ich wollte mich nicht am Ende auch noch bedanken müssen, falls es schiefging.

»Was ist so wichtig«, begann Pretorius und schaufelte konzentriert drei Löffel Zucker in seine Tasse, »dass der Kripochef schon wieder meine Wenigkeit besucht?«

»Was wohl?«

Nachdenklich nippte er an seinem Espresso. »Ich habe es Ihnen schon einmal gesagt, Herr Gerlach, und ich sage es gern ein zweites Mal: Ich kann in dieser Sache nichts für Sie tun. Der Mann hat mich gebeten, seine Identität nicht preiszugeben. Und das Ehepaar Sander wünscht außerdem keinerlei Kontakt mehr zur Polizei, seit Sie diesen Verdacht geäußert haben.«

»Ich habe nie einen Verdacht geäußert. Abgesehen davon wäre der Gedanke so ungeheuerlich ja nicht. Die Sanders wären nicht die ersten Eltern, die ihr Kind auf dem Gewissen haben und es später als vermisst melden.«

»Aber versetzen Sie sich doch bitte mal in die Lage der Leute! Die sind stinksauer auf Sie.«

Betont entspannt schlug ich die Beine übereinander.

»Ich habe keine Lust mehr auf Sperenzchen«, sagte ich ruhig. »Kommen wir zur Sache: Ich muss mit Ihrem Zeugen reden. Ich will seinen Namen nicht wissen. Er hat nichts zu befürchten. Aber ich will von ihm persönlich hören, was er gesehen hat.«

»Er ist Ihre letzte Spur, nicht wahr?« Um Pretorius' schön geschnittenen Mund spielte ein winziges schadenfrohes Lächeln. »Es stand alles in der Zeitung, was er weiß. Ich habe mich lange mit ihm unterhalten. Mehr ist da wirklich nicht zu holen.«

»Möglicherweise hat er etwas beobachtet, irgendeine Kleinigkeit, die ihm so unwichtig vorkam, dass er sie nicht erwähnt hat. Im Moment ist er der letzte Mensch, der Gundram Sander in Freiheit gesehen hat. Auf der anderen Seite ist er der Einzige, der das Ehepaar entlastet. Und – um ehrlich zu sein – die Aussage dieses geheimnisvollen Herrn kam schon zu einem auffallend günstigen Zeitpunkt für Ihre Klienten.«

»Und nun denken Sie, wenn Sie ihn nur mit dem nötigen Nachdruck in die Zange nehmen, dann fällt ihm alles wieder ein?« Das fiese Lächeln im Gesicht des Detektivs wurde immer breiter.

»Von ›in die Zange nehmen‹ ist nicht die Rede. Wir haben subtilere Methoden.«

»Ich weiß. Ich war selber mal bei Ihrem Verein.«

»Sie waren bei der Kripo?« Warum, zum Teufel, wusste ich das nicht?

»In Nürnberg. Und jetzt sagen Sie bloß, das ist neu für Sie. Herr Gerlach, Sie enttäuschen mich!«

»Ich habe bisher keinen Grund gesehen, Ihren Lebenslauf zu überprüfen. Weshalb sind Sie heute nicht mehr dabei?«

Pretorius machte eine große Geste über die teure Einrichtung seines Büros. »Erstens verdiene ich hier besser. Zweitens hat es mir nicht besonders gut gefallen beim Staat. Ständig diese Vorschriften, das tötet auf die Dauer jede Kreativität. Und drittens – aber das werden Sie bestimmt sehr schnell herausfinden, wenn Sie erst wieder an Ihrem Schreibtisch sitzen.«

Er stellte seine Tasse ab. Sein Blick wirkte plötzlich, als hätte er das Visier heruntergeklappt. Wir kamen zur Sache.

Ich beugte mich vor und sah ihm in die Augen. »Hat Ihr

Zeuge einen bestimmten Grund dafür, dass er partout nicht mit mir reden will?«

»Erstens hat er bekanntlich versucht, mit Ihnen zu reden. Und zweitens: ja.«

»Er hat es versucht? Das heißt, er hat gar keine Aussage gemacht?«

Pretorius senkte irritiert den Blick und schwieg zu diesem Punkt.

»Und außerdem hat er etwas gegen die Polizei?«

»Eher umgekehrt.«

»Und Sie sind unter keinen Umständen bereit, seine Identität preiszugeben?«

»Entschuldigen Sie, aber was hätte ich davon? Ärger mit meinem Zeugen, Stress mit meinen Auftraggebern, die übrigens außerordentlich großzügig sind, was das Finanzielle betrifft. Dazu der Imageschaden. Jede Menge Kunden, die sich plötzlich Gedanken über meine Verschwiegenheit machen würden ...«

»Und wenn ich Sie zwingen würde?«, fragte ich leise. »Sie wissen, ich kann Sie in Beugehaft nehmen. Ein Anruf bei der Staatsanwaltschaft ...«

Jetzt war auch die letzte Spur von Heiterkeit aus Pretorius' Gesicht verschwunden. Einige Sekunden spielte er am Henkel seiner leeren Tasse.

»Herr Kriminalrat Gerlach«, begann er dann ebenso leise. »Es ist Ihnen vielleicht aufgefallen, dass ich immer für Sie zu sprechen bin.«

»Zweimal bisher, um genau zu sein.«

»Dass ich mir jede Menge Zeit für Sie nehme.«

»Es liegt in Ihrem eigenen Interesse, dass wir ein gutes Verhältnis pflegen.«

»Sie treffen den Nagel auf den Kopf. Es wäre mir sehr unangenehm, wenn wir beide uns nicht vertragen würden.« Pretorius sah auf, in mein Gesicht, und als er fortfuhr, war seine Stimme eiskalt. »Und natürlich ist mir klar, dass Sie mich zwingen können, wenn Sie nur wollen. Aber ich kann Ihnen versichern, in diesem Fall würden meine Auftraggeber einen derartigen Krieg gegen Sie anzetteln, dass Sie es schon am nächsten Tag bitter bereuen würden.«

Auch ich konnte meine Stimme kalt klingen lassen: »Ich frage mich sowieso, warum die Sanders auf einmal so merkwürdig still sind und die Geschichte nicht zu ihren Gunsten ausschlachten.«

»Dafür gibt es eine ganz einfache Erklärung.« Um die Mundwinkel des Detektivs spielte nun ein messerscharfes Lächeln. »Die beiden wissen bisher nichts davon, dass mein Zeuge seine Aussage schon vor Wochen bei Ihnen zu Protokoll geben wollte. Ich habe diese Information bisher zurückgehalten, weil mir unser gutes Verhältnis so sehr am Herzen liegt, lieber Herr Gerlach.«

»Mir kommen die Tränen.«

»Gute Freundschaften muss man pflegen.«

Ich versuchte es ein letztes Mal im Guten: »Wenigstens ein kurzes Telefonat? Ich werde das Gespräch nicht zurückverfolgen lassen.«

»Ich werde es mir überlegen.«

»Mir wäre am liebsten, jetzt gleich.«

Der Detektiv stöhnte auf. »Die Leute, die von Ihnen vernommen werden, haben mein Mitgefühl!«

Widerstrebend erhob er sich, ging zu seinem Schreibtisch, drückte eine der unzähligen Tasten an seinem Hightech-Telefon. Wieder bewunderte ich den Anzug, den er trug. Heute war er auberginefarben. Dazu ein hellblaues Hemd und eine bunte Krawatte, mit der ich mich niemals an die Öffentlichkeit gewagt hätte. Zu meinem Ärger musste ich mir eingestehen, dass all das gar nicht schlecht aussah.

Pretorius wandte mir den Rücken zu und murmelte einige Worte in den Hörer. »Genau«, sagte er schließlich lauter. »Sofort, bitte. Und bringen Sie uns bitte noch mal Kaffee.«

Er sah mich fragend an. Ich nickte.

»Für mich dasselbe, für meinen Gast einen Cappuccino.« Er legte auf und kam zurück.

»Cappuccino war doch richtig?«

Zwei Minuten später, die neuen Tassen standen eben auf dem Tisch, und noch hing das Parfüm der Sekretärin in der Luft, bimmelte ein Handy in Pretorius' Jacketttasche. Der Klingelton erinnerte an den dieser uralten Bakelit-Telefone. Er fischte es heraus, drückte einige Tasten – »nicht dass Sie mir auf dumme Gedanken kommen« – und überreichte es mir.

»Ja?«, hörte ich eine unsichere Männerstimme.

»Sie wissen, wer ich bin?«

»Klar. Was wollen Sie?«

»Mich in Ruhe mit Ihnen unterhalten.«

»Ich hab alles gesagt, was ich gesehen hab.«

»Manchmal erinnert man sich auf einmal wieder an Dinge, die man vergessen hat. Oder bisher vielleicht nicht für wichtig gehalten hat.«

»Ich hab kein' Bock. Ich will nicht mit Ihnen reden. Hab genug Stress gehabt mit euch Typen.«

»Ich verspreche Ihnen, Sie werden Ihre Belohnung trotzdem bekommen. Niemand wird erfahren, dass wir miteinander gesprochen haben. Ich gehe auf jede Ihrer Bedingungen ein, solange ich mich dabei nicht allzu strafbar mache.«

Der Atem des Mannes ging ein wenig keuchend.

»Sie müssten nicht mal Ihren Namen nennen«, lockte ich. »Ich mache keine Fotos, es wird nichts aufgezeichnet. Und Sie können anschließend gehen, wohin Sie wollen.«

Ich musste lange auf die Antwort warten.

»Scheiß drauf!«, stieß er endlich hervor. »Ich will aber nicht.«

»Verbindung beendet«, stand auf dem Display, als ich Pretorius sein Handy zurückreichte. Ich sah auf die Uhr.

»Und?« Es klang fast mitfühlend, wie er das sagte.

»Erstens: Ihr Mann hat Atemprobleme, ist vermutlich übergewichtig oder Kettenraucher oder beides. Wenn es hoch kommt, hat er Hauptschulabschluss. Zweitens: Er stammt nicht aus der Kurpfalz, sondern eher aus der Umgebung von Bruchsal und vermutlich eher aus der Unterschicht. Drittens: Er hat mindestens ein Mal Ärger mit der Polizei gehabt. Und viertens: Er ist nicht der, den Sie im Fernsehen vorgeführt haben.«

»Erstens: Respekt, Herr Kriminalrat.« Jetzt grinste der Detektiv wieder. »Zweitens bis viertens: Sie haben recht. Der Mann im Fernsehen war ein älterer Mitarbeiter von mir, weil der Zeuge sich absolut nicht vor eine Kamera setzen wollte. Und fünftens: Mit Ihren Überlegungen haben Sie den Kreis der Verdächtigen auf höchstens zehntausend eingeschränkt.«

»Nicht mal hundert.« Jetzt grinste auch ich. »Ich kenne die Stimme. Ich bin sicher, ich habe mit dem Kerl schon mal zu tun gehabt.«

Die Heiterkeit meines Gegenübers war wie ausgeknipst. »Werden Sie mir bloß nicht übermütig!«, stieß er hervor.

»Soll ich Ihnen sagen, was ich denke?« Ich leerte meinen Kaffee, der inzwischen so weit abgekühlt war, dass man sich nicht die Zunge verbrannte, und stemmte mich aus dem Polsterstuhl.

»Es wird sich wohl nicht vermeiden lassen.« Pretorius erhob sich ebenfalls.

»Ihnen geht es nicht um das Kind. Ihnen geht es nur darum, möglichst viel Geld aus den Eltern herauszupressen und die Sache so lange wie möglich am Köcheln zu halten.«

Petorius wurde blass. Die Hand, die er mir hatte reichen wollen, sank herab.

»Das Leben des Kindes ist Ihnen völlig gleichgültig«, fuhr ich fort. »Ihre einzige Sorge ist, dass wir über Ihren merkwürdigen Zeugen etwas erfahren könnten, was die Sache zum Ende und Ihre wunderbare Geldquelle zum Versiegen bringt. Und danke für den guten Kaffee.«

»Rufen Sie mich nie wieder an«, erwiderte er tonlos. »Vergessen Sie meine Nummer. Sie wollen Krieg, Sie können ihn haben. Möge der Bessere gewinnen.«

»Nein. Möge das Kind überleben. Falls es nicht durch Ihre Schuld inzwischen tot ist.«

»René Pretorius«, las Balke von seinem PDA ab. »Jahrgang siebenundsechzig, geboren in Altdorf bei Nürnberg. Abitur achtundachtzig, also schätzungsweise mindestens einmal sitzengeblieben. Dann Anstellung bei der Nürnberger Polizei. Die übliche Laufbahn im gehobenen Dienst. Nach vier Jahren ist ihm das wohl zu langweilig geworden, oder es hat Stress gegeben. Jedenfalls hat er Knall auf Fall gekündigt und in Mannheim ein BWL-Studium begonnen. Nach sechs Semestern auch damit wieder aufgehört und zur Polizei zurück. Dieses Mal hat er länger durchgehalten. Über die Jahre ist er an verschiedenen Dienststellen gewesen, am Ende am Polizeipräsidium Nürnberg als Oberkommissar. Und vor acht Jahren ist er dann plötzlich wieder ausgeschieden. In seiner Personalakte steht, auf eigenen Wunsch.«

»Und weiß man, was er angestellt hat?«

»Die Nürnberger Kollegin, mit der ich vorhin telefoniert habe, ließ durchblicken, seine Methoden seien manchmal ein wenig zu kreativ gewesen. Und außerdem ist der gute Herr Pretorius wohl nicht gerade ein Teamplayer.«

»Nichts dabei, womit wir ihn öffentlich blamieren könnten?« Balke hob die Schultern und klappte sein Gerät zu.

»Was hat der Typ vor?«, grübelte er. »Was soll das werden?«

»Ich nehme an, er macht mit seinem Zeugen fifty-fifty.«

»Oder die Eltern bezahlen ihn dafür, dass er sie entlastet?«

»Jedenfalls bin ich mir inzwischen ziemlich sicher, dass der Mann zwar möglicherweise hier angerufen hat, aber aus irgendeinem Grund dann doch nichts ausgesagt hat. In diesem Punkt wurde Pretorius vorhin auf einmal wachsweich.« Ich schlug mit beiden Händen auf den Tisch. »Und am meisten ärgert mich an der ganzen Geschichte, dass dieser Schnüffler mir ungestraft auf der Nase herumtanzen kann, nur weil wir eine dumme kleine Telefonnotiz nicht finden können.«

Bevor Balke ging, bat ich ihn noch, den Telefonanschluss zu ermitteln, mit dem ich vor einer halben Stunde in Pretorius' Beisein telefoniert hatte. Vielleicht kamen wir ja auf diesem Weg überraschend einfach an seinen angeblichen Zeugen heran.

Balke machte sich eine Notiz und schob seinen Stuhl zurück. »Ich soll Ihnen übrigens von Klara ausrichten, dass es auf Korfu wirklich einen kleinen Jungen gibt. Sie wüssten schon, was das bedeutet.«

10

»Wir können natürlich nur in ein Hotel, wo man dich nicht kennt«, meinte meine Göttin munter, als sie um halb acht im Gewühl des Heidelberger Bahnhofsvorplatzes in meinen sechzehn Jahre alten und inzwischen leider ein wenig klapprigen Peugeot Kombi stieg.

Schon ihr erster Kuss versprach einen aufregenden Abend.

Theresa hatte dieses Flimmern im Blick, das unanständige Gedanken und verwegene Ideen verriet.

»Leider hat man dein Foto in letzter Zeit ein bisschen zu oft in der Zeitung gesehen.« Sie schnallte sich an. »Aber ich habe schon eine Idee.«

Ich ließ den Motor an und fädelte mich in den Verkehr ein.

»Was schlägst du vor?«

Sie lächelte geheimnisvoll. »Bieg da vorne links ab, und dann fährst du in Richtung Leimen.«

»Du denkst doch hoffentlich nicht an irgendeine Waldlichtung?«

»Viel besser. Ich kenne in der Nähe von Wiesloch einen sehr romantischen und sehr einsam gelegenen kleinen See.«

»Theresa, in ein paar Tagen haben wir November. Falls es dir noch nicht aufgefallen sein sollte: Es wird abends schon ziemlich kühl.«

»Wozu hast du dieses riesige Auto? Hier drin kann man ja praktisch wohnen, wenn man ein wenig gelenkig ist.« Fachmännisch sah sie sich um. »Und sogar Liegesitze hat es.«

Ich lachte. »Das letzte Mal, als ich es im Auto mit einer Frau getrieben habe, war mein Führerschein acht Wochen alt und ich fünfzehn Kilo leichter.«

Nach einigen roten Ampeln waren wir endlich auf der Rohrbacher Straße, und es ging schneller voran. Theresa rutschte zu mir herüber, schmiegte sich an mich und begann, an mir herumzufummeln, dass mir Hören und Sehen verging.

»Wir sind immer so alt, wie wir uns fühlen«, schnurrte sie.

»Und so kindisch, wie wir uns benehmen.«

»Spaßbremse.« Sie biss mich zärtlich ins Ohr. »Es ist wirklich sehr hübsch da. Es wird sogar dir gefallen.«

Ihre Linke überschritt die Grenze zu verbotenem Gebiet. Zum Glück waren jetzt alle Ampeln grün.

»Wenn uns jemand sieht, dann wird er uns für verrückt halten«, sagte ich, während ich ihre unanständigen Berührungen genoss.

»Sind wir es denn nicht?«

Inzwischen hatten wir die südlichen Außenbezirke Heidelbergs hinter uns gelassen, Leimen und seine Zementfabrik kamen in Sicht, ich musste nicht mehr ständig schalten und hatte deshalb meine Rechte frei. Theresa trug heute ausnahmsweise einen Rock, was ich sehr praktisch fand.

»Woher kennst du deinen romantischen See eigentlich?«

»Ich war auch früher schon hin und wieder verrückt.«

Bei der Vorstellung, wie mein gutmütiger Bär von Chef sich turtelnd mit seiner Frau in einem Auto am Seeufer vergnügte, musste ich lachen.

»Schön, wenn verheiratete Paare sich noch so lieben.« Ich nahm die Hand kurz von meiner Geliebten, um den Gang zu wechseln, weil ein Traktor den Verkehr behinderte.

»Wer hat gesagt, dass ich mit meinem Mann dort war?«

»Sie sind heute wieder mal unmöglich, Gnädigste.«

Sie dirigierte mich an Wiesloch vorbei, und irgendwann ging es rechts ab auf eine holprige Nebenstraße. Inzwischen war es dunkel geworden. Wir kamen durch Felder, unter der Autobahn hindurch, eine schwarze Wand kam in Sicht, die sich rasch als Wald entpuppte. Irgendwann tauchte am Rand des immer schlechter werdenden Sträßchens eine offen stehende Schranke im tanzenden Scheinwerferlicht auf, die nicht so aussah, als wäre sie in den letzten Jahren bewegt worden. Das Sträßchen wurde zum Waldweg, der nach weiteren hundert Metern rechts abknickte, und dann standen wir plötzlich mit den Vorderrädern fast im Wasser.

»Du bist hoffentlich sicher, dass hier um diese Zeit niemand mehr ist? Ich will nicht in so einer Situation gesehen werden.«

Ich schaltete Motor und Licht aus. Das Radio ließ ich an.

»Höchstens solche wie wir, die auch nicht gesehen werden wollen.«

Theresa öffnete meinen Gürtel und versuchte, mir die Hose hinunterzuschieben.

Der eben aufgehende Mond spiegelte sich im glatten, völlig ruhig daliegenden See und spendete ein wenig Licht. Trauerweiden verneigten sich vor uns, Vögel zwitscherten leise im Traum. Der Motor tickte beim Abkühlen, der Verkehr auf der nahen Autobahn rauschte gemütlich.

Theresas Hände waren jetzt überall, mein Sitz ratschte so weit es ging nach hinten, nur das verflixte Rad für die Rückenlehne klemmte irgendwie, weshalb sie in halb gekippter Stellung hängen blieb.

Nur kurz tauchte ein Bild vor meinen Augen auf: die erste Seite der Rhein-Neckar-Zeitung mit einem riesigen Foto, das zwei restlos durchgeknallte Mittvierziger in absolut unangemessener Situation zeigte. Kriminalrat Alexander Gerlach – das Gelächter der Kurpfalz.

Aber wen interessierte das heute. Leben heißt Handeln, auch das war von Camus.

»Wie schön, dass es im Spätherbst keine Mücken gibt«, sagte ich und half Theresa aus ihren Sachen. Sie fieberte schon vor Vorfreude und erschauerte, wenn ich nur ihre Schulter berührte. Einmal meinte ich mit halb geschlossenen Augen am gegenüberliegenden Ufer Licht zu sehen. Vielleicht ein zweites heimatloses oder frischluftverliebtes Paar? Theresa war inzwischen über mir. Irgendwo, unendlich weit weg, flammten Scheinwerfer auf, ein Auto fuhr lautlos davon, im Radio sang Neil Young eine herzerwärmende Schnulze aus jener fernen Zeit, als ich noch jünger, schlanker und wesentlich gelenkiger war.

Theresa hatte sich am Rückspiegel den Kopf und am Schalthebel das Knie gestoßen, was jedoch ihre Laune kein bisschen trübte. Zudem hatte sie – wie wir erst später feststellten – auch an einigen anderen, unerklärlichen Stellen blaue Flecken. Mein linkes Bein lähmte ein schmerzhafter Krampf, und auch mit dem Rücken war irgendetwas nicht mehr ganz in Ordnung. Ansonsten schienen wir unser Abenteuer jedoch unversehrt überstanden zu haben.

Im Radio sang jetzt Mick Jagger »I can't get no satisfaction«, was heute allein sein Problem war.

Das Anziehen im Wagen war entschieden komplizierter, als es das Ausziehen gewesen war. Trotz unserer Blessuren lachten wir viel dabei. Auch das anschließende Wenden war nicht ganz einfach. Der Boden war weich, und dass der Peugeot Frontantrieb hatte, erwies sich jetzt als ungünstig, weil die Vorderräder im Matsch versanken. Aber irgendwie schaffte ich es am Ende doch, nicht im See zu landen.

Theresa hing entspannt im Beifahrersitz und sang voller Inbrunst und grässlich falsch »The Ballad of Lucy Jordan« mit. Offenbar hatte ich vorhin einen Oldie-Sender erwischt.

Endlich waren wir wieder auf dem holprigen Feldweg. Schon tauchte die Schranke im Scheinwerferlicht auf. Sie war geschlossen. Und ich brauchte nicht auszusteigen, um zu sehen: Ein riesiges, offenbar neues und auf den ersten Blick sehr haltbares Vorhängeschloss glänzte dort, wo das Ende des früher einmal rot-weiß lackierten Balkens auf der Stütze auflag.

»Das ist ja dumm«, meinte Theresa wohlgelaunt, »aber für einen Mann deines Formats ja wohl kein ernst zu nehmendes Hindernis.«

Nahezu lautlos fluchend stieg ich aus und suchte das bisschen Werkzeug im Kofferraum zusammen, das ich besaß. Das Schloss war tatsächlich neu und leider wirklich von bester Qualität. Der kleinere Schraubenzieher gab schon beim ersten Versuch nach und bog sich wie ein dickes Stück Draht. Ich warf ihn ins Gebüsch und versuchte es, nun schon etwas lauter fluchend, mit dem größeren. Der ließ sich zwar nicht verbiegen, aber das war auch alles. So sehr ich zog, drückte und hebelte, es war hoffnungslos. In einer finalen Anstrengung zerrte ich mit aller Kraft. Der Schraubenzieher rutschte ab und landete – ich weiß bis heute nicht, wie – mit seiner Spitze in meiner linken Handfläche. Es blutete sofort und beeindruckend kräftig.

Theresa, die mich bisher mit klugen Ratschlägen unterstützt hatte, stieg aus und untersuchte meine Verletzung. Im Stillen formulierte ich eine karrierevernichtende Schlagzeile nach der anderen. Mein Rücken schmerzte von Minute zu Minute heftiger, die Hand jetzt natürlich ebenfalls. Theresa holte den Verbandskasten aus dem Wagen und verband mich, so gut es ging.

Nun stand ich mit dick eingewickelter Hand und einem nutzlosen Schraubenzieher in der anderen vor der Schranke. Auch meine Hose war hinüber, entdeckte ich jetzt. Das linke Bein war voller Blut. Und das blöde Schloss glänzte noch immer herausfordernd.

»Ich könnte das Revier in Wiesloch anrufen«, schlug ich vor. »Du versteckst dich im Wald, ich erzähle den Jungs irgendwas, und später hole ich dich ab.«

Theresa missfiel mein Plan. Stirnrunzelnd sah sie sich um und entdeckte schließlich wenige Schritte entfernt im Graben eine etwa einen Meter lange, kräftige und übel verrostete Baustahl-Stange. Mit deren Hilfe und vereinten Kräften und der Energie zunehmender Verzweiflung gelang es uns schließlich, zwar nicht das Schloss zu knacken, aber immerhin die Lasche von der Schranke zu brechen, an der es hing.

Wir waren gerettet und fuhren zurück.

»Haben Sie sich einen Hexenschuss eingefangen, Herr Kriminalrat?«, wollte meine Sekretärin am Mittwochmorgen besorgt wissen. »Wird abends langsam doch ein bisschen kühl, gell? Da erwischt's einen leicht mal.«

Den Zusatz »in unserem Alter« ersparte sie mir rücksichtsvoll.

»Und was ist mit Ihrer Hand passiert?«, fragte sie stattdessen erschrocken, nachdem sie auch noch den Verband entdeckt hatte.

Ich murmelte etwas von »Sportverletzung« und flüchtete in mein Büro.

Dort erwarteten mich schon meine Mitarbeiter. Ich war über eine halbe Stunde zu spät. Es war äußerst umständlich und sehr zeitraubend, seine eigene Hand zu verbinden. Meine Töchter hatte ich nicht um Hilfe bitten wollen, weil ich absolut keine Lust auf ihre neugierigen Fragen hatte.

Vernünftigerweise hatten meine Leute schon ohne mich angefangen.

»Hattest du was anderes erwartet?«, meinte Vangelis gerade. »Wer soll sich denn nach fast drei Monaten noch an einen kleinen Jungen erinnern, der irgendwann mal irgendeine Straße langgefahren ist?«

»Wir haben alle befragt, die in der Gegend wohnen, wo Gundram angeblich zuletzt gesehen wurde«, klärte Balke mich über das Thema auf.

»Die Kolleginnen und Kollegen haben an jeder Tür im Umkreis von einem Kilometer geklingelt«, ergänzte Vangelis. »Wir haben in ganz Bad Schönborn Plakate aufgehängt und Handzettel verteilt. Was ist denn mit Ihrer Hand passiert?«

Balke rieb sich das Gesicht mit beiden Händen und gähnte. Ich hörte das Kratzen der Bartstoppeln aus zwei Metern Entfernung. Im Gegensatz zu ihm wirkte Klara Vangelis wie immer beneidenswert frisch und konzentriert. So etwas wie Launen oder schlechte Tage schien sie nicht zu kennen.

»Ich für mein Teil bin überzeugt, dass dieser sogenannte Zeuge die ganze Geschichte erfunden hat«, brummte Balke. »Er ist der Einzige, der das Kind da gesehen haben will. Außerdem: Verrät mir mal bitte jemand, wie der Junge fünf Kilometer eine viel befahrene Bundesstraße langradeln kann, ohne dass er irgendwem auffällt? Der hätte doch den Verkehr behindert!«

»Den längsten Teil der Strecke gibt es einen parallelen Radweg«, gab Vangelis zu bedenken. »Außerdem war es sehr heiß an dem Tag. Da wird vielleicht nicht so viel Verkehr gewesen sein.«

Ich bemerkte, dass die beiden mich auffordernd ansahen. Man erwartete, dass ich etwas Kluges sagte.

»Schaffen Sie mir den Zeugen her«, stöhnte ich, »und dann werden wir sehen.«

»Was ist mit Ihrem Rücken?«, fragte Balke, als die beiden sich erhoben.

»Nicht weiter schlimm.« Ich winkte mit der unverletzten Rechten ab. »Muss heute Nacht irgendwie falsch gelegen haben.«

»Oh, ich kenne das«, erklärte Vangelis gut gelaunt. »Als ich das letzte Mal solche höllischen Rückenschmerzen hatte, das war nach meinem Verkehrsunfall.«

Bei diesem Unfall hatte sie einen gewissen Agostos kennengelernt, in den sie sich kurz darauf verliebte. Das war merkwürdigerweise bis heute fast alles, was ich über ihre persönlichen Lebensumstände wusste. Vangelis trennte strikt zwischen Dienst und Privatsphäre. Allerdings kam sie mir in letzter Zeit fröhlicher vor als früher. Hin und wieder lachte sie sogar. Das war früher so gut wie nie vorgekommen.

Balkes Laune schien sich dagegen mit jedem Tag zu verschlechtern. Er winkte nur stumm zum Abschied, da er wegen einer heftigen Gähnattacke den Mund nicht zubekam.

Sie sei maßlos glücklich, schrieb Theresa in ihrer Morgen-SMS und drang auf baldige Wiederholung unseres Abenteuers. Ich schrieb zurück, ich hätte nicht vor, mir meine Gesundheit vollends zu ruinieren, woraufhin sie mich postwendend zum Weinen humorlos und zum Gähnen unromantisch nannte.

Wann hatte ich eigentlich meine Tetanusimpfung zum letzten Mal aufgefrischt? Meine linke Hand schmerzte teuflisch. Gestern Abend hatte ich die hässliche Wunde gründlich desinfiziert und heute Morgen den Verband erneuert, sodass er jetzt wenigstens halbwegs ordentlich aussah.

Im Vorzimmer knallte die Tür auf, schnelle Schritte, und im nächsten Augenblick stand Balke vor mir, atemlos und mit dem fiebrigen Blick eines Jägers, der das lange verfolgte Wild endlich vor sich sieht.

»Wir haben ihn!«

»Wen?«

»Den Jungen. Lebend.«

Ich sprang auf. »Wie und wo?«

Aber Balke hörte mich schon nicht mehr.

»Wo fahren wir eigentlich hin?«, fragte ich, als wir eine halbe Minute später in einem Streifenwagen saßen und mit winselnden Reifen vom Parkplatz fegten.

Dem jungen Kollegen am Steuer schien die Sache mächtig Spaß zu machen. Mir wurde schon an der zweiten Ecke übel.

»Neckarbischofsheim«, erfuhr ich nun endlich. »Jemand will Gundram dort mehrfach bei seinen Nachbarn gesehen haben.«

»Es ist ein ziemliches Stück von Bad Schönborn bis dahin!«

Wir umrundeten bei roten Ampeln den Römerkreis. Das Martinshorn scheuchte den Verkehr aus dem Weg.

»Und warum rasen wir so?«

»Das weiß ich auch nicht«, erwiderte Balke von hinten.

Ich wies unseren übereifrigen Chauffeur an, das Martinshorn auszuschalten und wie ein normaler Mensch zu fahren.

Dreißig Minuten später kletterte ich leicht benommen aus dem Wagen. Vor uns parkten schon zwei andere Einsatzfahrzeuge aus unserem Fuhrpark in einer schmalen Straße, die vom nördlichen Rand Neckarbischofsheims in die Felder führte. Vor uns lagen einige verstreute kleinere und größere Häuser. Quer über die abgeernteten Felder schwang sich eine mächtige Hochspannungsleitung. Meine Rückenschmerzen waren durch das Gerüttel auf den Straßen des südlichen Odenwalds nicht besser geworden.

Der Nachbar, von dem die Meldung stammte, war der Überzeugung, arabische Terroristen hielten Gundram Sander gefangen, hatte ich unterwegs von Balke erfahren. Wir gingen auf das nächststehende, ockergelb gestrichene Haus zu, wo schon einige uniformierte Kollegen ein wenig verloren herumstanden.

»Da drin haust eine libanesische Großfamilie«, erklärte mir ein schnauzbärtiger, vielleicht fünfzigjähriger Uniformierter, der offenbar das Kommando führte. »Es hat schon mehrfach Gerüchte gegeben. Schon möglich, dass die Dreck am Stecken haben.«

Zwei Düsenjäger flogen in geringer Höhe über uns hinweg und machten ein Gespräch für kurze Zeit unmöglich.

»Und der Nachbar, der Gundram gesehen haben will?«, fragte ich dann.

Der Kollege deutete achtlos auf ein etwas entfernt unter Bäumen liegendes Gebäude. »Da hinten. Kommen Sie, wir haben bloß noch auf Sie gewartet.«

Ich folgte dem breiten Mann über einen frisch gefegten Plattenweg. Kinderspielzeug lag herum. Ich entdeckte ein rostiges Dreirad, eine arg derangierte Puppe mit nur einem Bein und einen großen Lastwagen aus Kunststoff mit gebrochener Achse.

»Polizei! Aufmachen!«

Er bollerte gegen die schwächliche Tür des Häuschens mit Walmdach und wurmstichigen Klappläden. »Wenn ihr nicht sofort aufmacht, dann …«

»Lassen Sie das.« Ich schob ihn zur Seite und drückte den Klingelknopf.

»Sind wir eigentlich sicher, dass da überhaupt jemand drin ist?«, fragte Balke den etwas irritiert dreinschauenden Schutzpolizisten.

»Vorhin, wie wir angerückt sind, da ist jedenfalls noch Bewegung am Küchenfenster gewesen. Kann höchstens sein, dass sie gleich durch die Hintertür geflüchtet sind. Anschließend hab ich das Haus aber sofort komplett sichern lassen. Hier kommt mir keiner mehr rein oder raus.«

Im Haus rührte sich nichts.

»Lassen Sie sofort alle Blaulichter ausschalten«, wies ich den übereifrigen Polizeihauptmeister an. »Und Ihre Truppen sollen sich zurückziehen.«

Wieder drückte ich den Klingelknopf, über dem in rührend kindlicher Handschrift »Kerbaj« geschrieben stand.

Wieder keine Reaktion.

Ich wandte mich um. »Alle weg hier!« Ich verscheuchte die Herumstehenden mit großen Bewegungen. »Und ein bisschen flott, wenn ich bitten darf!«

Motoren wurden angelassen, Wagen wendeten, und eine Minute später stand ich allein vor dem Haus. Von Polizei war nichts mehr zu sehen. Aus den Augenwinkeln hatte ich an einem Fenster drei Schritte neben der Tür eine schnelle Bewegung wahrgenommen. Jetzt hing die Gardine wieder ruhig. Ein leichter, böiger Westwind ging. Es roch nach Kartoffelfeuern, fruchtbarer, feuchter Erde und kommendem Winter.

»Öffnen Sie bitte«, rief ich. »Ich komme nicht in böser Absicht.«

Endlich drehte sich ein Schlüssel im Schloss. Leise knarrend öffnete sich die Tür einen Spalt. Ein kleiner, erbärmlich schwitzender Mann mit dunkler Haut und schwarzem Haar starrte mich an, als wäre ich eben der Hölle entstiegen.

Ich hob beide Hände in Schulterhöhe. »Keine Angst. Bestimmt ist alles nur ein Irrtum.«

Die Tür öffnete sich ein wenig weiter. Ich trat ein. Drinnen roch es nach orientalischen Gewürzen, Pfefferminze und Angst. Die ganze Familie saß im kleinen Wohnzimmer und wirkte, als hätte man eben mit knapper Not einen Vulkanausbruch überlebt.

»Wir Aufenthaltserlaubnis«, erklärte der kleine Mann heiser und hustete. »Ich arbeiten. In Sinsheim. Im Museum ich arbeiten. Kinder Schule. Nix illegal!«

Seine verschleierte Frau saß auf dem Sofa, daneben aufgereiht vier Kinder im Alter zwischen zwei und vielleicht sieben Jahren. Zwei Mädchen mit schwarzen Augen, unverschleiert und mit schon wieder keckem Blick. Zwei Knaben, die trotz ihrer finsteren Mienen sehr verschüchtert wirkten. Neben der Couch stand noch ein älterer, vielleicht zwölfjähriger Junge. Er hatte die Hände in die Hüften gestützt, und sein Blick sagte, dass er jederzeit für seine Familie in den Tod gehen würde.

»Ich Arbeit«, wiederholte der Mann bittend. »Kinder Schule. Alles okay.«

Die Frau nickte angstvoll zu jedem seiner Worte und zog ihre Kinder an sich. Da niemand auf die Idee kam, mir einen Stuhl anzubieten, setzte ich mich auf den weichen Teppich. Auf diese Weise sah ich nicht mehr auf alle hinab, und tatsächlich entspannten sich die Mienen ein wenig.

»Ich glaube Ihnen, dass hier alles in Ordnung ist«, sagte ich.

Die Frau sagte etwa auf Arabisch und erhob sich.

»Tee?«, übersetzte der Mann.

»Gerne.«

Als sie mit weichen Schritten zur Küche ging, bemerkte ich hohe Absätze unter dem Saum ihres knöchellangen Kaftans. Die Mädchen wechselten Blicke und begannen, mit den Beinchen zu wippen.

»Es ist nämlich so«, begann ich, als wir kurze Zeit später alle am Boden um einen niedrigen Tisch saßen. »Jemand will hier einen deutschen Jungen gesehen haben. Sechs bis sieben Jahre alt und blond.«

»Lustig«, sagte der Mann.

Seine Frau hatte den Schleier inzwischen zurückgeschoben. Ihr rundes, aber nicht unhübsches Gesicht war dezent geschminkt, der Blick offen und wach.

»So lustig finde ich die Sache eigentlich nicht«, erwiderte ich, nachdem ich an dem verteufelt heißen und süßen Tee genippt hatte.

»Nachbarn.« Herr Kerbaj wies in die Richtung, wo der wachsame Nachbar wohnte. »Lustig Name.«

»Herr Lustig ist arbeitslos«, ergänzte seine Frau in überraschend gutem Deutsch. »Und er mag uns leider nicht so.«

»Der deutsche Junge, das ist Felix«, sagte eine fröhliche Kinderstimme schräg hinter mir. Es war der zweitälteste Junge, der sich inzwischen ebenfalls von seinem Schrecken erholt hatte. »Felix darf manchmal bei uns spielen.«

»Und woher kennst du ihn?«

»Wir gehen in dieselbe Klasse!«

»Du gehst schon in die Schule?«

»Aber klar!« Das Strahlen des Jungen wurde noch breiter. »Ich bin doch schon sieben.«

»Felix ist das erste deutsche Kind, das uns besuchen darf«, fügte die Frau leise und mit gesenktem Blick hinzu.

Mich auf den Boden zu setzen, war keine gute Idee gewesen. Als ich nach zwei weiteren Tassen Tee versuchte aufzustehen, schoss mir ein Schmerz ins Kreuz, dass ich um ein Haar aufgeschrien hätte. Die halbe Familie Kerbaj hatte zu zerren, zu stemmen und zu schieben, um mich wieder auf die Beine zu bringen.

»Was mit Hand?«, fragte der Vater besorgt, als wir uns verabschiedeten. »Haben Unfall?«

Während der Rückfahrt hing jeder seinen Gedanken nach. Der Schmerz im Rücken hatte ein wenig nachgelassen, dafür spürte ich in der Hand jetzt ein ziehendes Pochen, das nichts Gutes versprach. Noch immer schien die Sonne, heute jedoch nicht mehr mit der Kraft der letzten Tage und Wochen. Der Himmel war mit weißen Schlieren überzogen, und es war kühl geworden. Die bunten Blätter, die immer wieder über die Straße wirbelten, vermischten sich mit alten Zeitungen und Staub. Der Oktober ging mit dem heutigen Tag zu Ende. Bald würde uns der Herbst seine unangenehmen Seiten zeigen.

»Morgen haben wir November«, sagte Balke unvermittelt, als hätte er meine trüben Gedanken erraten. »Dann ist Schluss mit lustig.«

Wieder einmal spukte das Wort »Serientäter« durch meinen Kopf. Der Verdacht auf Entführung hatte sich bei Tim Jörgensen zu meiner Erleichterung ja bisher nicht bestätigt. Dennoch konnte es jeden Tag ein anderes Kind treffen. Noch lief der Täter frei herum. Merkwürdigerweise schien die Presse bisher nicht auf denselben Gedanken gekommen zu sein. Überhaupt war es an dieser Front erfreulich ruhig geworden. Die Öffentlichkeit verfügt offenbar nicht über so etwas wie ein Langzeitgedächtnis.

»Was denken Sie?«, fragte Balke, als unser Fahrer am Walldorfer Kreuz nach Norden abbog. »Ist der Junge noch am Leben?«

»Etwas anderes kann ich nicht denken«, erwiderte ich müde. »Solange ich seine Leiche nicht mit eigenen Augen gesehen habe, lebt er für mich.«

»Was mir vorhin durch den Kopf gegangen ist, während Sie mit den Libanesen Tee getrunken haben: Gundram ist an einem Sonntag entführt worden. Die erste Belohnung hat die Staatsanwaltschaft aber erst am Dienstag oder Mittwoch ausgeschrieben. Fünftausend Euro.«

Ich verstand sofort, was er meinte. »Das heißt, unser unbekannter Zeuge hat – falls er wirklich nur auf die Belohnung aus war – gar nicht am Montag angerufen?«

»Wie ich den Burschen einschätze, rührt der ohne Aussicht auf ein bisschen Kohle keinen Finger.«

»Sie wissen, was das bedeutet?«

»Da hast du mal eine gute Idee, und schon wirst du bestraft«, stöhnte er. »Damit ist ja wohl Essig mit meinem freien Tag morgen.«

»Wie weit sind Sie mit der Telefonnummer des Kerls? Das sollte doch eigentlich kein großes Problem sein. Ich habe Ihnen die genaue Uhrzeit genannt, und wenn wir wissen, welche Nummer Pretorius gestern gewählt hat, dann können Sie sich den Rest vielleicht sparen.«

Balke stöhnte ein zweites Mal. »Die Staatsanwaltschaft hat einen Riesenerz gemacht wegen der Genehmigung. Erst das Argument, dass es um das Leben des Jungen geht, hat gezogen. Die Anfrage wegen der Anruflisten ist seit heute Morgen raus. Mit ein bisschen Glück kann ich Ihnen im Lauf des Nachmittags den Namen des Typen liefern.«

11

Der Mann, der mich in meinem Vorzimmer erwartete, war groß und vierschrötig. Seine derbe Kleidung und sein wettergegerbtes Gesicht ließen mich vermuten, dass er häufig im Freien zu tun hatte. Mein unerwarteter Besucher hatte ein Pferdegesicht, riesige Hände und war sehr, sehr schlechter Laune. Sowie er mich erblickte, sprang er auf, als wollte er sich auf mich stürzen.

»Ich will Anzeige erstatten!«, bellte er.

Sönnchen sah mich flehend an und hob hilflos die Hände.

»Und glauben Sie bloß nicht, dass Sie mich einfach wieder fortschicken können! So langsam hab ich nämlich die Schnauze voll! Wo leben wir hier denn hier eigentlich? Ist das noch ein Rechtsstaat, oder ist es keiner?«

»Gehen wir in mein Büro«, schlug ich vor, während ich den Mantel auszog und Sönnchen ein beruhigendes Lächeln schenkte. Grummelnd folgte er mir.

»Was kann ich für Sie tun?«, fragte ich freundlich, als wir saßen. Es hat erfahrungsgemäß keinen Sinn, mit wütender Kundschaft eine Diskussion über Amtswege zu beginnen.

Er hob die linke Hand und zählte an seinen dicken und von Pigmentflecken übersäten Fingern ab: »Einbruch! Sachbeschädigung! Hausfriedensbruch! Vandalismus!«

»Damit wir uns richtig verstehen: Sie sind hier bei der Kriminalpolizei, und ich bin der Chef. Für Anzeigen dieser Art bin ich eigentlich nicht zuständig. Die können Sie problemlos bei jeder Polizeidienststelle aufgeben.«

Sein Gesicht lief von unten her dunkelrot an. »Problemlos?«, brüllte er. »Haben Sie problemlos gesagt? Soll ich Ihnen sagen, was passiert, wenn ich mit meiner Anzeige auf unser Polizeirevier gehe?«

»Sie sind nicht zufrieden mit der Vorgehensweise der Kollegen?«

»Einen Scheißdreck bin ich! Diese Bürohengste in Wiesloch schreiben alles brav auf und grinsen sich eins. Und sobald man aus der Tür ist, machen sie zwei hübsche runde Löcher in ihr Protokoll und heften es ab.«

»Sie müssen verstehen, Herr …«

»Rußwurm.« Er lüftete andeutungsweise sein breites Gesäß.

Ich sah unauffällig auf die Uhr. Vermutlich würde es mich weniger Zeit kosten, ihn anzuhören, als ihn hinauszuwerfen.

»Sie müssen bitte verstehen, dass wir praktisch überall unterbesetzt sind. Das Land streicht mir Jahr für Jahr Stellen, während unsere Aufgaben gleichzeitig immer zahlreicher werden. Jeder meiner Leute leistet Überstunden, die er nie bezahlt bekommt. Und trotzdem bin ich fest davon überzeugt, dass die Wieslocher Kollegen tun, was sie können.«

»Wenn die tun, was sie können, dann können sie gar nichts. Und es kann der Polizei in diesem Land, wo ich meine Steuern zahle, und zwar nicht zu knapp, ja wohl nicht egal sein, wenn zum x-ten Mal irgend so ein dahergelaufener Ganove mein Eigentum zerstört!«

Diesmal war mein Blick zur Uhr nicht mehr ganz so unauffällig.

»Es geht nämlich um das hier.« Rußwurm fischte eine Klarsichttüte aus einer der tiefen Taschen seiner olivgrünen Jacke und knallte sie vor mich auf den Tisch. Sie enthielt ein großes, neuwertiges Vorhängeschloss in bester Qualität, an dem noch immer die rot lackierte Lasche baumelte, die irgendein dahergelaufener Ganove mit grober Gewalt abgebrochen hatte.

Ich zog einen Block heran, ergriff einen Stift und ließ meine verbundene Linke unter dem Schreibtisch verschwinden.

»Name und Anschrift, bitte.«

Wie ich schon vermutet hatte, wohnte er in Wiesloch. Von Beruf war er Fensterbauer.

»Hab da eine Firma mit knapp dreißig Leuten. Ich schaffe Arbeitsplätze, verstehen Sie! Ich bin keiner von denen, die ihre Produktion nach Rumänien verlagern! Und drum erwarte ich, dass man diesen Fall mit allem Nachdruck untersucht! Ihre Kollegen haben's ja nicht mal für nötig gehalten ...«

Karl Rußwurm griff, als wäre ihm plötzlich ein Gedanke gekommen, in eine andere Tasche und knallte eine weitere Plastiktüte vor mich hin. Diese enthielt zwei Schraubenzieher. Der kleinere war hoffnungslos verbogen, der größere blutverschmiert. Die Wunde an meiner linken Hand begann zu pochen.

»Ich bin seit siebenundzwanzig Jahren Erster Vorsitzender von unserem Angelverein. Wir haben seit Ewigkeiten das Fischereirecht für den Baggersee westlich der Autobahn. Und weil's immer wieder Ärger gegeben hat mit wilden Campern oder irgendwelchen Idioten, die nachts unbedingt nackig baden müssen, oder Pärchen, die anscheinend kein Bett zum Vögeln haben, gibt's da seit ein paar Jahren eine Schranke.« Er brauchte einige tiefe Atemzüge, bevor er fortfahren konnte: »Ich hab sie in meiner eigenen Werkstatt bauen lassen. Verstehen Sie, auf meine Kosten! Und es ist eine gute Schranke! Und das …« Er drosch mit der flachen Hand auf den Tisch, dass mein Aktenlocher einen kleinen Luftsprung vollführte. »… das ist jetzt das fünfte Mal, dass mir dieses Lumpenpack das Ding kaputtmacht!«

»Es dürfte nicht ganz einfach sein, den oder die Täter zu überführen«, gab ich zu bedenken. »Wir haben ja leider nicht allzu viel …«

»Warten Sie nur.« Wieder fuhr seine Hand in eine der zahllosen Taschen. Die nächste Tüte enthielt einige vertrocknete, gelbrote Eichenblätter mit deutlich sichtbaren braunen Flecken. Blutspuren. Meine Wunde pochte wie rasend.

»Zum Glück hat er sich wenigstens ordentlich verletzt, der Drecksack! Sie können ja seit Neuestem so Blutuntersuchungen machen. Damit kriegen Sie doch heutzutage praktisch jeden, liest man immer wieder in der Zeitung. Und an dem einen Schraubenzieher, da ist auch Blut, und wahrscheinlich sind auch seine Fingerabdrücke dran. Die Dinger stammen übrigens aus Frankreich, sehen Sie, da.« Er deutete auf einen in den Griff des größeren Schraubenziehers eingeprägten Text. »Und die sind auch schon ziemlich alt und rostig. Sie können Gift drauf nehmen, dass das Schlitzohr eine alte Franzosenschüssel fährt.«

Stolz auf seine kriminalistischen Fähigkeiten und immer noch empört funkelte er mich an.

»Sie haben vollkommen recht, auch die kleinen Delikte müssen wir mit allem Nachdruck verfolgen«, erklärte ich nicht ganz ohne Pathos. »Wehret den Anfängen, sage ich immer. Lassen Sie mir die Sachen bitte alle hier. Ich werde persönlich dafür Sorge tragen, dass umgehend alles in die richtigen Wege geleitet wird. Und Sie haben mein Wort darauf, meine Mitarbeiter und ich werden nichts unversucht lassen, den Täter seiner Strafe zuzuführen. Soweit es in unseren Möglichkeiten steht, natürlich.«

»Sie sind mein Mann!« Karl Rußwurm erhob sich strahlend und streckte seine Pranke über den Tisch. »Man muss nur mit den richtigen Leuten reden, sag ich immer. Endlich mal einer, der die Sorgen von uns Bürgern ernst nimmt. Das werd ich Ihnen nicht vergessen, Herr Kriminalrat. Sie werden noch an mich denken.«

Aus dem Pochen in meiner linken Hand war ein Ziehen geworden. Und nach dem begeisterten Händedruck des Fensterbauers tat nun auch die Rechte weh.

»Und du bist total sicher, dass Tim auf Korfu ist?« Louise wirkte geradezu enttäuscht wegen der guten Nachricht.

»Frau Vangelis hat es in meinem Auftrag überprüft. Sie ist meine beste und zuverlässigste Mitarbeiterin. Wenn sie sagt, Tim ist dort, dann ist er dort.«

Wir saßen beim gemeinsamen Abendessen, was in letzter Zeit nicht so häufig vorkam. An meiner Hand prangte ein neuer, schneeweißer Verband. Ich hatte die Wunde noch einmal desinfiziert, und die Schmerzen hatten ein wenig nachgelassen. Bildete ich mir zumindest ein.

»Und wie hat sie das überprüft?«, wollte Sarah wissen.

»Sie hat mit den griechischen Kollegen vor Ort telefoniert. In Kerkira wohnt die Tante übrigens, das ist die Hauptstadt von Korfu. Und bei ihr lebt seit einiger Zeit ein kleiner Junge, den die Nachbarn früher dort nicht gesehen haben. Auch wenn euch das anscheinend nicht ins Konzept passt.«

»Heißt das, die Polizisten haben die Tante selber gar nicht gefragt?«

»Sie können ja schlecht an der Tür klingeln und sich erkundigen, woher sie den Jungen hat. Wie stellt ihr euch das denn vor? Sie haben sich diskret in der Nachbarschaft umgehört. Das hätten wir nicht anders gemacht.«

»Aber sie haben Tim wenigstens gesehen?«

Sarah stocherte mit finsterer Miene in ihren Spaghetti Carbonara mit Räuchertofu statt Speck, die mir für meinen Geschmack gar nicht schlecht gelungen waren.

»Jetzt macht aber mal einen Punkt. Ich habe auch mit dem Vater telefoniert. Er meinte, ich könnte der Mutter ruhig glauben, und war kein bisschen beunruhigt. Auch wenn ich mich wiederhole: Falls mit Tim wirklich etwas nicht stimmen sollte, dann würde seine Mutter ja wohl Himmel und Hölle in Bewegung setzen, um ihn zu retten, meint ihr nicht? Die würde doch nicht einfach still sitzen und warten, ob er vielleicht irgendwann von allein wieder heimkommt.«

»Klar.«

»Natürlich, schon.«

Sie waren nicht überzeugt.

Sarah stocherte immer noch in ihrer Pasta, ohne etwas zu essen.

»Die arme Frau Jörgensen hat eine Menge Stress zurzeit. Ihr Mann hat sie sitzen lassen, und zudem muss sie auch noch ihren alten, dementen Vater pflegen. Und da wird sie gedacht haben, Tim wäre bei seiner Tante besser aufgehoben. Genau das sagt übrigens auch der Vater. Er hat sich wirklich nicht so angehört, als würde er sich Sorgen machen.«

»Was ist das, dement?«, fragte Sarah lahm.

»Dass der alte Mann nicht mehr ganz richtig im Kopf ist.«

Sie sahen sich an, sahen mich an, schlugen die Augen nieder und kauten synchron auf den schmalen Unterlippen. Es ging nicht nur um Tim, wurde mir plötzlich klar. Sie hatten noch etwas anderes auf dem Herzen.

»Paps.« Sarah, eine halbe Stunde älter als ihre Schwester, sah es oft als ihre Pflicht an, bei unangenehmen Angelegenheiten die Initiative zu ergreifen. »Wir wollten dich was fragen.«

»Ich höre.«

»Du darfst aber nicht gleich wieder losbrüllen.«

»Wann habe ich euch denn das letzte Mal angebrüllt?«

»Ehrlich nicht?«

Ich hob die Hand zum Schwur. »Ich bin die Ruhe selbst.«

»Wir haben nämlich wen kennengelernt.«

Auch Louise bekam jetzt endlich den Mund auf. »Einen Typen.«

»Einen Typen.«

»Na ja, einen Jungen. Sam. Und den würden wir gern mal einladen. Übers Wochenende oder so. Was meinst du?«

Es gelang mir wirklich, fast völlig ruhig zu bleiben. »Und woher kennt ihr diesen ... Sam?«

»Studi-VZ«, gestand Louise.

Davon hatte ich schon gehört. »Seit wann seid ihr denn Studenten?«

»Schüler-VZ ist für Babys«, erklärte Sarah kategorisch.

»Damit ich es richtig verstehe: Ihr habt übers Internet irgendeinen …« Ich schaffte gerade noch die Kurve. »… einen jungen Mann aufgerissen. Und der soll bei uns wohnen?«

»Doch bloß übers Wochenende, Manno!«

»Und er ist auch total nett!«

»Wie alt?«

»Einundzwanzig«, antwortete Sarah mit Blick zur Decke.

»Dreiundzwanzig«, verbesserte Louise kleinlaut. »Er studiert in Mainz.«

»Dann ist er kein Junge mehr, sondern ein Erwachsener. Wie war eigentlich eure Französischarbeit?«

Mit einem Mal begann Sarah, sich Spaghetti in den Mund zu stopfen.

»Also schlecht.«

Ich legte mein Besteck auf den Tisch. »Wie schlecht?«

Wieder wartete ich vergeblich auf eine Antwort.

»Schlechter als vier?«

Sie nickten kaum merklich.

»Schlechter als fünf?«

Sie schüttelten die Köpfe.

»Mädels«, seufzte ich, »wenn das so weitergeht, dann werde ich euch demnächst den Internetanschluss abklemmen müssen. Ich meine das ganz ernst. Eine gute Ausbildung ist das Wichtigste im Leben. Und ab sofort werden hier andere Saiten aufgezogen!«

Eine Weile war es still in unserer Küche. Meine Töchter starrten in ihre inzwischen fast leeren Teller. Der Kühlschrank summte. Draußen knatterte ein Moped vorbei.

»Was studiert dieser Sam eigentlich?«, fragte ich schließlich, um die trübe Stimmung ein wenig aufzuhellen.

»So Jazz und Popu…« Louise sah Sarah hilfesuchend an »Jazz und Polularmusik.«

»Na prima. Damit kann man bestimmt reich werden.«

»Später will er mal Profimusiker werden.«

»Er hat sogar schon eine eigene Band!«

Vor meinem geistigen Auge erschien eine Mischung aus Alice Cooper und Kurt Cobain, der sich bekanntlich im Drogenrausch das Leben genommen hatte.

»Nur über meine Leiche«, erklärte ich.

Sie blieben merkwürdig ruhig. So, als hätten sie von vornherein nicht mit einem Erfolg gerechnet. Mit undurchsichtigen Mienen verzogen sie sich nach dem Tischabräumen in ihr Zimmer, und obwohl ich die Ohren spitzte, hörte ich weder abfällige Bemerkungen noch geflüsterte Flüche oder Verwünschungen.

Irgendetwas stimmte hier nicht.

Bald darauf begannen sie wieder zu singen: »Echo of a night. Nothing to fear and nothing to fight.«

Sie schienen einen Narren gefressen zu haben an dem Song.

Donnerstag, erster November, Allerheiligen, Feiertag. Beim ersten Espresso wurde mir bewusst, dass ich am Vorabend meinen Kochkurs vergessen hatte. Dabei hätte ich ausnahmsweise sogar Zeit gehabt. Wenn das so weiterging, dann hatte ich das Geld wohl aus dem Fenster geschmissen.

Nachdem der morgendliche Nebel sich verzogen hatte, brach die Sonne durch gleißende Schleierwolken. Über Nacht war das Thermometer weiter gefallen, ein unangenehm böiger Wind blies von Westen her. Meine Töchter sprachen nur das Allernötigste mit mir und verbrachten den Tag in ihrem Zimmer, um dort – wie sie behaupteten – Französisch zu lernen.

Meine Rückenschmerzen hatten sich gebessert, und auch die linke Hand schmerzte nur noch bei bestimmten Bewegungen. Ich schickte Theresa per SMS ein umfangreiches Bulletin betreffend meinen Gesundheitszustand, aber sie antwortete mitleidlos. Ansonsten blieb mein Handy stumm.

Beim Mittagessen versuchte ich, mit meinen Töchtern das geplante Gespräch zu führen über fiese Kerle, die in Chatrooms kleine Mädchen verführten, indem sie sich als gleichaltrige Jungs, Ferrari fahrende Millionäre oder angehende Popstars ausgaben.

Sie sahen mich an, als wäre ich nicht bei Trost.

»Hältst du uns echt für so bescheuert, Paps?«, fragte Sarah. »Denkst du, wir fallen auf jeden blöden Trick von irgendeinem Hirnie rein?«

»Was ist das, ein Hirnie?«

»Einer, der nicht ganz richtig im Kopf ist.«

Ich wollte ihnen nicht schon wieder die Stimmung verhageln.

Schließlich hatten auch sie frei, und außerdem hatte ich heute keine Lust auf Streit.

»Ich möchte doch nur sicher sein, dass ihr wisst, was ihr tut. Und in diesem Punkt habe ich im Moment leider meine Zweifel. Mir fällt da zum Beispiel ein gewisser Sam ein.«

»Paps, wir sind fast sechzehn! Wir sind doch keine Kinder mehr!«

»Und meinst du, wir sind in einem Jahr so viel reifer als jetzt?«, sekundierte Sarah. »Hast du so wenig Vertrauen zu uns?«

»Natürlich nicht. Ich meine, doch, ja. Ich habe sogar sehr viel Vertrauen zu euch. Ich möchte nur, dass ihr vorsichtig seid. Dass ihr niemandem, den ihr nicht wirklich kennt, eure Adresse gebt. Oder eure Telefonnummer.«

»Paps, also bitte! Wir haben schon total oft gechattet!«

»Auch früher schon. Von Silkes PC.«

»Damals hast du nur nichts davon gemerkt.«

»Das nennt ihr also Französischlernen? Da ist es ja kein Wunder ...«

»Wir haben ja auch gelernt!«

»Viel geholfen hat es anscheinend nicht.«

Später fingen sie noch einmal von ihrem Sam an, den sie offenbar grenzenlos bewunderten. Aber in diesem Punkt blieb ich eisern. Wider Erwarten kam es auch diesmal nicht zu größeren Unruhen. Hatten sie wegen ihrer Noten ein so schlechtes Gewissen? Oder sollten sie über Nacht vernünftig geworden sein? Die Entwicklung von Kindern verläuft ja in Schüben. Eines Morgens stehen sie auf und sind über Nacht um ein halbes Jahr gereift.

Den Nachmittag begann ich mit der Erledigung liegen gebliebener häuslicher Lästigkeiten und dem Ausfüllen überfälliger Überweisungen. Balke hatte mir zwar jüngst in leuchtenden Farben die Vorteile des Online-Banking dargelegt, aber noch war mein Vertrauen in die moderne Informationstechnik nicht so weit gefestigt, dass ich dem Internet meine finanziellen Geheimnisse anvertrauen mochte.

Später setzte ich mich ins Wohnzimmer und nahm mir den Camus wieder vor. Meine Töchter paukten immer noch Französisch. Hin und wieder hörte ich sie Verben konjugieren und Substantive deklinieren. Kaum hatte ich jedoch das Buch aufgeschlagen, da platzten sie mit wichtigen Mienen und einigen Computerausdrucken herein.

»Guck mal hier, Paps!«

Aufgeregt breitete Louise ein paar Blätter vor mir auf dem Couchtisch aus. Ich legte das Buch wieder zur Seite. Die vier Ausdrucke zeigten Fotos.

Auf dem linken sei Tim zu sehen, zusammen mit einem Mädchen aus der Nachbarschaft, mit dem er hin und wieder spiele, wurde ich aufgeklärt. Die beiden Kinder standen Hand in Hand in einem Sandkasten und wussten offensichtlich nicht so recht, wozu sie fotografiert werden mussten. Tim, schmal und ein wenig zu blass, wirkte deutlich verhaltener als das dralle schwarzlockige Mädchen. Die drei anderen Bilder waren nicht gestellt. Sie wirkten im Gegenteil, als hätte jemand sie heimlich aufgenommen. Einen kräftigen, braun gebrannten Jungen erkannte ich auf allen dreien, deutlich älter und größer als Tim. Allem Anschein nach war er auf dem Weg zur Schule.

»Wer ist das?«

»Der Junge, der bei der Tante auf Korfu wohnt.«

»Und woher habt ihr die Fotos?«

»Das ist doch jetzt voll egal! Siehst du denn nicht, dass das nicht Tim ist?«

»Natürlich sehe ich das. Aber woher wollt ihr wissen, dass bei der Tante nicht noch ein zweiter Junge wohnt? Vermutlich hat sie selbst auch Kinder.«

»Hat sie eben nicht!«

»Woher wollt ihr das wissen?«

Sie wurden eine Spur leiser. »Jemand hat für uns das Haus beobachtet. Und da wohnen eben nur Tims Tante und ihr Mann und der Junge da. Sie ruft ihn Pavlos.«

»Und darf man auch erfahren, wer das Haus in eurem Auftrag beobachtet?«

»Ein Freund.«

»Seit wann habt ihr Freunde auf Korfu?«

»Mann!« Sie verdrehten furchterregend die Augen. »Schon mal was von Internet gehört?«

Zögernd legte ich die Bilder zurück auf den Couchtisch. »Ihr steht in Kontakt mit irgendeinem Kerl, von dem ihr nicht das Geringste wisst? Seid ihr noch ganz bei Trost? Nichts ist umsonst. Was, wenn er eine Gegenleistung verlangt? Was, wenn er irgendwann vor unserer Tür randaliert?«

»Er weiß ja nicht mal unsere Namen, Paps!«, versetzte Sarah augenrollend.

»Und er verlangt wirklich nichts dafür, dass er uns hilft«, versuchte auch Louise meine Sorgen zu zerstreuen. »Und er wird uns ganz bestimmt nie besuchen.«

»Wichtig ist doch, dass die Mutter dich angelogen hat und dass Tim eben doch verschwunden ist.«

»Und du könntest dich übrigens ruhig mal ein bisschen freuen«, meinte Louise gekränkt. »Wir machen deine Arbeit, und du meckerst wieder bloß rum.«

»Wie soll ich mich darüber freuen, dass ich jetzt noch einen zweiten Fall am Hals habe?«

Wortlos begannen sie, ihre Ausdrucke einzusammeln.

»Lasst sie hier«, seufzte ich. »Bitte.«

Sie legten sie auf den Tisch zurück.

»Und danke. Das habt ihr gut gemacht.«

Sie lächelten.

12

Später machte ich einen langen Spaziergang über die Felder westlich der Stadt und ließ mir den kalten Herbstwind ins Gesicht wehen. Es roch nach frisch umgepflügter Erde und vermoderndem Laub. Ich wollte allein sein und auf andere Gedanken kommen.

Das erste klappte, das zweite nicht.

Auf einmal gab es in meinem Kopf nur noch einen Gedanken, ein Wort: Serientäter. Jetzt ließ es sich nicht mehr länger leugnen. Zwei Jungen ähnlichen Alters waren im Abstand von nicht einmal zwei Monaten verschwunden. Ihre Elternhäuser lagen gerade mal zehn Kilometer voneinander entfernt. Und alle Erfahrung sprach dafür, dass es nicht dabei bleiben würde. Dass er es wieder tun würde, solange wir ihn nicht gefasst hatten. Morgen, nächsten Monat, in einem Jahr, irgendwann.

Männer, die fähig waren, einem Kind Gewalt anzutun, waren oft so gestört, dass ihr Trieb sie trotz bester Vorsätze und stiller Schwüre, trotz des atemberaubenden Entsetzens über das, was sie angerichtet hatten, früher oder später wieder überwältigte. Bei manchen hatte es zehn Jahre gedauert, bis es wieder so weit war. Manche hatten im Gefängnis gesessen, waren nach Ansicht aller Gutachter und Psychologen geheilt, geläutert. Sie hatten ehrlich bereut, den Wohnort gewechselt, ein völlig neues Leben begonnen.

Und irgendwann war da dieses unwiderstehlich süße Gesicht. Dieser ein wenig zu freche oder eine Spur zu verschämte Blick. Die klaren Augen, diese glatte, so unbegreiflich unschuldige Haut, der niedliche kleine Erdbeermund, von dem man die Augen einfach nicht mehr wenden konnte. Mancher hatte sein späteres Opfer tagelang beobachtet. Sich immer der Gefahr bewusst, in die er sich dadurch begab. Mit feuchten Händen und hämmerndem Puls und der festen Überzeugung im Kopf, dass nichts, nichts, nichts passieren würde. Bloß ein bisschen gucken. Das war doch nicht schlimm. Was war schon dabei, einem Kind beim Spielen zuzusehen?

Bis es wieder so weit war.

Andere hatte es übermannt, von einer Sekunde auf die andere. Ein Kind, allein an einem zu stillen Ort. Erst wollte man vielleicht nur ein wenig reden, das Gesichtchen aus der Nähe betrachten, das feine Haar ein einziges Mal berühren, ganz sacht nur. Aber dann machte etwas »klick« in diesem verfluchten Kopf, und wenn die plötzliche Nacht zu Ende war, dann war es wieder geschehen. Dann war dieser Teufel in einem wieder einmal für einen winzigen Moment aufgewacht.

Als ich nach fast zwei Stunden nach Hause kam, durchfroren und so unruhig wie zuvor, dunkelte es schon. Die Wohnung fand ich leer.

»Sind bei Silke«, stand auf einem Zettel am Spiegel. »Französisch lernen.« Darunter zwei völlig identisch aussehende Smilies.

Ich bin sonst gerne allein, aber an diesem Abend fühlte ich

mich einsam. Keine SMS auf dem Handy, nichts auf der Mailbox. Weder aus der Direktion noch von Theresa. Zum Lesen war mein Kopf nicht mehr geeignet. Ich schaffte es kaum, einen etwas längeren Satz zu Ende zu lesen, ohne dass meine Gedanken abschweiften. Immerzu drehte sich dieses Karussell in meinem Kopf.

Auch in den Fernsehnachrichten gab es nichts Neues. Immerhin ein Lichtblick, denn für mich waren zurzeit keine Nachrichten die besten Nachrichten. Zwischen dem Ehepaar Sander und der Polizei herrschte immer noch eine Art nervöser Waffenstillstand.

So ging ich früh schlafen an diesem tristen Abend und wachte später nicht einmal auf, als meine Mädchen nach Hause kamen.

Am nächsten Morgen fand ich eine Notiz von Sven Balke auf meinem Schreibtisch. Es war ihm gelungen, den Besitzer des Handys zu ermitteln, dessen Nummer Pretorius am vergangenen Mittwoch um zehn Uhr vierunddreißig in meinem Beisein gewählt hatte. Meine Freude währte nur wenige Augenblicke: Die Nummer gehörte zu einem Prepaid-Handy. Eingetragener Besitzer war ein gewisser René Pretorius. Der Detektiv hatte seinen geheimen Zeugen einfach mit einem Handy ausgestattet, das auf seinen Namen lief. Kein guter Anfang für einen Freitag.

In meinem Vorzimmer blieb es still. Sönnchen gönnte sich einen Brückentag, fiel mir ein, als sie um neun immer noch nicht am Schreibtisch saß. Und Liebekind hatte sich einen Schnupfen eingefangen, erfuhr ich per SMS von Theresa. Aus diesem Grund würde unser Freitagabendtreffen ausfallen müssen, was meine Stimmung auch nicht hob.

Nach dem selbst zubereiteten Kaffee rief ich Klara Vangelis zu mir.

»Wir sind doch sicher, dass es in der Vergangenheit keine vergleichbaren Fälle gegeben hat?«, fragte ich sie. »Das haben Sie doch überprüft?«

»Diese Frage haben Sie mir in den vergangenen Wochen schon drei Mal gestellt, Herr Gerlach«, antwortete sie geduldig. »Ja, das habe ich gleich zu Beginn prüfen lassen. Das machen wir doch immer so.«

Ich nahm die Brille ab, legte den Kopf in den Nacken und schloss die Augen.

»Bei allen auch nur halbwegs vergleichbaren Kindesentführungen in den letzten zehn Jahren wurde der Täter inzwischen gefasst«, fuhr sie nur leicht genervt fort, »oder es waren im Tatmuster zu wenige Parallelen erkennbar.«

»Wie weit haben Sie den Kreis gezogen?«

»Bundesweit.« Sie senkte den Blick und betrachtete ihre mit durchsichtigem Lack überzogenen Fingernägel. »Ich sage es ungern, aber vielleicht sollten wir uns allmählich mit dem Gedanken auseinandersetzen, dass Gundram nicht mehr lebt.«

»Es hat Fälle gegeben, da sind vermisste Kinder nach Jahren wieder aufgetaucht«, versetzte ich brüsk. »Denken Sie an dieses Mädchen in Österreich, das mit zwölf gekidnappt wurde und seinem Entführer erst sechs Jahre später wieder entkommen ist.«

»Natürlich, diese Fälle hat es gegeben. Aber leider auch viele andere. Wir können froh sein, dass er bisher nicht wieder zugeschlagen hat.«

»Ich fürchte, zu diesem Punkt habe ich eine schlechte Neuigkeit.«

Muriel Jörgensen riss die Tür auf, als hätte sie unseren Besuch erwartet. Als sie mich erkannte, erschrak sie jedoch und machte eine Bewegung, als wollte sie die Tür sofort wieder schließen. Aber das wagte sie dann doch nicht.

Die Uhr zeigte halb zehn, und heute war ich nicht allein. Für das, was nun kommen musste, war es mir lieber, eine Frau an meiner Seite zu haben.

»Ich nehme an, Sie wissen, weshalb wir hier sind«, sagte ich nicht übermäßig freundlich.

Ihr Blick irrte umher, ihre Hände wussten plötzlich nicht mehr, woran sie sich festhalten sollten. Widerstrebend trat sie zur Seite und ließ uns ein. Sie machte uns zu Ehren sogar Licht im dämmrigen Flur und führte uns in ein nicht übermäßig großes und sehr kühles Wohnzimmer, dessen Fensterfront nach hinten zum Garten ging. Trotz des novembertrüben Wetters waren die Rollläden halb herabgelassen. Über Nacht hatte der

Himmel sich bezogen, und es sah nach einem Regen aus, der lange nicht wieder aufhören würde. Die Einrichtung war eine gruselige Mischung aus modernem Design und altem Plunder.

Mit einer konfusen Bewegung wies die Hausherrin auf eine eckige Couch aus Chrom und schwarzem Leder. Ohne dass Vangelis und ich uns abgesprochen hatten, blieben wir stehen.

»Wo ist Ihr Sohn, Frau Jörgensen?«, fragte ich.

»Ich sagte Ihnen doch schon …«

»Auf Korfu ist er nicht.«

Für einen Moment sah sie mir verstört in die Augen, dann in eine Ecke, wo es nichts zu sehen gab.

»Ich …« Sie brauchte drei Anläufe, bis sie die vier Worte endlich herausbrachte: »Ich weiß es nicht.«

»Sie wissen es nicht?«

»Er ist verschwunden.«

»Seit wann?«

»Seit vier Wochen. Ungefähr.«

»Etwas genauer, vielleicht?«

»Seit September. Dem einundzwanzigsten September.«

»Das sind sechs Wochen.«

Der Blick der Mutter blieb hartnäckig abgewandt. Ihre Hände waren in ständiger Unruhe, das Gesicht eine Alabastermaske. Für einen Moment fürchtete ich, sie würde zusammenbrechen.

»Sie haben doch nichts dagegen, wenn ich ein wenig Licht hereinlasse?« Ohne die Antwort abzuwarten, machte sich Vangelis daran, die Rollläden hochzuziehen.

Der große Garten, in den man durch die breite Glasfront blickte, wirkte ungepflegt. Niemand schien hier Spaß am Rasenmähen oder Unkrautjäten zu haben. Den einzigen Schmuck bildeten am hinteren Ende des Grundstücks zwei große und auch jetzt, Anfang November, noch üppig weiß blühende Rosenbüsche.

»Ich habe wohl ein wenig …«, murmelte Frau Jörgensen. »Verzeihen Sie … das Zeitgefühl verloren.«

Bei meiner nächsten Frage legte ich etwas mehr Milde in die Stimme:

»Warum haben Sie Ihren Sohn denn nicht als vermisst gemeldet?«

Sie fuhr sich mit der Rechten über die Stirn, als müsste sie grauenerregende Bilder verscheuchen. Von oben hörte ich ein leises Geräusch. Dann war es wieder still. Irgendwo tropfte hartnäckig ein Wasserhahn. Eine hässliche schmiedeeiserne Uhr tickte blechern an der Wand.

»Ich ... ich konnte einfach nicht.« Die letzten Worte wären um ein Haar in einem Schluchzen untergegangen. Aber sie fing sich wieder. Schluckte, atmete einige Male so heftig ein, als wollte sie gleich ihren ersten Kopfsprung vom Dreimeterbrett machen. »Verstehen Sie doch, ich konnte es nicht.«

»Vielleicht erzählen Sie einfach mal«, sagte Vangelis mit Wärme. »Und ich schlage vor, wir setzen uns dazu hin. Es spricht sich leichter so.«

Manchmal staunte ich über das Mitgefühl, das die sonst so kühle und unnahbare Erste Kriminalhauptkommissarin Klara Vangelis an den Tag legen konnte, wenn es am Platz war. Tims Mutter sank auf einen der beiden Sessel, Vangelis und ich setzten uns nebeneinander auf die breite Ledercouch.

Über uns – diesmal hörte ich es deutlich – tappten Schritte. Muriel Jörgensen hatte ein schönes Profil, bemerkte ich plötzlich.

»Was ist passiert?«, fragte ich, da sie offenbar nicht von sich aus sprechen wollte.

Sie verzog das Gesicht, als hätte sie plötzlich Zahnschmerzen. Immer noch tropfte der Wasserhahn. Ich unterdrückte den Drang aufzuspringen und ihn fest zuzudrehen. Die Schritte oben hatten aufgehört.

»Tim war draußen«, begann sie endlich. »Ich habe nur wenige Minuten nicht nach ihm gesehen. Man kann sein Kind doch nicht jede Sekunde im Auge haben, nicht wahr?«

»Natürlich nicht. Außerdem ist Tim ja immerhin schon vier.«

Sie schenkte mir einen dankbaren Blick. Dann sah sie auf ihre Hände mit den ineinander verschlungenen Fingern.

»Tim ist ein sehr ruhiges und folgsames Kind, müssen Sie wissen. Gut, er war in den letzten Wochen manchmal ein wenig ... nörgelig. Aber ich bin sicher, er hätte niemals gewagt, sich auf eigene Faust ... Nein, das hätte er ganz bestimmt nicht.« Als müsste sie sich selbst überzeugen, schüttelte sie heftig den Kopf zu ihrem letzten Satz.

»Ihr Sohn hat draußen gespielt. Und später, als Sie wieder nach ihm gesehen haben …«

Sie schloss die Augen, als könnte sie so die Wahrheit aussperren.

»Da war er weg«, half Vangelis sanft nach. »Verschwunden.«

Sie erntete ein verzagtes, verzweifeltes Nicken. Die Mutter schlang die Arme um den Oberkörper, als wäre ihr plötzlich kalt. Auch Vangelis schien zu frösteln. Es war auch wirklich verflucht kühl in diesem Haus.

»Ich wiederhole meine Frage«, sagte ich streng. »Wieso, um Himmels willen, haben Sie sich nicht an uns gewandt? Ich kann ja verstehen, dass Sie vielleicht im ersten Schrecken den Gedanken nicht zugelassen haben, Ihrem Kind könnte etwas zugestoßen sein. Aber spätestens nach ein paar Stunden hätte Ihnen doch klar werden müssen, dass Sie Hilfe brauchen!«

Frau Jörgensen hob die schmalen Schultern und begann, lautlos zu weinen. Ich kann es nicht ertragen, wenn Frauen weinen. Es macht mich nervös.

»Wir verstehen, dass Sie Angst hatten.« Vangelis beugte sich vor und legte eine Hand auf das Knie der von unhörbarem Schluchzen geschüttelten Frau. »Aber Herr Gerlach hat leider recht. Sie hätten uns informieren müssen.«

Oben rauschte eine Klospülung.

Anstelle einer Antwort schlug Tims Mutter die Hände vors Gesicht und weinte heftiger. Von Krämpfen geschüttelt saß sie da, Tränen tropften von den schmalen Handgelenken. Und noch immer war kein Ton zu hören.

»Werden Sie erpresst?«, fragte Vangelis leise. »Hat man Ihnen verboten, mit uns zu sprechen?«

»Wer sind diese Leute?«, fragte eine brüchige Stimme vom Durchgang zur Küche her. »Was machen die in meinem Haus?«

Ein zittriger Greis klammerte sich am Türrahmen fest. Er trug altmodische, braun-beige karierte Hausschuhe und einen schief sitzenden marineblauen Morgenmantel über einem viel zu weiten Schlafanzug.

»Muriel, wer sind diese Leute?«, wiederholte er seine Frage mit überkippender Stimme. »Und wieso heulst du schon wieder?«

»Lass gut sein, Papa.« Sie versuchte ein Lächeln, das fürchterlich missriet. »Die Herrschaften sind wegen Tim hier.«

»Gut, dass das Balg fort ist!«

»Papa, ich bitte dich! Was soll unser Besuch denn denken?«

»Gar nichts soll er denken. Die Leute sollen gehen. Wann gibt es Essen? Wieso kochst du nichts?«

»In drei Stunden, Papa. Es gibt Pfannkuchen mit Blumenkohl, wie du es dir gewünscht hast.«

»Die sollen verschwinden! Das hier ist immer noch mein Haus!«

»Verzeihen Sie«, flüsterte Frau Jörgensen an uns gewandt und erhob sich. Jeder ihrer Schritte wirkte, als würde sie beim nächsten stolpern. Während sie auf ihren Vater zuging, gewann sie jedoch allmählich Sicherheit zurück. Sie fasste den alten Mann am Ellbogen und führte ihn langsam fort. Ihre leise, beruhigende Stimme und die laute, zeternde des Greises entfernten sich.

Erst nach Minuten kam sie zurück, nahm wieder Platz und saß dann wieder in exakt derselben Haltung da wie zuvor. Nur dass sie jetzt nicht mehr weinte. Etwas in ihrer Haltung hatte sich verändert.

Sie sah mir sogar ins Gesicht, als sie weitersprach: »Erst dachte ich, in einer halben Stunde wird Tim bestimmt zurück sein. Vielleicht hat er auf eigene Faust das Viertel erkundet, dachte ich. Obwohl ich ihm ausdrücklich verboten hatte, das Grundstück zu verlassen. Später, als mir klar wurde, dass etwas nicht stimmte, da …« Sie senkte den Blick. Sah wieder auf. »Ich habe nach ihm gesucht. Natürlich. Bis es dunkel wurde.«

»Aber spätestens am nächsten Morgen hätte Ihnen klar werden müssen, dass Tim nicht von allein zurückkommen wird«, unterbrach ich sie grob.

Wie bei einer Lüge ertappt, sah sie weg. Der Wasserhahn tropfte immer noch. Die Uhr tickte.

»Ja, Sie haben recht«, flüsterte sie nach langer Stille. »Ja, ich werde erpresst.«

Ein Ruck ging durch Vangelis.

»Abends gegen zehn gab es einen Anruf. Sehen Sie in den Briefkasten. Nur diese fünf Worte: Sehen Sie in den Briefkasten.«

»Und was haben Sie dort gefunden?«

»Einen Brief. Darin stand, sie hätten Tim. Sie verlangen eine halbe Million. Und sie würden sich wieder melden. Und ich darf auf keinen Fall ...«

»Die Polizei einschalten«, beendete ich ihren Satz resigniert.

»Diesen Brief würden wir gerne mitnehmen«, sagte Vangelis. »Und den Umschlag auch, falls es einen gab.«

Muriel Jörgensen nickte.

»Würden Sie die Sachen bitte holen?«, fragte ich, als sie sich nicht rührte.

»Ich ...« Ihr Blick irrte umher. »Ich bin mir nicht sicher, ob ich den Brief noch finde. Ich müsste suchen.«

Für einige Sekunden waren wir sprachlos.

»Sie haben ihn doch hoffentlich nicht weggeworfen!«

»Ich erinnere mich nicht. Ich werde suchen. Ich verspreche es Ihnen. Ich werde danach suchen.«

»Okay, vielleicht lassen wir diesen Punkt erst mal«, entschied ich. »Wie ging es dann weiter?«

»Überhaupt nicht. Die Entführer haben sich nie wieder gemeldet.«

Vangelis und ich wechselten einen Blick. Wir wussten beide, was das bedeutete: Nach der Entführung war etwas schiefgegangen. Vielleicht hatte Tim versucht zu fliehen, vielleicht hatte der Entführer den Kopf verloren. Die steinerne Miene der Mutter ließ mich vermuten, dass sie schon tausendmal dieselben Überlegungen angestellt und dieselben Schlüsse gezogen hatte.

»Warum haben Sie denn nicht wenigstens mit Ihrem Mann gesprochen?«

»Hermann ... er war zu diesem Zeitpunkt schon nicht mehr hier. Und ... ich ... Ja, vielleicht hätte ich das tun sollen, ja, aber ich ...«

Inzwischen kostete es mich große Mühe, nicht die Beherrschung zu verlieren. War diesem stammelnden Häufchen Elend denn nicht klar, dass sie möglicherweise am Tod ihres Kindes schuld war? War ihr denn nicht bewusst, dass Tim längst wieder hier sein könnte, wenn sie uns rechtzeitig informiert hätte?

»Lassen Sie uns einfach noch mal von vorn beginnen«, sagte Vangelis unerbittlich freundlich. »Es ist wichtig, dass Sie sich möglichst genau an jede Einzelheit erinnern. Das wird nicht leicht sein, nach so langer Zeit. Aber wir werden Ihnen helfen.«

Muriel Jörgensen nickte abwesend.

Die silberne Armbanduhr an ihrem zerbrechlichen Handgelenk war Kaufhausware. Das nicht übermäßig geschmackvolle Kleid war schlecht gebügelt und kam von der Stange. Ihre Figur hatte kaum Rundungen, wenig Frauliches, das Gesicht war in besseren Zeiten vermutlich hübsch, das kirschfarbene, kurz geschnittene Haar matt und auch schon ein wenig strähnig. Diese Frau war am Ende ihrer Kräfte und hielt sich nur durch unmenschliche Anstrengung aufrecht.

»Tim ist an jenem Nachmittag nach draußen gegangen, spielen«, flüsterte sie auf einmal.

»Wann genau?« Vangelis hielt plötzlich einen Stift in der Hand und ihr kleines Notizbuch auf dem Knie.

»Kurz vor drei. Fünf vor vielleicht.«

»Sie haben ihn später noch einmal gesehen?«

»Mehrfach. Anfangs hat er mit einem Mädchen aus der Nachbarschaft gespielt, Chantal Weberlein. Die beiden haben Ball gespielt, über den Zaun. Das machen sie öfter. Und als ich später wieder vor die Tür getreten bin, da haben sie mit Puppen gespielt. Auch über den Zaun.«

»Sind die Kinder denn nicht auf die Idee gekommen, den Zaun irgendwie zu überwinden?«, fragte ich.

Erschöpft schüttelte sie den Kopf. »Dazu hätte Tim ja den Garten verlassen müssen.«

»Und Chantal durfte auch nicht zu ihm herüberkommen?«

»Nein.« Schuldbewusst sah sie in ihren Schoß. »Frau Weberlein ist da ein wenig … eigen.«

»Und später?« Vangelis schien heute mit einer Engelsgeduld gesegnet zu sein.

»Als ich um halb vier noch einmal nach Tim sah, war Chantal weg. Die Mutter wird sie ins Haus gerufen haben. Es war ein wenig feucht und kühl an dem Tag. Nicht regnerisch, aber feucht.«

Allmählich kehrte Farbe in ihr Gesicht zurück. Auch Blick und Stimme wurden fester. Aber immer noch lauerte diese panische Angst im Hintergrund, die man fast mit Händen greifen konnte. Die Bereitschaft, jeden Moment den Kontakt abzubrechen, aufzuspringen, wegzulaufen.

»Und da hat Tim dann alleine gespielt?«

»Ich habe kurz überlegt, ob ich ihn auch hereinrufen soll. Aber dann dachte ich, frische Luft tut ihm gut. Außerdem hat Papa geschlafen. Und er ärgert sich immer so schrecklich, wenn Tim ihn weckt.«

»Was?«, fragte Klara Vangelis. »Was hat er gespielt, als er allein war?«

»Immer noch mit Puppen«, erwiderte die Mutter mit einem Blick, als fürchtete sie einen Vorwurf. »Tim war … ist … Bitte verstehen Sie, er ist keiner dieser Rabauken, die nur mit Schwertern und Pistolen spielen. Tim ist ein sehr sensibler Junge.« Sie schwieg einige Zeit mit gesenktem Blick, schluckte mehrfach. »Später ist Papa aufgewacht und wollte seinen Tee. Außerdem hatte er sich …« Die nächsten Worte kosteten sie Mühe: »Ich musste ihn umziehen. Und waschen. Und das Bett …«

»Wie lang hat das gedauert?«

»Eine halbe Stunde vielleicht.«

»Und später war Tim verschwunden.«

Sie nickte fast unmerklich.

»Was haben Sie dann getan?«

»Ich habe eine kleine Trillerpfeife. Ich schreie nicht gerne herum. Außerdem, verstehen Sie, meine Stimme …«

»Haben Sie bei den Nachbarn gefragt, ob ihn jemand gesehen hat?«

Die Art, wie sie die Augen schloss, war auch eine Antwort.

»Sie leben ziemlich zurückgezogen«, stellte Vangelis fest.

»Papa und ich, wir legen keinen großen Wert auf … Bekanntschaften.«

Nun mischte ich mich wieder ein: »Halten Sie es für denkbar, dass Ihr Mann Tim, sagen wir mal, zu sich genommen hat?«

»Hermann?« Erstaunt sah sie auf. »Weshalb sollte er so etwas tun?«

»Bei Scheidungen kommt es vor, dass Eltern sich um das Sorgerecht streiten. Dass Kinder …« Ich versuchte, das Wort Entführung zu vermeiden. »… ohne Einwilligung des anderen Elternteils den Wohnort wechseln.«

»Scheidung?« Sie musterte mich verwirrt. »Davon ist keine Rede! Wir leben für einige Zeit getrennt, weiter nichts. Und Hermann … verstehen Sie, er wüsste ja gar nicht, was er mit seinem Sorgerecht anfangen sollte.«

Wie ich schon befürchtet hatte, konnte Muriel Jörgensen den Erpresserbrief nicht finden. Verstört versprach sie, später noch einmal alle infrage kommenden Stellen in ihrem kalten Haus gründlich zu durchsuchen.

Als wir vor die Tür traten, hatte ein grauer Nieselregen aus tiefen Wolken eingesetzt. Mir fiel ein Mann auf, der auf der anderen Straßenseite an einem dunkelblauen Lieferwagen lehnte und zu uns herübersah. Er trug eine olivgrüne Jacke, vermutlich aus alten Armeebeständen, zu einer dunkelbraunen Hose und machte einen etwas heruntergekommenen Eindruck. Als er meinen Blick bemerkte, wandte er sich ab und steckte sich eine Zigarette an.

13

Der Rest dieses verregneten Freitagvormittags verlief ereignislos. Mit der Staatsanwaltschaft war ich übereingekommen, dass wir über den neuen Entführungsfall erst einmal Stillschweigen bewahren würden. Wenn es stimmte, was Frau Jörgensen berichtet hatte, dann durften wir den oder die Täter nicht unnötig aufscheuchen. Inzwischen leitete Klara Vangelis das Übliche in die Wege und musste einer Menge Kolleginnen und Kollegen eröffnen, dass ihr Wochenende wieder einmal ausfallen würde.

Mir war noch nicht klar, was ich von der neuen Entführung halten sollte. Zugegeben, es gab gewisse Ähnlichkeiten zwischen dem Verschwinden von Gundram Sander und Tim Jörgensen. Das Alter der Opfer, das vergleichbare Umfeld, die Tatsache, dass beide Kinder von einer Sekunde auf die andere wie vom Erdboden verschluckt waren. Ohne Zeugen, ohne Spuren, ohne Hoffnung. Und dennoch – irgendetwas an Muriel Jörgensens Geschichte stimmte nicht.

Ein aktuelles Foto von Tim, das seine Mutter mir überlassen

hatte, lag vor mir auf dem Schreibtisch. Er war kleiner als Gundram und dunkelhaarig statt blond. Aber irgendwo gab es eine Ähnlichkeit, die ich mehr fühlte als sah. Erst als ich ein Bild Gundram Sanders danebenlegte, wusste ich, was es war: der Blick. Beide Jungen strahlten dieselbe Verzagtheit, dieselbe Scheu aus. Sollte es dieser unsichere Blick sein, der ihnen zum Verhängnis geworden war?

Falls wir auf anderem Wege nicht weiterkamen, würden wir auch mit dem neuen Entführungsfall an die Öffentlichkeit gehen müssen. Dann würde der nächste Sturm der selbst ernannten Sachverständigen, angeblichen Zeugen und faktischen Selbstbezichtiger über uns hereinbrechen. Hoffentlich ging nicht ein zweites Mal der einzige ernst zu nehmende Hinweis im allgemeinen Durcheinander verloren.

Aber noch war Ruhe. Noch blieb mein Telefon stumm. Vor den Fenstern nahmen Wind und Regen von Stunde zu Stunde zu. Die Bäume verloren ihre letzten Blätter, die Sonne schien für dieses Jahr ihren Dienst quittiert zu haben.

Das Mittagessen ließ ich zur Hälfte stehen, und schon eine halbe Stunde später hätte ich nicht sagen können, was es gegeben hatte.

Um den tristen Tag zu krönen, rief später eine blendend gelaunte Journalistin vom SWR-Studio Mannheim an. Aufgrund diverser Vorkommnisse in letzter Zeit plane man für den morgigen Samstagnachmittag ein längeres Feature zum Thema »Die Verbrechen am Rande«.

»Es geht uns dabei um die alltägliche Kleinkriminalität«, erklärte mir die – nach ihrer Stimme zu schließen – junge Frau. »Schwarzfahren, Ladendiebstähle, Sachbeschädigungen, all die Dinge, die es normalerweise nie in die Medien schaffen. Aufhänger wird ein besonderer Fall von Vandalismus sein, der sich kürzlich in der Kurpfalz ereignet hat. Im Grunde eine Bagatelle, aber doch ein sehr typisches Beispiel für diese Vorstufe der echten Kriminalität. Und oft genug vermutlich auch einschlägiger Karrieren.«

Mir schwante Fürchterliches. »Und wie kommen Sie ausgerechnet auf mich?«

»Der Geschädigte sagte mir, Sie würden sich des Falls höchstpersönlich annehmen. Das finde ich ziemlich ungewöhnlich, und deshalb wollte ich fragen, ob Sie so nett wären, mir ein kleines Statement zu geben. So sechzig bis neunzig Sekunden. Das Band läuft ...«

Prompt begann meine Linke wieder zu schmerzen.

»Selbstverständlich bin ich dazu bereit.« Ich räusperte mich ausgiebig, um mich von meinem ersten Schrecken zu erholen. »Sehen Sie, Rudolph Giuliani in New York hat es Zero-Tolerance-Politik genannt. Andere sprechen von der Broken-Windows-Theorie. Wehret den Anfängen, mit anderen Worten. Meist handelt es sich bei diesen sogenannten Bagatellfällen um jugendliche Täter, die sich am Beginn der schiefen Bahn nach unten befinden. Aber gerade diese Klientel lässt sich mit ein wenig Härte und Entschlossenheit noch beeindrucken. Wer bei einem Ladendiebstahl oder einer kleinen Sachbeschädigung ungeschoren davonkommt, der wird es unter Umständen bald wieder versuchen. Die wenigsten fangen ja gleich mit einem Bankraub an. Und deshalb ist es in meinen Augen nicht nur notwendig, sondern sogar unverzichtbar, dass die Polizei sich – soweit es unsere Ressourcen erlauben, natürlich – auch dieser Dinge annimmt.«

»Donnerwetter.« Die Journalistin klang beeindruckt. »Haben Sie solche Ansprachen eigentlich immer fertig in der Schublade?«

»Das Thema brennt mir auf der Seele«, erwiderte ich würdevoll.

Genauer, in der linken Hand. Ich fühlte mich elend.

Am Samstagmorgen holte ich die Zeitung schon um halb sieben aus dem Briefkasten. Ich hatte ohnehin unruhig geschlafen und war viel zu früh aufgewacht.

Die Wohnungsanzeigen befanden sich im letzten Teil der Zeitung, wusste ich nun schon. Punkt acht wählte ich die erste Nummer auf der langen Liste, die ich inzwischen angefertigt hatte. Nachdem ich mir wieder dreimal den Satz: »Leider schon vergeben« angehört hatte, landete ich den ersten Erfolg. Zehn Minuten später saß ich auf dem Rad und strampelte hoffnungsfroh gegen einen gemeinen Wind und hinterhältigen Nieselregen in Richtung Altstadt.

Das erste Objekt lag in der Brunnengasse. Altbau, erstes Obergeschoss, keinerlei Aussicht, dafür bezahlbar. Ein bisschen Renovieren würde wohl nötig sein, hatte die sympathische Vermieterin am Telefon gemeint, aber der Aufwand sei überschaubar.

Das würdevolle Haus aus der Gründerzeit wirkte von außen gepflegt, das Treppenhaus war fast beunruhigend sauber. Hier herrschte offenbar ein strenges Regiment. Die Wohnung selbst war hübsch, das Bad winzig und blitzblank. Der einzige Haken bei der Sache war die ältliche und überaus freundliche Hausbesitzerin. Genauer die Tatsache, dass sie direkt unter dem Objekt meiner Begierde wohnte, im Erdgeschoss. Zudem wurde mir bald klar, dass sie noch viel frommer war, als sie aussah. Sie hatte eine entschiedene Vorliebe für alleinstehende und gern schon ein wenig ältere Herren als Mieter, und Damenbesuche waren auch vor zehn Uhr abends nicht gern gesehen. Da Theresa zu lautstarken Orgasmen neigte, verabschiedete ich mich zur sichtlichen Enttäuschung der knochigen Frau im grauen Kostüm mit der Ausrede, ich würde es mir überlegen.

Die nächste Wohnung lag praktischerweise nur zwei Gassen weiter in Richtung Innenstadt. Karpfengasse, drittes Obergeschoss diesmal. Inzwischen hatten sowohl Wind als auch Regen zugenommen. Der Vermieter, ein beleibter Herr in den Vierzigern, der sogar im Freien noch nach Alkohol und Knoblauch duftete, erwartete mich vor der Haustür. Ich sei schon der dritte Wohnungssuchende heute, erfuhr ich als Erstes, das Interesse sei erfreulich groß. Zu meiner Erleichterung wohnte er nicht im Haus, sondern weit weg irgendwo in der Nähe von Hockenheim. Sein nagelneuer BMW parkte vor dem Haus im absoluten Halteverbot.

Auf dem Weg nach oben erklärte er mir großspurig, es sei ihm aus tiefstem Herzen egal, was in seinem Haus geschehe, solange die Kasse stimme und weder Polizei noch Feuerwehr gerufen werden müssten. Natürlich müsse man renovieren, erfuhr ich vom mit jedem Stockwerk lauter schnaufenden Hausbesitzer, aber wo müsse man das nicht.

Eine schmale junge Frau mit asiatischen Gesichtszügen trat aus einer der beiden Wohnungen im zweiten Stock, grüßte den

Vermieter mit verlegenem Lächeln, zwängte sich an uns vorbei und ließ einen zarten Duft nach Kamille stehen. Aus der Wohnung hörte ich wohlbekannte Musik. »Echo of a night« schien sich zum Hit der Saison zu entwickeln. Nothing to fear and nothing to fight.

»Mit einem bisschen Liebe und ein paar Eimern Farbe machen Sie ein Schmuckstück draus. Vor Ihnen hat eine Vierer-WG da drin gewohnt. Zwei Männer und zwei Frauen!« Er grinste anzüglich und wischte sich mit einem großen weißen Taschentuch den Schweiß von der Stirn. Als wir endlich das oberste Stockwerk erreichten, ging sein Atem keuchend. Es dauerte, bis er den richtigen Schlüssel an seinem riesigen Bund gefunden hatte.

»Möcht ja nicht wissen, was da so abgegangen ist«, fuhr er fort, als er wieder Luft bekam, und schloss auf. »Freie Liebe, Sie wissen schon. Aber jetzt haben die praktisch alle gleichzeitig Examen gemacht, und da hab ich gedacht, könnt ich mal bisschen was Ruhigeres reinnehmen. Nicht dass es mich persönlich stören würde, man ist ja tolerant, aber die Leute darunter, die haben sich halt ein paar Mal beschwert. Sie machen ja bestimmt nicht viel Krach, so wie ich Sie einschätze und …«

Ein Handy unterbrach seinen Redeschwall. Im Zuge des kurzen Telefonats erfuhr ich, dass nach mir im Abstand von jeweils zehn Minuten noch fünf weitere Interessenten anrücken würden.

»Überhaupt nicht«, erklärte ich selbstbewusst. »Ich höre zwar manchmal Musik, aber eigentlich nur über Kopfhörer.«

Die Tür bewegte sich ruckelnd. Das obere Scharnier schien defekt zu sein, und der tolerante Hausbesitzer musste einige Kraft aufwenden, um sie so weit zu öffnen, dass wir uns hineinzwängen konnten.

Wieder das Handy. Interessent Nummer sechs erhielt seinen Besichtigungstermin. Aus der dunklen Wohnung roch es … seltsam.

»Solange Sie hier keinen Puff aufmachen«, meinte mein Führer achselzuckend. »Ich vermiete sogar an Ausländer. Türken, Araber, Neger, was Sie wollen. Bloß einen Puff, den möcht ich hier nicht haben. Bringt bloß Stress mit der Polizei.«

Das klang nach einschlägigen Erfahrungen.

Die leicht renovierungsbedürftige Wohnung erwies sich als akuter Sanierungsfall. In einem der Zimmer schien es kürzlich gebrannt zu haben, über der Küche regnete es durchs Dach. Schwarzer Schwamm wuchs die Wände herab. Überall lagen Müll und Reste des Mobiliars der Vormieter herum. Bad und Toilette waren Feuchtbiotope von einer Artenvielfalt, bei deren Anblick mancher Biologe vor Entzücken geweint hätte.

»Lassen Sie sich nicht täuschen vom ersten Eindruck«, meinte der Vermieter optimistisch. Wieder sein Handy. Interessent Nummer sieben. »Man kann ja heutzutage so viel selber machen, wenn man geschickt ist.«

Die Wohnung maß knapp siebzig Quadratmeter, und es war in der Tat eine spannende Frage, wie vier Personen gemischten Geschlechts hier jahrelang hatten zusammenleben können, ohne dass irgendwann der Leichenbeschauer gerufen werden musste.

Der Vermieter behielt das Handy diesmal gleich in der Hand und sah mich an wie ein gutmütiger Lehrer seinen Schüler, dem auf eine Idiotenfrage immer noch keine Antwort eingefallen war.

Ich entschied mich, lieber noch ein wenig weiterzusuchen.

Die restlichen vier Wohnungen auf meiner Liste waren inzwischen vergeben. Der Nieselregen hatte sich zu einem gemäßigten Wolkenbruch gemausert, und so kam ich gegen Mittag durchnässt, halb erfroren und mit mörderischer Laune nach Hause.

»Du könntest ruhig mal ein bisschen stolz auf deine Töchter sein!«, maulte Sarah beim Mittagessen. Zwischen dem Gemüserisotto, das ihnen zu meiner Verblüffung sogar schmeckte, und dem Salat, den sie wieder einmal nicht anrührten, lagen die Fotos von dem Jungen, der nicht Tim Jörgensen war.

»Ich geb's zu. Ihr habt recht gehabt.«

»Wenn wir nicht gewesen wären …«, nuschelte Louise mit vollem Mund.

»Aber jetzt raus mit der Sprache: Wer ist dieser geheimnisvolle Freund, der die Fotos gemacht hat?«

»Ein Kumpel von Sam«, gestanden sie widerstrebend. »Er jobbt da unten in einem Hotel.«

Ich legte die Gabel zur Seite und nahm die Bilder noch einmal zur Hand.

Der Junge, den sie zeigten, war stämmig, braun gebrannt und einige Jahre älter als Tim. Auf dem ersten Foto sah man ihn ein weiß gestrichenes Haus verlassen, das ebenso gut in einem Heidelberger Vorort oder in der nördlichen Hälfte der USA hätte stehen können. Auf dem zweiten überquerte er eine menschenleere Straße, an deren Rändern staubige Mittelklasseautos parkten. Auf dem dritten schließlich wartete er an einer belebten Kreuzung auf Grün. Hier gab es Reklameschilder, die griechische Schriftzeichen trugen.

»Wir haben uns das Haus mal bei Google Maps angeguckt.« Triumphierend schob Sarah mir einen weiteren Computerausdruck über den Tisch, der reichlich unscharf einen Vorort irgendeiner Stadt der Welt aus der Vogelperspektive zeigte. Mit ihrem schmalen Zeigefinger deutete sie auf eine bestimmte Stelle. Ihr »Da!« klang, als würde dieses Bild den letzten Beweis liefern – wofür auch immer.

»Pavlos wohnt erst seit einem Jahr bei der Tante, hat Sams Kumpel rausgefunden. Trotzdem nennt sie ihn ihren Sohn. Komisch, nicht?«

»Meinst du, die hat auch einen Jungen entführt?«

»Jetzt hört aber auf!« Um ein Haar hätte ich aufgelacht. »Ihr wollt nicht doch ein bisschen Salat?«

Nein, wollten sie nicht.

Mein Montag begann mit einer Zeitungsmeldung, die mir schon beim Frühstück die Laune ruinierte: Auch die Rhein-Neckar-Zeitung hatte inzwischen von meinem neuen Image als Saubermann Heidelbergs Wind bekommen und lobte ausführlich meine Entschlossenheit, gegen Kleinkriminelle künftig keine Gnade mehr walten zu lassen. Über Nacht war ich vom Buhmann, gegen den ein internes Ermittlungsverfahren wegen Vernachlässigung seiner Dienstpflichten und Schlimmerem lief, zum Star des harten Besens mutiert. Zu meiner Überraschung gelang es mir sogar, den Artikel ohne Brille zu lesen. Meine Sehfähigkeit schien seit Neuestem vom Wetter oder der Mondphase abzuhängen.

Von Tims Verschwinden stand noch immer nichts in der Zeitung. Sollten wir bis Mittwoch nicht weiterkommen, würden wir an die Öffentlichkeit gehen, hatte ich entschieden. Drohung der Entführer hin oder her.

Balke wirkte zugleich müde und angespannt, als er am späten Vormittag unerwartet vor meinem Schreibtisch trat. In den letzten Minuten war draußen überraschend die Sonne durchgebrochen und vergoldete die Stadt, als müsste sie uns für die Dunkelheit des Wochenendes entschädigen.

»Kann man Ihnen mit einem Alka-Seltzer einen Gefallen tun?«, fragte ich. »Oder gibt es andere Probleme?«

»Gibt's die nicht immer?«, fragte er missmutig zurück. Er betrachtete die zwei DIN-A4-Blätter in seiner Hand, als wäre er sich plötzlich unschlüssig, ob er sie mir wirklich zeigen sollte.

»Setzen Sie sich doch.«

Gehorsam nahm er Platz.

»Ihnen liegt immer noch die Trennung von Nicole im Magen, stimmt's?«

Sein Blick bekam etwas Feindseliges.

»Haben Sie schon mal daran gedacht, sich mit ihr auszusprechen?«

»Auszusprechen?« Balke klang, als hätte er das Wort noch nie gehört.

»Manchmal hilft das.«

»Nicole spricht nicht mehr mit mir. Schließlich habe ich sie ja im Sommer hochkant vor die Tür gesetzt.«

»Haben Sie es denn schon mal versucht?«

Er senkte den Blick wie ein verstocktes Kind.

»Vielleicht geht es ihr wie Ihnen? Vielleicht wartet sie nur auf Ihren Anruf?«

Im Vorzimmer tippte Sönnchen leise summend etwas in die Tastatur ihres PC. Mein Vormittag war bisher ruhig verlaufen. Dennoch war ich die ganze Zeit nervös gewesen. Irgendwann war mir bewusst geworden, dass es neben dem neuen Vermisstenfall noch einen zweiten Grund gab für meine Unruhe: Seit Tagen wartete ich nun schon auf den Anruf der Staatsanwaltschaft. Noch hatte ich von dem Ermittlungsverfahren gegen mich nichts gespürt. Vermutlich trug man erst einmal die Fakten zusammen. Hörte die Bänder dieser verfluchten Pressekonferenz ab, sah sich die Videoaufzeichnungen an. Wenn ich mich nur hätte erinnern können, was genau ich gesagt hatte.

Nebenbei hatte ich es immerhin geschafft, einigen Kleinkram wegzuarbeiten, sodass mein Schreibtisch im Augenblick ungewohnt aufgeräumt war. Etwas in Balkes Miene ließ mich fürchten, dass dies nicht lange so bleiben würde.

»Was ist das?«, fragte ich mit Blick auf seine Blätter, da über das Thema Nicole offenbar nicht mit ihm zu reden war.

»Rübe ist seit heute aus dem Urlaub zurück.«

Behutsam legte er die Papiere mit der bedruckten Seite nach unten auf die Tischplatte. »Und vorhin beim Kaffee hat er Klara und mir von einer bis heute nicht aufgeklärten Kindesentführung erzählt. Vor drei Jahren war das, da unten im Markgräflerland. Sie wissen schon davon, sagt er.«

Klara Vangelis trat ein, nickte uns stumm zu, nahm Platz und zückte ihr Notizbuch. Sönnchen tippte und summte immer noch.

»Damals ging es um ein Mädchen«, sagte ich. »Außerdem war das Opfer fast doppelt so alt wie Gundram und ungefähr dreimal so alt wie Tim.«

»Dasselbe habe ich auch gedacht.« Balke nickte finster. »Passt nicht, habe ich gedacht, Gott sei Dank.«

Er drehte das erste seiner Blätter um. Es zeigte das Bild, das ich schon von den Fahndungsseiten des BKA kannte. Andrea Basler mit ihren dicken blonden Zöpfen. Im Hintergrund waren andere Kinder zu sehen. Ein gepflegter Garten, gemähter Rasen, blühende Büsche, Sommer. Ganz am Rand zwei blendend weiße Tische voller Teller, Gläser, bunter Kuchen und Saftkannen. Kindergeburtstag.

»Sie haben völlig recht.« Balke sah mich wütend an. »Auf den ersten Blick spricht nichts für denselben Täter. Aber leider haben alle eine Kleinigkeit übersehen.«

Vangelis reckte den Hals, um besser sehen zu können. Täuschte ich mich, oder benutzte sie seit Neuestem ein anderes Parfüm?

»Das Foto hier ist ungefähr zwei Wochen vor der Entführung

gemacht worden«, fuhr Balke fort. »Ich habe vorhin lange mit der Mutter telefoniert.«

Endlich drehte er das zweite Blatt um. Ich schaltete die Schreibtischlampe ein, da die Sonne sich schon wieder hinter Wolkengebirgen verzogen hatte. Auf den ersten Blick war das Bild identisch mit dem ersten. Bis auf einen winzigen, aber wichtigen Unterschied: Andrea hatte plötzlich kurze Haare. Knabenhaft kurz geschnittene Haare.

»Sie ist am Tag vor der Entführung beim Frisör gewesen. Hatte sie sich zum Geburtstag gewünscht, dass sie endlich die blöden Zöpfe abschneiden darf. Es existiert aber kein Foto von ihr aus der Zeit danach. Und irgendwie ist dann wohl das Heidi-Bild in die Akten geraten.«

»Woher haben Sie das zweite Bild?«

»Vorhin am PC selbst retuschiert.«

»Wenn man es nicht besser wüsste«, meinte Vangelis leise, »könnte man sie glatt für einen Jungen halten.«

»Und außerdem sieht sie mit dieser Frisur viel jünger aus«, fuhr Balke unerbittlich fort. »Sie hat ungefähr die gleiche Größe wie Gundram Sander. Auf einmal passt alles perfekt ins Muster.«

Mir wurde kalt. Es war wie ein Déjà-vu: Wie Gundram war Andrea allein unterwegs gewesen. Mit dem Rad. An einem Sommernachmittag. Auch hier hatte man das Rad später nicht gefunden.

»Der Täter muss einen Wagen mit ziemlich großem Kofferraum fahren«, grübelte Balke, »wenn da ein Fahrrad samt Kind reinpasst.«

Ich nahm das retuschierte Bild zur Hand und lehnte mich zurück. Natürlich war ein retuschierter Computerausdruck kein Beweis. Aber Andrea war verschwunden, die Tatabläufe ähnelten sich verblüffend, und vielleicht hatte der Täter in der Aufregung tatsächlich nicht bemerkt, dass er ein Mädchen und keinen Jungen erwischt hatte. Oder gab es womöglich bisexuelle Triebtäter? Warum nicht? Es gibt ja kaum etwas, was in diesem Bereich der menschlichen Abgründe nicht vorkommt.

»Andrea scheint übrigens ein ziemlicher Wildfang gewesen zu sein«, sagte Balke. »Sie hat lieber Cowboy gespielt als mit Puppen, hat mir die Mutter erzählt.«

Mit einem Mal war es ganz still. Der Wind vor den Fenstern schien sich plötzlich gelegt zu haben. Auch von Sönnchen hörte man nichts mehr. Vermutlich war sie essen gegangen.

»Okay«, seufzte ich und rieb mir die Augen. »Lassen Sie die Akten kommen.«

Am Nachmittag begann es wieder zu stürmen. Dunkle Wolkentrümmer trieben über die Stadt hinweg. Ich studierte die Berichte meiner Untergebenen, die übers Wochenende Muriel Jörgensens Nachbarschaft abgeklappert hatten. Nicht nur Frau Weberlein war aufgefallen, dass man Tim seit einiger Zeit nicht mehr sah. Viele hatten auch schon das Gerücht gehört, seine Eltern lebten seit Neuestem in Scheidung. Manche vermuteten, Tim lebe nun bei seinem Vater. Die meisten hatten überhaupt nichts gedacht.

Zu meiner Überraschung hatte Muriel Jörgensen sogar den Erpresserbrief wiedergefunden. Das Original befand sich im kriminaltechnischen Labor, eine Kopie lag vor mir: Ein weißes Blatt, auf das jemand rührend akkurat aus Zeitungen ausgeschnittene Buchstaben geklebt hatte.

Sehr geehrte Frau Jörgensen, wir haben Ihren Sohn. Tim geht es gut, und er möchte sehr gerne wieder nach Hause. Wir verlangen eine halbe Million Euro in kleinen, nicht sortierten Scheinen. Wegen der Modalitäten der Geldübergabe werden wir uns in den nächsten Tagen mit Ihnen in Verbindung setzen.

Wäre nicht alles so trostlos gewesen, ich hätte lachen müssen.

Mein Telefon summte. Der Vorsitzende irgendeiner Mannheimer Bürgerinitiative wolle mich wegen irgendwas sprechen, erklärte mir Sönnchen fröhlich und stellte durch. Der Mann hatte eine unangenehme Stimme, verhaspelte sich ständig und sprach mit hessischem Akzent. Langatmig erklärte er mir, dass er mich gerne zu einer Podiumsdiskussion einladen wollte zum Thema »Die Sicherheit unserer Städte im 21. Jahrhundert.«

Ich redete mich auf Terminprobleme heraus, und es gelang mir, ihn abzuwimmeln, ohne dass er am Ende allzu böse auf mich war.

Ich kann bis heute nicht sagen, wie Balke es geschafft hat, denn technisch war es eigentlich unmöglich: Als ich am Dienstagmorgen mein Vorzimmer betrat, lagen zwei Stapel Ordner auf einem Tisch neben Sönnchens Aktenregal.

Ich zählte elf Stück. Der Fall Andrea Basler.

»Wir suchen nach weiteren Gemeinsamkeiten und Übereinstimmungen«, erklärte ich Minuten später meinen Leuten. »Und natürlich auch nach signifikanten Unterschieden.«

Klara Vangelis würde sich um Tatablauf, Spurenlage und alles andere kümmern, was unmittelbar mit dem Fall zu tun hatte. Balke wollte sich die Protokolle der Zeugenvernehmungen vornehmen. Die nebenläufigen Spuren würde Vangelis jemandem aufs Auge drücken, der gerade nicht viel zu tun hatte.

»Nehmen Sie sich so viele Leute, wie Sie brauchen«, sagte ich. »Alles, was nicht brandeilig ist, bleibt liegen. Kommen wir zum Fall Jörgensen.«

»Da gibt es leider keine Neuigkeiten«, erwiderte Vangelis. »Es ist wie bei Gundram und Andrea auch: Niemand hat etwas gesehen oder gehört. Als hätte der Junge sich in Luft aufgelöst.«

»Es ist einfach schon viel zu lange her«, brummte Balke, der heute noch schlechterer Laune zu sein schien als am Tag zuvor.

»Die Familie ist alles andere als beliebt im Viertel«, fuhr Vangelis fort. »Die Frau gilt als hochnäsig, Tims Vater war in den letzten Jahren nur selten zu Hause. Trotzdem ist er als Kotzbrocken verschrien, der nie Zeit auf Höflichkeiten verschwendet.«

»Was ist der Vater eigentlich von Beruf?«, fragte ich.

»Bauingenieur«, wusste Balke. »Arbeitet wohl viel im Ausland.«

»Seit der Junge verschwunden ist, hat man übrigens auch die Mutter kaum noch in der Öffentlichkeit gesehen«, fuhr Vangelis fort. »Ihren Sohn hat sie früher anscheinend mehr oder weniger unter Verschluss gehalten. Wenn der arme Junge überhaupt mal den elterlichen Garten verlassen durfte, dann entweder in Begleitung der Mutter oder einer Hausangestellten.«

»Er geht nicht mal in den Kindergarten.« Balke unterdrückte schon wieder ein Gähnen. »Das ist doch komisch, schließlich ist er schon vier.«

»Von dieser Hausangestellten habe ich schon gehört«, fiel mir ein. »Um die müssen wir uns unbedingt kümmern. Wenn ich mich richtig erinnere, hat sie vor einiger Zeit gekündigt.«

»Frau Jörgensen sagt, sie selbst sei es gewesen, die gekündigt habe. Angeblich konnte sie sich keine Hilfe mehr leisten«, meinte Vangelis.

»Meines Wissens sind die Leute nicht arm«, sagte Balke verwundert. »Das Haus ist längst bezahlt, und beim Verkauf der Baufirma ihres Vaters dürfte einiges in die Kasse gekommen sein.«

»Ich vermute eher, sie hatte Angst vor neugierigen Fragen, weil das Kind plötzlich nicht mehr da war.«

»Was wissen wir über diese Putzfrau?«, hakte ich nach.

Vangelis blätterte eine Seite ihres Notizbüchleins um. »Bisher nur den Vornamen: Iva. Sie ist Ausländerin, vermutlich aus dem Osten, spricht aber angeblich recht gut Deutsch.«

»Und was sagt Frau Jörgensen dazu?«

»Sie weiß so gut wie nichts über die Frau, behauptet sie. Sie hat sie nur wenige Monate beschäftigt und kennt angeblich nicht mal ihren Nachnamen. Sie hat sie immer bar bezahlt, sagt sie.«

Vangelis blätterte weiter und sah mich dann an.

Plötzlich kam mir ein Gedanke: »Es ist vielleicht nur ein Hirngespinst. Aber trotzdem: Frau Sander beschäftigt auch eine ausländische Putzhilfe. Versuchen Sie doch mal rauszufinden, wie die heißt und was aus ihr geworden ist.«

Vangelis machte sich eine Notiz mit ihrer nur für sie lesbaren winzigen Schrift. Balke gähnte schon wieder.

»Wir brauchen einen Durchsuchungsbeschluss.« Vangelis schloss ihr Büchlein mit leisem Knall. »Frau Jörgensen lügt, sobald sie den Mund aufmacht. Irgendetwas stimmt da vorne und hinten nicht.«

»Der Gedanke ist mir auch schon gekommen.« Die anderen erhoben sich, und ich griff zum Hörer. »Ich kläre das mit der Staatsanwaltschaft. Und außerdem werde ich Tims Vater mal ein bisschen auf den Zahn fühlen und mir seine Version der Geschichte anhören.«

14

Hermann Jörgensen musste früher ein Hüne gewesen sein. Hermann der Cherusker, dachte ich unwillkürlich bei seinem Anblick. Jetzt saß er zusammengekauert in einem Rollstuhl, ein geschlagener Held, und von seiner alten Kraft war nicht viel übrig geblieben außer der befehlsgewohnten Stimme und einem selbstsicheren Blick.

»Kommen Sie rein«, knurrte er. »Hat wohl nicht viel Sinn, wenn ich versuche, die Kripo abzuwimmeln, was?«

Mit surrenden Reifen rollte er vor mir her durch seine äußerst spärlich möblierte Vierzimmer-Wohnung aus den Sechzigerjahren. Rasch wurde mir klar, weshalb es hier so wenige Möbel gab: Der Hausherr brauchte Platz zum Manövrieren. Und er hatte noch nicht viel Übung darin. Es roch säuerlich nach Krankenzimmer und Desinfektion, nach Schwäche und Wut. Vor allem jedoch roch es nach Zigarettenqualm. Die filterlosen Marlboro, das Feuerzeug sowie ein Aschenbecher aus Blech lagen griffbereit in Jörgensens Schoß. Die Wohnung lag in einem etwa zehnstöckigen Hochhaus an der Berliner Straße.

»Behindertengerecht!« Er lachte gallig. »Wer hätte gedacht, dass dieses Scheißwort für mich mal eine Bedeutung haben würde!« Mit einer unwilligen Bewegung wies er auf zwei schmale Sessel. »Platzen Sie sich. Sie sind mir hoffentlich nicht böse, wenn ich Ihnen nichts zu trinken anbiete.«

»Es geht um Tim.« Ich setzte mich vorsichtig, weil der Sessel auf mich einen etwas wackeligen Eindruck machte. Aber man saß überraschend bequem und sicher darin.

»Ist der Junge immer noch nicht wieder aufgetaucht? Muriel ist ja immer schon schusselig gewesen. Was nicht festgedübelt ist, das verliert sie.« Wieder lachte er. »Aber dass sie es schafft, sogar ihr heißgeliebtes Kind zu verlieren, das hätte ich denn doch nicht gedacht.«

Mit zittrigen Händen steckte er sich eine Zigarette an. Er inhalierte, als wäre es die erste seit Monaten.

»Ihre Frau behauptet, Tim sei entführt worden.«

»Gekidnappt?« Er hustete. Für einen Moment hatte es ihm die Sprache verschlagen. »Wer macht denn so was?«

»Sie wissen also nichts davon?«

»So wahr ich hier sitze und gemütlich vor mich hin verrecke.« Wieder hustete er. Er schien dabei Schmerzen zu haben. »Wir leben getrennt, wie Sie sehen«, fuhr er dann heiser fort. »Und Sie haben ja letztens am Telefon schon sehr richtig bemerkt, ich hänge nicht allzu sehr an dem Jungen.«

»Darf man fragen, weshalb?«

»Selbstverständlich darf man das. Man wird aber keine Antwort erhalten. Ich denke, das tut hier nichts zur Sache. Sie werden mir hoffentlich glauben, dass ich als Täter nicht infrage komme.«

»Ich bin nicht hier, weil ich Sie verdächtige. Wenn so etwas geschieht, dann sehen wir uns immer die Angehörigen an, das Umfeld. Das gehört zum Standardprogramm.«

»Das Umfeld!« Er lachte dröhnend. »Das ist gut. Bin ich also seit Neuestem ein Umfeld?«

In aufgerichtetem Zustand musste er fast zwei Meter groß sein, und in besseren Zeiten war er vermutlich weit über hundert Kilo schwer gewesen. Jetzt waren die Wangen in seinem breiten Gesicht eingefallen, unter den wässrig hellen Augen hingen dunkle Tränensäcke. Die graue Tuchhose war ihm zwei Nummern zu weit geworden. An den bloßen Füßen trug er Lederpantoffeln. Unvermittelt ging sein Lachen in Husten über. Sein Kopf lief rot an, er rang nach Luft, bekam endlich welche und begann dann übergangslos zu fluchen.

»Fucking shit!«, tobte er und prügelte auf den Rollstuhl ein. »Was habe ich nur verbrochen, um so elend auf den Hund zu kommen?«

Allmählich beruhigte er sich. Seine Gesichtsfarbe wurde wieder heller. Noch immer atmete er schwer.

Ich hatte inzwischen Block und Stift gezückt.

»Vielleicht erzählen Sie einfach ein bisschen. Von Ihrer Ehe, von Ihrem Sohn. Wie ist er? Lustig? Frech? Oder eher von der schüchternen Sorte?«

»Frech? Quatsch. Ein Angsthase ist der Junge. Das hat er von seiner Mutter. Keine Kraft in den Knochen. Wegen jedem Pups fängt er an zu flennen und rennt zur Mutti. Unsere Ehe? Wissen Sie, ich war ja selten zu Hause die letzten Jahre. Hatte viel im Ausland zu tun.«

»Darf man fragen, was Sie dort gemacht haben?«

»In diesem Fall bekommt man sogar eine Antwort. Ich bin … war Bauingenieur. Bei HT Goldwing. Haben Sie bestimmt schon von gehört.«

»Nein.«

»Goldwing ist der drittgrößte amerikanische Baukonzern. Vor Jahren haben sie mal wie verrückt weltweit die Konkurrenz aufgekauft. Der alte Goldwing wollte auf Teufel komm raus Number one werden, hat es aber am Ende nicht ganz geschafft. Unter anderen haben sie die Voegele-Gruppe in Sinsheim übernommen. Bei denen war ich damals gelandet, nachdem Voegele seinerseits den heruntergewirtschafteten Laden von Muriels Vater übernommen hatte. War eine fürchterliche Fusionitis damals. Für mich war die feindliche Übernahme ein Glücksfall. Bei Voegele wäre ich nichts geworden, weil der Boss keinen neben sich hat großwerden lassen. Als wir dann zu Goldwing gehörten, war ich bald Bauleiter von ziemlich großen Projekten. Und wenn ich sage groß, dann meine ich groß. Jobs, die nicht in Millionen, sondern in Milliarden abgerechnet werden. Man sagt mir nach, dass ich auch restlos verschissene Projekte aus dem Dreck ziehen kann. Bei so was dürfen Sie nicht zimperlich sein. Und Sie werden nicht Everybody's Darling. Außer im Management natürlich.«

Er steckte sich die nächste Marlboro an mit einer Miene, als wollte er sich damit das Leben nehmen. Ich mochte nicht fragen, woran er litt. Vielleicht an Lungenkrebs im Endstadium?

»War ein verdammt schönes und mörderisch aufregendes Leben. Überall bin ich gewesen, überall. Afghanistan, Pakistan, zweimal auf den Fidschis, einmal Saudi-Arabien, Dubai. Nennen Sie mir irgendein beschissenes Drecksland dieser Erde, und die Wahrscheinlichkeit ist klein, dass ich nicht irgendwann dort gewesen bin. Mal nur für ein paar Tage, oft für Jahre.«

»Und Ihre Frau war die ganze Zeit über hier?«

»Die klebt an dem Haus und dem Alten und ihrem geliebten Heidelberg. Mal habe ich sie sogar überredet mitzukommen.

Habe gedacht, tut ihr vielleicht gut, mal ein bisschen rauszukommen, was von der Welt zu sehen. Ich meine, es waren die Fidschis, bin aber nicht sicher. Hübsches Fleckchen Erde da unten, weiß Gott. Aber nach ein paar Wochen musste die gute Muriel heim. Angeblich hat sie das Klima nicht vertragen. In Wirklichkeit hatte sie Heimweh.«

»Dann haben Sie eine ziemlich extreme Form von Fernbeziehung geführt«, meinte ich lächelnd. »Das stelle ich mir nicht ...«

»Papperlapapp!« Mit der qualmenden Zigarette in der Hand schnitt er mir das Wort ab. »Es gibt Telefon und E-Mail. Und alle zwei, drei Monate hat der alte Goldwing einen Heimflug spendiert. Das braucht man auch. Sie drehen irgendwann durch, wenn Sie ständig nur Dreck sehen und Bagger, Kräne und Wohncontainer. Meine Baustellen waren ja meist weit weg von der Zivilisation.«

»Was waren das für Projekte, die Sie geleitet haben?«

»Ach«, er winkte ab, »Ingenieurbau. Nichts Spektakuläres. Eisenbahnbrücken, Raffinerien, solche Sachen.«

»Wie lange sind – Verzeihung – waren Sie verheiratet?«

»Nichts zu verzeihen, wir sind's ja noch. Seit neunzehn Jahren. Wir werden uns auch nicht scheiden lassen. Lohnt sich ja nun nicht mehr.« Wieder dieses Lachen, bei dem es einem kalt den Rücken runterlief. »Und wissen Sie, was ich glaube? Wenn ich nicht die meiste Zeit unterwegs gewesen wäre ...«

Er schloss die Augen und verzog das Gesicht zu einer Grimasse, die Wut oder Schmerz oder vielleicht auch beides ausdrückte. »Im Grunde haben wir nie zueinander gepasst. Aber Gegensätze ziehen sich ja bekanntlich an.«

»Kommen wir zu Tim zurück. Haben Sie vielleicht irgendeinen Verdacht? Eine Ahnung, was ihm zugestoßen sein könnte?«

Hermann Jörgensen dachte einige Zigarettenzüge lang ernsthaft nach.

»Sagen wir's mal so«, meinte er dann. »Muriel hat es über die Jahre geschafft, sich mit der kompletten Nachbarschaft hoffnungslos zu verkrachen, und da leben natürlich eine Menge Bekloppte. Aber dass einer von denen den Jungen entführt, nur um ihr eins auszuwischen, das glaube ich dann doch nicht. Die meisten sind Weicheier, Beamte, Spießbürger ohne Rückgrat. Dem Alten, dem würde ich schon eher zutrauen, dass er Tim erwürgt und irgendwo im Keller verbuddelt hat.«

»Sie glauben im Ernst, er wäre zu so etwas fähig?«

»Es dürfte Ihnen nicht entgangen sein, dass er ziemlich gaga ist.«

»Zwischen ein wenig gaga und einem vollzogenen Mord liegt eine ziemliche Strecke.«

Die Zigarette hätte ihm in der nächsten Sekunde die senfgelben Finger versengt. Erst im allerletzten Moment zerdrückte er sie im Aschenbecher. Draußen summte eine Straßenbahn stadteinwärts.

»Ihr Vater ist auch früher schon ganz schön cholerisch gewesen«, sagte Jörgensen. »Und das ist im Alter natürlich nicht besser geworden. Aber ein Mord – da haben Sie recht – daran glaube ich auch nicht. Ich denke eher an eine Tat im Affekt oder einen Unfall. Er ist dem Jungen mehr als einmal mit erhobenem Stock hinterher, als er noch laufen konnte. Er hat Tim vom ersten Tag an abgelehnt – Quatsch, gehasst hat er ihn. Fragen Sie mich nicht, weshalb.«

»Und Ihre Frau hätte dann die Leiche verschwinden lassen.«

Diese Überlegung hatte sogar eine gewisse Logik. Auch wenn ich mir Tims Mutter nur schwer dabei vorstellen konnte, wie sie im Keller ihres Hauses den Beton aufpickelte und ein Grab aushob.

Jörgensen räusperte sich schleimig, schluckte mühsam.

»Nein«, sagte er zu seinen breiten Händen, die jetzt kraftlos auf den Oberschenkeln lagen. »Ihre Art wäre es eher, wegzurennen oder die Augen zuzumachen. Wenn etwas nicht so läuft, wie es soll, dann nimmt sie es einfach nicht zur Kenntnis. Wenn eine Rechnung kommt, mit der sie nicht einverstanden ist, dann ruft sie nicht den Absender an und macht ihn zur Schnecke, sondern legt sie zur Seite und vergisst sie.«

Plötzlich wurde mir bewusst, warum der Raum so trist wirkte: Es fehlten die Farben. Alles war hier schwarz oder weiß. Anstelle bunter Bilder hingen technische Zeichnungen an den Wänden. Brücken erkannte ich, ein vielleicht fünfzigstöckiges und ausgesucht phantasielos gestaltetes Hochhaus, eine Fabrikanlage, die Ähnlichkeit mit einem Kernkraftwerk hatte.

Ich bemerkte die schmale junge Frau erst, als sie schon hinter Jörgensen stand und die Hand auf seine Schulter legte. Sie nickte mir zu, ohne zu lächeln.

Seine Miene hellte sich auf. »Darf ich vorstellen: Leona, meine derzeitige Lebensabschnittsgefährtin.« Er tätschelte ihre Hand, als wäre sie ein kleiner Hund.

Mehr und mehr ging er mir auf die Nerven mit seinem Lachen, das keine Spur von Heiterkeit in sich trug. Leona ohne Nachnamen lachte nicht mit. Ihr Haar war kastanienbraun, und sie war mindestens zwanzig Jahre jünger als der Mann im Rollstuhl.

»Hallo«, sagte sie mit der tonlosen Stimme, die ich schon vom Telefon kannte. »Warum hast du deinem Gast nichts angeboten, Hermann?«

»Er ist nicht mein Gast«, brummte Jörgensen. »Er ist von der Polizei. Stell dir vor, der Junge ist gekidnappt worden!«

Die Miene der Frau verriet weder Erschrecken noch Erstaunen. Die Tatsache schien sie völlig gleichgültig zu lassen. Inzwischen wollte ich nur noch fort. Jörgensens Zustand verlangte Mitgefühl, Verständnis, Geduld. Nichts davon fand ich in mir. Er war mir zutiefst unsympathisch, und von seiner ewigen Qualmerei war mir inzwischen schwindlig.

Ich zwang mich, ihn noch einige Minuten zu ertragen. Aber es war sinnlos. Jörgensen wusste erschreckend wenig über die Lebensumstände seiner Frau. Es war ihm gleichgültig, wie es ihr ging und was aus seinem Sohn wurde. Da war keine Spur von Sorge oder Unruhe zu spüren, wenn wir über Tim sprachen. Irgendein Kind war verschwunden. So what?

»Sorry«, sagte er. »Aber in meinem Job sind Gefühle nicht gefragt. Da brauchen Sie Verstand und Härte. Sie müssen Menschen wehtun können, ohne nachts wach zu liegen, sonst gehen Sie zugrunde. Auf den Großbaustellen der Dritten Welt gibt es praktisch täglich Tote und Verletzte. Die Leute da sind meistens Idioten, die nichts wissen und nichts können. Ordentliches Arbeiten müssen Sie denen erst mühsam beibringen, von technischen Zusammenhängen und Notwendigkeiten haben sie keinen Dunst, auf Sicherheitsvorschriften ist geschissen. Ist zu wenig Zement da, dann mischt man eben weniger Zement in den Beton. Ist eine Maschine kaputt, dann nimmt man eben die, die daneben steht. Und dann diese ewigen Krankheiten. Vor allem in Laos.« Er wies auf eine der Zeichnungen an der Wand. »Das war die Bogenbrücke da. Wir hatten die Malaria in den Camps, und die Ratten haben uns fast gefressen. Die meiste Zeit hat es geschüttet, die Maschinen sind im Dreck versunken. Dann kam auch noch das Hochwasser und hat die Hälfte von dem, was schon fertig war, wieder abgerissen. Täglich hatten wir ein paar Beerdigungen. Es war einfach nur zum Kotzen. Und so was müssen Sie aushalten können, sonst sind Sie am falschen Platz. Ich bin nie ein Softie und Frauenversteher gewesen. Muriel hat gewusst, worauf sie sich einlässt. Sie hat genug Zeit gehabt, es sich zu überlegen.«

Sein Blick, der immer noch an der technischen Zeichnung klebte, wurde plötzlich weich. So als würde er ein altes Familienfoto betrachten, das ihm im Lauf der Zeit ans Herz gewachsen war.

Leona gab mir einen Wink und führte mich hinaus.

»Was soll das heißen, du kannst nicht?«, fragte Theresa streng. »Du hast bisher immer gekonnt!«

»Keine Witze, bitte. Mir ist wirklich nicht zum Lachen zumute. Und auf keinen Fall lasse ich mich wieder auf irgendwelche Experimente in der freien Natur ein. In ein Hotel können wir nicht, seit man mein Gesicht ständig in der Zeitung sieht. Und außerdem fühle ich mich nicht gut. Vermutlich das Wetter.«

Es war Dienstag, unser Abend. Ich hatte mich auf unser Zusammensein gefreut, und nun saßen wir im Wagen, auf dessen Dach der Regen trommelte, und wussten nicht, wohin.

»Unsinn.« Sie legte den Arm um mich und zog mich an sich. »Du hast einfach nur zu wenig Sex in letzter Zeit.«

Nun musste ich doch lachen. Sollte sie etwa recht haben? Nein. Ich war überreizt und überarbeitet. Diese neuen Entführungsfälle. Das Damoklesschwert des Ermittlungsverfahrens, das gegen mich lief. Ich wünschte mich weit, weit weg. Auf eine menschenleere Insel mit Strand und Sonne, Palmenschatten und Brandungsrauschen. Die Fidschis zum Beispiel.

»Morgen oder übermorgen wird die Staatsanwaltschaft mich in die Zange nehmen.«

»Und das schlägt dir auf den Magen?«

»Wundert dich das?«

»Da kommt doch nichts bei raus.« Gelassen winkte sie ab. »Natürlich müssen sie irgendwie aktiv werden, das erwartet die Öffentlichkeit. Sie werden ein wenig ermitteln, ihr werdet ein wenig plaudern, vielleicht werden sie ein bisschen die Zeigefinger schwenken, und dann wird die Sache natürlich eingestellt.«

»Du klingst, als wüsstest du mehr als ich.«

Theresa grinste schelmisch. »Vergiss nicht, ich sitze an der Quelle!«

»Du redest mit deinem Mann über mich?«

»Es lässt sich hin und wieder nicht vermeiden.«

»Und was erzählt er so über mich?«

»Dass du dich zu viel in die Arbeit deiner Leute einmischst und er dich deshalb demnächst feuern wird.«

Auf dumme Fragen bekommt man dumme Antworten.

Eine Weile hörten wir schweigend dem Regen zu. Dann sah mich Theresa von der Seite an mit diesem gewissen Blick, als wäre ihr eben eine ihrer grandiosen Ideen gekommen. Zum Beispiel, an der nächsten Tankstelle ein Sixpack Bier und eine Tüte Chips zu klauen.

»Vielleicht sollte ich mal wieder Viola besuchen, was meinst du? Die habe ich seit Ewigkeiten nicht gesehen. Am besten, ich bleibe gleich über Nacht in Darmstadt.«

Viola war eine von Theresas ältesten Freundinnen und hatte, ohne etwas davon zu ahnen, schon das eine oder andere Mal als Alibi für eine Nacht zu zweit herhalten müssen.

»Alte Freundschaften soll man pflegen«, erwiderte ich ohne Begeisterung. »Und immerhin war sie ja mal so was wie deine Busenfreundin.«

»Das kannst du laut sagen.« Meine Liebste küsste mich kichernd aufs Ohr. »Was habe ich das Mädel damals um ihre Brüste beneidet! Aber mit den Jahren habe ich zum Glück aufgeholt.« Mit einem Mal wurde sie wieder ernst. Sie schubste mich an. »Nun sag schon, was hältst du von meinem Vorschlag?«

»Das Hotel müsste so weit entfernt sein, dass wir mit Sicherheit keine Heidelberger treffen.«

»Wir setzen uns ins Ausland ab. Was hältst du vom Elsass?«

»Da kann man prima essen. Und guten Wein haben sie auch.«

»Du musst es nicht gleich so maßlos übertreiben mit der Begeisterung«, brummelte sie und ging auf Abstand.

»Entschuldige.« Ich legte meine Rechte auf ihr Knie, das heute züchtig von einer Jeans verhüllt war, und wusste selbst nicht, was mit mir los war. Natürlich hatte ich Lust, wieder einmal eine ganze Nacht mit meiner Geliebten zu verbringen. Ein verschwiegenes kleines Hotel, abends fein essen, morgens so lange schlafen, wie man konnte. Frühstücken bis zum Platzen. Und dazwischen Sex und Liebe und vielleicht noch einmal Sex …

»Denk darüber nach.« Plötzlich klang Theresa sehr kühl. »Aber es wäre schön, wenn du dich vor Weihnachten entschieden hättest.«

15

Für die Nachbarschaft muss es ein Fest gewesen sein, das Ereignis des Jahres. Wir rückten mit fünf Fahrzeugen an. Der randalierende Großvater wurde in seinem Zimmer eingeschlossen, Muriel Jörgensen brach noch an der Tür in Tränen aus und musste psychologisch betreut werden. In den umliegenden Häusern kamen die Gardinen nicht zur Ruhe an diesem Vormittag.

Während die Spurensicherer sich an ihre langweilige und penible Arbeit machten, sah ich mir das Kinderzimmer an. Schon als ich die Tür öffnete, beschlich mich das Gefühl, ein selten besuchtes Museum zu betreten. Alles war hier perfekt, jeder Teddy saß an seinem Platz, die Bettdecke war glatt gestrichen und einladend zurückgeschlagen. Ein rührend kleiner Pyjama wartete ausgebreitet auf seinen Besitzer. Auf dem Nachttischchen aus geöltem und garantiert lösungsmittelfreiem Kiefernholz eine Lampe, deren Schirm bunte Ballons zierten. Daneben ein aufgeschlagenes Bilderbuch, »Wo die wilden Kerle wohnen«, und ein Glas Wasser für das nicht gar so wilde Kind.

Ich nahm das Glas zur Hand. Hätte es länger als zwei, drei Tage dort gestanden, dann hätte Staub auf der Oberfläche treiben müssen.

Das Wasser war frisch.

Ansonsten die übliche Ansammlung von nie benutztem Spielzeug. Alles pädagogisch wertvoll und kreativitätsfördernd, wenig Kunststoff. Mit Grausen dachte ich an das frühere Kinderzimmer meiner Töchter, diese Sondermülldeponie voller Puppen, die sprechen, weinen, Bäuerchen oder Pipi machen konnten, Berge niemals aufgeschlagener Bilderbücher, Mitbringspiele von ungezählten Geburtstagsgästen, tonnenweise Plunder und Trödel.

Was wir suchten, waren Spuren von Gewalt. Ich glaubte nicht an ein Verbrechen. Weder der Mutter noch dem gebrechlichen Großvater traute ich die absichtliche Tötung des Kindes zu. Was ich jedoch für denkbar hielt, war ein häuslicher Unfall, an dem jemand sich schuldig fühlte. So schuldig, dass er das Unglück anschließend vertuschte. Vielleicht war Tim die Treppe hinuntergestürzt, weil der Großvater ihn versehentlich zum Stolpern gebracht hatte. Vielleicht hatte er sich in einem unbeaufsichtigten Moment mit einem Küchenmesser so schlimm geschnitten, dass er am Ende verblutet war. Aus irgendeinem irrsinnigen Grund hatte die Mutter keinen Arzt gerufen. Und als ihr endlich klar wurde, was sie angerichtet hatte, da hatte sie nicht mehr gewagt, sich jemandem anzuvertrauen. Sie hatte die Leiche verschwinden lassen und die Angelegenheit verdrängt, vergessen, vor sich selbst geleugnet. Bis ich kam und an ihrer Tür klingelte.

Meine Spezialisten fürs Unsichtbare fanden an nicht weniger als elf Stellen im Haus Blutspuren. Alles wurde säuberlich dokumentiert, fotografiert, und die meist mikroskopisch kleinen Spuren kamen ins Labor.

Muriel Jörgensen verlor den letzten Rest ihrer Fassung, als sie es erfuhr.

»Blut?«, murmelte sie mit ziellos herumirrendem Blick. »Wie kommt denn Blut in mein Haus?«

»Das ist absolut nicht ungewöhnlich«, versuchte ich, sie zu beruhigen. »Sie finden in jedem Haus der Welt Blutspuren. Wenn Kinder im Haus sind, sowieso. Man schneidet sich, man kratzt sich, man stößt sich. Das bedeutet erst einmal überhaupt nichts.«

»Das Blut am Fuß der Treppe«, sagte Vangelis während der Rückfahrt in die Innenstadt, »muss eine ziemliche Menge gewesen sein. Und es ist erst kürzlich auffallend gründlich geputzt worden. Die Fugen der Fliesen waren an der Stelle viel heller als im Rest der Diele.«

Wir kamen kaum voran, weil der Verkehr sich stadteinwärts wegen eines Straßenbahnunfalls staute, wie wir aus dem Polizeifunk erfuhren. Balke auf dem Rücksitz knurrte Unverständliches und knispelte die ganze Zeit mit finsterer Miene an seinen Fingernägeln herum. Das blaue Poloshirt meinte ich schon gestern und vorgestern an ihm gesehen zu haben. Ich beschloss, bei Gelegenheit ein ernstes Chefwort mit ihm zu reden. So konnte das nicht mehr lange weitergehen.

»Warten wir die Laboruntersuchungen ab«, sagte ich und unterdrückte mit knapper Not ein Gähnen. Es regnete schon wieder – oder immer noch?

Im Grunde ging es mir nicht viel besser als Balke. Auch ich war unausgeschlafen, hatte schlecht geträumt und keine Lust mehr auf ratlose Gesichter und Novemberregen und trostlose Schicksale. Im Gegensatz zu ihm hatte ich heute Morgen immerhin daran gedacht, mich zu rasieren.

»Zum Fall Andrea Basler gibt es leider keine neuen Erkenntnisse.« Vangelis legte den ersten Gang ein, es ging ein paar Meter vorwärts. »Wir haben bisher noch nicht mal die Hälfte der Akten geschafft.«

»Dann lassen Sie uns die Zeit nutzen, und fassen Sie noch mal die Fakten zusammen.«

Aus ihrem phänomenalen Gedächtnis referierte sie: »Das Mädchen wurde vor drei Jahren am dreiundzwanzigsten Juli entführt.«

»In diesem Fall sind Sie sicher, dass wir von einer Entführung ausgehen müssen?«

»Einen Unfall können wir nach so langer Zeit ausschließen. Bis heute sind weder Andreas Leiche noch das Fahrrad gefunden worden.« Wieder ging es ein Stück voran. Ein silberfarbener Mercedes hinter uns hupte. Vangelis warf einen amüsierten Blick in den Rückspiegel. »Nachmittags um kurz nach drei hat sie ihr Elternhaus in Auggen verlassen und sich mit ihrem Rad auf den Weg zum Schwimmbad in Müllheim gemacht. Das ist ein Nachbarort, nur etwa drei Kilometer entfernt. Andrea war regelmäßig dort. Ihr üblicher Weg führte über Felder auf eine wenig befahrene Kreisstraße. Die Straße ist schmal, kurvig und geht ein wenig auf und ab. Im Schwimmbad ist sie nie angekommen. Abends um halb neun haben die Eltern sie als vermisst gemeldet.«

»Also auch hier keinerlei Spuren?«

»Wir wissen nicht einmal, wo genau sie entführt wurde.«

»Wer hat sie zuletzt gesehen?«

»Ein pensionierter Lehrer, der in den Feldern seinen Hund ausführte. Er hat Andrea gut gekannt, sie war früher in seiner Klasse. Aber da fällt mir noch was ein: Da war angeblich ein Auto.«

Der Fahrer des tomatenroten Toyota vor uns bekam einen Tobsuchtsanfall nach dem anderen und telefonierte unentwegt mit dem Handy.

»Ein Auto?«

»Einer alten Bäuerin am Rand von Vögisheim, das ist ein winziger Ort auf halber Strecke, ist ungefähr zur fraglichen Zeit ein dunkler Geländewagen aufgefallen. Sie hat am Straßenrand selbstangebaute Tomaten verkauft. Leider versteht die alte Frau nichts von Autos, deshalb konnte sie keine Angaben zur Marke machen. Der Fahrer soll ein älterer Mann gewesen sein, der trotz der Hitze eine Krawatte trug.«

Balke zückte sein Handy, beobachtete ich aus den Augenwinkeln, warf einen Blick aufs Display und steckte es wieder ein.

»Das Kennzeichen?«, fragte ich.

»Nicht aus der Gegend.«

»Was war das mit dem Geländewagen?« Balke hatte offenbar nicht richtig zugehört.

Vangelis klang ein wenig gereizt, als sie die letzten Sätze wiederholte. Der Toyota vor uns bog mit quietschenden Reifen in ein Wohngebiet ab und raste davon. Das Tempo-Dreißig-Schild ignorierte er. Fünfzig Meter weiter blitzte es gelb am Straßenrand. Da würde wohl demnächst ein Fußgänger mehr auf Heidelbergs Straßen unterwegs sein.

»Ein dunkler SUV ...« Balke schien plötzlich aufgewacht zu sein und trommelte nervös mit den Fingerspitzen auf meiner Rückenlehne herum. »Da klingelt was bei mir«, murmelte er mit schmalen Augen. »Ein dunkler SUV, da war irgendwas.«

Eine halbe Stunde später erreichten wir endlich die Polizeidirektion. Die Herrschaften von der Spurensicherung waren schlauer gewesen als wir. Sie hatten nicht Polizeifunk, sondern Radio gehört und den Umweg über Dossenheim und die Autobahn genommen.

Im Büro rief ich die Pressestelle an und bat sie, die längst vorbereitete Meldung zu verbreiten. Nun blieb nichts anderes mehr übrig, als an die Öffentlichkeit zu gehen. Jedes weitere Warten war nicht mehr zu verantworten. Um Frau Jörgensen zu schützen, war die Meldung jedoch sehr vage ausgefallen. Sie hatte mehr den Zweck, die Täter zu beunruhigen, als die Öffentlichkeit zu informieren. Wieder wurde ein kleiner Junge vermisst. Mehr konnte man im Moment noch nicht sagen. Und das war sogar die Wahrheit.

Kaum hatte ich aufgelegt, standen Klara Vangelis und Sven Balke schon wieder vor mir.

»Der Hammer!«, sagte Balke. Er hielt einen zerknitterten Zettel in der Hand. Vangelis setzte sich, Balke blieb stehen.

»Dieser dunkle SUV, ich hatte mich nicht getäuscht. Die Geschichte, um die es geht, ist ein bisschen konfus. Passiert ist sie nur drei Tage vor der Entführung von Andrea Basler, allerdings in einer ganz anderen Gegend. In Munderkingen, einem Örtchen westlich von Ulm an der Donau. Dort hat es damals angeblich eine versuchte Kindesentführung gegeben. Das potenzielle Opfer, Nikolas Kowalschik, war fünf, und die Kollegen sind nicht so recht schlau geworden aus seiner Geschichte. Auch die Eltern meinten am Ende, wahrscheinlich hätte er das Ganze bloß erfunden.«

Balke nahm endlich Platz. »Der Junge ist anscheinend mit einer blühenden Phantasie gesegnet, und außerdem hatte ihm die Mutter gerade mal wieder eine Predigt gehalten über böse Onkels und fremde Autos, in die man nicht steigen soll.«

Vangelis zupfte unsichtbare Fussel vom Ärmel ihrer Kostümjacke.

»Vielleicht könnten wir langsam mal zum Punkt kommen«, sagte sie. »Ich habe heute noch ein paar Dinge zu erledigen.«

Balke sah ungerührt auf seinen Zettel. »Nikolas war allein auf Entdeckungstour, ein Stück außerhalb des Orts, am Straßenrand. Und wie er später zurückkam, da hat er behauptet, ein älterer Mann hätte ihn in ein schwarzes Auto locken wollen. Mit einem Schokoriegel angeblich.«

Vangelis hörte mit der Zupferei abrupt auf.

»Nikolas und seine Eltern waren dort zu Besuch. Eine Familienfeier, man hatte in einem Gasthof groß gegessen, und der arme Junge hat sich natürlich zu Tode gelangweilt und so lange gequengelt, bis er rausdurfte.«

»Was heißt: angeblich mit einem Schokoriegel?«, fragte Vangelis.

»Dass er später nichts vorzeigen konnte, heißt das. Keine Schokolade im Gesicht oder an den Fingern. Nirgendwo hat man die Folie gefunden, in die die Dinger normalerweise eingewickelt sind. Und an einem bestimmten Punkt hat er dann plötzlich behauptet, er hätte das Teil gar nicht genommen, sondern sei einfach nur davon wie der Blitz. Das war übrigens einer der Gründe, weshalb man den Fall bald zu den Akten gelegt hat.«

»Konnte Nikolas den angeblichen Täter beschreiben?«, fragte ich.

»Älter als sein Vater, eine dunkelblaue Krawatte hätte er getragen, und nett sei er gewesen.«

Im Vorzimmer klingelte das Telefon. Ich hörte, wie Sönnchen sich mit ihrem offiziellen Sprüchlein meldete.

»Okay …« Ich war noch nicht so recht überzeugt, und auch

Vangelis guckte kritisch. »Ein Geländewagen und ein Fahrer mit Krawatte – ist das nicht ein bisschen dünn?«

»Wir sind ja noch nicht fertig. Der Wagen soll ein Audi Q7 gewesen sein. Davon war der Junge nicht abzubringen.«

»Helfen Sie mir auf die Sprünge?«

»Der Q7 ist der Top-SUV von Audi. Nikolas hat den Wagentyp bei mehreren Tests wiedererkannt. Der Vater betreibt eine Tankstelle mit Werkstatt irgendwo nördlich von Bayreuth in der Nähe der tschechischen Grenze. Deshalb hatte Nikolas mit Autos zu tun, seit er laufen konnte.«

Vangelis strich mit undurchsichtiger Miene ihren Rock glatt.

»Nach dem Kennzeichen brauche ich wohl nicht zu fragen«, meinte ich. »Fünfjährige können ja noch nicht lesen.«

Balke wuchs ein Stückchen. »Das ist ja der Clou dabei! Nikolas konnte schon die meisten Buchstaben lesen. Der Wagen soll aus dem Landkreis Hof gekommen sein. Hof liegt keine zwanzig Kilometer vom Wohnort der Eltern entfernt. Der Junge hat also gewusst, wie das Kennzeichen aussieht.«

Sönnchen telefonierte immer noch. Mit jedem Satz wurde sie lauter, und es klang nicht, als genösse der Anrufer ihre Sympathie. »Hat jetzt aber keine Zeit«, verstand ich und: »Nein, später auch nicht.« Offenbar versuchte wieder einmal irgendein Querulant oder besonders hartnäckiger Journalist, sich zu mir durchzunörgeln. Aber da hatte er heute schlechte Karten. Ich hatte sie gebeten, mir alles vom Hals zu halten, was nicht wirklich dringend war. Und in diesem Punkt war auf meine Sekretärin Verlass.

Vangelis sah demonstrativ auf ihr silbernes Armbandührchen. »Es wird eine Menge solcher Autos mit passendem Kennzeichen geben.«

»Eben nicht!«, ereiferte sich Balke. »Der Q7 war damals erst vier Monate auf dem Markt. Deshalb hat es im Landkreis Hof gerade mal fünfzehn Stück davon gegeben. Die meisten waren Vorführwagen, die in Autohäusern herumstanden. Alle wurden überprüft. Aber keiner war am fraglichen Tag auch nur in der Nähe von Munderkingen.«

»Dann war das ja wohl nichts.« Enttäuscht sank ich in meinen Sessel zurück.

Plötzlich ratlos hob Balke die muskulösen Schultern. »Mir war eben nur diese Übereinstimmung zum Fall Andrea Basler aufgefallen. Ein dunkler Geländewagen ...«

Im Vorzimmer knallte Sönnchen den Hörer auf den Apparat. Vielleicht sollte ich bei Gelegenheit die Zwischentür durch eine dickere, besser geräuschgedämmte austauschen lassen. Ich nahm die Brille ab und massierte mir die Nasenwurzel. Meine Augen brannten, und es kostete mich inzwischen Mühe, nicht ständig zu gähnen.

»Anderes Thema«, sagte ich. »Hat jemand von Ihnen noch irgendeine Idee, wie wir an diesen angeblichen Zeugen herankommen, den Pretorius vor uns versteckt?«

Balke wandte sich grinsend an Vangelis. »Willst du es nicht mal versuchen? Vielleicht hast du mehr Glück bei ihm, als Frau?«

Sie lachte auf. »Pretorius ist schwul. Das weiß doch die halbe Stadt.«

Ich beugte mich vor. »Und wie weit sind Sie mit der Sanderschen Haushaltshilfe?«

Vangelis stöhnte. »Wenn sie meine Dienstnummer auf dem Display sehen, nehmen sie nicht einmal das Telefon ab. Wenn ich den Leuten auf den AB spreche, rufen sie nicht zurück. Wenn ich es über mein privates Handy probiere, dann legen sie sofort auf.«

»Wir fahren hin«, entschied ich und sah Vangelis an. »Und Sie kommen bitte mit.«

Wir brauchten fast eine halbe Stunde nach Sandhausen, obwohl Vangelis überholte, wo es nur ging. Der Verkehr schien heute in keiner Richtung zu funktionieren.

Sie parkte unseren Opel in einer ruhigen, von großzügigen Grundstücken und Häusern gesäumten Straße. Mittlerweile kannte sie sich bestens aus, da sie sich in den Tagen nach Gundrams Verschwinden tagelang hier aufgehalten hatte.

Das schwarz lackierte und gut geölte Gartentörchen ließ sich leicht öffnen. Ein paar Schritte durch einen gepflegten Vorgarten, dann standen wir vor einer breiten und wehrhaft wirkenden Tür aus hellem Holz. Vangelis drückte den Klingelknopf.

Innen ertönte ein melodischer Gong. Ein Kameraauge starrte uns an. Nichts geschah.

»Zumindest die Frau müsste eigentlich da sein«, flüsterte Vangelis und drückte wieder. »Sie hat vor nicht einmal einer Stunde das Telefon abgenommen.«

Wir warteten etwa eine Minute, Vangelis läutete mehrmals im Abstand von fünfzehn Sekunden. Schließlich öffnete sich ein Fenster im ersten Stock. Natascha Sander sah auf uns herab.

»Verschwinden Sie!«, stieß sie mit schwerer Zunge hervor.

Heute war sie nicht nur nicht schön, sondern ausgesprochen hässlich. Ihr Gesicht war aufgedunsen, unter den Augen hingen dunkle Ringe, das Haar war fransig und seit Tagen nicht gewaschen. Und offenbar war sie sturzbetrunken.

»Wir müssen mit Ihnen reden«, sagte ich gerade so laut, dass sie mich verstehen konnte. Ich hatte keine Lust, mehr Aufsehen als nötig zu erregen und die Nachbarschaft aufzuscheuchen.

»Verschwinden Sie«, wiederholte Natascha Sander. Aber sie blieb am Fenster.

»Es ist wichtig. Es geht um Ihre Putzfrau.«

»Ich habe keine Putzfrau.«

Ein Mercedes fuhr gemächlich die Straße herauf, hielt, die Handbremse wurde angezogen.

»Aber Sie hatten mal eine.«

Das Fenster wurde geschlossen. Vangelis drückte erneut den Klingelknopf. Der Fahrer des Wagens, der eben angehalten hatte, stieg aus. Es war Mike Sander. Mit finsterer Miene und kampfbereiter Haltung kam er auf uns zu. In einer Hand trug er eine fast leere Einkaufstüte, in der anderen balancierte er zwei aufeinandergestapelte Pizzakartons. Sein Gesicht war unter der Sonnenbräune fahl wie im Licht einer Neonlampe.

»Was wollen Sie hier?«, fuhr er mich an, als er noch drei Schritte entfernt war. »Sie wagen es …?«

»Es ist eine wichtige Frage aufgetaucht im Zusammenhang mit einer neuen Entführung«, unterbrach ich ihn, bevor er sich noch weiter in seinen Zorn hineinsteigern konnte.

»Eine neue Entführung?« Er wurde noch blasser.

»Das muss nicht heißen, dass Gundram etwas zugestoßen ist«, beeilte ich mich zu erklären.

»Kommen Sie.«

Er steckte einen Schlüssel ins Schloss und ließ uns in sein großes, weiß gestrichenes Haus. Innen rang Wohlstand mit Chaos. Teure, mit Geschmack ausgewählte Möbel, Kunst aus allen möglichen Epochen, dicke Teppiche in modernem Design. Und überall Müll. Am Boden verstreut lagen Hochglanzmagazine, leere Flaschen, Zeitungen, Kleidungsstücke. Es roch nach Erbrochenem.

Mike Sander bot uns keinen Platz an. Sein für meinen Geschmack zu aufdringliches Rasierwasser oder Herrenparfüm schaffte es nicht, den Gestank zu übertönen. Er gab sich keinerlei Mühe, freundlich zu sein.

»Also, was haben Sie für eine Frage?«

»Es geht um Ihre Putzfrau.«

»Wir haben keine Putzfrau. Unserer letzten hat Natascha gekündigt, nachdem das mit Gundram passiert war.«

»Wie war ihr Name?«

»Das weiß ich nicht. Um diese Dinge kümmert sich meine Frau.«

»Wären Sie so freundlich, sie zu fragen?«

»Es geht ihr nicht gut. Ich will sie nicht stören.«

»Okay.« Ich ging an ihm vorbei und betrat das riesige und nicht weniger verwüstete Wohnzimmer. Dort schob ich unter anderem die saucenverschmierte Styroporverpackung eines chinesischen Bringservices von einem Stuhl am rauchgläsernen Esstisch und setzte mich. Dabei drehte ich mich so, dass ich Mike Sander ins Gesicht sehen konnte.

»Ich werde hier sitzen bleiben, bis ich eine Antwort habe.«

»Das ist Hausfriedensbruch!«

»Ich weiß.«

»Ich werde die Polizei rufen.« Aus seiner Stimme klang plötzlich nur noch Hilflosigkeit und Erschöpfung.

»Tun Sie das.«

»Das …« Er wandte sich an Vangelis, die mit stoischer Miene an ihm vorbeisah, dann wieder an mich. »Das geht aber doch nicht!«

»Wie Sie sehen, geht das.«

»Lass gut sein, Mike«, hörte ich die dumpfe Stimme seiner Frau von der Treppe. Auf perfekten, nackten Beinen stieg sie langsam zu uns herunter und hielt sich dabei konzentriert am Geländer fest. Sie trug einen viel zu großen grauen Strickpullover mit V-Ausschnitt, der vermutlich ihrem Mann gehörte, und darunter möglicherweise nichts. Ihre Hände verschwanden bis auf die Fingerspitzen in den Ärmeln. Als sie die untere Stufe erreichte, verlor sie den Halt und kippte in einer kleinen Pirouette einfach um. Mike Sander fing sie geistesgegenwärtig auf. Achtsam trug er seine schmale Frau ins Wohnzimmer und legte sie auf eine der herumstehenden Couches. Sie schien in den letzten Wochen abgenommen zu haben.

»Es stimmt«, murmelte Natascha Sander tonlos. »Sie haben recht. Ich hatte eine Haushaltshilfe. Bis das mit Gundi …«

Für einen Moment fürchtete ich, sie wäre eingeschlafen, aber dann öffnete sie wieder die Augen. »Ich musste sie entlassen. Ich konnte niemanden mehr um mich ertragen.«

»Mich interessiert nur, wie sie heißt.«

»Iva«, flüsterte Natascha Sander. »Der Nachname war irgendwas mit Dra…«

Vangelis machte eine unkontrollierte Bewegung, als wollte sie ihre Handtasche daran hindern, ihr von der Schulter zu rutschen.

»Und jetzt gehen Sie bitte«, sagte Mike Sander mit gesenktem Blick. »Sie wissen, was Sie wissen wollten. Und kommen Sie erst wieder, wenn Sie unseren Sohn dabeihaben.«

»Sie war tüchtig«, fuhr seine Frau fort, als stünde sie unter Hypnose. »Ich habe sie gemocht. Bisschen schade …«

Und dann war sie offenbar wirklich eingeschlafen.

Mike Sander starrte uns zugleich wütend, betreten und bittend an. Ich erhob mich, und wir verabschiedeten uns wortlos.

»Iva ist Anfang dreißig, klein, dunkelhaarig und stammt aus Slowenien«, sagte er leise, als wir schon in der Tür waren. Offenbar wusste er doch manches über die ehemalige Perle seiner Frau.

»Sie wissen vermutlich nicht, wo sie wohnt?«

»Nein. Natascha weiß es auch nicht. Soweit ich informiert bin, wurde sie immer bar auf die Hand bezahlt.«

»Halten Sie es für möglich, dass sie etwas mit Gundrams Verschwinden zu tun hat?«

Erschrocken sah er auf. »Wie kommen Sie denn auf diesen merkwürdigen Gedanken?«

»Halten Sie es für möglich oder nicht?«

»Möglich ...«, murmelte er und schlug die Augen nieder. »Was heißt schon möglich?«

»Diese Iva sollte sich ja wohl ohne allzu große Mühen aufstöbern lassen«, sagte ich, als wir wieder im Wagen saßen.

»Da bin ich mir nicht so sicher«, meinte Vangelis.

Und sie sollte recht behalten. Eine Iva, deren Nachname mit Dra... begann, war weder in Heidelberg noch in einer der umliegenden Gemeinden gemeldet, fand Vangelis innerhalb weniger Minuten heraus, als wir wieder in der Direktion waren. Die Frau tauchte auch in keiner unserer Fahndungsdateien auf. Nicht einmal Google kannte den Namen. Sie schien überhaupt nicht zu existieren.

»Sind Sie mal wieder auf Diät, Herr Kriminalrat?«, hörte ich die Stimme meiner Sekretärin.

Ich war am Schreibtisch eingenickt, und es dauerte einen Moment, bis ich begriff, dass die Mittagszeit längst vorüber war. Offenbar hatte ich letzte Nacht noch schlechter geschlafen, als ich in Erinnerung hatte.

»Entschuldigung, aber ich hab schon dreimal angeklopft«, erklärte sie verlegen. »Es ist halb zwei. Und Sie sehen nicht gut aus, wenn ich das sagen darf. Sie werden mir doch nicht krank?«

»Ich bin übermüdet. Das ist alles.« Ich legte das Gesicht in die Hände und gähnte, dass es in den Ohren knackte. »Vielleicht habe ich mich auch mit Liebekinds Erkältung angesteckt.«

»Sie sollten vielleicht mal ein paar Tage ausspannen, Herr Kriminalrat.«

»Schön wär's.« Ich wies auf das Papierchaos auf meinem Schreibtisch. »Aber erklären Sie mir mal, wie das gehen soll?«

»Wissen Sie was?« Plötzlich klang meine Sekretärin sehr resolut. »Ich weiß ganz in der Nähe ein gemütliches Restaurant.

Da gehen wir jetzt zusammen hin, und wenn Sie nicht freiwillig essen, dann werden Sie gefüttert.«

»Es ist schon ein komisches Phänomen«, sagte ich, als die dampfenden Teller auf dem Tisch standen. »Nehmen Sie dieses Lied, das wir gerade hören. Vor Kurzem haben meine Töchter es mal gesungen, und seither habe ich das Gefühl, es läuft kaum noch etwas anderes im Radio. Als meine Frau damals schwanger war, da habe ich auf einmal nur noch Babys gesehen und Schwangere und Kinderwagen. Und wenn solche Dinge passieren wie jetzt, dann liest man plötzlich in den Zeitungen nur noch von entführten Kindern. Dabei ist das natürlich Unsinn. Die Anzahl der schwangeren Frauen dürfte über die Jahre eigentlich eher abgenommen haben, und Kinder sind auch früher schon jeden Tag irgendwo verschwunden. Man nimmt es nur nicht zur Kenntnis, solange einen das Thema nicht interessiert.«

»Ja, das kenne ich.« Sönnchen starrte auf ihr Heidelberger Bierhuhn mit Stampfkartoffeln, eine Spezialität des Hauses, und schien plötzlich keinen Appetit mehr zu haben. »Das mit den Babys.«

Mit einem Mal wurde mir bewusst, wie wenig ich über das Privatleben meiner engsten Mitarbeiterin wusste. Sie sang im Kirchenchor und spielte mit großem Engagement und spärlichem Erfolg Tennis. Irgendwo in einem Vorort Heidelbergs bewohnte sie allein ein Haus mit Garten. Letztes Jahr war ich einmal mit einem Blumenstrauß dort gewesen, als ich ihren Geburtstag vergessen hatte. Damals war ich noch neu gewesen in Heidelberg, und ich hätte nicht einmal sagen können, in welchem Viertel ihr Haus stand.

Sie deutete meine Verlegenheit richtig.

»Ja, ich bin auch mal schwanger gewesen. Ist aber lange her.« Endlich setzte sich ihre Gabel wieder in Bewegung. »Hat nicht geklappt, und der Fall ist verjährt.«

»Das tut mir leid.«

»Bald danach war es dann auch vorbei mit meiner Ehe.«

»Sie waren verheiratet? Entschuldigen Sie, eigentlich sollte ich so etwas nicht fragen müssen…«

Sie lächelte wehmütig. »Sie können ja nicht von jedem x-Beliebigen alle Einzelheiten im Kopf haben.«

»Sie sind keine x-Beliebige, Sönnchen. Und ob jemand verheiratet war, ist für mich keine Kleinigkeit.«

»Echo of a night. Your lips so soft, your arms so tight«, klang es leise aus den Lautsprechern. »Nothing to fear and nothing to fight.«

Nachdenklich steckte Sönnchen sich einen Happen in den Mund, sah über mich hinweg, blinzelte. »Damals hätte ich so gern Kinder gehabt. Aber jetzt bin ich manchmal froh, dass es anders gekommen ist. Wenn man in die Zeitung guckt, es kann einen ja gruseln.«

Wir saßen im Bräustüberl an der Bergheimer Straße. Ich war noch nie zuvor hier gewesen, obwohl das heute fast leere Lokal kaum hundert Meter von der Direktion entfernt lag. Vor mir stand ein Teller mit einem verführerisch duftenden panierten Schnitzel und dem angeblich besten Kartoffelsalat der Kurpfalz, und ich brachte kaum etwas herunter.

Sönnchen legte unvermittelt die Gabel zur Seite und sah zum Fenster hinaus. Es hatte wieder zu regnen begonnen.

»Wie können Sie das aushalten?«, fragte sie. »Ewig diese Angst, dass Ihren Kindern was passieren könnte? Wie können Sie hier sitzen und nicht ständig daran denken, was mit Ihren Töchtern ist?«

»Man gewöhnt sich daran.« Ich zwang mich zu essen. »Sogar an die Angst. Sie ist immer da, aber man nimmt sie einfach nicht mehr wahr.«

An Sönnchens Ringfinger steckte ein alter Ring mit einem schön geschliffenen Saphir.

»Statistisch ist die Wahrscheinlichkeit winzig klein, dass ausgerechnet einem meiner Mädchen so etwas zustößt. Das Risiko, von einer Straßenbahn überfahren zu werden, ist vermutlich hundertmal größer.«

Eine Weile aßen wir schweigend. Draußen rauschte der Regen. Ich musste mich zu jedem Bissen zwingen. Drei verschwundene Kinder und eine versuchte Kindesentführung. Ein Täter, der frei herumlief und vielleicht einen dunklen Geländewagen fuhr und jeden Tag wieder zuschlagen konnte.

»Fahren Sie ein bisschen weg, Herr Kriminalrat«, sagte meine Sekretärin plötzlich leise und eindringlich. »Sehen Sie zu, dass Sie auf andere Gedanken kommen.«

»Sie kennen meinen Terminkalender vermutlich besser als ich.«

»Wenn Sie es wirklich wollen, dann geht es auch. Nehmen Sie Ihre …« Sie hüstelte und senkte den Blick. »Nehmen Sie jemanden mit, den Sie gern haben, und gönnen Sie sich mal was. Sie haben noch vier Wochen Urlaub, der nächstes Jahr verfällt. Davon geht doch die Welt nicht unter, dass Sie mal einen Tag oder zwei nicht da sind.«

Inzwischen goss es draußen in Strömen. Wir hatten keinen Schirm dabei.

16

Als wir in Weißenburg ankamen, war es längst dunkel geworden. Wir hatten uns Zeit gelassen, bereits kurz nach der Karlsruher Rheinbrücke die Autobahn verlassen und waren zu Theresas Entzücken durch eine Menge pittoresker Dörfer gekommen.

»Ein Traum!«, hauchte sie, als wir im Schritttempo durch das uralte elsässische Städtchen mit seinen schiefen Fachwerkhäusern und krummen Gassen gondelten. »Ich hatte vergessen, wie schön es hier ist.«

Zu meiner Verblüffung hatte – dank Sönnchens Entschlossenheit – am Nachmittag alles wie am Schnürchen geklappt. Es war ihr gelungen, mir den Spätnachmittag und den ganzen nächsten Vormittag frei zu räumen, Theresa war begeistert gewesen, und die Zwillinge hatten auf meinen Anruf beunruhigend entspannt reagiert. So hatte ich um kurz nach vier meine Bürotür hinter mir geschlossen, war nach Hause gefahren, um eine Kleinigkeit zu packen, hatte meinen Mädchen etwas von einer dringenden Dienstreise mit Übernachtung erzählt und um halb fünf eine aufgekratzte Theresa vor dem Bahnhof aufgegabelt.

Ein Hotelzimmer in Weißenburg zu finden, war nicht so einfach, wie wir dachten. In der überschaubaren Innenstadt war auch jetzt, Anfang November, alles belegt, und so landeten wir schließlich im Moulin de la Walk, einem Haus, das ein wenig außerhalb lag, an der gemütlich vor den Fenstern gurgelnden Lauter. Als wir, begleitet von einer unentwegt im Elsässer Dialekt plappernden dürren Frau mit windschiefer Föhnfrisur, das Gepäck aus dem Wagen holten, inspizierte ich unauffällig die Kennzeichen der überwiegend deutschen Autos. Keines davon kam aus Heidelberg oder Mannheim.

Das Zimmer war nicht übermäßig groß, aber urgemütlich. Es gab schräge Wände, eine Blümchentapete, vor der man sich unter anderen Umständen gegruselt hätte, zwei kleine Sprossenfenster, einen plüschigen Teppichboden. Das französische Bett lud ein, sich sofort hineinzukuscheln und die Minibar zu plündern. Theresa verkündete jedoch nach zwei ausführlichen Küssen, sie habe einen Bärinnenhunger. Sie wollte sich zum Essen nicht einmal umziehen.

So saßen wir zehn Minuten später im Restaurant und wurden umsorgt, als kämen wir von einer langen, gefährlichen Reise zurück. Noch bevor wir begannen, uns über das Menü Gedanken zu machen, standen schon der Gruß aus der Küche und zwei schlanke Gläser Crémant auf dem Tisch. Auf den winzigen Tellerchen lag irgendetwas mit Entenleber, das mir nicht schmeckte. Also verdrückte Theresa mein Portiönchen gleich mit. Kurz darauf kam der Edelzwicker in einer hohen, dunkelgrünen Flasche.

»Prösterchen«, sagte meine Göttin gut gelaunt. »Du siehst aus, als könntest du ein Glas Wein vertragen.«

»Alkohol ist keine Lösung«, erwiderte ich und nahm einen großen Schluck. Tatsächlich fühlte ich mich aber schon bald ein wenig besser. Wärme machte sich in mir breit, und erst jetzt wurde mir bewusst, wie kalt mir in den letzten Stunden gewesen war. Vielleicht brütete ich wirklich eine Erkältung aus.

Theresa stellte mit Andacht ihr Menü zusammen. Ich konnte mich nicht entscheiden und wählte schließlich das fünfgängige Menu du jour.

Beim ersten und zweiten Gang sprachen wir wenig, Theresa summte leise irgendeine Melodie. Das tat sie nur, wenn sie sich sehr wohlfühlte, und das Wissen, dass es ihr gut ging, tat wiederum meiner Laune gut. Beim dritten Gang versank Heidelberg hinter dem Horizont, mitsamt Polizeidirektion, ungelösten Entführungsfällen, Vätern, die sich nicht für den Verbleib ihres Sohnes interessierten, Müttern, die behaupteten, ihr Kind sei entführt worden, um etwas Schlimmeres nicht ans Licht kommen zu lassen.

Vielleicht ist Alkohol manchmal doch eine Lösung.

»Hältst du es für denkbar, dass Sönnchen von uns weiß?«, fragte ich irgendwann.

»Wer?«

»Meine Sekretärin.«

Behutsam legte Theresa ihr im Halogenlicht funkelndes, schweres Silberbesteck auf den Teller. Sie sah mich an wie ein eben erst aufgetauchtes Seeungeheuer.

»Du nennst deine Sekretärin Sönnchen, und eure Gleichstellungsbeauftragte hat dir noch nicht den Krieg erklärt?«

Ich musste lachen. »Sie besteht darauf. Sie kann richtig kratzbürstig werden, wenn man sie mit Frau Walldorf anspricht.«

»Und weshalb sollte … hm … Sönnchen … von uns wissen?«

»Sie guckt manchmal so. Als würde sie ahnen, dass es da eine Frau gibt.«

Beruhigt nahm Theresa ihr Besteck wieder zur Hand und säbelte ein ordentliches Stück von ihrem halb blutigen Steak au poivre vert.

»Man muss nicht Hellseherin sein, um zu erraten, dass es bei einem alleinstehenden Mann deines Alters und Aussehens eine Frau gibt.«

Die Sauce au vin blanc, in der meine zarten Kalbsschnitzelchen badeten, schien einer anderen, besseren Welt zu entstammen. Und sie schmeckte mit jedem Happen noch ein wenig besser.

Zum vierten Gang bestellten wir eine zweite Flasche, und Theresa begann zu gickeln wie ein angesäuselter Teenager. Bei der Crème brûlée schließlich gerieten unsere Hände auf Abwege, und ich war aus einem weiteren Grund froh, dass uns hier kein Mensch kannte. Den Rest des Weins nahmen wir nach dem nur halb perfekten Café mit aufs Zimmer.

Dort schliefen wir auf eine Weise miteinander, wie ich es

157

mit Theresa noch nie erlebt hatte. Ruhig, überaus zärtlich und geduldig. Unmittelbar darauf schlief ich in ihren duftenden Armen ein.

Am nächsten Morgen hatte der Regen aufgehört. Hin und wieder blitzte sogar die Sonne zwischen den schnell in Richtung Osten ziehenden Wolken hindurch. Nach dem französisch kargen Frühstück machten wir einen langen Spaziergang an der Lauter entlang in den Ort, bestaunten Arm in Arm die in Würde gealterten Fachwerkhäuser mit ihren krummen Dächern. Theresa suchte ohne großes Engagement nach irgendeinem Mitbringsel, das aus Darmstadt stammen konnte, gab jedoch bald auf.

Eine Weile standen wir auf einer kleinen Eisenbrücke und spuckten abwechselnd in die tobende Lauter, die wegen des Regens der vergangenen Tage Hochwasser führte. Theresa war davon überzeugt, gemeinsam ins Wasser zu spucken mache Liebe unvergänglich, und ich ließ sie in dem Glauben. Ebenso fest glaubte sie daran, dass man sich beim Zuprosten immer tief in die Augen blicken müsse, weil sonst sieben Jahre schlechter Sex drohten. Und das stimmte nachweislich auch nicht.

Dann mussten wir zurück. Am Nachmittag ballten sich die Termine in meinem Kalender. Als wir in den Peugeot stiegen, waren wir beide müde und sehr glücklich.

»Gleichgültig, wie lange es dauert, es ist immer zu schnell vorbei«, murmelte Theresa, als wir wieder auf der deutschen Autobahn waren. Sie schmiegte sich an mich und gähnte wie ein Tigerbaby.

»Dann sollten wir es schleunigst wiederholen.«

»Du siehst heute übrigens viel besser aus als gestern«, stellte sie zufrieden fest. »Du hattest eben doch zu wenig Sex.«

Dann fielen ihr die Augen zu.

»Leute gibt's!«, schimpfte Sönnchen, als sie mir die Post brachte. »An manchen Tagen rufen hier nur Verrückte an. Liegt's am Wetter? Oder ist es irgendein Virus, der die Leute blöd macht?«

»Vermutlich ist es wie beim Autofahren«, erwiderte ich gut gelaunt. »Da hat man an manchen Tagen auch das Gefühl, alle wären morgens mit dem falschen Fuß aufgestanden.«

»Irgendwann schreib ich noch ein Buch.« Sie klang schon wieder gnädiger. »Verrückte am Telefon. Vorhin ist wieder so einer dran gewesen, der ist am Ende richtig unverschämt geworden. Man hat ihm vor zwei Wochen sein Fahrrad geklaut, und stellen Sie sich vor, jetzt wollt er doch allen Ernstes wissen, wie weit wir mit der Fahndung sind. Und zwar wollt er das von Ihnen persönlich hören. Schließlich liest man ja jetzt überall, dass Sie sich seit Neuestem auch um die kleinen Sachen kümmern.«

»Was haben Sie ihm geantwortet?«

»Dass Sie nicht da sind, Punkt. Und diesmal hat's sogar gestimmt. Wie war's übrigens im Elsass?«

»Traumhaft.«

»Man sieht's«, stellte sie befriedigt fest. »Man erkennt Sie kaum wieder.«

Schon in der Tür wandte sie sich noch einmal um. »Den Vogel abgeschossen hat ja dieser Depp vor ein paar Wochen. Der wollt Sie auch unbedingt sprechen, un-be-dingt. Und wie ich sag, so geht das aber nicht, da hat der Sachen zu mir gesagt, die trau ich mich gar nicht zu wiederholen.«

»Ich denke, Sie können auch ganz schön austeilen, Frau Walldorf«, meinte ich lächelnd.

»Dabei hat's sogar gestimmt. Sie waren wirklich nicht da. Sie waren in irgendeiner Besprechung, das weiß ich noch genau. An dem Tag ist es wegen diesem verschwundenen Jungen hoch hergegangen. Aber das wollt der Idiot mir natürlich nicht glauben. Und, das war dann der Gipfel, dann hat er gesagt, es wird mir noch leid tun, und ich soll abends in Zukunft gut aufpassen, wer hinter mir geht. Eine Weile hab ich dann tatsächlich ein bisschen Angst gehabt, wenn ich im Dunkeln vom Gesangsverein heimgelaufen bin.«

Energisch schloss sie die Tür hinter sich, und ich sichtete meine Post. Sönnchen hatte die Werbung schon aussortiert, und so war das Häufchen zum Glück überschaubar. Draußen hörte ich meinen guten Bürogeist wieder einmal telefonieren. Diesmal schien das Gespräch von der angenehmeren Sorte zu sein, denn Sönnchen lachte viel. Ich mochte es, wenn sie lachte. Manchmal musste ich dann mitlächeln, ohne zu wissen, worüber. Vielleicht war das mit der schalldichten Tür doch keine so gute Idee.

Als ich den Packen erledigter Briefe mit Genuss in den Karton warf, den mir meine seit einiger Zeit umweltbewusste Sekretärin fürs Altpapier bereitgestellt hatte, schoss mir ein Gedanke durch den Kopf. Unser Gehirn denkt ja meist ohne uns. Ideen kommen uns oft gerade dann, wenn wir am wenigsten damit rechnen und uns überhaupt nicht mit dem Thema beschäftigt haben.

Eine Sekunde später stand ich in der Tür. »Wann genau war das?«

Sönnchen legte eben den Hörer auf und sah mich sehr verdutzt an.

»Wann war was?«

»Dieser Anrufer, der Sie bedroht hat.«

»Wie gesagt...« Ihre Augen wurden schmal. »Nicht allzu lang, nachdem der kleine Gundram verschwunden ist. Ein, zwei Tage später vielleicht.«

»Genauer wissen Sie es nicht?«

Ihre Hand lag immer noch auf dem Telefon.

»Ich müsste nachdenken.«

»Tun Sie das bitte.«

»Hab ich was falsch gemacht?«

»Aber nein. Es interessiert mich nur.«

Ihr Blick wurde misstrauisch. »Es ist aber wichtig?«

»Das kann ich im Augenblick noch nicht sagen.«

Sie ergriff die Computermaus und starrte mit hochgezogenen Brauen auf ihren Flachbildschirm.

»Am fünften August ist der Kleine verschwunden«, murmelte sie. »Der Anruf war am Vormittag, das weiß ich noch, so zwischen neun und zehn. Am Sechsten sind Sie vormittags nur kurz bei Liebekind gewesen, sehe ich in Ihrem Kalender, und später die ganze Zeit in Ihrem Büro. Da kann's also nicht gewesen sein. Dann war's vielleicht der Dienstag? Doch, das würd passen: Besprechung Staatsanwaltschaft, neun bis halb elf.«

Ich nahm mir einen Stuhl und setzte mich ihr gegenüber. »Es war ein Mann, so viel wissen wir schon mal.«

»Und kein ganz junger. So mittelalt, würd ich sagen.« Noch

immer starrte sie auf den Bildschirm. »Mittwoch würd auch noch passen. Da haben Sie um neun die Besprechung mit der Soko gehabt. Die war im großen Besprechungsraum drüben, weil es so viele Leute waren. Ein echter Prolet ist der gewesen, kann ich Ihnen sagen. Manchmal ist man direkt froh, dass man durchs Telefon nichts riechen kann.«

»Was genau hat er gesagt?«, fragte ich in möglichst ruhigem Ton.

Endlich wandte sie den Blick vom Monitor und sah mich an. »Na, dass er Sie sprechen will.«

»Einen Grund hat er nicht genannt?«

»Er wollt nur mit Ihnen persönlich reden. Und wie ich gesagt hab, das geht nicht, da ist er sofort pampig geworden.«

»Normalerweise notieren Sie sich doch die Nummern aller Anrufer, oder?«

»Das hab ich von Ihrem Vorgänger gelernt, dem Herrn Seifried.« Sie nickte bedächtig. »Der hat großen Wert drauf gelegt, dass man alles aufschreibt. Der ist in allem sehr ordentlich gewesen.«

Im Gegensatz zu ihrem neuen Chef.

»Dann haben Sie doch bestimmt auch die Nummer von diesem Kotzbrocken irgendwo.«

»Kotzbrocken ist gut. Ja, aufgeschrieben hab ich die bestimmt.« Ratlos kaute sie auf der Unterlippe. »Das mach ich ganz automatisch.«

»Aber Sie wissen nicht, wo.«

Verlegen schüttelte sie den Kopf. »Es ist also doch wichtig?«

Ich erhob mich und legte eine Hand auf ihre Schulter. »Gut möglich, dass wir den Kerl seit Tagen suchen wie die Verrückten.«

»Also hab ich doch was falsch gemacht.«

»Wir machen alle Fehler, Sönnchen. Bei mir merkt es nur meistens keiner.«

»Dafür stehen Sie dann später in der Zeitung, wenn's rauskommt.« Plötzlich sah sie auf. »Wenn ich diesen Zettel weggeschmissen hab, dann hab ich ihn natürlich ins Altpapier getan!«

Auch sie hatte einen Karton unter ihrem Schreibtisch stehen.

Ihre Dauerwellenfrisur mit Strähnchen verschwand kurz unter der Tischplatte, dann wuchtete sie ihre gut gefüllte Altpapierkiste auf den Tisch.

»Wenn ein Archäologe in zehntausend Jahren unsere schöne Direktion ausgräbt«, stöhnte sie, »dann wird er denken, er hätte eine prähistorische Papierfabrik entdeckt.«

Ich ging in mein Büro zurück und ließ sie in Ruhe. In wenigen Minuten würde das Gespräch mit der Staatsanwaltschaft beginnen, das in meinem Fall nicht Vernehmung, sondern Befragung genannt wurde und bei dem Liebekind unbedingt dabei sein wollte. Ich sichtete ein letztes Mal meine Unterlagen, beantwortete mir im Stillen jede vorstellbare Frage und hatte plötzlich wieder kalte Finger.

Als ich kurze Zeit später mit einigen Akten unterm Arm mein Vorzimmer durchquerte, hockte meine Sekretärin inmitten eines kleinen Papiergebirges lautlos schluchzend am Boden.

»So schlimm ist es nun auch wieder nicht«, versuchte ich sie zu trösten.

»Stellen Sie sich bloß vor«, schniefte sie, »das Kind hätte gerettet werden können, wenn ich blöde Nudel diese Nummer nicht verschlampt hätte!«

»Sie haben sie nicht verschlampt, sondern höchstens weggeworfen. Und Sie konnten ja unmöglich wissen, dass der Anruf mal wichtig werden könnte. Außerdem ist gar nicht erwiesen, dass der Kerl tatsächlich was beobachtet hat. Vermutlich war er nur scharf auf die Belohnung.«

»Mein Leben lang würd ich mir Vorwürfe machen! Mein Leben lang!«

Ich ging neben ihr in die Hocke und half ihr, das Papier wieder in den Karton zu stopfen.

»Wissen Sie was? Jetzt setzen Sie sich hin und machen eine Liste, was Sie an dem Vormittag getan haben«, sagte ich, als der Boden wieder sauber war. »Von dem Moment an, als Sie morgens aufgestanden sind, bis zu dem, als das Telefon geklingelt hat. Manchmal hilft das, sich zu erinnern. In einer halben Stunde bin ich wieder da, und dann sehen wir weiter.«

Es dauerte dann doch weit über eine Stunde, bis ich von der nervtötenden Besprechung mit der Leitenden Oberstaatsanwältin Frau Dr. Steinbeißer und meinem heute sehr schweigsamen Chef zurückkehrte.

Soweit das Gespräch den Fall Gerlach betraf, war es – wie Theresa prophezeit hatte – eine Farce. Die Staatsanwaltschaft hatte inzwischen alle greifbaren Aufzeichnungen der vermaledeiten Pressekonferenz ausgewertet. Das Ergebnis war wie erwartet: Mir war nichts vorzuwerfen. Die Presseleute hatten mich falsch verstanden, weil sie mich falsch verstehen wollten.

Anschließend hatten wir lange den Fall Jörgensen diskutiert. Und dieser Teil des Gesprächs war weit weniger angenehm gewesen.

»Sie bekommen ja zurzeit gute Presse als der Rudy Giuliani Heidelbergs«, stellte die Staatsanwältin mit nicht zu deutender Miene fest. »Aber auf diesen Lorbeeren sollten Sie sich nicht allzu lange ausruhen. Was ist übrigens aus der zerstörten Schranke geworden, von der man ständig liest?«

»Wir arbeiten daran«, erwiderte ich, ohne rot zu werden. »Mit gebremstem Schaum natürlich.«

»Ich kann mich nicht entsinnen, Ihnen einen Ermittlungsauftrag gegeben zu haben.«

»Sehen Sie es als Imagepflege. Die Polizei, dein Freund und Helfer. So etwas braucht die Öffentlichkeit hin und wieder.«

»Hm.« Frau Dr. Steinbeißer, die ich mir ohne ihren akademischen Titel nicht vorstellen konnte, klang nicht überzeugt. »Und was darf ich den Zeitungsleuten zu dem neuen Entführungsfall erzählen? Sie waren ja seit gestern Nachmittag leider nicht erreichbar. Und Ihre Berichte waren auch schon informativer, wenn Sie mir die kleine Kritik gestatten.«

»Ich hatte einen wichtigen privaten Termin, tut mir leid. Aber inzwischen liegen mir die Laborergebnisse vor. Wir haben bisher keinen Beweis dafür gefunden, dass Tim Jörgensen in seinem Elternhaus etwas zugestoßen ist. Ein größerer Blutfleck am unteren Ende der Treppe stammt nachweislich vom Großvater, der vor Wochen dort gestürzt ist und anschließend Nasenbluten hatte. Dafür gibt es aber im Fall Sander eine neue Spur.«

Ich berichtete von dem dunklen Geländewagen und dem

Mann mit Krawatte, von Andrea Basler und Nikolas Kowalschik, einem tatsächlich und einem beinahe entführten Kind.

Selbstverständlich war die Staatsanwältin nicht zufrieden mit meinen Ergebnissen. Energisch verlangte sie mehr Phantasie und Engagement und dabei natürlich jede erdenkliche Rücksichtnahme und Schonung der Angehörigen. Liebekind machte zu allem ein sorgenvolles Gesicht und ließ mich hängen. Seine Erkältung schien ihm noch in den Gliedern und im Kopf zu stecken.

Eine Weile hatten wir hin und her überlegt und am Ende gemeinsam beschlossen, dass alles genau so weiterlaufen solle, wie ich es anfangs vorgeschlagen hatte. Noch waren nicht einmal alle Spuren ausgewertet, noch wussten wir im Fall Tim Jörgensen im Grunde genommen nichts. Außer dass es bis zu seinem Verschwinden eine Putzfrau gegeben hatte, die auch für die Familie Sander gearbeitet hatte. Aber diesen Punkt verschwieg ich. Es war immer gut, für magere Zeiten noch einen Trumpf im Ärmel zu haben.

Sönnchen hatte sich inzwischen beruhigt und getan, worum ich sie gebeten hatte. Nun wollte sie mir ihre mit akkurater Handschrift erstellte Liste überreichen. Aber ich hatte eine bessere Idee.

»Wir gehen wieder zusammen essen, und dabei können wir in Ruhe Ihre Liste durchgehen.«

Sie riskierte ein vorsichtiges Lächeln.

Zehn Minuten später saßen wir wieder im Bräustüberl am selben Tisch wie am Vortag. War das wirklich erst gestern gewesen? Dazwischen lagen Weißenburg, ein traumhaftes Abendessen, eine paradiesische Nacht mit Theresa und ein paar verträumte Stunden an der Lauter.

»Dann geben Sie mal her«, sagte ich aufgeräumt.

Aber meine immer noch deprimierte Sekretärin wollte die Liste plötzlich doch nicht aus der Hand geben, sondern las lieber vor: »Um sechs bin ich aufgewacht. Vor dem Wecker, wie meistens. Ich weiß noch, dass der Zahn immer noch ein bisschen wehgetan hat, wegen dem ich am Freitag beim Arzt war. Dann bin ich eine Runde gelaufen, und anschließend hab ich geduscht. In der Küche hab ich später das Radio angemacht, da wird es ungefähr sieben gewesen sein, und die Kaffeemaschine und hab das Obst fürs Müsli gerichtet. Ich kann mich noch erinnern, wie in den Nachrichten kam, dass die Eltern diese wahnsinnige Belohnung ausgesetzt haben. Fünfzigtausend Euro! Später, in der Straßenbahn, haben auch ein paar Leute drüber geredet. Und dann war ich im Büro. Kurz vor acht, wie üblich.«

Zeile für Zeile fuhr ihr Zeigefinger die Liste abwärts. »Da hab ich dann als Erstes eine Freundin angerufen, aus dem Gesangsverein, weil unser Chorleiter sich am Sonntag so unmöglich aufgeführt hat.«

Die junge Bedienung kam mit unseren Tellern. Sie hatte ihre blonden Haare zu einem Dutt gedreht und trug eine bodenlange schwarze Schürze. Sönnchen schob ihre gebratenen Maultaschen mit Ei achtlos beiseite. »Aber das hat bestimmt keine fünf Minuten gedauert. Allerhöchstens zehn. Anschließend bin ich im Keller gewesen.«

»Bei Ihrer Freundin im Archiv?«

»Hab ein paar Sachen runterbringen müssen. Alte Fälle. Aber keine Viertelstunde später hab ich schon wieder am Schreibtisch gesessen.«

Ich hatte dasselbe bestellt wie Sönnchen und begann zu essen. Mein Ultrakurzurlaub mit Theresa hatte offenbar auch meinem Appetit gutgetan.

»Ich weiß noch, dass ich mit der Gerda auch kurz über die Belohnung geredet hab.« Sönnchen sah auf. »Und dann sind Sie gekommen. Wissen Sie noch, wie Sie mich gefragt haben, ob ich beim Friseur war?«

»Nein.«

»Haben Sie aber. Dabei war das schon über eine Woche her. Sie haben gelacht und sich entschuldigt. Das find ich übrigens nett an Ihnen, Herr Kriminalrat, dass Sie sich auch mal bei Ihrer Sekretärin entschuldigen. Obwohl Sie der Chef sind.«

»Und weiter?«

»Kaum sind Sie aus der Tür gewesen, da hat dieser Blödian angerufen.« Sie legte die Liste auf den Tisch und sah mich an. »Und das war's. Mehr ist mir beim besten Willen nicht eingefallen.«

»Was hatten Sie auf dem Tisch an dem Vormittag?«

»Sie meinen, welche Akten?«

»Zum Beispiel.«

Nun begann auch sie endlich zu essen. »Ich weiß nicht mehr. Keine Akten, glaub ich.«

Aus den Lautsprechern kam heute lateinamerikanische Musik, die nach Urlaub und Sonne klang.

»Hören Sie auf, sich Vorwürfe zu machen«, sagte ich zwischen zwei Bissen. »Sie konnten ja beim besten Willen nicht wissen, dass dieser Hohlkopf ...«

»Hohlkopf!« Sönnchens Augen waren plötzlich kugelrund. »Genau, Hohlkopf hat der geheißen!«

»Sind Sie sicher?«, fragte ich zweifelnd. »Ich kann mir eigentlich nicht vorstellen ...«

Aber sie ließ sich nicht beirren. »Ich weiß noch, wie ich gedacht hab, Knallkopf würd viel besser zu dem passen.«

Sie ließ sich nicht überreden, noch einen einzigen Bissen zu sich zu nehmen.

17

Drei Stunden und fünfundvierzig Minuten später saß er mir gegenüber: Lothar Holbein, siebenundvierzig Jahre alt, wohnhaft in Forst bei Bruchsal. Da ich mit Widerstand oder zumindest Ärger rechnete, hatte ich dieses Mal Sven Balke als Begleitung mitgenommen. Dem würde ein wenig Bewegung an der frischen Luft ohnehin nicht schaden.

Wie ich befürchtet hatte, gab es im Heidelberger Telefonbuch natürlich niemanden mit Namen Hohlkopf. Aber Sönnchen war von ihrer Idee nicht mehr abzubringen gewesen. Wie besessen hatte sie telefoniert, in immer weiteren Kreisen die Meldeämter verrückt gemacht, und irgendwann wechselte sie dann plötzlich von Hohlkopf zu Hohlbein.

Menschen mit diesem Namen gab es einige. Jeden infrage Kommenden hatte sie persönlich angerufen, um die Stimme zu hören. Dabei hatte sie sich als Mitarbeiterin eines Tierheims ausgegeben, die händeringend Platz für ihre Schützlinge suchte.

Am Ende war Lothar Holbein in Forst übriggeblieben. Der hatte zwar kein Telefon, aber meine zu allem entschlossene Sekretärin hatte ihn schließlich über den Anschluss eines Nachbarn erreicht.

Sie hatte die Stimme sofort wiedererkannt.

Pretorius' Zeuge wohnte in einem heruntergekommenen Bauernhäuschen unweit der Gemeindebücherei und war schon seit einer halben Ewigkeit arbeitslos. Von Angesicht zu Angesicht war er nicht halb so mutig wie noch vor einer Woche am Telefon. Vor mir hockte ein dicklicher, kleiner Mann ohne ein einziges Haar auf dem Kopf, mit unzähligen Piercings und Tatoos, fiebrigen Augen und einem lange nicht gewaschenen, rot-blau karierten Flanellhemd.

»Sie wissen, weshalb wir hier sind«, begann ich, nachdem wir in der ungeheizten und trostlos eingerichteten Küche um einen schmierigen Tisch herum Platz genommen hatten.

»Denk schon«, erwiderte er vorsichtig.

Holbeins Hände zitterten, als er sich die nächste Zigarette an der letzten ansteckte. Wände und Decke waren gelb vom Qualm. Zudem roch es nach kaltem Fett und gebratenem Speck. Spuren von Ei auf einem Teller verrieten, was es heute zu Mittag gegeben hatte.

Von Sönnchen wusste ich, dass ich mich nicht getäuscht hatte. Holbein hatte im Lauf seines Lebens schon mehrmals Ärger mit der Polizei gehabt. Meist war dabei Alkohol im Spiel gewesen. Und bei einem dieser Anlässe musste ich ihn getroffen und gesprochen haben. Ich konnte mich jedoch an nichts mehr erinnern als an diese nörgelige, immer ein wenig aggressive Stimme.

»Sie werden sich denken können, dass wir nicht gerade begeistert sind von Ihrer merkwürdigen Aktion.«

Die Zigarette glimmte endlich. Der alte Stummel fiel zweimal daneben, bevor er in einem offensichtlich in irgendeiner Kneipe geklauten Plastikaschenbecher landete.

Holbein zog es vor, zu schweigen und zu rauchen.

»Ich könnte Ihnen jetzt eine Menge Paragrafen aufzählen, gegen die Sie verstoßen haben.« Beim Anblick dieses ungepflegten und schlecht riechenden Kerls fiel es mir nicht schwer, einen groben Ton anzuschlagen. »Aber das wissen Sie ja alles selbst.«

»Der Pretorius hat aber gesagt, es wär alles ganz legal«, versetzte er patzig. »Ich soll mir keinen Kopf machen, hat er gesagt, er hat alles im Griff.«

Die Hand mit der Zigarette zitterte stärker.

»Was hat er Ihnen versprochen für den Deal?«

Es dauerte viel zu lange, bis Holbein sein »Nichts« herausbrachte. Mehr denn je war ich davon überzeugt, dass die beiden planten, sich die fürstliche Belohnung zu teilen. Irgendwo im Haus lief ein Fernseher. Ein Autorennen, unüberhörbar.

»Ich mache Ihnen einen Vorschlag, und ich mache ihn nur ein Mal: Wenn Sie hier und jetzt reinen Tisch machen und alles sagen, was Sie wissen, dann will ich sehen, ob ich ein Auge zudrücken kann. Ich nehme an, Pretorius ist der wahre Schuldige und hat Sie da mit reingezogen. Wenn Sie Glück haben, dann finden wir mit Ihrer Hilfe den Jungen noch lebend. Andernfalls ...«

»Eigentlich hab ich doch gar nichts gesehen.« Holbein saugte an seiner Kippe wie ein Erstickender an der Sauerstoffmaske. »Bloß den Bub mit seinem Fahrrädchen halt. Aber den hab ich gesehen, das ist mal sicher.«

Balke zog das flache digitale Aufzeichnungsgerät aus der Gesäßtasche seiner Jeans, schaltete es ein und stellte es auf den Tisch.

»Dann lass mal hören«, knurrte er mit einer Miene, als juckte es ihn schon in allen Fingern.

Holbein versuchte gerade vergeblich, seine dritte Zigarette anzustecken. Inzwischen zitterten seine Hände jedoch zu stark, und so zerkrümelte er sie schließlich stumm vor sich hinfluchend im Aschenbecher.

»Sonntagnachmittag ist es gewesen, das weiß ich genau.«

»Warum sind Sie so sicher, dass das der richtige Tag war?«

»Weil ich vorher auf dem Friedhof gewesen bin, darum. Meine Eltern sind nämlich am fünften August gestorben. Autounfall, auf der A6 in der Nähe von Bad Rappenau. Da bin ich fünfzehn gewesen.«

»Und wohin wollten Sie?«

»Nach Nußloch, mit dem Moped. Ich hab da … was … am Laufen gehabt.«

Sönnchen hatte mir während der Herfahrt telefonisch noch einige Details zu unserem Gesprächspartner mitgeteilt. Nach dem frühen Tod seiner Eltern war er bei den Großeltern aufgewachsen, deren Haus er später geerbt hatte und heute bewohnte. Später hatte er eine Lehre als Fliesenleger abgeschlossen und zwölf Jahre in diesem Beruf gearbeitet, die ganze Zeit für dieselbe Firma. Nach einem schweren Arbeitsunfall, bei dem Alkohol im Spiel gewesen war, hatte er ein halbes Jahr in einer Rehaklinik verbracht. Und seither war er trotz zahlloser Umschulungsmaßnahmen arbeitslos und lebte von einer winzigen Invalidenrente, Hartz IV und vermutlich dem einen oder anderen Privatauftrag. Vermutlich hatte er also an jenem Sonntag im August in Nußloch eine Terrasse oder einen Keller zu fliesen gehabt.

Holbein schien meine Gedanken zu erraten, denn plötzlich flackerte Angst in seinem Blick auf. Nun versuchte er es doch wieder mit einer Zigarette. Diesmal klappte es. Das Zeug stank zum Davonlaufen. Zum Glück stand die Tür zum Hof offen.

»Ich bin nicht hier, weil Sie schwarzarbeiten«, sagte ich kalt. »Wenn Sie keine Mätzchen machen, wenn ich Sie bei keiner einzigen Lüge erwische, dann werde ich diesen Punkt vergessen.«

»Man muss essen«, jammerte er. »Das Haus kostet, sogar den BMW hab ich letzten Herbst verkaufen müssen …«

»Das ist uns vollkommen scheißegal«, schnitt Balke ihm das Wort ab. »Entweder du singst jetzt wie ein Vögelchen, oder du kannst dir nächste Woche auch noch einen Käufer für dein Moped und dieses widerliche Dreckloch von Haus suchen.«

Holbein rieb sich mit dem Handrücken das rechte Auge.

»Da ist halt der Bub gewesen mit dem Fahrrädchen«, quengelte er wie ein übernächtigtes Kind. »Sonst nix. Bloß der Bub, Herrgott!«

»Und du bist sicher, dass das Gundram Sander war?«

»Ich hab am nächsten Tag das Bild in der Zeitung gesehen.

Was Rotes hat er auf dem Gepäckträger gehabt. Grad so, wie's in der Zeitung gestanden hat.«

»Und wo war das genau?«

Holbein machte eine Armbewegung irgendwohin. »Gleich hinter Bad Schönborn, auf der B 3. Ein paar hundert Meter nach dem Ortsschild. Da steht so eine Notrufsäule an der Straße, und da hab ich wegen irgendwas halten müssen. Und da hab ich ihn dann halt gesehen.«

»Hat er es eilig gehabt?«

»Aber wie der Teufel! Einen ganz roten Kopf hat er gehabt, so hat der gestrampelt. Als wär einer hinter ihm her.«

»War denn jemand hinter ihm her?«, hakte ich sofort nach.

»Was? Nein. Da ist doch keine Sau... Will sagen, kein Mensch ist da auf der Straße gewesen, bei der Hitze. Also, fast kein Mensch, jedenfalls.«

»Sie haben also niemanden sonst gesehen?« Balke war plötzlich zum Sie übergegangen. »Ein bisschen Verkehr wird ja wohl schon gewesen sein.«

Hilflos hob unser schwabbeliger Zeuge die Schultern.

Im Fernseher gab es einen spektakulären Unfall, der den Moderator in große Verzückung versetzte.

»Warum haben Sie denn eigentlich angehalten, wenn sonst nichts auf der Straße war?«, ergriff ich wieder das Wort.

Holbein betrachtete eine ganze Weile seine Zigarette.

»Da ist ein Traktor gewesen, jetzt fällt's mir ein«, sagte er, plötzlich überrascht von der Erinnerung. »Über den hab ich mich ziemlich aufgeregt, weil, erst ist er mir zu langsam gewesen, aber zum Überholen war ich dann wieder nicht schnell genug mit dem Moped. Irgendwas mit der Zündung stimmt nicht an dem Scheißbock. Dauernd hat er Fehlzündungen. Wenn mir jetzt bloß nicht auch noch diese Mistkarre verreckt, hab ich noch gedacht. Und dann ist da der Traktor gewesen, genau, und dann hat der Depp auch noch angehalten, und ...« Holbein legte die freie Hand über die Augen und seufzte. »So was regt mich manchmal so tierisch auf, und dann möcht ich am liebsten wen verprügeln oder ihm wenigstens ordentlich den Lack verkratzen. Drum hab ich letztes Jahr ja auch den Job bei Ikea verloren. Hab da 'ne Weile in der Warenausgabe geschafft, bin aber immer wieder mit irgendwelchen Idioten aneinandergeraten. Denken, bloß weil sie Lehrer sind und sich einen Schrank für zweihundertfuffzig leisten können, sind sie die Kings. Und unsereiner ist Dreck ...«

»Da war ein Traktor ...«

Lothar Holbein nickte, den abwesenden Blick wieder einmal auf seinen Glimmstängel gerichtet. »Der hat anhalten müssen, weil irgendein Depp mitten auf der Strecke gewendet hat. Vielleicht ist er wegen dem auch vorher die ganze Zeit so langsam gefahren, keine Ahnung.«

»Wer hat da gewendet?« Balke war plötzlich sehr konzentriert. »Können Sie sich an den Wagen erinnern?«

»Irgend so ein Geländewagen. So ein großer, schwarzer.«

»Marke?«

»Keine Ahnung. Ein Geländewagen halt. Ein schwarzer.«

»Kennzeichen?«

Holbein zog eine gequälte Grimasse. »Ich hab doch gar nicht richtig hingeguckt, Herrgott! Hab mich doch so furchtbar aufgeregt! Am liebsten hätte ich dem seine blöde Karre verbeult, so sauer bin ich gewesen. Bin sowieso schon spät dran gewesen, und dann steh ich da minutenlang in der Weltgeschichte rum, und die Sonne brennt mir auf den Schädel, bloß weil dieser Depp seine Mistkarre wenden muss und nicht richtig Auto fahren kann.«

»Demnach saß ein Mann am Steuer?«

»Denk schon.«

»Könnte es sein, dass er gewendet hat, weil er den Jungen auf dem Rad gesehen hat? Dass er den einholen wollte, vielleicht?«

Holbein sah erschrocken auf. »Meint ihr, der ist das gewesen? Meint ihr, der hat sich den Bub geschnappt?«

Nun mischte ich mich wieder ein: »Der Fahrer dieses Traktors, der müsste doch eigentlich mehr gesehen haben als Sie. Dem hat ja vermutlich nichts die Sicht versperrt.«

»Der Baierer, ja.« In Gedanken strich Hohlbein die Asche von seiner Zigarette. »Der hat auch geschimpft wie ein Rohrspatz. Hat sich sogar noch rumgedreht zu mir und irgendwas gesagt. Hab aber nichts verstanden, weil sein Scheißtraktor so einen Heidenkrach gemacht hat.«

»Baierer – das ist der Fahrer des Traktors?«

Unser Zeuge nickte. »Hab ich aber erst gemerkt, wie der sich rumgedreht hat. Ich hab dann noch probiert, ob ich mich irgendwie vorbeiquetschen kann. Ist aber nicht gegangen, weil mir natürlich genau in dem Moment dieser Idiot mit seinem Geländewagen entgegengekommen ist und anschließend der ganze Gegenverkehr, den er auch aufgehalten hat. Und da hat der Baierer mich dann erst erkannt und gegrüßt.«

»Sie können uns doch bestimmt verraten, wo wir diesen Herrn Baierer finden, oder?«, meinte ich liebenswürdig.

»Der ist aus Ubstadt. Hat von seinem Vater ein paar Äckerle geerbt. Und jetzt bringt der Depp es einfach nicht fertig, sie zu verkaufen. Drum hat er nebenher immer noch eine kleine Landwirtschaft.«

»Noch mal zum Fahrer des Geländewagens.« Nur die Art, wie Balkes Finger den Kugelschreiber umklammerten, verriet die Anspannung, unter der er jetzt stand. »Wie hat der ausgesehen?«

Das Autorennen war zu Ende. Mercedes hatte gewonnen.

Holbein hob hilflos die Achseln. »Ein Mann halt. Bisschen älter schon, vielleicht.«

»Das meinen Sie jetzt aber nicht im Ernst«, meinte Olav Baierer wenige Minuten später am Telefon. Ich hatte ihn per Handy an seinem Arbeitsplatz erreicht. Er war Ingenieur bei einer großen Maschinenbaufirma in St. Leon-Rot. Balke und ich standen unweit von Holbeins Haus und ließen uns den Novemberwind ins Gesicht blasen. »Anfang August, sagen Sie? Das ist ein Witz, oder?«

»Es war ein Sonntag«, erwiderte ich geduldig und drehte mich so, dass der Wind nicht zu sehr ins Mikrofon blies. »Jemand will Sie am Nachmittag zwischen halb vier und vier Uhr mit Ihrem Traktor auf der B3 unterwegs in Richtung Norden gesehen haben.«

Baierer wurde still. Ich hörte eine Tastatur klappern. »Richtig«, sagte er dann. »Ich seh's hier im Outlook. Stroh wenden, steht hier. Aber worum geht's eigentlich, wenn man fragen darf?«

Ich klärte ihn auf.

»Und der Holbein sagt, er hätte mich da gesehen?«

»Sie können sich nicht erinnern?«

»Es steht zwar hier in meinem Computer, aber beim besten Willen ... Wissen Sie, wenn Sie eine Landwirtschaft haben, dann haben Sie an den Wochenenden immer irgendwas zu tun. Ich kann Ihnen sagen, wenn ich's dem Vater nicht am Totenbett versprochen hätte ...«

»Vielleicht lassen Sie das Ganze erst mal auf sich wirken«, schlug ich vor. »Manchmal braucht die Erinnerung eine Weile.«

Ich diktierte ihm Namen und Telefonnummer.

»Gerlach? Sind Sie nicht der, der endlich mal aufräumen will mit den ganzen Kleinkriminellen?«

»Was halten Sie davon, wenn wir da drüben was Warmes trinken?«, fragte ich Balke, als ich das Handy einsteckte. »Mir ist lausekalt.«

Wir überquerten die Straße und betraten einen Bäckerladen mit kleinem Stehcafé. Ein leicht schielender und stark übergewichtiger junger Mann hielt dort einsam die Stellung und musterte uns feindselig. Ein Duft nach frischen Backwaren und gutem Kaffee wehte uns entgegen. Ich bestellte mir einen Cappuccino, Balke, der sich vor Kälte die Hände rieb, einen Latte Macchiato und dazu eine Butterbrezel. Er war in dem glücklichen Alter, in dem man noch keine Kalorien zählen muss.

»Schlechte Karten«, meinte er, als wir mit unseren dampfenden Bechern in den Händen an einem der beiden herbstlich dekorierten Stehtische standen. »Fragen Sie mich mal, was ich an irgendeinem Nachmittag vor vierzehn Wochen gemacht habe.«

»Immerhin haben wir jetzt so etwas wie eine Täterbeschreibung.«

Balke lachte bitter. »Er ist zwischen fünfzig und siebzig, trägt gerne helle Hemden und dunkle Krawatten. Er steht möglicherweise auf Jungs und fährt einen schwarzen Audi Q7, den es nicht gibt.«

»Und er kommt viel rum. Die Tatorte liegen auffallend weit auseinander.«

»Oder er ist sehr vorsichtig.«

Eine Weile sahen wir schweigend dem spärlichen Verkehr vor den großen Fenstern zu. Eine alte Frau mit wollenem Kopftuch und einem Korb unterm Arm kämpfte sich gegen den Wind voran. Der schielende Dicke, der uns bedient hatte, war inzwischen in einem der hinteren Räume verschwunden und räumte dort herum.

»Was gibt's Neues von Nicole?«, fragte ich. »Bitte verzeihen Sie die Frage, natürlich geht mich Ihr Privatleben nichts an. Aber ich mache mir in letzter Zeit ein wenig Sorgen um Sie.«

Balke warf mir einen finsteren Blick zu. »Da haben Sie recht.«

»Wenn ich mir Sorgen mache?«

»Nein, was mein Privatleben betrifft. Das geht Sie wirklich nichts an.«

18

Am Freitagmorgen gestand mir Balke mehr befriedigt als zerknirscht, dass er während der Durchsuchung des Jörgensenschen Hauses sowohl seine Befugnisse als auch die Grenzen der Legalität überschritten hatte. Mit seinem Handy hatte er heimlich einige Papiere aus Muriel Jörgensens Schreibtisch fotografiert. Ich stauchte ihn pflichtschuldig ein wenig zusammen und studierte mit Interesse die Ausdrucke, die er mir vorlegte.

»Bin leider erst gestern Abend dazu gekommen, die Bilder auf den PC zu ziehen«, erklärte er und nahm einen Schluck aus dem Kaffeebecher, den er mitgebracht und ungefragt auf meinen Schreibtisch gestellt hatte. »Sorry wegen der Qualität. Aber das wird Sie interessieren.«

Er deutete auf die wirklich schlecht lesbare Kopie eines Kontoauszugs. Dreißigster Oktober, entzifferte ich mit Mühe, Überweisung von vierzehnhundert Euro an das Detektivbüro René Pretorius.

»Ich werd nicht mehr!« Ich reichte ihm das Blatt zurück. »Haben Sie irgendeine Ahnung, wofür sie das Geld bezahlt hat?«

»Da werden wir sie wohl fragen müssen. Oder Pretorius.«

»Ich werde den Teufel tun und zugeben, dass wir illegal beschaffte Beweismittel verwenden«, versetzte ich. »Trotzdem, danke!«

Balke grinste zufrieden und leerte seinen Becher.

»Ansonsten war die Durchsuchung leider ein Reinfall«, meinte Vangelis. »Auch die endgültigen Laborberichte geben keinerlei Hinweise auf eine Gewalttat gegen den Jungen.«

»Wie weit sind wir mit der Putzfrau?«

»Wir versuchen gerade, ein brauchbares Phantombild von ihr anzufertigen. Frau Weberlein, die Nachbarin, kann sie ganz gut beschreiben. Sobald wir damit fertig sind, geben wir das Bild in die Fahndung.«

Balke schob seine Papiere zusammen. »Ich finde ja, wir sollten Tims Vater mal genauer unter die Lupe nehmen.«

»Was wäre sein Motiv?«, fragte ich ein wenig überrascht. »Der Mann ist sterbenskrank. Ich glaube kaum, dass er im September noch fit genug war, seinen Sohn zu entführen. Und vor allem: wozu?«

»Wie meistens: wegen Kohle. Nach allem, was ich über die finanziellen Verhältnisse der Leute weiß, hat die Frau das Geld. Genauer, ihr Vater. Jörgensen hat nichts mit in die Ehe gebracht als sein Ingenieursdiplom. Vermutlich hat er sie vor allem aus finanziellen Gründen geheiratet. Der alte Herr Gernhardt war damals schon fast achtzig. Jörgensen wird sich gedacht haben, er kann bald seine Baufirma übernehmen.«

»Sie glauben im Ernst, er erpresst seine eigene Frau?«

»Man hat schon Pferde kotzen sehen. Und der Mann muss massive finanzielle Probleme haben. Seine Behandlungen kosten ein Schweinegeld, und aufgrund seines langen Auslandsaufenthalts ist er irgendwie nicht richtig krankenversichert, habe ich herausgefunden.«

»Wie findet man denn so etwas heraus?«

Balke senkte den Blick und verweigerte in diesem Punkt die Aussage. »Wäre doch alles in allem ein prima Motiv, finden Sie nicht?«

Vangelis nickte nachdenklich.

»Der Typ für so was wäre er«, mutmaßte ich.

»Vielleicht braucht er Geld für eine teure Therapie in Amerika?«

»Sie weigert sich zu bezahlen und beauftragt stattdessen Pretorius, ihren Sohn zu suchen ...«, spann ich Balkes Faden weiter.

»Der findet ihn zwar nicht, kassiert aber trotzdem ab.«

»Ich werde noch mal mit ihr reden«, beschloss ich. »Am besten allein. Kann sein, dass ich diesmal ein wenig ungemütlich werden muss.«

Muriel Jörgensen musterte mich mit unverhohlener Feindseligkeit. Sie kam mir noch blasser und knochiger vor als bei den früheren Gesprächen.

»Dürfte ich hereinkommen?«, fragte ich betont liebenswürdig. »Es ist ziemlich ungemütlich vor der Tür.«

Heute regnete es mehr waagerecht als senkrecht. Über dem Ostatlantik standen die Tiefdruckgebiete Schlange. Der Wind war über Nacht wieder stärker geworden. Irgendwo in der Nachbarschaft schepperte eine Jalousie.

»Was wollen Sie denn noch?«

»Wenn möglich, Ihren Sohn gesund zurückbringen.«

Wortlos öffnete sie die Tür gerade so weit, dass ich hineinschlüpfen konnte.

»Bitte seien Sie leise«, sagte sie mit gedämpfter Stimme. »Er schläft endlich. Die Nacht war ein Albtraum.«

Ich hängte meinen nassen Mantel an die bis auf einen cremeweißen dünnen Regenmantel leere Garderobe und stellte den tropfenden Schirm in den dafür vorgesehenen gusseisernen Ständer. Wir setzten uns im Wohnzimmer auf dieselben Plätze wie beim letzten Mal. Erst als ich schon saß, wurde mir bewusst, dass der Regenmantel feucht gewesen war.

»Vielleicht machen wir Licht?«, schlug ich vor. »Man sieht sich ja kaum.«

Beflissen erhob sie sich und knipste die Tiffanylampe auf dem Ecktischchen an. Eine Energiesparbirne flackerte auf. Dann nahm sie eilig wieder Platz, als wollte sie das lästige Gespräch möglichst rasch hinter sich bringen.

Ich begann im Plauderton: »Zunächst die gute Nachricht: Unsere Durchsuchung hat keinerlei Hinweise erbracht, dass Ihrem Sohn hier etwas zugestoßen sein könnte.«

Das war offenbar nicht ihre Sorge gewesen. Ihre Miene blieb unverändert.

Ernster fuhr ich fort: »Sie haben mir eine Menge Märchen aufgetischt, Frau Jörgensen. Erst heißt es, Ihr Sohn sei in Norddeutschland, später plötzlich auf Korfu, und schließlich behaupten Sie, er sei entführt worden. Um ehrlich zu sein, ich glaube Ihnen inzwischen kein Wort mehr. Ich bin auch überzeugt, dass wir an dem sogenannten Erpresserschreiben keine Spuren finden werden außer von Ihnen selbst.«

Heute hatte sie sich besser in der Gewalt als bei unserem letzten Gespräch. Ihr Blick blieb konzentriert und wachsam.

»Ist es nicht normal, dass Sie auf einem Erpresserbrief keine Spuren finden?«, meinte sie. »Man sieht doch jeden Tag im Fernsehen, dass man bei so etwas Handschuhe tragen sollte.«

Ich machte den ersten Schwenk. »Hätten Sie etwas dagegen, mir Ihre Kontoauszüge der letzten Wochen zu zeigen?«

»Wozu?« Sie war weder überrascht noch erschrocken.

»Ich habe meine Gründe«, antwortete ich mit der blödesten aller Begründungen.

Sie erhob sich, verschwand mit eiligen, aber lautlosen Schritten kurz in einem Nebenzimmer und brachte mir ein dünnes, weißes Mäppchen. Ich brauchte nicht lange zu blättern, es gab nicht viel Bewegung auf diesem Konto, und schob ihr den gesuchten Auszug über den Tisch. »Vorletzte Woche haben Sie einem gewissen Herrn Pretorius vierzehnhundert Euro überwiesen.«

Volltreffer. Sie erstarrte.

»Dürfte ich erfahren, wofür?«, fragte ich harmlos.

»Muss ich … diese Frage beantworten?«

»Natürlich nicht. Aber Sie werden verstehen, dass ich mir meine Gedanken machen werde, wenn Sie schweigen.«

»Es … Das hat nichts mit Tim zu tun.«

»Womit sonst?«

»Das geht Sie nichts an.«

»Mit Ihrem Mann vielleicht?«

Dankbar für den gebotenen Fluchtweg nickte sie. Schluckte. Nickte wieder. Seit ich die Überweisung erwähnt hatte, wagte sie nicht mehr, mir in die Augen zu sehen.

»Es ... Ich ... wollte wissen, ob er mit einer Frau, mit einer anderen ...«

»Frau Jörgensen, bitte verzeihen Sie, wenn ich das so unverblümt sage: Beim Gesundheitszustand Ihres Mannes halte ich es für ziemlich unwahrscheinlich, dass er fremdgeht.«

Über ihr Gesicht irrlichterte für einen Moment Panik. Dann hatte sie sich wieder in der Gewalt. Plötzlich schüttelte sie den Kopf wie ein unartiges Kind, das nicht ins Bett will.

»Sehen Sie mich bitte an!«, sagte ich, vielleicht eine Spur zu hart.

Sie sah tatsächlich auf, hielt meinem Blick jedoch nur für zwei, drei Sekunden stand.

Themenwechsel. Ich legte das Phantombild der Putzfrau auf den Couchtisch. »Ich nehme an, Sie kennen diese Frau.«

»Iva. Woher ...?«

»Das tut nichts zur Sache. Seit wann ist sie nicht mehr bei Ihnen?«

»Schon länger.«

»Etwas genauer bitte.«

»Ich ... weiß nicht. Es ist so viel geschehen in letzter Zeit.«

»Was wissen Sie über diese Frau?«

Ratlos hob sie die schmalen Schultern. »Nicht viel.«

»Wo wohnt sie? Wie ist ihr Nachname? Wo kommt sie her?«

»Sie wohnt irgendwo in Heidelberg. Den Nachnamen hat sie einmal genannt, aber ich habe ihn ...« Schuldbewusst senkte sie den Blick. »... vergessen. Sie stammt aus Slowenien, meine ich mich zu erinnern.«

»Ist sie vor oder nach Tim verschwunden?«

»Später.« Muriel Jörgensen fuhr sich nervös mit der Hand über die Stirn. »Später, ja. Vielleicht zwei Wochen später.«

»Aus welchem Grund?«

»Es hat ... Streit gegeben. Meine Nerven, Sie verstehen ...« Sie schlug die Hände vors Gesicht.

»Was ist wirklich geschehen am einundzwanzigsten September?«, fragte ich milder. »Manchmal habe ich das Gefühl, Sie wollen Ihren Sohn gar nicht zurückhaben. Sie behindern unsere Arbeit, wo Sie können. Sie sagen mir nicht die Wahrheit. Was ist hier los, Frau Jörgensen?«

»Sie wissen doch schon alles«, murmelte sie mit erstickter Stimme. »Tim wurde entführt. Ich werde erpresst. Das ist die Wahrheit.«

»Haben Sie deshalb diesen Privatdetektiv eingeschaltet?«

Sie nahm die Hände vom Gesicht. Ihre Augen waren trocken. Ihre Stimme war wieder ein wenig fester, als sie sagte: »Wenn ich die Polizei gerufen hätte, dann wären Sie doch mit Streifenwagen gekommen und Blaulicht und Uniformen ...«

»Das hätten wir ganz gewiss nicht getan«, versetzte ich vielleicht eine Spur zu grob. »Aber nun gut. Hat Herr Pretorius wenigstens etwas erreicht für das viele Geld?«

»Nein«, murmelte sie mit betretenem Blick in ihren Schoß.

Draußen regnete es in einem fort. Der Heizkörper in meinem Rücken gluckste leise, strahlte jedoch kaum Wärme aus. Die weißen Rosenstöcke im Garten draußen ließen ihre Blüten hängen, als müssten sie trauern.

»Hätten Sie das Lösegeld für Tim denn aufbringen können, wenn die Erpresser sich wieder gemeldet hätten?«

Verzagt schüttelte sie den Kopf.

»Aber Ihr Vater hätte Ihnen doch sicherlich aushelfen können.«

Erstaunt sah sie mir ins Gesicht.

»Wir haben natürlich Erkundigungen eingeholt«, beantwortete ich ihre unausgesprochene Frage. »Ihr Vater ist durch den Verkauf seiner Firma noch immer ein wohlhabender Mann. Und dieses Haus ist schuldenfrei.«

Angesichts ihrer Miene verzichtete ich auf die Frage, ob er die Summe für sein ungeliebtes Enkelkind herausgerückt hätte. Vermutlich hätte sie nicht einmal gewagt, ihn darum zu bitten.

»Sie hätten sich auch später noch an uns wenden können«, meinte ich.

Sie nickte mit schuldbewusst gesenktem Blick.

Ich beugte mich vor, damit mir keine Regung in ihrem Gesicht entging. »Ich frage Sie heute zum zweiten Mal: Halten Sie es für denkbar, dass Ihr Mann Tim entführt hat?«

»Hermann?« Sie sah sogar kurz auf vor Verblüffung. »Warum sollte er so etwas tun?«

»Er könnte zum Beispiel der Ansicht sein, Tim hätte es bei ihm besser als bei Ihnen.«

Mehr erschrocken als empört starrte sie mich an. »Aber das ist doch Unsinn! Er ist doch Tims Vater!«

Ich sah auf den Tisch. Schob den blitzblanken und winzig kleinen Kristallaschenbecher im Kreis herum, der dort stand.

»Frau Jörgensen, es hat Väter gegeben, die haben ihrem Kind zwanzig Knochen gebrochen, bevor sie es aus dem Fenster warfen. Es hat Eltern gegeben, die sahen tagelang fern, während ihr Baby im Nachbarzimmer verhungert ist, um es am Ende in die Mülltonne zu stopfen. Sie lesen ja vermutlich auch Zeitung.«

»Aber nicht diese Dinge!« Muriel Jörgensen schüttelte den Kopf, als müsste sie Gespenster verscheuchen.

Ich ließ einige Sekunden verstreichen, bevor ich zur nächsten Frage kam, die eher eine Feststellung war.

»Sie haben sich erst relativ spät entschlossen, Kinder zu bekommen.«

»Kinder?«

»Tim.«

»Ich war siebenunddreißig.«

»Wollte Ihr Mann keine?«

Sacht schüttelte sie den Kopf. »Er ... Hermann war immer so viel unterwegs. Er war selten zu Hause.« Sie verknotete ihre etwas zu kurzen Finger und sah mich an. »Sie haben ihn gesprochen? Wie geht es ihm?«

»Nicht besonders, ehrlich gesagt. Aber er trägt sein Schicksal tapfer.«

»Muss er ... sitzt er im Rollstuhl?«

»Leider.«

»Das ist es, wovor er sich am meisten gefürchtet hat. Dass er einmal nicht mehr für sich selbst sorgen kann.«

»Ich muss leider noch einen anderen Punkt ansprechen«, sagte ich vorsichtig und nun fast ebenso leise wie sie. »Sie werden mich dafür hassen, aber ich kann Ihnen die Bemerkung nicht ersparen: Nicht wenige Menschen schaffen sich Kinder an, weil sie hoffen, dadurch ihre Ehe zu retten.«

Ihr eben noch so blasses Gesicht wurde tiefrot.

»Was erlauben Sie sich?«, kreischte sie mit unerwarteter Lautstärke. »In meinem Haus? Sie sind ja … Gehen Sie! Sofort!«

»Frau Jörgensen, bitte …«

»Gehen Sie! Gehen Sie!«

Oben polterte etwas. Der alte Mann war aufgewacht. Erschrocken wurde sie leiser.

»Bitte …«, sagte sie flehend.

Schritte tappten über uns, eine Tür klappte. Ich stand von
der Couch auf, hob die Hand zum Gruß, aber sie sah nicht einmal hin.

Hätten wir Schiffeversenken gespielt, dachte ich, während
ich durch den strömenden Regen zum Wagen lief, dann hätte es
jetzt nicht »Treffer« geheißen, sondern »versenkt«.

19

In der Samstagsausgabe der Rhein-Neckar-Zeitung war ich
der Held auf Seite Eins. Erste Erfolge der neuen Null-Toleranz-
Politik, prangte die Überschrift unter meinem immergleichen
Foto. Die Heidelberger freuten sich, auf den Straßen plötzlich
viel mehr Streifenwagen zu sehen als früher, was natürlich ein
Fall kollektiver Wahrnehmungsstörung war. Das Polizeirevier
Mitte meldete einen signifikanten Rückgang bei Delikten wie
Vandalismus, Belästigung oder Ruhestörung, was sich relativ
einfach durch das schlechter gewordene Wetter erklären ließ.
Der Sprecher der Heidelberger Verkehrsbetriebe wusste zu be-
richten, die Zahl der Schwarzfahrer sei um siebzehn Prozent zu-
rückgegangen. Das immerhin mochte daran liegen, dass manche
plötzlich mehr Angst hatten, erwischt zu werden, und damit ein
Erfolg meiner fiktiven Kampagne sein.

Den Zeitungsboten hatte ich um kurz vor sechs am Briefkasten abgefangen. Ich frühstückte reichlich – wer in Heidelberg
eine Wohnung sucht, braucht Kräfte – und wertete nebenbei
nach einem selbst entwickelten Punktesystem die Wohnungsanzeigen aus. Ich fertigte eine übersichtliche Liste an mit Lage,
Preis und Besonderheiten, verteilte Noten und Prioritäten, spei-
cherte die zugehörigen Telefonnummern in meinem Handy, um

später keine Zeit zu verlieren. Es sah gut aus: Ausnahmsweise regnete es nicht, ich fühlte mich ausgeruht, der Stadtplan lag bereit, der Akku meines Handys war randvoll.

Um Punkt acht war ich auf der Straße.

Bis Mittag hatte ich sieben Objekte besichtigt und war restlos frustriert. Alles, was auf meiner Liste stand, war entweder bereits vergeben oder kam schon bei flüchtigem Hinsehen nicht infrage. Nur einen Vermieter hatte ich noch immer nicht erreicht. Entweder es war besetzt, oder es wurde nicht abgenommen. Vermutlich lag das daran, dass die Beschreibung der angebotenen Altbauwohnung so unglaublich gut klang und die Miete sensationell niedrig war. Ich vermutete einen Druckfehler: *Sechs Zimmer, zweihundertsechzig Quadratmeter, gern auch an Studenten-WG.* Neben einer Handynummer war auch eine Festnetznummer angegeben, und so war es für mich eine Kleinigkeit, die zugehörige Adresse zu ermitteln. Wenn man den Vermieter nicht anrufen konnte, dann würde ich ihm eben persönlich auf den Pelz rücken. Dass man auf Wohnungssuche in Heidelberg nicht zimperlich oder gar höflich sein durfte, hatte inzwischen auch ich begriffen.

Das schon von außen prächtige Haus stand am südlichen Neckarufer. Ich lehnte mein Rad an einen Laternenpfahl, die schön geschnitzte Haustür stand weit offen, und im Treppenhaus schien eine Art Demonstration oder Volksaufstand stattzufinden. Alles stand voller aufgeregter, wild diskutierender und zumeist junger Menschen. Offenbar war ich nicht der Einzige, der die Anschrift zur Telefonnummer herausgefunden hatte. Ich hob meinen Dienstausweis über den Kopf, rief: »Polizei! Lassen Sie mich durch!« und drängelte mich rücksichtslos nach oben. Falls diese Wohnung wider Erwarten noch zu haben sein sollte, dann war klar, wer sie bekommen würde.

Im ersten Obergeschoss erwartete mich eine stinkwütende und teuer gekleidete aschblonde Dame mittleren Alters, die erfolglos versuchte, die anderen Interessenten abzuwimmeln. Ihr Haar trug sie zu einem üppigen Pferdeschwanz gebunden, eine Menge teuer aussehender Schmuck hing an Hals und Handgelenk.

»Polizei?«, lautete die atemlose Begrüßung. »Na super! Kommen Sie rein, und retten Sie mich!«

Noch einmal ging sie wie eine Furie auf meine Konkurrenten los. »Hauen Sie endlich ab«, schrie sie, »oder Sie werden sich heute Abend alle zusammen nicht mehr im Spiegel erkennen!«

Sie machte tatsächlich Anstalten, einem neben mir stehenden pickelgesichtigen Studenten mit ihren gefährlich scharfen Fingernägeln das Gesicht zu zerkratzen. Vielleicht war die Bezeichnung Dame doch ein wenig zu hoch gegriffen. Es gelang mir, sie rückwärts durch die Wohnungstür zu bugsieren und diese hinter mir zu schließen. Irgendwo klingelte pausenlos ein Telefon.

»So geht das schon seit heute Morgen um halb sieben«, stöhnte sie. Prompt begann nun auch noch die Wohnungsklingel zu bimmeln. »Wer hat denn um halb sieben schon seine Zeitung, um Gottes willen?«

»Ich nehme an, die Wohnung ist längst vermietet?«

»Gar nichts ist vermietet. Meine Wohnung ist nicht zu vermieten.«

»Weshalb schalten Sie dann eine Anzeige, wenn ich fragen darf?«

»Das war nicht ich.« Sie sank auf einen Stuhl. »Das war er. Mein Ex. Eine seiner subtilen Methoden, mich systematisch in den Wahnsinn zu treiben. Fünfzig Mal am Tag ruft er an. Er spamt mir den E-Mail-Eingang voll und schreibt mir tausend SMS. Und dann solche Scherze wie heute. Letzte Woche war es mein Wagen. Mercedes SLK, zweiunddreißigtausend Kilometer, umständehalber für neunfünf in gute Hände abzugeben. Hier war die Hölle los, kann ich Ihnen sagen. Sogar aus Amerika hat einer angerufen. Das Handy, das kann man ja wenigstens noch einfach ausschalten. Aber dann habe ich in meiner Verzweiflung auch den Telefonstecker aus der Wand gezogen, und danach waren alle gespeicherten Nummern weg. Verstehen Sie, ich bin Immobilienmaklerin, ich lebe von meiner Telefonleitung. In den letzten Wochen hat sich mein Umsatz halbiert.«

Ich öffnete die Wohnungstür noch einmal, zwängte mich hinaus und hielt dem Volk eine kurze und lautstarke Ansprache, in der Worte vorkamen wie Hausfriedensbruch, Nötigung und polizeiliche Zwangsmaßnahmen. Daraufhin leerte sich das Treppenhaus. Erst langsam und murrend, dann zügiger und schweigend.

»Warum zeigen Sie ihn nicht an?«, fragte ich, als ich der abgekämpften Frau wieder gegenüberstand.

»Kann man das denn? Weil einer ein Spinner ist, der seine Hormone nicht im Griff hat?«

»Ich könnte Ihnen dabei helfen.« Ich drückte ihr ein Visitenkärtchen in die Hand. »Und falls Sie im Gegenzug mal eine nette und nicht allzu teure Ein- oder Zweizimmerwohnung im Angebot haben, die tatsächlich zu vermieten ist …«

Sie betrachtete das Kärtchen ratlos. »Und Sie glauben wirklich, ich kann ihn drankriegen?«

»Was er macht, ist Stalking. Und das ist strafbar.«

»Ich bin übrigens ein großer Freund Ihrer Null-Toleranz-Politik, Herr Gerlach«, erklärte sie mit müdem Lächeln. »Erst hatte ich ja meine Zweifel. In New York ging's damals ja auch nicht ohne Übergriffe der Polizei ab. Aber jetzt … Danke, dass Sie den Mut haben, gegen den Strom zu schwimmen.«

Warum tat nur immer meine linke Hand weh, sobald das Thema zur Sprache kam? Das letzte Pflaster hatte ich schon am Mittwoch entfernt, die Wunde war inzwischen gut verheilt und kaum noch zu sehen. Vermutlich eine etwas andere Art von Phantomschmerzen.

»Eventuell hätte ich sogar was für Sie«, überlegte die Frau mit plötzlich verändertem Ton und reichte mir die Hand. »Übrigens: Marie von Heerfeldt.«

Sie führte mich in ihre atemberaubende Altbauwohnung, in der immer noch ununterbrochen das Telefon klingelte. Einige Wände waren herausgebrochen worden, sodass der Raum, in welchem wir uns niederließen, mindestens einhundert Quadratmeter maß. Es gab große Fenster sowohl nach Norden, mit Blick auf Neckar und Philosophenweg, als auch nach Süden zur Altstadt mit ihren Giebeln und Türmen. Über den Neuwert der Couchgarnitur, auf der wir saßen, mochte ich gar nicht nachdenken. Das Telefon schien allmählich heiser zu werden.

»Grappa, Sherry, Limoncello oder lieber einen anständigen Scotch?«

»Ein Kaffee wäre nicht schlecht auf den Schrecken.«

Minuten später standen zwei Cappuccini auf dem Designer-Couchtisch. Wie bestellt brach draußen die Sonne durch, um die Schöner-Wohnen-Atmosphäre komplett zu machen.

»Es ist nämlich so …« Frau von Heerfeldt rieb sich mit beiden Händen das Gesicht und wirkte allmählich wieder ein wenig frischer. »Die Wohnung, an die ich denke, gehört Berti. Berti ist etwas exzentrisch und ein lieber Freund von mir. Das Haus liegt in Neuenheim drüben. Der Haken dabei ist: Berti hat ein großes Herz und seit Neuestem seinen Sinn für Kunst entdeckt.«

»Das klingt auf den ersten Blick nicht nach einem Problem.« Ich nippte an meinem brühheißen Kaffee.

»Ist es aber. Berti vermietet in diesem speziellen Fall nur an Künstler.«

»An Künstler«, wiederholte ich begriffsstutzig.

»Er besitzt eine Menge Häuser, und manchmal hat er eben ein bisschen ulkige Vorstellungen davon, wer drin wohnen soll. Auf Geld war Berti schon bei seiner Geburt nicht angewiesen. Er vermietet mehr so zum Vergnügen. Und bei diesem Haus in Neuenheim, da hat er eben diesen Spleen, dass dort eine Art Künstlerkolonie entstehen soll, als deren Mäzen er sich dann fühlen darf. Sie malen nicht zufällig ein bisschen? Oder spielen irgendein Instrument?«

»Die Wohnung ist eigentlich gar nicht für mich«, erwiderte ich lahm. Die Frau wusste, wer ich war. Wie sollte ich erklären, wozu ich eine Zweitwohnung brauchte? »Ich suche sie für eine … Bekannte.«

Mit plötzlichem Interesse sah sie mich an. »Und hat diese … Bekannte vielleicht eine künstlerische Ader?«

Theresa spielte Klavier, wusste ich, und zwar nicht einmal schlecht. Aber aus irgendeinem Grund, vielleicht, weil klavierspielende Mieter nicht überall gern gesehen sind, sagte ich: »Sie schreibt.« Schreiben machte keinen Lärm. Schreiben stank nicht nach Terpentin. Schreiben belästigte definitiv niemanden. Theresa würde mich vermutlich prügeln, sollte sie jemals erfahren, wie ich zu unserem neuen Liebesnest gekommen war. »Romane.«

Das Interesse meiner Gastgeberin wuchs mit jedem meiner Worte.

»Krimis etwa?«

»Nein, keine Krimis. Eher ...«

Was sollte ich sagen? Die hohe Kunst passte nicht zu Theresas Wesen. Vielleicht historische Romane? Immerhin hatte sie ja Geschichte studiert.

»Ich fresse nämlich Krimis«, erklärte die Immobilienmaklerin strahlend. »Schreibt sie unter eigenem Namen oder unter Pseudonym? Kennt man Ihre Bekannte?«

»Sie steht noch am Anfang ...« Ich hustete. »... ihrer Karriere. Aber es gibt ernsthaftes Interesse seitens eines großen Verlags.« Was redete ich da? Theresa würde mich nicht nur verprügeln, sondern anschließend auch noch vierteilen. »Und sie schreibt tatsächlich unter Pseudonym.«

»Warum? Ist doch keine Schande, Romane zu schreiben.«

»Es ist ...« Nun saß ich da und konnte sehen, wie ich aus der selbst angerichteten Patsche wieder herauskam. »Sie ...«

Ein Leuchten ging über Marie von Heerfeldts Gesicht.

»Sie schreibt Schmuddelkram, stimmt's?«

»Schmuddel... Was?«

»Erotische Sachen.«

»So ... könnte man es unter Umständen ausdrücken«, murmelte ich unglücklich. »Obwohl sie das Wort Schmuddelkram vermutlich nicht gerne hören würde im Zusammenhang mit ihrem Œuvre.«

»Wie süß!«, rief meine Gastgeberin begeistert. »Berti wird entzückt sein!«

»Wann könnten wir ... äh ... wann könnte meine Bekannte die Wohnung denn besichtigen?«

»Wenn Sie mögen, jetzt sofort«, erklärte sie fröhlich. »Wenn Sie mir Ihr Handy leihen, dann rufe ich Berti an, und falls er Zeit hat, können wir gleich rüberrutschen. Hätte Ihre Bekannte denn Zeit?«

»Ich bin ermächtigt ... ähm ... in ihrem Namen«, behauptete ich todesmutig. »Sie möchte nicht so gerne ...«

»Ich verstehe, ich verstehe.« Marie von Heerfeldt konnte sich das Lachen kaum noch verkneifen, und ich fühlte mich wie der größte Idiot unter der Sonne.

»Aber nur unter einer Bedingung.« Sie sprang auf und begann eine Nummer in mein Handy zu tippen. »Ich krieg das Buch mit persönlicher Widmung, bevor es in den Buchhandlungen liegt, okay?«

»Abgemacht«, erwiderte ich gottergeben. Ich würde zweifellos in die Hölle kommen. Aber wer weiß, vielleicht war es das Ergebnis ja wert.

Berti war erreichbar und erfreut, und schon zehn Minuten später waren wir unterwegs. Frau von Heerfeldt fuhr ihr Mercedes-Cabrio fast so kriminell wie Klara Vangelis und stellte es nach nicht einmal einem Kilometer in der hoffnungslos zugeparkten Ladenburger Straße im Halteverbot ab. Im Erdgeschoss des nicht sehr eindrucksvollen vierstöckigen Mietshauses befand sich ein kroatisches Restaurant. Die Fassade bestand im unteren Teil aus rotem Sandstein. Darüber war sie aus gelblichen Backsteinen gemauert. Es war offensichtlich, dass das Gebäude lange nicht renoviert worden war. Aber mir blieb keine Zeit, enttäuscht zu sein.

Der Vermieter und Freund der Maklerin erwartete uns schon voller Tatendrang vor der Haustür. Er selbst wohnte nicht weit von hier am Heiligenberg, erklärte er mir munter. Dort, wo der Inhalt mancher Doppelgarage mehr kostete als anderswo eine Eigentumswohnung.

»Bisschen laut ist es natürlich manchmal«, meinte Berti in breitem Kurpfälzisch und drückte kräftig meine Hand. »Aber als Künstler sind Sie in dem Punkt hoffentlich nicht anspruchsvoll.«

Marie von Heerfeldt küsste ihn schmatzend auf beide Wangen und klärte ihn darüber auf, dass ich die Wohnung im Namen und Auftrag einer geheimnisvollen Schriftstellerin suchte, die vorläufig ihr Pseudonym nicht lüften wolle. Ich beobachtete sie genau: Sie zwinkerte kein einziges Mal.

Die Wohnung war geräumig und überraschend hell. Der Vormieter schien weder geraucht noch größere Katastrophen verursacht zu haben. Einige Dübellöcher würde man zuspachteln oder hinter Bildern verstecken müssen, sonst gab es nichts zu tun. Es roch, als hätte zuvor eine Frau hier gelebt. Das kleine, aber zweckmäßige Bad wirkte wie frisch desinfiziert.

»Könnt es sein, dass ich Sie in letzter Zeit mal im Fernsehen gesehen hab?«, wollte Berti wissen. »Sind Sie Politiker oder so was?«

»Nein. Ich bin nur ein kleiner Beamter.«

»Pustekuchen!«, fuhr Marie von Heerfeldt mir empört über den Mund. »Herr Gerlach ist Chef der hiesigen Kripo, und man sieht ihn zurzeit dauernd in der Zeitung und im Fernsehen!«

Bertis Sympathie wurde immer größer. Eine geheimnisvolle Schriftstellerin in unklarer Beziehung zu einem Toppolizisten, das versprach eine Menge Gesprächsstoff für langweilige Partys. Vom Fenster des Raums, den ich automatisch zum Schlafzimmer erklärt hatte, konnte man nichts sehen als das Haus gegenüber, das genauso aussah wie das, in welchem wir uns befanden. Der kleine Balkon ging zur Straße, ein etwas größerer nach hinten, wo es verführerisch nach kroatischem Grillteller roch. Mir wurde bewusst, dass ich hungrig war. Inzwischen war es kurz vor zwei, und ich hatte reichlich Bewegung gehabt am Vormittag.

Die anderen sahen mich erwartungsvoll an.

»Okay«, sagte ich. »Wie hoch war noch mal die Miete?«

Der Preis war für Heidelberger Verhältnisse ein Witz. Wir besiegelten das Geschäft mit einem festen Händedruck. Berti, von dem ich noch immer nur den Vornamen wusste, versprach, mir den Vertrag in den nächsten Tagen zuzuschicken, und drückte mir zwei Schlüsselbunde in die Hand.

»Sie … will sagen … Ihre Bekannte kann jederzeit einziehen. Die Wohnung steht ja leer, wie Sie sehen.«

Anschließend sausten wir im offenen Cabrio über die Theodor-Heuss-Brücke zurück in Richtung Innenstadt. Vor dem Haus, in dem Marie von Heerfeldt wohnte und mein in der Eile nicht abgeschlossenes Rad zum Glück immer noch stand, hielt sie an.

»Was ist eigentlich mit der Maklercourtage?«, fragte ich.

»Geschenkt«, erwiderte sie lachend. »Aber vergessen Sie nicht, das mit meinem Ex zu regeln.« Mit einem Mal wurde sie ernst. »Verstehen Sie, ich möchte nicht, dass er wirklich Ärger mit der Polizei bekommt. Er ist im Grunde ein armes Schwein und liebt mich nur ein bisschen zu sehr. Sonst ist er eigentlich ganz okay. Es reicht also völlig, wenn Sie ihm einen ordentlichen Nasenstüber verpassen, damit er mit diesem Irrsinn aufhört.«

»Sie haben ihn verlassen, und jetzt ist er sauer auf Sie?«

»Er ist so furchtbar nett und lieb und hilfsbereit und so unvorstellbar langweilig«, seufzte sie mit Blick zum fast wolkenlosen Himmel. »Und gegen Ende war die Liebe leider ein bisschen einseitig.«

Ich stieg aus und drückte die Tür ins Schloss. Sie winkte noch einmal, fuhr an, bremste, setzte zurück.

»Und falls es mit Ihrer Bekannten mal nicht so läuft«, rief sie, jetzt wieder übers ganze Gesicht grinsend. »Sie haben ja meine Nummern!«

Ein wenig schwindlig blieb ich zurück. Das Gewicht der Schlüssel in meiner linken Hosentasche bewies, dass alles kein Traum gewesen war. Theresa und ich hatten eine Wohnung! Die Sonne schien! Und ich hatte mächtigen Hunger. Ich schwang mich aufs Rad und schlängelte mich durch den dichten Samstagnachmittagsverkehr über die Brücke nach Neuenheim zurück, um dort einen hoffentlich üppigen kroatischen Grillteller zu vertilgen.

20

Ich war sehr überrascht, meine Zwillinge zu Hause anzutreffen. Am Morgen hatte ich ihnen einen Zettel auf den Tisch gelegt mit dem Hinweis, dass ich arbeiten müsse und eine vegetarische Lasagne zum Aufwärmen im Kühlschrank stehe. Sie hatten etwas auf dem Herzen, sagten mir ihre Blicke sofort. Etwas Großes.

Gut gelaunt setzte ich mich zu ihnen an den Küchentisch. Die leeren Teller standen offensichtlich schon länger dort herum.

»Paps«, begann Louise unsicher. »Wir müssen mit dir reden.«

»Dann legt los!«

Du riechst nach Knoblauch«, konnte Sarah sich nicht verkneifen.

»Es geht um Sam.«

Sam. Aber nun gut, heute war mein Glückstag. Mein Lächeln wurde vielleicht ein wenig künstlich.

»Wir haben uns gestern Abend mit ihm getroffen.«

Jetzt lächelte ich nicht mehr. »Er ist in der Stadt? Ich hatte doch ...«

»Du hast gesagt, er darf nicht bei uns wohnen. Du hast nicht gesagt, er darf nicht nach Heidelberg kommen.«

»Er wohnt im Hotel.«

»Im Marriott.«

Dieser Sam war entweder ein Hochstapler oder Sohn reicher Eltern. Beides machte ihn mir nicht sympathischer.

»Er ist total nett!«, erklärte Louise tapfer.

»Und er wollte auch nichts von uns«, fügte Sarah eilig hinzu. »Er hat uns nicht angebaggert oder so was. Das ist es doch, was du denkst.«

Immerhin etwas.

»Okay, ihr habt euch mit ihm getroffen. Euer gutes Recht, stimmt. Aber ihr hättet es mir wenigstens vorher sagen können.«

»Du hättest doch bloß wieder rumgemeckert«, meinte Sarah – vielleicht nicht einmal zu Unrecht.

»Nur, um mir das zu gestehen, sitzt ihr aber nicht hier.«

Die beiden wechselten einen langen Blick. Ich setzte mich aufrecht hin. Wir kamen zum spannenden Teil.

»Sam macht nämlich CDs«, begann Sarah endlich kleinlaut.

»Er ist Musiker, ich weiß. Das habt ihr mir schon erzählt.«

»Ja. Aber nicht nur. Er produziert auch CDs.«

»Er hat sogar ein eigenes Label.«

»Du weißt, was das heißt?«, fragte Louise, als ich nicht gleich reagierte.

»Mädels, ich habe schon Platten gehört und Labels gekannt, da hatte noch niemand im Universum eine Ahnung davon, dass es euch mal geben würde.«

»Und Sam findet ...« Louise verschluckte den Rest und schlug die Augen nieder.

Das wurde ja immer spannender.

»Wir haben schöne Stimmen, findet er«, brachte Sarah die Sache zu Ende.

Endlich dämmerte mir, was das werden sollte. Aber noch wollte ich es nicht glauben.

»Das hat er schon am Telefon gesagt«, ergänzte Louise, als würde das irgendetwas besser machen.

»Am Telefon?«

»Du hast uns nicht verboten, mit ihm zu telefonieren!«

»Und ihr habt schöne Stimmen ...«

»Er stellt nämlich gerade eine neue Teenie-Group zusammen«, erklärte Sarah.

»Und dafür sucht er noch eine Sängerin«, fuhr Louise fort.

»Ihr seid zwei Sängerinnen.«

»Da wäre ja gerade der Clou! Sam schwebt so ein Projekt vor in der Art wie Tokio Hotel.«

»So ganz ohne Drogen und alles. Total clean eben. So was läuft hammermäßig zurzeit, sagt Sam.«

»Aber eure Schulnoten ...?«

»Sam sagt, wenn wir in der Schule nachlassen, dann kündigt er sofort den Vertrag«, versuchte Louise mich zu beruhigen.

»Er sagt, eine ordentliche Ausbildung ist das Wichtigste«, meinte Sarah.

»Und wir lernen ja auch schon dauernd wie blöd. Das musst du zugeben.«

Dieser Sam schien irgendwie zugleich ein Finsterling und ein Wunderknabe zu sein.

»Wie ist er denn auf euch gekommen?«

»Es hat eine Ausschreibung gegeben, im Internet. Man konnte sich bewerben.«

»Und da haben wir ihm einen Take geschickt. Haben wir selber am PC aufgenommen. ›Echo of a night‹, kennst du bestimmt nicht.«

»Und Sam war total happy!«

Sie leuchteten vor Begeisterung und Glück.

»So was wie uns sucht er seit über einem Jahr!«

»Dann war das gestern Abend so eine Art Casting?«

Jetzt strahlten sie wie Flutlichtmasten. »Wir sind die Nummer eins!«

»Zwillinge sind nämlich total der Burner zurzeit, sagt Sam.«

»Bill und Tom von Tokio Hotel sind ja auch Zwillinge!«

»Wir müssten natürlich Gesangsunterricht nehmen.«

Wir kamen zu den Kosten.

»Und ein bisschen Ballettunterricht auch.«

Das klang nicht gut.

»Das übernimmt aber alles Sam. Er hat da wen an der Hand.«

»Eine Freundin in Mannheim. Sie schuldet ihm was, weil er sie groß rausgebracht hat.«

Also vorläufig doch keine Kosten?

»Wer ist diese Freundin?«, wagte ich zu fragen.

»Helen Cederström. Hast du bestimmt schon von gehört.«

»Nein.«

Alt ist man, hatte ich einmal gelesen, wenn man die Musik im Radio noch mag, die Namen der Interpreten aber nicht mehr kennt.

»Paps, die halbe Stadt hängt voller Plakate von ihr!«

»Irgendwie …« Was sollte ich sagen? Die Wahrheit: »Mir ist das alles ein bisschen unheimlich. Ich würde euren Sam gerne kennenlernen, bevor ich mir eine Meinung bilde.«

Louise drückte schon die Tasten ihres Handys.

»Er ist total der Fan von uns«, erklärte mir Sarah währenddessen. »Den Drummer und den Gitarristen hat er auch schon. Wir brauchen nur noch einen Keyboarder und vielleicht ein, zwei Streicher.«

»Wir suchen auch schon einen Namen für die Band!«

»Was sagst du zu Destination Hanoi?«

Vorläufig erst einmal gar nichts.

Eine Viertelstunde später drückte ich Sams weiche Hand. Er sah aus wie ein wohlerzogener junger Mann aus einer anständigen und nicht ganz armen Familie. Aus der fließenden Bewegung, mit der er sein einen Tick zu langes braunes Haar zurückstrich, schloss ich, dass er für meine Töchter zumindest als Mann keine Gefahr darstellte.

»Ganz, ganz großes Kompliment, Herr Gerlach«, waren seine ersten Worte. »Sie haben zwei wirklich zauberhafte Töchter.«

Damit war ich schon so gut wie erledigt.

Sönnchen war inzwischen zu meiner persönlichen Pressereferentin aufgestiegen.

»Das ZDF will ein Fünfzehn-Sekunden-Statement von Ihnen für die Abendnachrichten«, begann sie, kaum hatte ich am Montagmorgen das Vorzimmer betreten.

»Nein.« Ich hängte meinen wieder einmal durchnässten Mantel an die Garderobe.

»Die Bild-Zeitung für eine bundesweite Titelstory?«

»Zweimal nein.«

»Zwanzig Zeilen für unsere Zeitung zum aktuellen Stand unserer Schwerpunktaktion Kleinkriminalität?«

»Um Himmels willen!«

Wie lange dauerte das wohl, bis die Medien sich wieder wichtigeren Dingen zuwandten? Zwei Tage? Eine Woche? Sichtlich unzufrieden faltete meine Sekretärin ihre Liste zusammen.

Das Telefon läutete. Sie nahm ab. Ihr Blick sagte: Es war für mich. Ich ging hinüber an meinen Schreibtisch und nahm noch im Stehen den Hörer ab.

»Sieben, fünf, drei!«, tönte eine wohl gelaunte Männerstimme. »Rom schlüpft aus dem Ei!«

»Ich fürchte, Sie haben sich verwählt.«

»Baierer hier.«

»Tut mir leid …«

»Der Mann mit dem Traktor.«

»Ach ja.« Ich setzte mich. »Und was war das eben mit Rom?«

»Sag ich doch: Sieben, fünf, drei.«

»Herr Baierer, bitte, mein Humor hält sich am Montagmorgen in Grenzen.«

»Manchmal denke ich, das Einzige, was ich in der Schule gelernt habe, sind der Kopfstand und zwei blöde Sprüche, die man im Leben garantiert zu nichts brauchen kann. Drei, drei, drei – na?«

»Bei Issos Keilerei.« Ich rieb mir die Augen und unterdrückte ein Gähnen.

»Sieben, fünf, drei sind die Ziffern von der Autonummer.«

Jetzt war ich wach. »Der schwarze Geländewagen?«

»Die ganze Zeit hab ich das blöde Gefühl gehabt, dass mit der Nummer irgendwas war. Gestern Nachmittag bin ich dann extra noch mal hingefahren und habe mir die Stelle angeguckt. Und da habe ich auf einmal das Wort Rom im Kopf gehabt, als wär's innen auf meine Stirn gebrannt. Aber erst am Abend, beim Tatort, hat's auf einmal geschnackelt: sieben, fünf, drei.«

»Kein Zweifel?«

»Mir ist die Nummer schon aufgefallen, wie dieser Blödmann da vor mir auf der Straße rumgekurvt ist. Der hat's ja so eilig gehabt, dass er schier noch im Straßengraben gelandet wäre mit seiner Angeberkarre.«

»Den Rest des Kennzeichens wissen Sie nicht zufällig auch noch?«

»Keinen Schimmer. Leider.«

»Könnte es Hof gewesen sein?«

»Das liegt irgendwo in Bayern, oder?«

»In der Nähe der tschechischen Grenze. Das Ortskürzel ist HO.«

»Möglich. Könnte aber genauso gut Mannheim oder Buxtehude gewesen sein. Ich weiß nur eines, aber das weiß ich: sieben, fünf, drei.«

Dank moderner Computertechnik und bundesweiter Behördenvernetzung brauchte Sven Balke nur eine Viertelstunde, um abzuklären, dass es im Landkreis Hof genau dreiundzwanzig Fahrzeuge mit der von Baierer genannten Ziffernfolge gab. Keines davon war ein Audi Q7 oder wenigstens ein Geländewagen. Auch vor drei Jahren hatte es keines gegeben.

»Drei Möglichkeiten«, schimpfte er. »Entweder Hof stimmt nicht, oder die Zahlen sind falsch, oder Nikolas hat sich doch beim Wagentyp geirrt.«

Ich gab ihm einen Wink, sich zu setzen, griff zum Hörer und bat Sönnchen, mir eine Verbindung herzustellen. Die Wartezeit versuchte ich für ein wenig psychologische Mitarbeiterbetreuung zu nutzen. Balke sah mit jedem Tag schlechter aus.

»Haben Sie abgenommen?«

»Bin in letzter Zeit ziemlich viel im Fitness-Studio«, erwiderte er trotzig und starrte auf seine Knie. »Und fangen Sie bitte nicht wieder mit Nicole an!«

»Es lag mir auf der Zunge.«

Als er mir ins Gesicht sah, war in seinem Blick etwas Feindseliges. Gerade öffnete er den Mund zu einer sicherlich nicht freundlichen Erwiderung, da summte zu meiner Erleichterung mein Telefon.

»Brettschneider«, meldete sich eine gemütliche Stimme in breitestem Schwäbisch.

»Hauptkommissar Brettschneider?«

»Ehemaliger Hauptkommissar. Bin seit April in Pension.«

»Meinen Glückwunsch. Sie haben damals Nikolas Kowalschik vernommen?«

»Wenn das der Bub ischt, der vor drei Jahren angeblich beinah entführt worden ischt, ja. Aber falls Sie Akten brauchet, müsset Sie sich an die Kollege in Ulm wende.«

»Mir geht es nicht um Akten, sondern um Ihre persönliche Meinung. Für wie glaubwürdig halten Sie die Aussagen des Jungen?«

»Schwer zum sage.« Schon an seiner Art zu sprechen merkte ich: Der Mann hatte beneidenswert viel Zeit. »Das Büble hat halt scho a blühende Phantasie g'habt. Da hat sich mehr als einmal Dichtung und Wahrheit vermischt.«

»Mir geht es um zwei Punkte: den Wagentyp und das Kennzeichen.«

»Das Auto ist natürlich ein großes Thema gewesen.« Plötzlich sprach der pensionierte Hauptkommissar fast akzentfrei Hochdeutsch. Als hätte er sich in Gedanken wieder in sein Büro zurückversetzt. »Ich bin sogar mit dem Nikolas in die Stadt gefahren, zu einem Audi-Händler. Aber von dem Q7, von dem war er nicht abzubringen. Das Kennzeichen – na ja. Die meisten Buchstaben hat er ja schon lesen können, obwohl er noch nicht in die Schule gegangen ist. War schon ein helles Bürschchen, der kleine Nikolas.«

»Das heißt, aus Ihrer Sicht gab es keine Zweifel?«

»Der Zweifel ist gewesen, ob er die ganze Geschichte nicht bloß erfunden hat.«

»Der Herr Balke macht mir langsam Sorgen«, sagte meine Sekretärin, als Balke gegangen war. »Der sieht ja furchtbar aus!«

»Er müsste sich mit seiner Freundin aussprechen. Er kommt

einfach nicht von ihr los und geht allmählich kaputt an der Geschichte.«

Über ihr Gesicht ging ein Leuchten. »Da hätte ich vielleicht eine Idee!«

»Egal, was es ist, einen Versuch ist es wert. Wenn das so weitergeht, dann wird er am Ende noch krank oder fängt womöglich an zu trinken.«

»Ich bräuchte aber für eine halbe Stunde Ihr Büro.«

»Heute oder morgen?«

»Ich müsste erst ein bisschen rumtelefonieren«, erwiderte Sönnchen und rieb sich die Hände voller Tatendrang. »Die Zeitung hat übrigens schon wieder angerufen …«

»Ich sagte doch schon: nein.«

Aber während ich sprach, schoss mir ein Gedanke durch den Kopf.

»Augenblick, ich hab's mir überlegt. Sie können mich gleich verbinden.«

Die Journalistin, mit der ich wenige Minuten später telefonierte, kannte ich schon von anderen Gelegenheiten. Ihre erste Frage galt der zerstörten Schranke.

»Zu laufenden Ermittlungen kann ich Ihnen leider nichts sagen.«

»Und wie zufrieden sind Sie insgesamt mit den Erfolgen Ihrer neuen Sicherheitspolitik?«

»Verstehen Sie, das sind ja nicht nur meine Erfolge. Es sind die Erfolge eines großen und sehr engagierten Teams. Jeder Beamte, der nachts im Streifenwagen seine Runden durch die Altstadt dreht, trägt mehr dazu bei als ich.«

»Und wie geht's nun weiter? Was planen Sie als Nächstes?«

»Ich habe beschlossen, unsere Anstrengungen künftig stärker zu fokussieren. Auf Dauer werden wir die gesteigerte Präsenz in der Öffentlichkeit nicht aufrechterhalten können. Deshalb werden wir wechselnde Schwerpunkte setzen.«

Ich hörte das Klappern ihrer Tastatur durchs Telefon. »Leuchtet ein«, meinte sie.

»Die eine Woche werden es Taschendiebe sein, in der nächsten vielleicht Graffiti-Sprayer oder die Zeitgenossen, die gerne

Müllgebühren sparen, indem sie ihren Abfall illegal im Wald entsorgen. Damit hoffe ich auch das Bewusstsein der Bürger zu schärfen für die eine oder andere Erscheinung, die wir alle leider längst als selbstverständlich hinnehmen.«

»Und was wird Ihr nächster Schwerpunkt sein?«

Damit waren wir endlich beim eigentlichen Grund des Gesprächs: »Stalking.«

Sie hörte auf zu tippen. »Stalking? Das ist tatsächlich ein Problem?«

»Sogar ein großes! Nur erfährt die Öffentlichkeit wenig davon, weil sich diese Dinge meist im Verborgenen abspielen und die Betroffenen sich oft – teils aus Scham, teils aus Unkenntnis – nicht zur Wehr setzen. Erst kürzlich habe ich zum Beispiel von einem Mann erfahren, der seiner von ihm getrennt lebenden Frau das Leben zur Hölle macht. Er belästigt sie mit Anrufen, setzt ihr Auto als Schnäppchen in die Zeitung oder ihre Wohnung als zu vermieten. So etwas ist kein Spaß, das ist eindeutig kriminell.«

Sie tippte wieder eifrig.

21

Susi begrüßte mich wie einen alten Freund, obwohl ich seit mindestens einem Vierteljahr nicht mehr Gast in der Susibar gewesen war. Sie wusste sogar noch, dass ich früher immer Durbacher Weißherbst getrunken hatte. Es war abends, kurz vor elf, und der Laden brummte.

»Mal wieder auf Mördersuche bei mir?«, fragte sie fröhlich, als sie das beschlagene hohe Glas vor mich hinstellte. »Wie kann ich diesmal helfen?«

»Keinen Mörder, diesmal«, erwiderte ich lachend. »Der Mann, den ich suche, heißt Pretorius. Angeblich trifft man ihn hin und wieder hier.«

»René, der schöne Detektiv?« Susi strahlte mich tatendurstig an und schob ein Büschel schwarzer Kräusellocken hinters Ohr. Heute trug sie ein gerade geschnittenes dunkelgraues Kleid zum üblichen Durcheinander von buntem Schmuck. »Da könnten Sie eventuell sogar Glück haben. An Montagen kommt er öfter her.«

Ich nippte an meinem Wein, lauschte Paolo Conte – und bemühte mich, ausnahmsweise weder an Muriel Jörgensen noch an Natascha Sander zu denken. Es gelang mir nicht. Zwei Mütter, die beide ihren Sohn verloren hatten und auf sehr unterschiedliche Weisen sehr unglücklich waren. Die eine versuchte mit ihrem Leid fertig zu werden, indem sie es mit der halben Menschheit teilte. Die andere, indem sie es sogar sich selbst gegenüber verschwieg.

Bei Natascha Sander lag der Fall in meinen Augen klar: Sie hatte ihren kleinen Sohn zum Spielen auf die Straße geschickt, damit er das Zusammensein mit ihrem Bruder nicht störte. Was an diesen Treffen so geheim war, wusste ich bis heute nicht. Die Recherchen meiner Leute hatten keinerlei Hinweis auf kriminelle Aktivitäten des Geschwisterpaars ergeben. Dafür, dass Gundram ausgerechnet in diesen zwei Stunden entführt wurde, konnte die Mutter nichts. Das wusste sie natürlich und sagte es sich vermutlich wieder und wieder vor, Tag für Tag, Stunde um Stunde. Und dennoch würde sie nicht aufhören, sich schuldig zu fühlen, und allmählich unter dieser Last zerbrechen.

Bei Muriel Jörgensen hatte ich noch immer nicht einmal den Hauch einer Idee, was geschehen sein könnte. Alles war möglich, so vieles war denkbar. Möglicherweise hatte sie ihren Sohn doch selbst getötet. Vielleicht in der Verzweiflung über das Zerbrechen ihrer Ehe, die lange genug nichts weiter gewesen war als eine Potemkinsche Pappfassade zur Täuschung der Nachbarn und ihrer selbst. Vielleicht hatte auch Tims Vater recht, und der Großvater hatte seinen Enkel im Zorn oder aus Versehen die Treppe hinabgestoßen. In diesem Fall deckte die Mutter den Täter und ging darüber zugrunde. Oder sollte Balke richtig liegen mit seiner Vermutung, dass Hermann Jörgensen hinter Tims Verschwinden steckte?

Und dann gab es ja noch die geheimnisvolle Putzfrau mit falschem Namen. Welche Rolle spielte sie in der Geschichte? Alle Anstrengungen meiner Leute, sie aufzuspüren, hatten zu keinem Ergebnis geführt. Vermutlich hatte sie sich ins Ausland abgesetzt. Die Frage war: Warum? Und warum so plötzlich?

Pretorius betrat um zwanzig vor zwölf mit weichen, selbstsicheren Bewegungen das inzwischen proppenvolle Lokal. Wie immer trug er einen für meinen Geschmack etwas zu eleganten dunklen Anzug. An seinen schlanken Händen blitzten Ringe. Er bemerkte mich sofort und begann, bis zu den abstehenden Ohren zu grinsen.

Ich ging auf ihn zu. »Ich muss Sie sprechen.«

Sein Grinsen schien noch eine Spur fieser zu werden.

»Dieses Bedürfnis beruht leider nicht auf Gegenseitigkeit«, entgegnete er.

»Es ist aber wichtig.«

»Für Sie vielleicht.«

Er versuchte, an mir vorbei zur Bar zu kommen, aber ich verstellte ihm den Weg.

»Entweder wir reden gleich, oder Sie haben morgen früh die Vorladung auf dem Tisch.«

»Mein Anwalt wird sie Ihnen mit Freuden zerreißen.«

So wurde das nichts. Ich änderte meine Taktik. »Können wir denn nicht wie zwei vernünftige Menschen miteinander reden? Ich habe nur eine kurze Frage, dann lasse ich Sie wieder in Ruhe.«

Plötzlich erlosch sein Grinsen. Mit kaltem Blick musterte er mich. »Sehen Sie, Herr Gerlach, ich bin ein friedfertiger und hilfsbereiter Mensch. Ich habe eigentlich nur zwei schlechte Eigenschaften: Ich bin nachtragend. Und ich lasse mich ungern verarschen.«

»Das war nur eine schlechte Eigenschaft.«

»Sie haben recht, sich nicht gern verarschen zu lassen, ist nicht anrüchig, sondern menschlich. Aber wie auch immer, ich habe seit einer halben Stunde Feierabend. Mein Laden ist geschlossen. Wenn Sie etwas von mir wollen, dann wenden Sie sich morgen früh an meine Sekretärin.«

»Es geht um das Leben eines Kindes.«

»Holbein hat mich natürlich nach Ihrem Besuch sofort angerufen. Jetzt haben Sie, was Sie wollten …«

»Holbein ist Schnee von gestern«, versetzte ich. »Es geht um einen Auftrag, den Sie vor zwei Wochen von einer gewissen Frau Jörgensen erhalten haben. Muriel Jörgensen.«

In seinen misstrauischen Blick mischte sich Überraschung.

»Ungefähr der erste Passus meines üblichen Mandanten-vertrags besagt«, erklärte er langsam, »dass alle Informationen, die ich von meinen Kunden erhalte, streng vertraulich sind. Das betrifft sowohl den Namen des Auftraggebers als auch den Inhalt des Auftrags und erst recht die Ergebnisse.«

»Solange es nicht um die Aufklärung einer Straftat geht. In diesem Fall sind Sie zur Unterstützung der Polizei verpflichtet wie jeder andere auch.«

Für einige Sekunden sah er mir stumm ins Gesicht. Dann fischte er ein Päckchen Dunhill und ein goldenes Feuerzeug aus einer Tasche seines maßgeschneiderten Jacketts. Im letzten Moment überlegte er es sich anders, Zigaretten und Feuerzeug verschwanden wieder an ihrem Platz.

»Stellen Sie sich vor, wir finden den Jungen irgendwann tot und ich kann Ihnen nachweisen, dass Sie seinen Tod hätten verhindern können«, sagte ich kalt.

Pretorius zwinkerte nicht einmal. Wir sahen uns an wie zwei schießwütige Kuhhirten in einem schlechten Western.

»Und stellen Sie sich bitte mal vor, es spricht sich herum, dass ich meine Mandanten an die Polizei verpfeife.«

»Wenn Tim etwas zustößt«, sagte ich leise, »und wenn ich auch nur den leisesten Verdacht habe, dass Sie es hätten verhindern können, dann ...«

»Na?« Plötzlich war sein Grinsen wieder da. »Was dann?«

Für diesen spöttischen Zug um seinen schmalen, schön ge-schwungenen Mund hätte ich ihn ohrfeigen können. Sicher-heitshalber steckte ich die Hände in die Hosentaschen.

»Dann werde ich dafür sorgen, dass Ihr Laden dicht gemacht wird. Sie werden nirgendwo in Europa noch einen Gewerbe-schein bekommen, das verspreche ich Ihnen.«

»Wow!« Jetzt lachte er beinahe. »Gleich mach ich mir in die Hosen!«

Er senkte den Blick und schien zu überlegen. Dann sah er mir wieder ins Gesicht.

»Sie tun mir leid, Herr Gerlach.« Es klang nicht einmal un-freundlich, wie er das sagte. »Ich möchte Ihren Job nicht ge-schenkt haben.«

»Dann sind wir ja wenigstens in einem Punkt derselben Meinung.«

»Sie sagten Tim. Um welches Kind geht es jetzt eigentlich?«

»Um den Sohn von Frau Jörgensen.«

»Der ist auch verschwunden?« Seine Überraschung schien echt.

»Tun Sie nicht so, als wüssten Sie nichts davon.«

Verblüfft schüttelte er den Kopf und ließ mich einfach stehen. Er begrüßte Susi mit drei symbolischen Wangenküssen, bestellte einen Cocktail mit unaussprechlichem Namen und schien meine Anwesenheit in der nächsten Sekunde vergessen zu haben.

Es gibt Momente, in denen verstehe ich, wie ein Mensch zum Mörder werden kann.

Einmal mehr hatte ich miserabel geschlafen. Dabei hatte ich mir vor dem Zubettgehen sogar zur Beruhigung noch ein Gläschen Rotwein gegönnt und ein wenig Paolo Conte gehört. Dennoch hatte ich die halbe Nacht wach gelegen und Pläne geschmiedet, wie ich diesem Lackaffen von Privatschnüffler das Genick brechen würde.

Als Erstes würde ich heute einen Durchsuchungsbeschluss für seine edlen Büroräume erwirken. Ich hatte mir genügend Argumente zurechtgelegt, um Staatsanwaltschaft und Richter auf meine Seite zu bringen. In spätestens zwei Stunden würde ich mit einer Armada von Streifenwagen anrücken, mit viel, viel Blaulicht und noch mehr Uniformen. Nun blieb mir nur zu hoffen, dass Pretorius mir einen Grund lieferte, ihn in Beugehaft zu nehmen oder am besten gleich wegen Widerstands gegen die Staatsgewalt in Handschellen zu legen und möglichst öffentlichkeitswirksam abführen zu lassen.

Bis es so weit war, saß ich jedoch in meiner zu kalten Küche bei einem ersten Espresso und versuchte, Zeitung zu lesen. Es dauerte eine Weile, bis ich den richtigen Abstand zwischen meinen Augen und dem idiotisch klein bedruckten Papier gefunden hatte, sodass ich auch ohne Brille etwas entziffern konnte. Ich wusste nicht, wo ich das ungeliebte Ding gestern Abend hatte liegen lassen, und war zu faul oder zu eitel oder zu wütend, danach zu suchen. Man soll seine Augen nicht verwöhnen, hatte ich irgendwo gelesen. Damals allerdings noch ohne Brille.

In der Nähe von Hannover war ein Kind entführt worden, ein Mädchen diesmal, vier Jahre alt. In Stralsund gestand eine Mutter vor Gericht unter Tränen, im Lauf der Jahre drei Neugeborene erstickt und in der Gefriertruhe versteckt zu haben. Und zwar, ohne dass ihr Mann irgendetwas bemerkt haben wollte. Selektive Wahrnehmung. Plötzlich schien die Welt voller Verbrechen gegen Kinder zu sein. Mir wurde minütlich kälter.

Um halb sieben wurde die Heizung warm, um zehn vor erschienen meine Töchter, musterten mich vorsichtig erstaunt und richteten sich schweigsam ihr Frühstück. Sie hatten sofort bemerkt, dass mit mir heute nichts anzufangen war, und diskutierten leise, ob ihre erste Villa eher in Florida oder in Santa Monica stehen sollte und wie groß der Pool sein müsste. Sie einigten sich schließlich darauf, sich sowohl im Osten wie im Westen der USA eine Residenz einzurichten, wenn ihre erste Platte erst einmal die Charts der Welt gestürmt hatte. Ich beneidete sie um ihre Jugend, um ihre Träume, um ihre Überzeugung, die Welt sei ein grandioser Abenteuerspielplatz und sie selbst die erste Generation, die alles richtig machen würde.

Später verabschiedeten sie sich mit kühlen Küsschen auf die Wange und zweifach hingemurmeltem »Tschüssi, Paps!«.

Vor halb neun hatte es keinen Sinn, die Staatsanwaltschaft zu behelligen. So ging ich duschen und machte mir anschließend einen zweiten Espresso. Als das Tässchen auf dem Tisch stand, brummte mein Handy, das daneben lag, und drehte sich aufgeregt im Kreis.

Pretorius war auf dem Display zu lesen.

»Was wollen Sie?«

»Keinen Krieg. Ich will nicht leugnen, dass ich Sie nicht ausstehen kann. Aber ich habe auch kein Interesse an einer Dauerfehde.«

»Nett zu hören.«

»Jetzt spielen Sie nicht die beleidigte Leberwurst. Sie machen Ihren Job, ich mache meinen. Da kann es schon mal passieren, dass man sich in die Quere kommt.«

Mein Daumen lag schon auf dem roten Knopf. Aber dann zögerte ich. Rache war keine Lösung, sondern die Verlängerung der Schlacht mit anderen Mitteln. Ich nahm das Handy wieder ans Ohr.

»Lassen Sie hören«, sagte ich mit allem Desinteresse, dessen ich fähig war.

»Ich darf und werde Ihnen nicht sagen, was Frau Jörgensen von mir wollte. Aber eines sollen Sie wissen: Es hat nichts mit ihrem Sohn zu tun. Dass das Kind vermisst wird, habe ich gestern Abend zum ersten Mal gehört.«

»Sie hat Ihnen gegenüber wirklich nichts davon erwähnt?«

»Keine Silbe. Großes Indianerehrenwort!«

»Und das ist alles, was Sie zu sagen haben? Nicht noch irgendein Tipp? Eine kleine Andeutung vielleicht?«

»Sie sind vielleicht eine Zecke«, ächzte Pretorius. »Aber okay, als Zeichen meines guten Willens: Es war was völlig Banales. So banal, dass ich mich bis heute wundere, wieso sie ohne jede Diskussion vierzehnhundert Euro für den Job hingeblättert hat.«

»Und warum sollte ich Ihnen das glauben?«

»Weil es die Wahrheit ist.«

»Nun gut. Was halten Sie davon, wenn wir uns bei Gelegenheit in Susis Bar treffen und noch ein bisschen plaudern?«

»Und vielleicht die Friedenspfeife rauchen?«

»Ein Gläschen Friedenswein fände ich besser.«

Pretorius lachte. »Heute Abend? Wieder gegen elf?«

»Heute kann ich leider nicht.«

An diesem Abend würde ich mit Theresa in aller Form und gebotenen Ausführlichkeit unsere neue Wohnung einweihen. So verabredeten wir uns für den nächsten Tag, Mittwoch.

»Alle Getränke gehen auf Ihre Rechnung.«

»Akzeptiert.« Pretorius konnte sogar recht sympathisch lachen, musste ich mir eingestehen. »Dank der guten Frau Jörgensen kann ich es mir ja leisten. Bei dem Auftrag bin ich auf einen Stundensatz von fast dreihundert Euro gekommen, habe ich ausgerechnet.«

Etwas entspannter als zuvor wandte ich mich wieder meiner Zeitung zu.

»Weltbekannter Magerquark bei Autounfall ums Leben gekommen«, entzifferte ich die Schlagzeile auf Seite Vier.

Ich fand meine Brille nach zehnminütiger Sucherei auf dem Couchtisch neben dem leeren Rotweinglas. Dummerweise hatte ich sie gestern Abend so auf die Fernsehzeitschrift gelegt, dass ich sie ohne Sehhilfe praktisch nicht erkennen konnte. Wenn das so weiterging, würde ich mich demnächst mit Themen wie Hühneraugenpflastern und Zahnprothesenhaftcreme auseinandersetzen müssen.

Das verunglückte Milchprodukt entpuppte sich als brasilianisches Mannequin, das in der Nähe von München mit dem Ferrari eines Bekannten und bis an den Hals vollgepumpt mit Ecstasy gegen einen Alleebaum gerast war. Wieder einer dieser unglücklichen Menschen, die mit ihrem zu frühen Erfolg nicht klarkamen. Dreiundzwanzig war das Mädchen geworden. Sie war sofort tot gewesen.

Ich konnte nur hoffen, dass die Sängerinnenkarriere meiner Töchter nicht allzu steil verlief. Auf der einen Seite fand ich es gut und lobenswert, dass sie sich Ziele setzten, etwas aus ihrer freien Zeit machten und seit Neuestem sogar die Schule wieder ernster nahmen. Ein wenig eifersüchtig war ich allerdings auf diesen Sam, dessen Nachnamen ich noch immer nicht kannte. Er brauchte nur zu sagen: »Ohne eine gute Ausbildung geht es nicht«, und schon lernten sie, dass einem schwindlig wurde. Ich dagegen hätte denselben Satz tausendmal wiederholen können und nichts weiter erreicht als mitleidiges Lächeln in stereo.

Ich konzentrierte mich wieder auf die Tagespresse. Inzwischen war ich beim Lokalteil angelangt. Das Thema Stalking wurde hübsch groß und ausführlich beleuchtet. Marie von Heerfeldt würde ab heute hoffentlich wieder ihre Ruhe haben.

Beim Umblättern erstarrte ich mitten in der Bewegung.

Minuten später radelte ich eilig die fünfhundert Meter von meiner Wohnung in der Kleinschmidtstraße zur Polizeidirektion. Der Regen hatte aufgehört, und Balke war zum Glück schon in seinem Büro, das er mit Klara Vangelis teilte. Er war nur wenige Augenblicke vor mir angekommen, stand noch in seiner Lederjacke vor der computerisierten Kaffeemaschine und guckte sehr verdutzt, als ich hereinplatzte.

»Dieser angeblich um ein Haar entführte Nikolas«, stieß ich atemlos hervor, »der konnte ja noch nicht wirklich lesen, oder?«

Balke nickte mit einem Blick, als fürchtete er Schlimmes für meinen Verstand.

»Wäre es da nicht denkbar, dass er ein großes D mit einem großen O verwechselt hat?«

Er brauchte drei Atemzüge, um zu begreifen.

»Heidelberg statt Hof!«, stöhnte er dann, schlug sich an die Stirn und ließ seinen gerade frisch aufgebrühten Kaffee in der Maschine stehen. »Viertelstunde! Höchstens!«

Balke hatte keine Chance, sein Versprechen einzuhalten, denn in der Nacht war unser komplettes Computernetz abgestürzt. Ich nutzte die E-Mail-lose Zeit, um rasch zwei Flaschen Sekt und ein wenig Knabberzeug zu besorgen und in unserem neuen Liebesnest zu deponieren. Noch am Samstag hatte ich einen kleinen Kühlschrank gekauft sowie einige Kunstdrucke, von denen ich hoffte, dass sie Theresa gefielen. Auf dem glänzenden Nussbaumparkett des Schlafzimmers lag inzwischen auch eine Matratze. Zwei gepolsterte Klappstühle, Kissen, eine überbreite Bettdecke und was für die Einweihungsparty sonst noch nötig war, hatte ich zu Hause im Keller gefunden. Inzwischen roch man das auch kaum noch.

Endlich würden wir wieder richtig Zeit füreinander haben. Keine Fahrerei mehr, keine Blessuren und Verrenkungen, keine unruhigen Blicke auf fremde Autonummern. Theresa wusste bisher lediglich, dass ich fündig geworden war, jedoch weder wo noch wie. Bevor ich ging, sah ich mich ein letztes Mal um. Zugegeben, die Wohnung wirkte immer noch ein wenig kahl und seelenlos. Aber das würde sich mit der Zeit von alleine geben. Wohnungen möbliert man ja nicht nur mit Einrichtungsgegenständen, sondern auch mit Erinnerungen und Gefühlen. Ein Blumenstrauß konnte vielleicht nicht schaden, der hoffentlich auch den leichten Kellermief überduften würde.

Balke kam mir deprimiert auf der Treppe zu meinem Büro entgegen. Seit zwanzig Minuten waren unsere Computer wieder mit dem weltweiten Netz verbunden, erfuhr ich.

»Es ist zum Kotzen«, schimpfte er. »Es gibt exakt neunzehn Autos auf der Welt mit vorne HD und hinten 753. Keines davon ist ein Audi, kein SUV, kein gar nichts.«

Als Kripobeamter ist man Enttäuschungen gewöhnt. Unsere Arbeit besteht nun einmal zu neunundneunzig Prozent aus kalten Spuren: Ideen, die sich, oft erst nach unsäglichen Mühen, als Blindgänger herausstellen, und Aussagen, die sich nach tagelanger Telefoniererei letztlich als falsch erweisen. Dennoch war ich in diesem Moment mindestens ebenso enttäuscht wie mein Untergebener.

»Es ist so eine gottverdammte Scheiße!« Balke schien fast mit den Tränen zu kämpfen. »So eine gottverdammte Scheiße!«

Nun war es an mir als seinem Vorgesetzten, Optimismus zu verbreiten. Dabei fiel mir doch selbst das Schlucken schwer. Ich tat etwas, was ich sonst nie tue: Ich legte den Arm um seine Schulter.

»Wir kriegen ihn«, sagte ich leise. »Und wenn es zehn Jahre dauert. Ich verspreche Ihnen, wir lassen nicht locker. Wir kriegen ihn.«

In meinem Vorzimmer brummte die Maschine, Kaffeeduft wehte mir entgegen. Aber ich hatte jetzt keine Lust auf Kaffee. Ich nickte Sönnchen zu und schloss die Tür hinter mir. Ich war müde. Ich sehnte mich nach Ruhe.

Es klopfte.

»Der Herr Runkel möchte Sie sprechen. Dringend.«

Auch das noch.

»Soll reinkommen.«

Runkel erschien mit betretener Miene und gähnte mich erst einmal an. Wegen seiner zahllosen Kinder erschien er hie und da übernächtigt zum Dienst. Aktuell waren es fünf, wenn ich richtig informiert war, und Nummer sechs stand kurz vor der Geburt.

»Na«, begrüßte ich ihn bemüht leutselig. »Hat der Alltag Sie schon wieder am Wickel?«

Er setzte sich in seiner trägen Art, die einen manchmal ein klein wenig nervös machen konnte.

»Dieser Jörgensen, der ist doch viel im Ausland gewesen«, begann er, nachdem er ausgiebig auf seine Hände gestarrt hatte, die von den ständigen An- und Umbauten an seinem Häuschen in Ziegelhausen schwielig waren. »Auch auf den Philippinen, hab ich gehört.«

Ich nickte.

»Ich kenn mich nämlich zufällig ein bisschen aus auf den Philippinen.«

»Ich weiß. Ihre Frau stammt von dort.«

Immer noch glotzte er auf seine Hände. »Bin auch schon dreimal da unten gewesen. Wenn's nicht die meiste Zeit so schwül wär, könnt man's ganz gut aushalten.«

Nun wurde ich doch ein wenig ungeduldig. »Worauf wollen Sie hinaus?«

Endlich sah er auf. »Wie der Balke mir das gestern erzählt hat, dass der Jörgensen auf den Philippinen gewesen ist, da hab ich gedacht ... Was man halt so denkt, wenn man Manila hört. Sextourismus, Sie wissen schon.«

Ich nahm einen Stift zur Hand und begann, ihn herumzuzwirbeln. Runkel starrte wieder auf seine Hände. Gleich würde er anfangen zu schwitzen.

»Es ist nämlich so«, fuhr er mit leidender Miene fort. »Ein Cousin von einem Schwager von Mahsuri, der ist bei der Polizei in Manila.«

»Und jetzt sagen Sie nicht, die haben Jörgensen in ihren Akten.«

»Doch, genau. In letzter Zeit gehen die da ziemlich rabiat gegen die Sextouristen vor. Machen Razzien und so. Wegen den Kinderpuffs und dem ganzen Mist.«

Mein Stift kam zum Stillstand.

»Und bei einer dieser Razzien wurde Jörgensen aufgegriffen?«

Runkel nickte, als trüge er persönlich die Schuld daran. »Zusammen mit ein paar von seinen Kollegen.«

»Jungs oder Mädchen?«

Runkel sah aus, als quälten ihn fürchterliche Ohrenschmerzen.

»Sie haben ihn nicht in flagranti erwischt. Aber er ist in einer von diesen Bars gewesen, wo man sich Kinder aussuchen kann. Natürlich sind sie alle besoffen gewesen. Man hat ihnen am Ende nichts nachweisen können, und drum haben sie die Bande wieder laufen lassen müssen. Sagt der Cousin von Mahsuris Schwager.«

Ich nahm die Brille ab und rieb meine Augen. Setzte sie wieder auf. »Was haben die da eigentlich gebaut, auf den Philippinen?«

»Gar nichts«, erwiderte Runkel. »Seine Baustelle ist gar nicht auf den Philippinen gewesen. In dem Punkt hat er Sie angelogen.«

»Sondern?«

Inzwischen sehnte ich mich nach Balkes norddeutsch-flotter Art oder Vangelis' kühler Präzision. Was mir Runkel mitzuteilen versuchte, hätte man vermutlich bequem in zwei, drei Sätzen zusammenfassen können.

»Auf Guam. Das ist eine gottverlassene Insel drei Flugstunden östlich von Manila.«

»Und was baut man auf Guam?«

Runkel hob die massigen Schultern. »Keine Ahnung. Soll ich versuchen, es rauszufinden?«

Hermann Jörgensen als Pädophiler? Das gab der Sache eine völlig neue Wendung. Sollte Runkel in seiner tölpelhaften Art über eine Goldader gestolpert sein?

»Wissen Sie was?« Ich sah auf die Uhr. »Das soll er mir am besten selbst erzählen. Ein bisschen frische Luft wird mir guttun.«

Aber daraus wurde nichts.

Mein Telefon klingelte – Frau Weberlein.

22

Zwanzig Minuten später brachte Balke unseren Wagen mit quietschenden Reifen vor dem Jörgensenschen Gartenzaun zum Stehen. Wir durchquerten den Vorgarten im Laufschritt. Balke drückte den Klingelknopf und ließ ihn nicht mehr los.

Der alte Herr Gernhardt schreie seit dem frühen Morgen im Haus herum, hatte mir Frau Weberlein aufgeregt ins Ohr gekreischt. Im Augenblick war es drinnen jedoch still. Niemand öffnete.

»Scheiße!«, knurrte Balke und drückte wieder die Klingel.

Jetzt begann drinnen die Stimme des alten Mannes zu zetern.

»Verschwinden Sie!«, kreischte er. »Wir spenden nichts, wir kaufen nichts!«

»Polizei!« Ich klopfte gegen die Tür. »Öffnen Sie bitte!«

»Verschwinden Sie!«, schrie er mit überkippender Stimme. »Oder ich hole die Polizei!«

Balke nahm Anlauf, um die Tür einzurennen, aber ich hielt ihn zurück und zog mein Handy aus der Jacketttasche.

»Warten wir lieber auf den Schlüsseldienst.«

Ich suchte die richtige Nummer in meinem Handy, und Balke verschwand um eine Hausecke. Während ich telefonierte, entdeckte ich auf der gegenüberliegenden Straßenseite im Schatten eines Baumes den Mann in der olivgrünen Armeejacke, den ich vor einiger Zeit schon einmal dort gesehen hatte. Wieder versuchte er so zu tun, als wäre er unsichtbar. Balke stand plötzlich wieder neben mir.

»In der Küche steht das Fenster offen!«

Ich bestellte den Schlüsseldienst wieder ab.

Das Fenster stand nicht wirklich offen, es war lediglich gekippt. Balke schaffte es jedoch, es mit einigen kräftigen Griffen aus den Scharnieren zu wuchten, wobei es zerbrach. Ohne auf die Scherben zu achten, stemmte er sich hoch und war im nächsten Augenblick drin. Bei mir dauerte es etwas länger. Beim Hineinklettern ging noch einiges an Geschirr kaputt, und am Ende blutete meine Hand. Die rechte, diesmal.

Der alte Mann stand, am ganzen Leib vor Kälte und Aufregung schlotternd, in einem viel zu dünnen, blau-gelb gestreiften Schlafanzug in der Halle. Als Waffe hielt er einen alten Stockschirm in beiden Händen. Es roch, als hätte seine Windel versagt.

»Helfen Sie mir!«, flüsterte er mit starrem Blick auf die Tür. »Da sind Einbrecher!«

Erst als ich ihm vorsichtig seine Waffe entwand, wurde ihm bewusst, dass er nicht mehr allein war.

»Wo ist sie?«, fragte ich so ruhig, wie es meine Stimme nach der Kraxelei erlaubte. »Wo ist Ihre Tochter?«

Auf einmal so ängstlich wie ein unartiges Kind, schielte er mir von unten her ins Gesicht. »Das Luder macht mir kein Frühstück!«, flüsterte er und wies irgendwohin. »Und sie hat mich heute Morgen nicht gewaschen!«

Balke lief inzwischen durchs Haus und drückte jede Klinke. Die Tür zum Badezimmer im Obergeschoss war abgeschlossen. Er wartete mit dem Klopfen, bis ich bei ihm war. Niemand reagierte.

Dieses Mal hielt ich ihn nicht zurück, als er Anlauf nahm.

Muriel Jörgensen lag komplett angekleidet in einem Meer von Blut. Das Wasser in der Badewanne war bereits eiskalt, aber wider Erwarten lebte sie noch.

»Sie hat nicht richtig geschnitten«, keuchte Balke und hielt sich die Schulter. »Quer statt längs. Der übliche Fehler.«

Es dauerte vermutlich nur wenige Minuten, bis der Notarztwagen vor der Tür stand, aber für uns war es eine Ewigkeit. Wir legten Frau Jörgensen auf die Couch im Wohnzimmer, verbanden ihren Arm irgendwie und deckten sie mit allem zu, was wir fanden. Balke trieb zwei Wärmflaschen auf, mit deren Hilfe wir versuchten, ihre Körpertemperatur wenigstens nicht weiter absinken zu lassen. Endlich hörten wir das Martinshorn in der Ferne. Ich lief zur Tür. Als ich sie aufriss, war der Mann auf der anderen Straßenseite verschwunden.

Der Arzt zog ein bedenkliches Gesicht und begann sofort mit den Infusionen. Bald hingen rechts eine Blutkonserve und links ein Beutel mit einer klaren Flüssigkeit. Ein junger käseweißer Sanitäter, der offenbar neu im Geschäft war, assistierte, ein Zweiter rannte ständig zum Wagen hinaus und wieder zurück und schleppte alle möglichen Dinge herbei, die der Arzt mit knappen und äußerst unfreundlichen Kommandos anforderte.

Muriel Jörgensens randalierenden Vater hatten wir in seinem Zimmer einschließen müssen. Jetzt war er der Überzeugung, wir seien eine Mörderbande, die es auf seine Tochter abgesehen hatte.

»Es gehört viel Mut dazu, sich die Pulsadern aufzuschneiden«, meinte Balke halblaut, als endlich wieder ein wenig Ruhe eingekehrt war.

»Oder viel Verzweiflung.«

Endlich richtete der Arzt sich ächzend auf und drückte sein breites Kreuz durch.

»Das war knapp.« Neugierig sah er sich um, als wäre er eben erst angekommen.

»Fremdverschulden ist auszuschließen?«, vergewisserte ich mich.

Nickend steckte der Arzt sich eine Selbstgedrehte an.

»Kommt sie durch?«

»Fragen Sie mich das morgen früh noch mal.«

Das altertümliche Benzin-Feuerzeug klickte. Seine Hände waren unruhig, sein Blick fand keinen festen Punkt. Vielleicht war seine Abgebrühtheit nur gespielt.

Der zweite Sanitäter war, als es nichts mehr hereinzuschleppen gab, nach oben gegangen und versuchte dort, den alten Mann zu beruhigen. Zurzeit hielt er uns anscheinend für Geheimagenten, die ihm eine blutende Fremde ins Haus geschleppt hatten, um ihm einen Mord anzuhängen. Wieder und wieder rief er den Namen seiner Tochter, zeterte und fluchte, weil sie nicht antwortete, bedachte abwechselnd uns und Muriel mit allen nur denkbaren Beleidigungen. Schließlich hielten die Sanitäter ihn fest, und der Arzt gab ihm eine Beruhigungsspritze. Dann war es endlich, endlich still.

»Puls und Blutdruck werden kräftiger«, stellte der inzwischen nicht mehr ganz so blasse Sanitäter fest. »Und demnächst geht uns übrigens der Plasma-Expander aus.«

»Okay.« Der Arzt, der in der Zwischenzeit fast ununterbrochen geraucht hatte, warf seine Zigarette aus dem Fenster. »Denn mal los.«

Es kostete Sönnchen unzählige Telefonate, und sie musste all ihre Beziehungen und Überredungskünste einsetzen, um für den alten Herrn Gernhardt einen Heimplatz zu organisieren. Pflegeheime zählen heutzutage ja zu den wenigen noch verbliebenen Boombranchen. Als sie ihn endlich in einem Haus der AWO auf dem Boxberg untergebracht hatte, stand der Krankenwagen schon vor der Tür, der ihn abholen sollte. Die Aufregungen der letzten Stunden und damit den Grund für seine Unruhe hatte der alte Mann längst vergessen. Auf dem Weg zum

Wagen murmelte er mit konzentrierter Miene vor sich hin. Ich verstand Worte wie »Konjunktureinbruch«, »Immobilienkrise« und »Konzentration aufs Kerngeschäft.«

Theresa ließ sich sogar in aller Form über die Schwelle tragen. Und sie mochte die Wohnung. Es war Liebe auf den ersten Blick.

»Ich fühle mich zwanzig Jahre jünger«, stellte sie vergnügt fest. »Sie erinnert mich an meine Studentinnenbude, damals in Berlin.«

»Wo du bist, ist alles hübsch«, hauchte ich zur Feier des Tages. Während wir uns küssten, fing ich an, sie zu entkleiden.

Liebevoll knabberte sie an meinem Ohr. »Sind wir für solchen Schmus nicht schon ein wenig zu alt, Süßer?«

Wie bestellt begann in der Wohnung über uns jemand mit Talent und viel Gefühl, Saxofon zu spielen.

Ich wollte noch etwas erwidern, aber dazu kam ich nicht mehr. Die Matratze war groß und überraschend bequem, die Musik schön.

Später holte ich die Erste der beiden Flaschen aus dem Kühlschrank und ließ den Korken durchs Zimmer fliegen. Neben unserer Liebesspielwiese stand inzwischen auch ein Tischchen, auf dem drei dicke Kerzen nicht aufhören wollten zu qualmen. Selbst an die Handtücher fürs Bad hatte ich gedacht und an den Aschenbecher für die postkoitale Zigarette. Nur an den Decken hingen noch nackte Glühbirnen, die wir lieber nicht einschalteten.

Im blakenden Kerzenlicht ließen wir die vornehmen Sektkelche klingen, die aus Theresas Beständen stammten und nicht recht ins WG-Ambiente passen wollten.

»Wie bist du an diese Wohnung gekommen?«, fragte Theresa mit Blick über den Rand des Sektkelches hinweg. »Sechs Euro pro Quadratmeter so nah am Zentrum, das geht doch nicht mit rechten Dingen zu.«

Ich versuchte, sie durch Zärtlichkeiten auf andere Gedanken zu bringen, aber dadurch wurde ihr Misstrauen erst recht geweckt.

»Beziehungen«, erwiderte ich einsilbig.

»Zu wem?« Bei Theresa gab es kein Ausweichen, wenn sie etwas wissen wollte.

»Das möchtest du nicht hören.«

»Steckt eine andere Frau dahinter?«

»Nicht was du denkst. Sie ist mir aus einem gewissen Grund dankbar und hat das Ganze auch bloß vermittelt. Vermieter ist ein gewisser Berti.«

»Berti?« Die Miene meiner Liebsten wurde immer kritischer.

»Den Nachnamen weiß ich nicht. Es gibt ja noch keinen Vertrag.«

»Alexander, du hast Geheimnisse vor mir! Gib's zu, da steckt eine Schweinerei dahinter.«

»Schweinerei ist maßlos übertrieben. Ich musste nur ... Nein, du willst es wirklich nicht wissen.«

Theresa stellte ihr Glas zur Seite. »Was musstest du?«

»Ein kleines bisschen lügen.«

Sie lachte hell und küsste mich auf die Nasenspitze. »Aber lügen wir nicht alle? Ich belüge meinen Mann, du deinen Chef. Ich belüge meine Nachbarin, wenn ich sage, ihre neue, schweinchenrosa getönte Frisur steht ihr, du belügst die Zeitungsleute, wenn du wieder einmal behauptest, ein Fall stehe kurz vor der Aufklärung, obwohl ihr noch völlig im Dunkeln tappt.«

Plötzlich wollte mir der Sekt nicht mehr schmecken.

»Es war eine Notlüge. Wir steckten in einer Notlage, das wirst du zugeben.«

Sie begann, mich zu streicheln, war jedoch nicht vom Thema abzubringen. »Das wird ja immer spannender. Jetzt aber raus mit der Sprache: Was ist hier los?«

»Ich habe dem Vermieter erzählt, ich bräuchte die Wohnung nicht für mich, sondern für eine Bekannte.«

Sie gluckste. »Eine Bekannte?«

»Sollte ich sagen, für meine Geliebte? Der Mann kennt mein Gesicht aus der Presse. Außerdem vermietet er die Wohnungen in diesem Haus ausschließlich an Künstler.«

Theresas Blick bekam etwas Schalkhaftes. »Und ein Künstler bist du natürlich nicht, das ist klar.«

»Und da habe ich dann dummerweise gesagt, du schreibst Romane.«

Ihre heißen Hände erstarrten. »Romane?«

»Herrgott.« Von Klara Vangelis verhört zu werden, musste der reine Urlaub sein verglichen mit dem, was ich gerade durchlitt. »Erotische Romane, habe ich gesagt.«

»Erotische Romane«, schnappte sie. »Aber wie konntest du …?«

»Ich hatte doch keine Wahl«, versuchte ich das heraufziehende Gewitter noch abzuwenden. »Wir hätten in zehn Jahren noch keine Bleibe, wenn …«

»Ich habe bisher keiner Menschenseele etwas davon erzählt«, fiel sie mir ins Wort.

»Was erzählt?«

»Von meinem Roman.«

»Du schreibst doch nicht etwa wirklich …?«

»Seit Jahren gehe ich mit der Idee schwanger. Und im Sommer dachte ich, warum soll ich es nicht einfach versuchen.«

»Dann hast du also auch Geheimnisse vor mir«, sagte ich mit schlecht geheuchelter Empörung.

»Eine Beziehung ohne Geheimnisse«, dozierte meine Liebste mit erhobenem Zeigefinger, »endet entweder in tödlicher Langeweile oder in einem Blutbad.«

»Was für eine Art Roman ist das?«

»Etwas Historisches natürlich. Zentrale Figur ist Kurfürstin Elisabeth Augusta. Sie war eine überaus lebenslustige Frau, die sich für ihre Zeit die unglaublichsten Frechheiten geleistet hat.«

»Dann wird es also doch so etwas wie ein erotischer Roman?«

Sie grinste schelmisch und schenkte Sekt nach. »Aber nicht nur.«

»Und ich habe gar nicht geschwindelt.«

»Aus Versehen die Wahrheit sagen, ist auch gelogen.«

»Du musst deshalb nicht gleich philosophisch werden.«

»Ich bin auf Seite dreiundsiebzig«, erklärte sie verträumt und reichte mir mein Glas, »und sie hat schon fünfmal Sex gehabt, mit drei verschiedenen Männern.«

»Wie ich dich kenne, nur nicht mit ihrem eigenen.«

»Ihr Karl Theodor soll mindestens so eine Schlaftablette gewesen sein wie Violas Ehemaliger.«

»Das klingt weniger nach Erotik als nach Pornografie.«

»Später werde ich natürlich noch jede Menge Historisches und Atmosphäre hinzufügen.« Wir stießen an und tranken. »Aber erst mal kümmere ich mich um das Wesentliche, habe ich gedacht. Man verzettelt sich sonst leicht. Und dieser Teil macht natürlich auch wesentlich mehr Spaß.«

Sie prustete los, ich stimmte ein, und Augenblicke später lagen wir wieder auf unserer Matratze.

Unser Saxofonist spielte, als wäre es nur für uns.

»Weißt du, was ich ungerecht finde?«, fragte Theresa später, als die Zigarette brannte und der Musiker in der Wohnung über uns sich eine verdiente Pause gönnte. »Männer werden mit den Jahren attraktiver, wir Frauen hässlicher.«

»Wenn ich morgens in den Spiegel sehe, dann habe ich nicht den Eindruck, ich wäre in den letzten Jahren schöner geworden.« Ich drückte sie an mich und küsste sie auf den vollen, weichen und nach Rauch schmeckenden Mund. »Und bevor du alt und hässlich wirst, kannst du noch halb Heidelberg vernaschen.«

»Wieso nur halb?« Empört schob sie mich weg. »Willst du etwa andeuten, die andere Hälfte verabscheut mich?«

»Weil die andere Hälfte weiblich ist.«

»Was hast du gegen Frauen?«

»Gnädigste, Sie sind mal wieder unmöglich.«

Eine Weile rauchte Theresa schweigend. Sie dachte nach. Plötzlich sah sie mich neugierig von der Seite an.

»Hattest du noch nie Lust auf einen Mann?«

Ich rollte mich auf den Rücken. »Es gibt in diesem Feld zwei Dinge, die für mich unvorstellbar sind«, erwiderte ich. »Das eine ist Sex mit einem Mann, und das andere ...«

Theresa spürte, warum mir die letzten Worte im Hals stecken blieben. Sie zog an ihrer Zigarette, atmete den Rauch tief ein und blies ihn nachdenklich zur Decke. Dann zog sie meinen Kopf zu sich hin, wobei mir der Qualm im linken Auge brannte, und küsste mich sehr zärtlich auf die Wange.

23

»Sie sind ja heut so gut aufgelegt, Herr Kriminalrat«, stellte Sönnchen fest, als sie mir am Mittwochmorgen den Kaffee servierte.

»Ich habe endlich mal wieder richtig gut geschlafen.«

Sie legte mir einige Briefe hin. »Dem Herrn Balke, dem geht's dafür umso schlechter. Der hat vorhin wieder ein Gesicht gezogen, als wär ihm ein ganzes Bataillon Läuse über die Leber marschiert.«

»Das wird sich ja nun bald ändern, wenn Ihr Plan funktioniert.«

Als erste Amtshandlung wählte ich die Nummer der Klinik, in der Muriel Jörgensen lag. Sie war noch nicht über den Berg. Der Arzt gab ihr eine Überlebenswahrscheinlichkeit von maximal fünfzig Prozent. Die Patientin hatte sehr viel Blut verloren, das Gehirn war einige Zeit fast ohne Sauerstoffversorgung gewesen. Erst in einigen Tagen würden wir wissen, ob es am Ende eine Beerdigung oder eine Wiedergeburt geben würde, meinte der Mann mit unüberhörbar rheinischem Humor.

Sönnchen hatte sich mir gegenüber gesetzt und zugehört. Das tat sie hin und wieder, wenn gerade nicht viel zu tun war. Ich fand das in Ordnung, denn schließlich hatte auch sie ein Recht zu wissen, wie es um unsere aktuellen Fälle stand. Außerdem war es mehr als einmal vorgekommen, dass sie während einer unserer halbdienstlichen Plaudereien mit ihrem unbelasteten Blick eine gute Idee entwickelte. Wenn man sich wochenlang mit den immer gleichen Fragen beschäftigt, dann übersieht man oft die nächstliegende Antwort.

»Und diesen Audi können Sie einfach nicht finden«, sagte sie nachdenklich, nachdem ich meinen Bericht abgeschlossen hatte. »Obwohl Sie praktisch die ganze Autonummer kennen.«

»Balke hat alles mehrfach überprüft. Es ist wie verhext. Entweder es war doch kein Audi, oder er war weder aus Hof noch aus Heidelberg, oder wir suchen nach den falschen Ziffern.«

»Es gäbe noch eine dritte Möglichkeit«, meinte sie nachdenklich.

Ich lehnte mich zurück und faltete die Hände im Genick.
»Und die wäre?«

»Könnte es nicht sein, dass der Wagen irgendwann in den letzten Jahren umgemeldet worden ist und jetzt eine andere Nummer hat?«

»Daran haben wir natürlich ebenfalls gedacht. Aber es hat auch vor drei Jahren keinen passenden Audi mit passender Nummer gegeben. Nicht im Bayerischen Wald und nicht hier bei uns.«

»Er könnte vor drei Jahren noch eine Heidelberger Nummer gehabt haben, aber mit anderen Ziffern. Dann ist der Besitzer irgendwann umgezogen, und jetzt hat das Auto zwar keine hiesige Nummer mehr, dafür aber hinten die sieben-fünf-drei.«

Während Balke fuhr, mit Vollgas und Blaulicht auf der Autobahn in Richtung Westen, programmierte ich nach seinen Anweisungen das Navigationssystem. Es war eine Adresse in Mannheim-Feudenheim. Wir waren beide noch nie dort gewesen.

Er hatte nur ein einziges Fahrzeug gefunden, auf das alle Kriterien zutrafen. Der Name des Halters war Adam Crocoll. Klara Vangelis war unterdessen dabei, uns Hintergrundinformationen zu unserem Verdächtigen zu beschaffen, und rief regelmäßig an, um uns die neuesten Erkenntnisse mitzuteilen.

Crocoll war siebenundsechzig Jahre alt und hatte, bevor er im vergangenen Herbst in den Ruhestand trat, die Produkte eines Heidelberger Herstellers edler Badezimmerarmaturen vertreten. Das Gebiet, das er bereist hatte, reichte vom Hochrhein im Süden bis zum Main hinauf und vom Oberrhein im Westen bis nach Ulm. Er war verheiratet und lebte zusammen mit seiner anscheinend behinderten Frau in einem großen Haus in Feudenheim, einem Stadtteil Mannheims. Bis zu seiner Pensionierung war sein Audi auf die Firma zugelassen gewesen.

»Der Mann wirkt absolut solide!«, rief ich in den Motorenlärm hinein. »Sein ehemaliger Arbeitgeber beschreibt ihn als überkorrekten Opatyp, der keiner Fliege ein Bein ausreißen kann.«

Balke antwortete durch die Zähne mit einem seiner Standardsprüche: »Sind das nicht die Schlimmsten?«

Er schwenkte auf die rechte Spur, um einen Mercedes zu überholen, und scherte knapp vor ihm wieder ein. Das Viernheimer Kreuz kam in Sicht, die Dame im Navi gab irgendwelche Anweisungen, die man im Lärm kaum verstehen konnte, Balke bremste scharf und setzte den Blinker. Über eine breite, vierspurige Straße ging es in die Stadt hinein, wir bogen noch einige Male ab, schließlich schaltete Balke Signalhorn und Blaulicht aus und bremste eine halbe Minute später vor einem mannshohen, zweiflügeligen Tor aus weiß lackiertem Holz.

»Sie haben Ihr Ziel erreicht«, fiel jetzt auch unserer virtuellen Führerin auf.

Rechts und links von der Einfahrt wuchsen hohe Hecken. An einem ebenfalls weißen Pfosten befanden sich ein liebevoll poliertes Messingschild mit graviertem Namensschild, Klingelknopf, Gegensprechanlage und Kameralinse. Vom Haus selbst war wegen der Hecken nur das Dach zu erkennen.

Von Vangelis wusste ich inzwischen, dass Crocolls Frau das Anwesen von ihren Eltern geerbt hatte.

Ich musste drei- oder viermal läuten, bis der Türöffner summte. Der breite und etwa zehn Meter lange Weg zum Haus führte zwischen bestens gepflegten Büschen und Bäumen hindurch.

Adam Crocoll erwartete uns an der Tür. Mit ruhigen Bewegungen wischte er sich die Hände an der sandfarbenen Jeans sauber. Er lächelte uns entschuldigend entgegen.

»Verzeihen Sie, dass Sie warten mussten. Ich hatte im Keller zu tun.«

Vor mir stand ein gepflegter, hochgewachsener Mann, dessen bedächtige Art zu sprechen ihn mir sofort sympathisch machte. Natürlich wunderte er sich nicht wenig, warum plötzlich zwei etwas atemlose Kripobeamte vor ihm standen. In einem großen Rhododendron unmittelbar neben dem Eingang zankten ein paar Spatzen.

»Treten Sie bitte ein«, sagte Crocoll nach einem nachlässigen Blick auf unsere Dienstausweise. »Was verschafft mir denn die unerwartete Ehre?«

Das großzügig geschnittene, zweistöckige Haus lag auf einem ungewöhnlich weitläufigen Grundstück im Süden Feudenheims nahe der Neckarschleuse. Wir wurden durch einen hellen Vorraum geführt, dessen ockerfarben gestrichene Wände über und über voller vermutlich selbst gemachter Fotos hingen, und betraten ein noch viel geräumigeres Wohnzimmer. Crocolls Bewegungen wirkten sicher und entspannt. Auch sein Blick war keine Sekunde unruhig geworden. Der Ausblick in den Garten war beeindruckend. Es roch nach angebratenem Paprika. Vermutlich stand das Mittagessen schon auf dem Herd.

»Ich hätte nicht gedacht, dass es mitten in Mannheim noch solche Grundstücke gibt«, sagte ich.

»Heute könnte das auch kein Mensch mehr bezahlen«, erwiderte er behaglich lächelnd. »Nehmen Sie bitte Platz. Was darf ich Ihnen anbieten?«

Inzwischen bezweifelte ich, dass wir hier an der richtigen Adresse waren. Nach allem, was ich bisher über unseren Gastgeber in Erfahrung gebracht hatte, war er die Harmlosigkeit in Person. Natürlich sieht man einem Pädophilen seine Veranlagung nicht an der Nasenspitze an. Aber der Mann, der uns hier im Daniel-Hechter-Cityhemd mit halb hochgekrempelten Ärmeln gegenübersaß, die Ellbogen locker auf den Knien, die Flächen der schmalen Klavierspielerhände lose aneinandergelegt, strahlte nicht einen Hauch von Unruhe aus. Sein lockiges und beneidenswert dichtes dunkelbraunes Haar war trotz seines Alters noch kaum ergraut.

»Herr Crocoll«, begann ich, »bitte entschuldigen Sie den Überfall. Wir müssen Ihnen leider ein paar lästige Fragen stellen.«

»Ich bin gespannt.«

Von oben hörte man leise Schritte auf dezent knarrenden Dielen.

»Meine Frau«, erklärte er mit gedämpfter Stimme. »Sie fühlt sich heute nicht gut und hat sich ein wenig hingelegt. Werden Sie auch mit ihr sprechen müssen?«

»Das wird sich zeigen.« Die Couch, auf der ich saß, war von schlichtem, modernem Stil und so bequem, als wäre sie für mich gebaut. »Sie fahren einen Audi Geländewagen?«

Balke wusste das Kennzeichen aus dem Gedächtnis.

Adam Crocoll nickte. »Habe ich gegen irgendwelche Verkehrsregeln verstoßen?«, fragte er. »Oder gar noch etwas Schlimmeres?«

»Sie waren früher viel auf Reisen.«

»Sie scheinen ja eine Menge über mich zu wissen«, erwiderte er leise amüsiert. »Ja, das brachte mein Beruf leider mit sich. Achtzigtausend Kilometer im Jahr waren keine Seltenheit. Aber was ist daran so interessant, dass Sie deshalb eigens hierherkommen? Ich war vor elf Jahren zum letzten Mal an einem Unfall beteiligt, und vor dreieinhalb Jahren habe ich mein letztes Strafmandat pünktlich bezahlt.«

»Es geht nicht um ein Verkehrsdelikt. Es geht um Kindesentführung.«

»Kindesentführung?«, fragte er verständnislos und lächelte nicht mehr.

»Sie wissen vermutlich, dass in Heidelberg seit Wochen ein sechsjähriger Junge vermisst wird?«

Er senkte den Blick. »Entsetzliche Geschichte. Die armen Eltern haben mein Mitgefühl.«

Die Einrichtung war eine gelungene Mischung aus schönen Antiquitäten und unaufdringlicher Modernität. An den Wänden hingen großformatige Gemälde aus den Fünfziger- und frühen Sechzigerjahren, von denen ich manches sofort in meine Wohnung gehängt hätte. Ein kleiner Fernseher in der Ecke wirkte, als hätte er hier nicht viel zu tun. Dagegen schien das an der Stirnwand stehende Klavier umso häufiger benutzt zu werden. Darauf lagen in ordentlichen Stapeln mehr oder weniger zerfledderte Noten, daneben eine Geige.

»Unsere kleine Leidenschaft«, erklärte Crocoll, der meinen Blick natürlich bemerkt hatte. »Über die Musik haben wir uns damals kennen und lieben gelernt, meine Annabell und ich. Früher hatte sie eine wunderbare Stimme und konnte Schubert singen, dass man dachte, in der eigenen Brust ginge die Sonne auf.«

Balke beobachtete den Hausherrn mit undurchsichtiger Miene und überließ mir das Reden. Ich kam zur Sache.

»Ein Zeuge will Ihren Wagen am Nachmittag des fünften August in der Nähe von Bad Schönborn gesehen haben.«

Crocoll wirkte eher erheitert als überrascht. Für Sekunden

betrachtete er seine Hände, deren Flächen immer noch entspannt aufeinander lagen. Dann sah er auf. »Sie verdächtigen mich doch hoffentlich nicht, etwas mit dem Verschwinden des Kindes zu tun zu haben?«

»Zunächst würde ich nur gerne wissen, ob die Aussage des Zeugen stimmt. Die Stelle, wo man Sie gesehen haben will, ist auch die, wo der Junge zuletzt gesehen wurde. Vielleicht haben Sie ja damals etwas beobachtet, wovon Ihnen bis heute nicht bewusst ist, dass es wichtig sein könnte.«

Seine Augen wurden schmal. »Am fünften August, sagen Sie? Und wo soll das noch mal gewesen sein?«

»Auf der Bundesstraße nördlich von Bad Schönborn.«

»Falls ich an diesem Tag wirklich etwas gesehen haben sollte«, sagte er ernst, »dann ist es mir inzwischen sicherlich entfallen.«

»Sie leugnen aber nicht, dort gewesen zu sein?«, hakte Balke sofort nach.

»Ich kann es im Moment nicht ausschließen. Meine Frau ist seit einiger Zeit leider sehr schlecht zu Fuß, und deshalb fahren wir hin und wieder zusammen spazieren. Vor allem der Kraichgau hat es uns angetan. Dort waren wir früher oft wandern. Hätten wir die Wahl zwischen der Toscana und dem Kraichgau, wir bräuchten nicht lange zu überlegen.«

»Das heißt, falls Sie an diesem Tag dort waren, dann zu zweit?«

»Sehen Sie, ich war während meiner Berufstätigkeit so unendlich viel allein unterwegs. Und meine liebe Annabell immerzu einsam zu Hause. Nun genießen wir die Jahre des Zusammenseins, die das Schicksal uns noch vergönnt.«

»Gäbe es eine Möglichkeit zu rekonstruieren, wo Sie an dem Tag waren?«

Crocoll überlegte kurz und nickte dann. »Die Fotos. Ich habe immer schon viel fotografiert. Vor allem Landschaften. Und letztes Jahr, zum Abschied, haben mir die Kollegen eine ganz wunderbare Digitalkamera geschenkt. Wenn Sie mögen, dann können wir hinübergehen, an meinen PC, und die Fotos durchsehen. Vielleicht sind ja welche vom fünften August dabei.«

Auch hier, im Wohnzimmer, hingen in mehreren Ecken gerahmte Fotos. Das Ehepaar hatte zeitlebens sehr zurückgezogen gelebt, hatte ich vorhin am Telefon erfahren. Hier in Feudenheim pflegten sie offenbar keinerlei Kontakte, und auch kein früherer Nachbar schien die beiden wirklich gekannt zu haben. Unter seinen ehemaligen Kollegen gab es niemanden, der den stets zuvorkommenden und hilfsbereiten Adam Crocoll als seinen Freund bezeichnet hätte.

»Haben Sie Kinder?«, fragte ich, während wir uns erhoben.

Crocoll schlug die Augen nieder.

»Leider nein«, erwiderte er leise. »Um Scheffel zu zitieren: Es hat nicht sollen sein.«

Plötzlich sah er auf. Sein Blick war jetzt sehr ernst.

»Und wenn ich vielleicht zu diesem Punkt meine Meinung äußern darf: Hätten die Eltern ein wenig besser auf ihr Kind geachtet, dann wäre so etwas nicht geschehen. Wie kann man denn einen Jungen von sechs Jahren alleine mit dem Fahrrad losziehen lassen?«

Balke räusperte sich, sah kurz auf seine Füße, dann wieder in das Gesicht des Mannes, dessen Blick trotz unseres schwerwiegenden Verdachts so unglaublich entspannt und ruhig blieb.

»Sie haben doch sicher nichts dagegen, wenn wir uns später kurz Ihren Wagen ansehen?«, fragte er rau.

»Weshalb sollte ich?«

Oben war es die letzten Minuten über still geblieben.

Wir folgten dem schlanken Mann in den Vorraum. Wieder kamen wir an den unzähligen, liebevoll arrangierten Landschaftsaufnahmen vorbei. Rechts stand eine Tür halb offen, die in ein in warmen Farben eingerichtetes Esszimmer führte. Anscheinend war der Hausherr dabei gewesen, den Tisch zu decken, als wir kamen. Aus der Küche duftete es appetitlich.

Crocoll bemerkte meinen aus Gewohnheit herumschweifenden Blick.

»Wir essen immer sehr zeitig. Vielleicht eine Folge des Alters und der damit verbundenen Langeweile. Sie entschuldigen mich bitte für einen Augenblick, der Herd, nicht dass etwas anbrennt ...«

Er verschwand kurz in der Küche, und schon zwei Sekunden später war er wieder bei uns.

Irgendetwas in seinem Blick hatte sich verändert.

Crocoll drehte den Schlüssel in einer stählernen Feuerschutztür, drückte einen Lichtschalter, und wir betraten eine geräumige Doppelgarage, in der sogar der große und gut gepflegte Geländewagen ein wenig verloren wirkte.

»Öffnen Sie bitte den Kofferraum«, sagte Balke mit amtlicher Miene.

Crocoll drückte einen Knopf am Autoschlüssel, den er im Vorbeigehen von einem Haken genommen hatte. Mit leisem Klacken schwang die Klappe auf.

»Sauber ausgesaugt«, stellte Balke fest.

»Man hat so schrecklich viel Zeit im Ruhestand. Früher hat es da drin nicht immer so ordentlich ausgesehen.«

»Um jeden Verdacht auszuräumen, würde ich Ihren Wagen gerne von unseren Spezialisten untersuchen lassen«, sagte ich freundlich. »Keine Sorge, das wird nicht lange dauern.«

Crocoll sah immer noch in den leeren Kofferraum. »Wie darf ich mir das vorstellen? Werden Sie meinen Wagen in seine Einzelteile zerlegen und anschließend wieder zusammenbauen?«

Wieder lachte er auf seine leise und niemanden verletzende Art. Er musste ein vorzüglicher Verkäufer gewesen sein. Aber dennoch – irgendetwas war seit wenigen Sekunden anders als zuvor.

Plötzlich wurde mir klar: Er mied meinen Blick.

»Wir werden Faserspuren nehmen«, erklärte ich. »Mit Klebestreifen. Es geht wirklich sehr schnell.«

Crocoll nickte langsam. »Ich glaube, das habe ich schon irgendwann im Fernsehen gesehen. Ich wusste allerdings nicht, dass man das in der Realität tatsächlich so macht.«

»Was daran haften bleibt, ist das, was unsere Spezialisten interessiert: feine Fusseln, Haare, mikroskopisch kleine Hautschuppen.«

Balke hatte uns den Rücken zugewandt und telefonierte halblaut. Ich hörte, wie er die Adresse durchgab und den Straßennamen zweimal ungeduldig wiederholte.

Als wir den Vorraum wieder betraten, nahm ich mir die Zeit, einige der Fotos zu betrachten. Neben Landschaftsaufnahmen gab es auch vereinzelt welche, die Personen zeigten. Genauer, die immer gleiche Person: eine rundliche, nicht sonderlich attraktive und meist in sich gekehrt lächelnde Frau. Unschwer zu erraten, um wen es sich dabei handelte.

»Hier entlang bitte.« Crocoll öffnete eine Tür neben dem Eingang, die ich vorhin nicht bemerkt hatte. Dahinter befand sich eine Art Arbeits- und Bastelkammer. Auch hier herrschte penible Ordnung. Der PC, ein älteres Modell, summte schon, und Augenblicke später war geklärt, dass sich auf der Festplatte keine Fotos mit dem gesuchten Datum befanden.

»Da kommt mir aber ein Gedanke«, murmelte Crocoll mit schmalen Augen, als er den altertümlichen Röhrenmonitor ausschaltete. »Ich meine fast … Richtig, Anfang August war Annabell krank. Sie hat Depressionen, müssen Sie wissen, seit vielen Jahren schon. Und dann muss sie immer diese schrecklichen Medikamente nehmen, die sie so müde machen.«

»Benutzt außer Ihnen noch jemand den Wagen?«, wollte Balke ungerührt wissen.

Crocoll schüttelte müde den Kopf. »In diesem Punkt bin ich ein wenig eigen.«

»Es macht Ihnen doch nichts aus, wenn wir Ihnen Gesellschaft leisten, während wir auf die Kollegen warten?«, fragte ich.

In den letzten Minuten schien jede Kraft aus dem Mann gewichen zu sein. »Aber nein. Bleiben Sie ruhig«, erwiderte er tonlos.

Wir gingen zurück ins Wohnzimmer und setzten uns. Crocoll erhob sich wieder, kaum dass er Platz genommen hatte.

»Ich sollte vielleicht kurz nach Annabell sehen. Sie wird sich fragen, wo ich bleibe. Sie erlauben doch …?«

Zum ersten Mal, seit er in der Küche gewesen war, sah er mir wieder in die Augen, und in dieser Sekunde wusste ich, dass wir hier richtig waren.

»Sie haben nichts dagegen, wenn mein Kollege Sie begleitet?«

Noch während ich sprach, sprang Balke auf. Die beiden gingen hinaus. Ich hörte sie die Treppe hinaufsteigen und dabei einige halblaute Worte wechseln.

Mein Handy brummte.

»Die Frau ist vor Jahren für einige Monate in der Geschlossenen gewesen«, berichtete Vangelis, ohne Zeit für Förmlichkeiten zu verschwenden. »Das war, nachdem das Kind verunglückt war.«

»Welches Kind?« Mir wurde kalt.

»Die beiden hatten einen Sohn. Peter. Haben wir eben erst erfahren. Peter Crocoll ist vor acht Jahren bei einem Verkehrsunfall ums Leben gekommen. Danach ist die Frau völlig zusammengebrochen, und die beiden haben sich komplett zurückgezogen. Selbst die Verwandtschaft hat kaum noch Kontakt zu ihnen.«

Weshalb hatte Crocoll mir das verschwiegen? Verdrängung vermutlich, Vermeiden eines Schmerzes, den man so unendlich gut kannte.

Als ich das Handy auf den Tisch zurücklegte, durchzuckte mich etwas wie ein Stromschlag. Das Bild des Esstischs im Nebenzimmer erschien vor meinem geistigen Auge. Auf dem Tisch hatte Besteck gelegen, Teller standen bereit, waren jedoch noch nicht auf die Plätze verteilt.

Drei hatte ich gesehen.

Drei Teller.

Schon als ich aufsprang, war mir klar, dass alles schiefgegangen war. Dass ich ein Idiot war. Ein leichtgläubiger Trottel, der sich von einem stillen, alten Mann wie ein Anfänger an der Nase herumführen ließ.

Augenblicke später stand ich neben einem sehr verdutzten Sven Balke und bollerte mit aller Kraft gegen die Tür, vor der er Wache hielt.

»Aufmachen!«, brüllte ich. »Machen Sie sofort auf!«

Ich drückte die Klinke, aber natürlich war abgeschlossen. Innen war es still. Viel zu still.

»Notarzt«, zischte ich in Richtung Balke und nahm Anlauf. Aber die Tür war verflucht widerstandsfähig.

Balke hatte endlich begriffen, zückte seine Heckler & Koch, ich trat einen Schritt zur Seite, und er gab in rascher Folge drei Schüsse gegen das Schloss ab. Ich warf mich erneut gegen die Tür, und diesmal krachte sie auf. Ich taumelte in ein großes, plüschig eingerichtetes Schlafzimmer mit breitem Fenster.

Das Erste, was ich sah, war die Frau. Sie lag auf dem linken

Bett, die Augen starr zur Decke gerichtet, die rechte Hand in der Herzgegend, wo sich ein dunkler Fleck ausbreitete. Adam Crocoll hockte zusammengesunken auf dem anderen Bett. Das Messer hielt er noch in der Hand. Das Küchenmesser, das er vorhin in den wenigen Sekunden an sich genommen hatte, die er außerhalb meines Gesichtsfelds gewesen war. Sein Blick war matt und sehr, sehr traurig.

»Lassen Sie das«, keuchte ich. »Ich bitte Sie!«

Langsam hob er die Hand. Langsam, während er mir immerzu ins Gesicht sah, stach er zu. Es war kein Triumph in seinem Blick, keine Angst, nur Trauer.

24

Wir fanden Gundram Sander in einem liebevoll als Kinderzimmer hergerichteten, fensterlosen und schalldichten Kellerraum. Die massive Tür hatte nur an der Außenseite eine Klinke. Verängstigt, aber auf den ersten Blick unverletzt, hockte er mit hochgezogenen Knien auf dem Bett. Um ihn herum gab es alles, was ein Junge seines Alters sich wünschen kann: eine Autorennbahn, halb so groß wie das Zimmer, Berge von Legosteinen und Bilderbüchern, CDs, eine Playstation, einen Fernseher, in dem bei abgedrehtem Ton eine amerikanische Comicserie lief.

Eine schmerzhaft perfekte Idylle.

»Bist du von der Polizei?«, waren seine ersten, unsicheren Worte. »Ich glaub, ich hab dich im Fernsehen gesehen!«

»Komm.« Ich streckte ihm eine Hand hin. »Es ist vorbei.«

Erschrocken schüttelte er den kleinen blonden Kopf.

»Er tut der Mama weh, wenn ich abhaue.«

»Das gilt nicht mehr. Ich habe mit ihm gesprochen. Er hat mir erlaubt, dich heimzubringen.«

Meine Hand war immer noch ausgestreckt. Schließlich nickte der für seine sechs Jahre noch ziemlich kleine Junge, kletterte vom Bett, schaltete Fernseher und Licht aus, packte meine Hand mit festem Griff. Wir stiegen die Treppe hinauf.

»Waren sie böse zu dir?«, fragte ich.

»Wenn ich brav war, nicht. Aber der Adam, der kann ganz schön schimpfen, wenn man ihn nervt. Die Annabell, die ist eigentlich nett. Sie ist nur ... ein bisschen komisch.«

Unsicher, ob man so etwas über Erwachsene sagen durfte, sah er zu mir auf.

»Was heißt das, komisch?«

»Manchmal sagt sie so Sachen. Und sie nennt mich dauernd Peterle. Sie glaubt einfach nicht, dass ich Gundram heiße. Sie hört es nicht mal, wenn ich es sage. Immer sagt sie nur: ›Ja, ja, Peterle‹ und streicht mir über den Kopf. Blöd, nicht?«

»Das kommt daher, weil sie einmal einen Sohn hatte, der Peter hieß.«

»Was ist mit dem?«

»Er ist gestorben. Und davon ist sie krank geworden. Im Kopf.«

»Hat sie ihn tot gemacht?«

»Nein. Es war ein Unfall. Er war genau so alt wie du und war auch blond und hat auch allein draußen gespielt. Und da ist er mit seinem Rad auf die Straße gefahren und unter ein Auto gekommen.«

Gundram klammerte sich immer noch so fest an meine Hand, dass es fast wehtat. Ernst nickte er.

»Die Mama sagt auch immer, ich soll aufpassen. Jedes Mal, wenn ich rausdarf, sagt sie das. Das nervt mich total.«

»Bist du deshalb weggefahren?«

»Ich bin doch kein Baby mehr! Ich kenn schon fast alle Verkehrszeichen. Papa hat sie mir beigebracht.«

»Wolltest du deine Mutter ärgern?«

»Ich wollt nicht raus. Ich wollt lieber SpongeBob gucken. Aber immer wenn der blöde Sergej kommt, dann muss ich verschwinden. Weiß auch nicht, was an dem so toll ist und warum ich nicht dabei sein darf.«

»Deine Eltern werden bald hier sein.«

»Hast du sie angerufen?«

»Ja. Und sie haben sich gefreut wie verrückt.«

Wir durchquerten das Wohnzimmer und verließen das Haus durch die Terrassentür. Ich wollte nicht, dass das Kind sah, was sich zurzeit vor dem Haus abspielte. Dort marschierten gerade meine Truppen auf. Rettungswagen fuhren vor, die nichts mehr retten würden.

Hand in Hand traten wir hinaus in die kalte Novemberluft. Inzwischen konnte man die Sonne hinter weißen, hohen Schleierwolken erahnen. Gundram begann schon nach wenigen Sekunden zu frösteln.

Unendlich langsam, als könnte er jeden Moment wieder zupacken, ließ er meine Hand los.

Annabell Crocoll war sofort tot gewesen. Der Stich hatte sie mitten ins Herz getroffen. Bei sich selbst hatte ihr Mann nicht so viel Glück gehabt. So kam er später noch einmal zu Bewusstsein und bestätigte im Großen und Ganzen alles, was ich mir inzwischen zusammengereimt hatte.

»Sie hat so entsetzlich gelitten«, murmelte er mit bläulichen Lippen. »Sie hat sich nie verzeihen können, dass sie unser Peterle damals für eine Sekunde aus den Augen gelassen hat ... Nicht zu ertragen, wie sie leiden musste. Weil sie einmal, ein einziges Mal, nur für ein paar Minuten ...«

»Und da sind Sie irgendwann auf die aberwitzige Idee gekommen, Ersatz für Peterle zu beschaffen.«

»Ständig musste sie diese schrecklichen Tabletten nehmen. Sie war überhaupt nicht wiederzuerkennen. Das Herz hat es mir zerrissen ... Nachts hat sie nach Peterle geschrien. Am Tag hat sie stundenlang aus dem Fenster gesehen ... Nichts hat geholfen, keine Medikamente, keine Therapie. Es war zum Verzweifeln ...«

»Wie sind Sie dann auf den Gedanken gekommen, ein Kind zu entführen?«

»Mein Bruder war einmal zu Besuch bei uns, mit seiner Frau und seinen drei Kleinen. Der Jüngste war ungefähr in Peterles Alter ... Und auf einmal war meine Annabell nicht mehr wiederzuerkennen. Sie wollte sich gar nicht mehr trennen von dem Jungen. Es war schon fast peinlich, wie sie an dem Kind klebte. Und dann ...« Seine trüber Blick ging jetzt ins Unendliche. »Es war so einfach. Beim ersten Mal, da hat mich im letzten Moment der Mut verlassen.«

»Das war Nikolas.«

Er nickte, als lauschte er auf innere Stimmen. »Wenige Tage später hat es dann geklappt. Leider ist mir da ein dummer Fehler unterlaufen.«

»Sie haben ein Mädchen erwischt ...«

»Annabell hat es überhaupt nicht gemerkt. Sie hat sich auch gar nicht gewundert, woher das Kind plötzlich kam ... Und wieder war sie wie verwandelt. Wieder ganz die gute, liebe Annabell. Als wäre die Uhr um ein paar Jahre zurückgesprungen ... Andrea hat sich dann auch ganz gut eingelebt bei uns. Und Annabell, sie war so voller Liebe für die Kinder. Sie strömte über ... vor Liebe. Verstehen Sie ... ihr Kopf, sie ...«

In diesem Augenblick verlor Adam Crocoll für immer das Bewusstsein.

Später fanden wir die Gräber. Es waren zwei. Sie lagen am östlichen Rand des weitläufigen Grundstücks unter großen, Schutz und Schatten spendenden Bäumen. Unauffällig zwar, aber offensichtlich regelmäßig gepflegt und deutlich als das zu erkennen, was sie waren: Kindergräber. Sogar kleine Sträußchen frischer Blumen lagen darauf.

Als die Kollegen vorsichtig zu graben begannen, stellten sie rasch fest, dass die Erde bereits kräftig mit Wurzeln durchzogen war. Damit war zumindest eine Angst von meiner Seele genommen: Tim Jörgensen lag dort nicht.

In der Susibar herrschte reger Betrieb, als ich gegen elf durch die gläserne Tür trat. Susi lachte mir entgegen.

»Dasselbe wie immer? Ihr Freund ist auch schon da.«

Ich hatte an diesem Abend nicht die geringste Lust auf Lärm und Gesellschaft verspürt. Natürlich waren wir alle erleichtert gewesen, als wir Gundram seinen überglücklichen Eltern zurückgeben konnten. Natascha Sander wäre mir um ein Haar um den Hals gefallen, hatte dies im letzten Moment aber doch für unpassend befunden. Dafür hatte sie mir dann etwas linkisch die Hand gedrückt.

Später hatten die beiden mit der Psychologin gesprochen, die ich zur Betreuung des Jungen angefordert hatte. Gundram selbst gab sich abgeklärt und sehr erwachsen. Das andere, die

Träume, die Panikattacken aus dem Nichts, das plötzliche Zittern und die Schweißausbrüche, all das würde erst später kommen. Und es würde sehr, sehr lange anhalten.

Dennoch hatte sich außer den Eltern niemand wirklich freuen können. Vier Menschenleben waren zu beklagen. Menschen, von denen wir zumindest einige hätten retten können, wären wir ein wenig schneller gewesen, klüger, aufmerksamer. Ich hatte mit Balke nicht über diesen Punkt gesprochen. Aber seine Miene verriet, dass er dasselbe dachte. Dass auch er sich Vorwürfe machte.

Zwei Kinder waren tot, von denen eines offenbar noch nicht einmal vermisst wurde. In einem der Gräber würden wir zweifellos Andrea Baslers Leiche finden. Das Kind, das neben ihr bestattet war, hatte Adam Crocoll vielleicht im Ausland entführt. Vielleicht hatten die Eltern es auch aus unerfindlichen Gründen nie als vermisst gemeldet. Früher oder später würden wir hoffentlich auch diese Frage klären und damit vielleicht die letzten, verzweifelten Hoffnungen eines Elternpaars zunichte machen. Möglicherweise waren sie aber auch froh, endlich Gewissheit zu haben. Wer konnte das wissen?

Natürlich hatte ich an diesem Abend keine Lust auf Kochkurs und Vegetarierrezepte verspürt. Aber trotz aller dunklen Gedanken hatte ich mich am Ende aufgerafft, um Fretorius zu treffen. Ich musste einfach wissen, was für eine Art Auftrag das war, den Tims Mutter ihm erteilt hatte. Noch immer wurde ein Kind vermisst, und ich wollte mir nicht schon wieder Vorwürfe machen müssen, etwas versäumt zu haben. Ich konnte einfach nicht glauben, dass die Sache nichts mit Tims Verschwinden zu tun hatte. So hatte ich mich nach einem stillen und einsamen Abend im Wohnzimmer mit schwerer Seele auf den Weg zur Susibar gemacht. Und nun war ich da und sah mich nach Pretorius um, der plötzlich vor mit stand und mir strahlend die Hand entgegenstreckte.

»Glückwunsch, Herr Kriminalrat!«, sagte er.

Offenbar war er schon länger hier, und entsprechend gut war seine Laune. Seine Freude schien jedoch echt zu sein und nicht nur vom Alkohol inspiriert.

»Gehen wir ein bisschen an die frische Luft?«, schlug ich vor.

»Hier drin ist es mir zu laut, und ich würde mich gerne in Ruhe mit Ihnen unterhalten.«

»Prima Idee. Wollte sowieso gerade eine rauchen.«

Mit meinem Wein in der Hand folgte ich dem Detektiv vor die Tür. Er schwankte schon leicht und lehnte sich mit dem Rücken gegen die Hauswand. Rechts und links neben dem Eingang standen zwei hohe, weiße Stehtische. Den rechten umringten schon drei Raucher, der linke war noch frei. Manchmal fragte ich mich in letzter Zeit, ob vielleicht in Zukunft die Raucher den gesünderen Teil der Bevölkerung stellen würden, weil sie sich so viel im Freien aufhielten.

»Schön, dass Sie trotz dem ganzen Stress gekommen sind«, sagte Pretorius nach dem ersten tiefen Zug an seiner Dunhill. »Sie haben bestimmt einen bewegten Tag hinter sich.«

»Ach, wenn man schon mal auf einen Wein eingeladen wird. Das kann ich mir bei meinem Einkommen nicht entgehen lassen.«

Pretorius fand meine Erwiderung zum Lachen. Ich lachte nicht mit, sondern nippte an meinem Grauburgunder, der mir heute nicht schmecken wollte.

»Sie wohnen hier in der Nähe?«, fragte ich, nur um etwas zu sagen.

Er schnippte die Asche in einen großen Keramikaschenbecher.

»In Neckargemünd. Im Sommer ist die Luft da draußen besser. Und man findet hie und da sogar einen Parkplatz.«

»Sie fahren seit Neuestem einen Lamborghini, habe ich gehört. War Ihnen der Porsche nicht mehr schnell genug?«

Pretorius warf mir einen halb amüsierten, halb misstrauischen Seitenblick zu. »Stehe ich unter Polizeischutz?«

Zwei der anderen Raucher gingen fröstelnd hinein. Auch mir war schon jetzt kalt. Ich schlang die Arme um den Oberkörper.

»Ich weiß gerne, mit wem ich es zu tun habe. Ihre Geschäfte scheinen in letzter Zeit ausgesprochen gut zu gehen.«

»Mit dem Finanzamt haben Sie also auch schon gesprochen.« Jetzt lachte er wieder.

»Was sind das für Fälle, mit denen Sie sich herumschlagen? Ehebruch? Versicherungsbetrug? Schwarzarbeit?«

»In Sachen Ehebruch ermitteln wir kaum noch. Man fühlt

sich nicht so toll, wenn man wieder mal irgendeinem Idioten von Ehemann den Beweis dafür liefert, dass seine vernachlässigte Frau ein bisschen Glück gefunden hat. Das Geld bringen heute vor allem die Wirtschaftssachen. Industriespionage, Mitarbeiter, die zu oft krank sind oder nebenher für die Konkurrenz arbeiten.«

Die Neonleuchten über der Straße schwankten im Wind.

»Sie scheinen ein unerschütterlicher Optimist zu sein.«

Erstaunt sah Pretorius mich an. »Wie kommen Sie darauf?«

»Sagen wir mal so: Mir ist eine gewisse Diskrepanz aufgefallen zwischen dem, was Sie einnehmen, und dem, was Sie ausgeben.«

Eine Weile sah er nachdenklich zum Himmel, wo Wolken in rascher Folge den Vollmond verdunkelten und wieder freigaben, als spielten sie Fangen mit ihm.

»Sehen Sie, Herr Gerlach, bei den Katastrophen des zwanzigsten Jahrhunderts hat man die Toten in Millionen gezählt.« Pretorius war plötzlich sehr ernst. »Bei dem, was demnächst auf uns zukommt, werden es ein paar Nullen mehr sein.« Er sah mir ins Gesicht. »Und ich will mir in meiner letzten Sekunde nicht vorwerfen müssen, etwas verpasst zu haben. Was meinen Sie wohl, wen die Schulden eines gewissen René Pretorius interessieren, wenn die ganze Welt in die Grütze geht?«

»Sie sind ganz schön zynisch.«

Bedächtig trat er seine bis auf den Filter heruntergerauchte Zigarette aus, bückte sich dann, hob den Stummel auf und legte ihn artig in den Aschenbecher.

»Wissen Sie, was ich glaube?«, sagte er mit allmählich alkoholschwerer Zunge. »Beim Untergang der Titanic hätten *Sie* versucht, so viele zu retten, wie Sie nur konnten. Ich dagegen wäre unten bei denen gewesen, die sich bis zum letzten Moment an der Bar festgehalten haben. Erstens, weil es sich viel angenehmer ersäuft, wenn man besoffen ist. Und zweitens, weil alle Drinks umsonst waren.« Mit vor Kälte leicht zitternden Händen steckte er sich eine neue Zigarette an. »Und wissen Sie, was die Pointe der Geschichte ist? Am Ende wären wir beide zum selben Resultat gekommen, Sie und ich. Alle wären ertrunken. Aber ich hätte garantiert mehr Spaß gehabt als Sie.«

Er rauchte ein paar nachdenkliche Züge.

»So ist es nämlich. Wir sitzen alle auf der Titanic und feiern eine riesengroße Party und bilden uns ein, sie würde nie aufhören, und merken nicht mal, dass uns schon die Gläser vom Tisch rutschen.« Er leerte seinen Cocktail mit großen Schlucken und drückte entschlossen die eben erst angezündete Zigarette aus. »Und jetzt gehen wir rein. Mir ist nämlich saukalt.«

25

Das Frühstück verlieh dem Wort Morgengrauen eine neue Bedeutung. Gegen den wütenden Widerspruch meines Magens zwang ich mich, an meinem Toast mit Camembert zu knabbern und kleine Schlucke Pfefferminztee zu trinken. Es war spät geworden am Vorabend. Zu spät. Und – soweit ich mich noch erinnern konnte – überaus lustig. Ein wenig machte ich mir Vorwürfe, weil ich am Ende nicht verhindert hatte, dass Pretorius in seinen Lamborghini geklettert und nach Hause geröhrt war. Susi hatte uns mehr oder weniger hinauswerfen müssen, und zum Abschied hatten wir uns alle heftig umarmt. Ihr Grauburgunder schien zum Glück von guter Qualität gewesen zu sein, denn die Folgeschäden beschränkten sich auf dumpfes Dröhnen im Kopf, Grummeln im Bauch und ausgeprägte Arbeitsunlust.

Die Zwillinge erschienen, richteten sich ihr Frühstück und erzählten mir irgendwas.

»Hallo!«, rief Sarah irgendwann. »Ist da jemand?«

»Was?« Ich schreckte hoch. »Wo ist wer?«

»Du hörst wieder mal überhaupt nicht zu!«

»Entschuldigt. Mir geht's heute nicht besonders.«

»Wir haben heute Nachmittag länger Probe als sonst. Und demnächst haben wir unseren ersten Auftritt, stell dir vor!«

Meine Glückwünsche fielen wohl nicht übermäßig enthusiastisch aus, denn als sie sich wenig später auf den Weg machten, waren sie ungewohnt wortkarg.

»Ihr seid schon fertig?« Ich versuchte, meine Stimme heiter klingen zu lassen.

»Keinen Hunger«, versetzte Sarah.

»Keine Zeit.« Louises Erklärung kam der Wahrheit vermutlich näher.

»Ihr werdet mir aber jetzt nicht magersüchtig oder so was?«

»In dem Schnapsnebel, den du hier verbreitest, wird einem ja schlecht.«

Augenrollend verschwanden sie.

Den Weg zum Büro legte ich an diesem Donnerstagmorgen sicherheitshalber zu Fuß zurück. Noch immer war mir ein wenig weich in den Knien und leer im Kopf. Am Ende hatten wir gestern Abend nur noch gelacht, erinnerte ich mich. Pretorius war im Grunde ein netter Kerl. Und Witze konnte er erzählen, dass mir jetzt noch die Bauchmuskeln schmerzten.

Irgendwann waren wir über das Thema Schwarzarbeit zu den polnischen Putzfrauen gekommen. Susi hatte freimütig eingeräumt, dass sie ohne ihre Perle verloren wäre, die ihr die Wohnung sauber und den Kühlschrank gefüllt hielt, und mir die Handgelenke hingehalten, für den Fall, dass ich sie nun verhaften müsste. Auch darüber hatten wir natürlich herzlich gelacht.

Als der eckige Bau der Polizeidirektion in Sicht kam, ging es mir schon ein wenig besser, und nach einem zweiten Kaffee, den ich mir heute selbst zubereiten musste, weil Sönnchen beim Zahnarzt war, fühlte ich mich schon wieder fast normal. Susis Wein schien wirklich nicht schlecht zu sein.

Ich erledigte zunächst einige einfache Dinge, die im Tumult der letzten Tage liegen geblieben waren und denen ich mich trotz leeren Kopfes gewachsen fühlte.

Später kam Sönnchen und erzählte, der Zahnarzt habe überhaupt nicht gebohrt. Sie stärkte mich mit einem großen Glas eiskalten Orangensaft und wollte hören, wo ich mir die letzte Nacht um die Ohren geschlagen hatte und ob ich ein Aspirin bräuchte.

»Und bitte nicht vergessen, um zehn brauche ich Ihr Büro für eine halbe Stunde.«

»Ich wollte sowieso noch mal mit Jörgensen reden. Büroluft ist heute nichts für mich.«

Als ich mich später mit schon fast wieder festen Schritten auf den Weg machte, wartete im Vorzimmer eine blasse junge

Frau, die sich nervös an ihrem Handtäschchen festhielt und mir zugleich aufmüpfig und ängstlich ins Gesicht sah.

»Gehen Sie ruhig schon mal rein.« Ich hielt ihr die Tür auf. »Ich werde gleich Zeit für Sie haben.«

Sönnchen zwinkerte mir mit Verschwörerblick zu und hielt den Telefonhörer schon in der Hand.

Auf der Treppe traf ich Balke.

»Sie wollten mich sprechen?«, fragte er misstrauisch.

»Gehen Sie schon mal in mein Büro. Ich komme gleich.«

Bei seinem Blick war ich mir plötzlich nicht mehr sicher, ob Sönnchens Plan wirklich so gut war, wie er noch vorgestern geklungen hatte.

»Jetzt kann sich ja einer mal so richtig groß fühlen«, lautete Jörgensens gallige Begrüßung. »Einem Kind das Leben retten, gilt im Himmel mindestens so viel, wie tausend Jungfrauen vor der Defloration bewahren.«

»Sie sind religiös?«

Wie ertappt senkte er den Blick. »Der Teufel soll mich holen, ich bin dabei, es zu werden.«

»Es gibt noch ein zweites Kind zu retten.«

»Tim.« Immer noch sah er in seinen Schoß, wo wie üblich Zigaretten und Feuerzeug griffbereit lagen.

»Leider muss ich Sie noch einmal mit ein paar Fragen belästigen.« Ich hatte beschlossen, von Beginn an ein wenig Emotion in das Gespräch zu bringen. »Wir erwägen seit Neuestem die Hypothese, dass Sie selbst Ihren Sohn entführt haben.«

»Ich?« In einer Mischung aus Unglauben und Verblüffung musterte er mich von oben bis unten und wieder zurück. Selbst im Rollstuhl konnte der Mann noch bedrohlich wirken. »Sagt Muriel das? Sagt sie, ich hätte den Jungen? Sind Sie hier, um nachzusehen, ob ich ihn irgendwo versteckt habe?«

»Sie werden verstehen, dass wir jede Möglichkeit in Betracht ziehen müssen. Wollen wir uns nicht lieber setzen?«

»Ich sitze schon, wie Sie bemerkt haben dürften.«

»Ich bin nicht hier, um mit Ihnen herumzustreiten. Ich bin gekommen, um ein paar Fragen zu klären. Und je zügiger wir es hinter uns bringen, desto rascher sind Sie mich wieder los.«

»Oh, ich habe massig Zeit!« Wieder einmal lachte er sein fieses Lachen. »Das ist das Einzige, was ich noch habe: Zeit.«

Eine Weile sah er auf den billigen, grau melierten Kunststoffboden, als hätte er meine Anwesenheit vergessen.

»Wie geht's Muriel?« Plötzlich hatte seine Stimme einen bisher nicht gehörten, weichen Klang. »Sie hat versucht, sich umzubringen, habe ich gehört?«

»Sie liegt immer noch im Koma. Aber die Ärzte meinen, wenn nichts dazwischenkommt, bringen sie sie durch.«

»Gott sei's getrommelt und gepfiffen«, murmelte er mit misstrauischem Blick in meine Augen. »Kommen Sie ins Wohnzimmer.«

»Ich bin überzeugt, Ihre Frau weiß, wo Tim steckt«, sagte ich, als ich saß. »Aber aus irgendeinem unbegreiflichen Grund deckt sie den Entführer.«

»Bringt sich eine Mutter um, die noch Hoffnung hat, ihr verlorenes Kind wiederzusehen?«

»Vermutlich eher nicht.«

»Und Sie glauben im Ernst, ich hätte den Jungen verschwinden lassen? Warum sollte ich?«

»Sie brauchen Geld.«

»Und ich bin ein schrecklicher Rabenvater, ich weiß.« Er nickte ernst. »Ich bin ja nicht mal dabei gewesen, als er zur Welt kam. Und ich war selten genug dabei, als er groß wurde. Muriel musste ihn lange überreden, bis er Papa zu mir sagte. Der Junge ist ihr Kind. Nicht meines.«

»Wann genau sind Sie aus dem gemeinsamen Haushalt ausgezogen?«

Jörgensen sah mir für Sekunden hasserfüllt in die Augen. »Um Ihnen weitere unangenehme Fragen zu ersparen: Die Diagnose wurde mir Mitte August eröffnet. Die Prognose lautet: sechs Monate. Drei davon sind rum. Ich habe mich dann sofort um eine Wohnung gekümmert. Mitte September bin ich ausgezogen. Um den Zwanzigsten herum, genauer weiß ich es nicht mehr.«

»Am einundzwanzigsten ist Ihr Sohn verschwunden.«

»Behauptet Muriel.«

Sein aggressiver Ton machte es mir leichter, die nächste Frage zu stellen: »Sie sind vor drei Jahren in Manila im Zuge einer Razzia in Polizeigewahrsam genommen worden.«

»Sieh einer an, was Sie alles wissen!«, erwiderte er ungerührt.

»Das Lokal, in dem Sie aufgegriffen wurden, gehört zur – sagen wir mal – nicht sehr angesehenen Sorte.«

»Ein Puff. Sprechen Sie es ruhig aus.«

»Ein Kinderpuff, um genau zu sein.«

Er atmete tief ein, hustete und sah mich an, als würde nur seine Gebrechlichkeit ihn daran hindern, mir an die Gurgel zu gehen. »Ich will Ihnen jetzt mal was verraten, verehrter Herr Gerlach. Manches vierzehnjährige Nüttchen in Manila ist zehnmal fitter und lebensfähiger als manche Fünfunddreißigjährige hierzulande. Viele der Mädchen ernähren ganze Familien in ihren Heimatdörfern. Und legen noch den einen oder anderen Dollar zurück für schlechte Zeiten.«

»Sie sind so unglaublich widerlich! Wir sprechen von Kinderprostitution!«

»Und Sie sollten diese ganze Geschichte nicht überbewerten. Die Polizei dort unten kassiert Schutzgeld von den Bordellbetreibern. Und wenn einer nicht bezahlt, dann wird sein Laden bei nächster Gelegenheit aufgemischt, man nimmt ein paar Ausländer fest und kassiert von denen, was man an der anderen Front nicht kriegt. Hat mich fünfzehnhundert Dollar gekostet, am nächsten Morgen freizukommen.«

»Das heißt, es hat keine Untersuchung gegeben?«

»Weil es nichts zu untersuchen gab. Ich habe keines der Mädchen angefasst, falls das Ihren Seelenfrieden wieder herstellt. Ich bevorzuge reiferes Gemüse.«

»Und wie steht es mit Jungs?«

»Lecken Sie mich.«

»Um mit den unangenehmen Fragen langsam zum Ende zu kommen: Seit wann müssen Sie im Rollstuhl sitzen?«

»Die ersten vier Wochen ging's noch ohne.« In seinen schmalen Augen glomm jetzt unverhohlene Mordlust. »Und wie es aussieht, wird es ab Weihnachten auch wieder ohne gehen. Weil ich dann nur noch liegen kann.«

»Hatten Sie schon früher ein Verhältnis mit Ihrer ... mit der Frau, mit der Sie jetzt zusammenleben?«

»Verhältnis? Sind Sie bescheuert?«

»Wie nennen Sie es, wenn ein Mann mit einer Frau die Wohnung teilt?«

»Leona ist nicht mein Betthupferl, Sie Arschgesicht, sondern mein Kindermädchen! Wobei mir die erste Variante tausendmal lieber wäre. Sie putzt mir den Hintern ab, wenn ich scheißen muss. Sie wäscht mich und bekocht mich, und demnächst wird sie mich auch noch füttern müssen. Und bevor Sie sich die Mühe machen, beim Finanzamt anzurufen: Sie ist eine Illegale, ja. Kommt aus Kasachstan, das tapfere Mädchen. Legales Pflegepersonal kann ich mir nämlich nicht leisten. Kann Muriel sich nicht leisten, um genau zu sein.«

Plötzlich fiel mir wieder ein Stück des gestrigen Abends ein: René, mit dem ich offenbar seit Neuestem per Du war, hatte allen Ernstes den Standpunkt vertreten, der Gesellschaft und dem Staat entstehe durch diese Art von Schwarzarbeit kein Schaden, sondern sogar ein Vorteil. Seine Begründung war mir allerdings entfallen.

»Ihre Frau finanziert das alles hier? Obwohl Sie sie verlassen haben?«

»Verlassen?«, brüllte er mit plötzlich hochrotem Kopf. »Wie kommen Sie denn auf …?« Den Rest verschluckte ein Orkan von Hustenanfall, der ihn minutenlang schüttelte.

»Sie wohnen nicht mehr bei Ihrer Frau.« Es fiel mir merkwürdig leicht, den todkranken Mann zu quälen. »Wie würden Sie das nennen?«

Mit bebenden Händen steckte er sich eine Zigarette in den Mund. Beim Versuch, sie anzuzünden, fiel ihm das Feuerzeug zu Boden. Als ich Anstalten machte, es aufzuheben, trat er nach mir. Ich ließ es liegen. Von einer Sekunde auf die andere wechselte seine Stimmung von Wut in Niedergeschlagenheit. Eine Weile starrte er seine breiten, ehemals so tatkräftigen Hände an, die jetzt wieder reglos in seinem Schoß lagen.

»Können Sie sich vorstellen, wie sich das anfühlt, wenn ein Raubtier wie ich auf einmal von seiner Frau abhängig ist? Und vom Geld ihres geizigen Vaters? Selbst hat sie im Leben ja keine hundert Euro verdient. Muriel ist der Typ Frau, der zeitlebens entweder Tochter oder Ehefrau ist.«

»Dass Ihre Frau nun einsam zu Hause sitzt und schier verzweifelt, ist Ihnen allerdings vollkommen gleichgültig.«

»Da war ja immerhin noch Tim«, murmelte er lahm. »Und Iva natürlich. Sie hat ja ihre Iva.«

»Die ist nicht mehr da.«

Überrascht sah er auf. »Wo ist sie hin?«

»Das wissen wir nicht. Anscheinend untergetaucht.«

»Sie müssen wissen, Iva ist ... war für Muriel weit mehr als eine Putzfrau. Die zwei haben sich über die Jahre richtig dick angefreundet. Und jetzt ist sie also weg. Nein, das wusste ich nicht. Muss für Muriel ein ziemlicher Schlag sein.«

»Ihre Frau schildert das völlig anders. Wenn man ihr glaubt, dann hat sie Iva kaum gekannt.«

»Das ist ja merkwürdig.«

»Was wissen Sie über diese Iva?«

»So gut wie nichts. Doch: Verheiratet ist sie. Ihr Macker heißt Ratko mit Vornamen und ist ein versoffenes Stinktier.«

Eine Weile war es still. Vor den schlecht isolierten Fenstern rauschte der Verkehr auf der Berliner Straße. Der Wind orgelte um die Ecken des Hochhauses.

»Denken Sie von mir, was Sie wollen«, sagte Jörgensen unvermittelt. »Schlimmer als das Verrecken selbst wäre es für mich, wenn Muriel mir auch noch dabei zusehen müsste. Und auch wenn Sie mir das jetzt nicht glauben. Und auch wenn ich in meinem Leben eine Menge Mist gebaut habe: Ich liebe Muriel. Immer noch, auch nach fast zwanzig Jahren. Vielleicht, weil wir nicht so viel aufeinandergehockt sind.«

»Weiß sie das?«

»Das geht Sie einen Scheißdreck an.«

»Hätten Sie etwas dagegen, wenn wir uns in Ihrer Wohnung ein wenig umsehen?«

»Mit wie vielen Leuten kommen Sie? Wie viele werden hier herumschnüffeln?«

»Fünf. Höchstens.«

»Sie werden den Jungen hier nicht finden. Auch nicht im Keller und nicht auf dem Dach.«

»Möglicherweise finden wir andere interessante Dinge. Notizen zum Beispiel, Fotos, irgendwas.«

Er schwieg mit niedergeschlagenen Augen.

»Falls Sie nicht einwilligen«, fügte ich kalt hinzu, »dann stehe ich in einer Stunde mit einem Durchsuchungsbeschluss vor der Tür.«

Ohne dass ich hätte sagen können, wie, hielt er plötzlich einen kurzläufigen, sechsschüssigen Revolver in der Hand. Er zielte auf mich mit schalkhaftem Grinsen, als wäre das Ganze ein riesengroßer Spaß. Ich starrte in seine Augen, aus denen von tief hinten der Hass leuchtete. Hass auf mich, auf sich selbst, auf das Leben und den Tod. Ich war zu verblüfft und erschrocken, um einen Ton herauszubringen. Mein Herz konnte sich nicht zwischen Stillstand und Galopp entscheiden. Als Jörgensen sich nach einer halben Ewigkeit endlich genug an meinem Schrecken geweidet hatte, wandte er die Waffe gegen sich selbst und steckte sich den Lauf in den Mund.

»Lassen Sie den Blödsinn!«, brachte ich endlich heraus.

Unverwandt sah er mir in die Augen. In seinem Blick gewitterte ein Durcheinander von Angst, Freude über eine wirklich gelungene Überraschung, Wut auf seine Krankheit, Sehnsucht nach Ruhe.

Er drückte ab.

Es machte klick.

Jörgensen nahm den Lauf aus dem Mund und grinste wieder.

»Jetzt hat aber einer Schiss gehabt, was?«, keuchte er.

Ein Faden Speichel hing an der Mündung des Revolvers.

Meine Hände hatten sich ineinander verkrampft. Ich löste sie unauffällig und entspannte mich allmählich. Den Triumph, mir vor seinen Augen den Schweiß von der Stirn zu wischen, würde ich ihm nicht gönnen.

»Also gut«, brummte Jörgensen. »Kommen Sie, machen Sie Ihre Durchsuchung.«

Spielerisch zielte er auf eine der technischen Zeichnungen an der Wand. Ein donnernder Schuss löste sich, das Blatt hatte ein kreisrundes Loch. Es stank nach verbranntem Pulver. In meinen Ohren hallte der Knall nach.

»Eins zu fünf.« Es klang fast befriedigt, wie dieser Wahnsinnige das sagte. »Eine Patrone, fünf leere Kammern in der Trommel. Das Risiko ist eins zu fünf.«

»Sind Sie vollkommen übergeschnappt?«, brüllte ich ihn an. »Sie spielen hier vor meinen Augen russisches Roulette?«

Fast zärtlich betrachtete er die noch ein wenig qualmende Waffe, die er jetzt in beiden Händen wiegte wie ein frisch geborenes Kätzchen.

»Sie werden es nicht glauben, aber das war mein elfter Versuch. Es ist gegen jede Wahrscheinlichkeit, Herr Kommissar, dass ich noch am Leben bin.«

»Wenn schon, dann Kriminalrat, bitte.« Mit einer raschen Bewegung entriss ich ihm das Ding. Verblüfft starrte er mich an. »Sie werden verstehen, dass ich Ihnen Ihr Spielzeug wegnehmen muss.«

»Sie sind so ein Arschgesicht!«, murmelte er voll fassungsloser Wut. »Nie im Leben hätte ich gedacht, dass Sie so ein Arschgesicht sind!«

Es war eine gut geölte Colt Cobra, Kaliber achtunddreißig. Ich klappte die Trommel heraus, ließ die leere Patrone zu Boden fallen und versenkte die Waffe in der Jacketttasche.

»Die Quittung schicke ich Ihnen mit der Post.«

»Auf Ihre Quittung ist geschissen!«

»Was ist denn hier los?«

Wir fuhren beide herum. Die schmale Frau mit der tonlosen Stimme stand in der Tür, in jeder Hand eine schwere Stofftasche voller Einkäufe. »Hast du etwa geschossen, Hermann?«

»Verschwinde«, bellte er. »Geh spielen!«

Gehorsam und so lautlos, wie sie gekommen war, zog sie sich zurück. Ich hörte, wie in der Küche der Kühlschrank geöffnet wurde und Flaschen klirrten.

Jörgensen sah ihr nach und brachte schon wieder so etwas wie ein Lachen zustande. Dann wandte er sich wieder mir zu.

»Wegen Tim: Ich tippe nach wie vor auf den Alten. Er hat den Jungen immer gehasst.«

»Und Sie denken wirklich, Ihre Frau würde so etwas vertuschen?«

»Ihre Familienidylle ist ihr Ein und Alles. Es macht sie wahnsinnig, dass sie es einfach nicht hinkriegt, eine normale Ehe, ein normales Leben zu führen. Und dabei liegt's doch gar nicht an ihr. Sie hat sich immer solche Mühe gegeben. Aber alles geht immer schief. Auch ich passe nicht in ihre Idylle. Und der verrückte Alte zweimal nicht.«

Von Leona hörte man inzwischen nichts mehr. Vermutlich saß sie in der Küche und wartete, bis sie wieder hier geduldet wurde.

»Gestatten Sie mir eine sehr persönliche Frage?«

Diesmal klang in seinem Lachen fast ein wenig Humor mit. »Kann mich nicht erinnern, dass Sie bisher um Erlaubnis gefragt hätten.«

»Sie waren dreiundfünfzig, als Tim geboren wurde. Ihre Frau siebenunddreißig.«

Er nickte.

»Tim ist Ihr erstes Kind.«

Er sah weg. »Ich tauge nicht zum Vater. Nicht einmal das. Ich wollte nie Kinder. Und Muriel, die glaubt an die unbefleckte Empfängnis. Sie gehört zu den Frauen, die mit derselben Begeisterung mit einem Mann schlafen, mit der sie zum Gynäkologen gehen. Aber das war nie ein Problem für mich. Sex kann man überall haben. Vielleicht war es gerade das, was mich an ihr fasziniert hat. Diese Körperlosigkeit, dieses ... Reine.« Sein Lachen klang diesmal unsicher.

»Sie sind aber sicher, dass Tim Ihr Sohn ist?«

Jörgensen musterte mich ungläubig. Ich erwartete wieder eine barsche Antwort, aber da wanderte sein Blick zum Fenster. »Ich habe nie darüber nachgedacht, ehrlich gesagt. Andererseits kann ich mich nicht mal daran erinnern, in der Zeit mit Muriel geschlafen zu haben. Aber das sagt nichts. Habe ziemlich gesoffen, damals.«

Lange sah er hinaus, wo helle Wolken über einen blassblauen Winterhimmel trieben.

»Und damit Sie nicht noch mehr grübeln müssen: Ich bin drei Wochen nach dem berechneten Zeugungstermin nach Manila geflogen. Die frohe Botschaft habe ich per Telefon erhalten. Und wie ich zurückkam, da war der Junge zwei Monate alt.«

»Ihre Frau war also ganz allein, als Tim zur Welt kam?«

»Nein. Sie ist vernünftigerweise sechs Wochen vor der Entbindung nach Korfu geflogen, zu ihrer Schwester. Tim ist also ein kleiner Grieche, wenn Sie so wollen. Und manchmal denke ich, man sieht's ein wenig an den dunklen Haaren und den Augen.«

»Bei manchem kommt der Vaterstolz, wenn er sein Kind zum ersten Mal im Arm hält.«

»Vaterstolz?« Müde schüttelte er den schweren Kopf. »Es war ein Baby, und es hat die meiste Zeit gebrüllt und in die Windeln geschissen.«

Ich versuchte einen Überraschungsangriff: »Was haben Sie eigentlich gebaut auf Guam?«

Hermann Jörgensen war völlig perplex von der Wendung. Offenbar hatte ich einen empfindlichen Punkt berührt. »Warum interessieren Sie sich denn plötzlich für meinen Job?«, fragte er langsam.

»Wenn ich richtig rechne, dann haben die Arbeiten auf Guam vor Tims Geburt begonnen und sind bis heute nicht abgeschlossen. Es muss ein ziemlich großes Projekt sein.«

Jörgensen zählte zu den Menschen, die nicht aus Wahrheitsliebe ehrlich sind, sondern weil sie einfach zu faul sind zum Lügen. Oder zu gleichgültig.

»Das«, murmelte er, »darf ich Ihnen eigentlich nicht sagen.«

»Ich weiß, dass die Amerikaner auf Guam eine große Airbase betreiben. Ihr Arbeitgeber war einer der größten amerikanischen Baukonzerne. Sie brauchen im Grunde nichts zu sagen.«

»Sie sind auf der richtigen Fährte.« Inzwischen schien er kurz vor dem Zusammenbruch zu stehen. Ich wollte mich schon erheben, aber da fuhr er fort: »Okay, mir kann sowieso keiner mehr was. Sie bauen atombombensichere Hangars für ihre Stealth-Bomber. Ist ein ziemlicher Krampf, weil das Grundwasser so verdammt hoch steht. Deshalb sind sie immer noch nicht fertig, und das Budget ist schon um knapp zweihundert Prozent überzogen. Aber da sind die Amis ja zum Glück nicht so. Wenn es um ihr Militär geht, ist das Teuerste gerade gut genug.«

Es läutete an der Tür.

»Das werden meine Kollegen sein«, sagte ich und erhob mich nun wirklich.

»Und wann kriege ich meinen Revolver zurück?«, fragte er kleinlaut.

»Nicht, solange ich bei der Heidelberger Kripo etwas zu sagen habe.«

»Ich habe einen Waffenschein! Ich darf so ein Ding besitzen!«

»Weshalb?« Ich setzte mich wieder. »Werden Sie bedroht?«

Er wich meinem Blick aus. »Es hat mal eine Weile komische Anrufe gegeben.«

»Was für Anrufe? Aus welchem Grund?«

»Herrgott!«, schimpfte er in ohnmächtiger Wut. »Von Guam starten die amerikanischen Bomber nach Irak und Afghanistan, begreifen Sie denn nicht? Also geben Sie das Scheißding schon her! Es ist gegen das Gesetz, was Sie tun!«

»Dann verklagen Sie mich.«

»Keine Sorge.« Mit kindischem Grinsen drohte er mir mit dem Zeigefinger. »Ich werde mir zu helfen wissen, wenn es so weit ist.«

»Ich kann Sie nicht daran hindern, sich das Leben zu nehmen. Aber ich will später nicht in der Zeitung lesen müssen, ich hätte es nicht versucht.«

Die Wohnungstür klappte. Im Flur begann ein leiser Wortwechsel. Ich erkannte die Stimmen von Jörgensens Pflegerin und Klara Vangelis und ging hinaus.

»Sie können es kurz machen«, sagte ich zu Vangelis, der zwei Kollegen und eine Kollegin von der Spurensicherung neugierig über die Schulter schauten. »Ich glaube nicht mehr, dass er irgendwas mit der Sache zu tun hat.«

»Und?«, fragte ich, als ich kurz vor Mittag endlich mein Vorzimmer wieder betrat. »Wie ist es gelaufen?«

»Erst haben sie sich fünf Minuten gestritten«, berichtete Sönnchen niedergeschlagen. »Dann ist es fünf Minuten ganz still gewesen. Und dann haben sie sich wieder gestritten.«

»Also kein Erfolg.«

»Sie sind nicht Arm in Arm rausgekommen, wenn Sie das meinen. Erst ist der Herr Balke gegangen und ein paar Minuten später seine Nicole. Ich glaub fast, sie hat ein bisschen geweint.«

»Ist er sehr sauer auf uns?«

»Gesagt hat er nichts. Ist einfach fortgerannt. Aber finster geguckt hat er schon.«

26

»Wir haben uns überlegt, wir machen ab jetzt einmal pro Woche eine Ausnahme«, eröffnete mir Louise aufgeräumt beim Abendessen und biss in ihr dick mit Salami belegtes Brot. »So ganz ohne Fleisch, das ist ja auf die Dauer nichts.«

»Man braucht viel Kraft auf der Bühne, sagt Sam«, fügte Sarah hinzu. »Und deshalb sollen wir ruhig hin und wieder mal Fleisch essen.«

Wieder dieser kleine, gemeine Stich der Eifersucht. Aber so war das wohl, wenn Kinder erwachsen wurden. Auf einmal galt das Wort eines Wildfremden mehr als meines.

»Und ein bisschen Sport machen sollen wir auch. Man braucht Kondition, wenn man zwei Stunden auf der Bühne rumturnt.«

Ich erzählte ihnen, dass Tim nicht in Deutschland, sondern auf Korfu zur Welt gekommen sei, aber das Thema schien sie plötzlich nicht mehr zu interessieren.

»Ist es eigentlich sehr schlimm, wenn man Kinder kriegt?«, wollte Sarah stattdessen wissen. »Für die Frau? Tut es sehr weh?«

»Manche Frauen gebären leicht, andere weniger.«

»Und wie war's bei uns? Haben wir Mama sehr gequält?«

»Sie hat fast vierzig Stunden in den Wehen gelegen. Aber am Ende, als der Arzt schon einen Kaiserschnitt machen wollte, da habt ihr es euch auf einmal doch anders überlegt.«

»Warst du dabei?«

»Natürlich.«

»Und wie war's für dich?«

»Es waren die schlimmsten anderthalb Tage meines Lebens.«

»Hast du dich denn gar nicht gefreut?«

»Als ihr endlich da wart, da habe ich mich gefreut. Aber wenn ich vorher gewusst ist, wie das ist …«

»Hättet ihr dann ein Kind adoptiert?«

»Vielleicht. Wir haben nie darüber nachgedacht.«

»Wie Tims Tante.«

»Wie kommt ihr jetzt auf einmal auf Tims Tante?«

»Pavlos ist ein Adoptivkind, hat Sams Freund rausgefunden.«

»Wenn ihr Kinder adoptiert hättet, hättet ihr dann auch Mädchen genommen?«, wollte Louise wissen.

»Väter wollen ja immer Jungs«, wusste Sarah aus ihrer langen Lebenserfahrung.

»Ich nicht. Ich wollte Mädchen.«

»Echt?« Auf einmal strahlten sie. »Ganz ehrlich?«

»Und was macht ihr heute Abend?«, fragte ich später, als die Spülmaschine brummte.

»Üben. Mit der Band.«

»Wo übt ihr eigentlich die ganze Zeit?«

»Sam hat da was organsiert. Wir dürfen einen Raum im Gemeindezentrum der Christuskirche benutzen.«

»Jo und Pit kommen fast jeden Tag extra wegen uns aus Mannheim rüber.«

»Jo und Pit?«

»Der Gitarrist und der Drummer. Das haben wir dir jetzt schon mindestens dreimal erzählt!«

Runkel hatte die ganze Zeit herumgestanden wie ein Bauer vor dem Bürgermeister. Endlich setzte er sich zu den anderen.

»Vielleicht weiß er ja irgendwelche geheimen Sachen, die jemand aus ihm rauskriegen will, indem er Tim entführt?«, grübelte er.

Klara Vangelis schüttelte leicht genervt den Kopf. »Das ist Unsinn. Wir glauben doch alle längst nicht mehr an diese Entführung.«

Runkel war nicht leicht von einer Idee abzubringen, wenn er endlich einmal eine hatte: »Oder so ein Al-Qaida-Typ, dem die Amis die Kinder totgebombt haben?«

Vangelis sah zur Decke. »Und welchen Grund hätte die Mutter dann, den Täter zu decken?«

»Auch wieder wahr«, gab Runkel zu. Es war ihm anzusehen, wie gern er einmal mit ordentlichen internationalen Verwicklungen zu tun gehabt hätte.

Außer Runkels abenteuerlichen Spekulationen brachte unsere

Besprechung wenig Neues. Im linken der Gräber lag Andrea Basler, wie wir inzwischen wussten. Zwei Zahnfüllungen und ein verheilter Unterarmbruch hatten die Identifizierung leicht gemacht. Der Bruch stammte von einem Sturz vom Apfelbaum, hatte Balke herausgefunden. Spuren neuerer Verletzungen hatten unsere Spezialisten nicht gefunden.

Nach Meinung der Gerichtsmediziner war sie eines natürlichen Todes gestorben. Vielleicht an einer Kinderkrankheit, die normalerweise mit ein paar Tabletten oder einer Spritze zu kurieren gewesen wäre. Vielleicht wäre sie noch am Leben, hätte Adam Crocoll sie zu einem Arzt gebracht. Aber das konnte er natürlich nicht riskieren. Von dem zweiten Kind kannten wir noch nicht einmal das Geschlecht. Es war zu Lebzeiten zwei Zentimeter kleiner gewesen als Andrea, und manches deutete darauf hin, dass es in seiner Kindheit nicht übermäßig gut ernährt worden war.

Natürlich hatte die Presse groß über Gundrams Befreiung und die tragischen Begleitumstände berichtet. Bisher hatte es jedoch keinerlei Hinweise gegeben, die uns bei der Identifizierung der zweiten Leiche weiterhalfen.

Auch in Sachen Iva gab es nach wie vor keine Fortschritte. Wir steckten fest. Alle waren gereizt, überarbeitet, frustriert. Jeder wünschte sich nur noch das Ende der ganzen Geschichte herbei, so oder so. Man sehnte sich danach, sich wieder normalen Dingen zuzuwenden wie Körperverletzungen oder einem kleinen Bankraub.

Als die anderen sich erhoben, blieb Balke sitzen. Mir war klar, was jetzt fällig war, und ich fürchtete mich ein wenig davor. Ich hatte inzwischen ein schlechtes Gewissen wegen unserer Einmischung in seine innersten Angelegenheiten.

»Danke«, sagte er zu meiner Verblüffung anstelle des erwarteten Vorwurfs.

»Es tut mir leid. Wir haben es gut gemeint. Wir wollten Ihnen wirklich helfen. Aber es hat ja wohl nichts genützt.«

»Sie haben mir geholfen. Ich bin Ihnen wirklich dankbar.«

»Das heißt, Sie sind jetzt wieder zusammen?«

»Ich weiß jetzt, dass es richtig war, mich von Nicole zu trennen. Seit gestern weiß ich das endlich.«

Ein wenig verkrampft und eine Spur zu lange drückte er meine Hand.

Dann ging er mit nicht ganz sicheren Schritten hinaus.

Am Freitagnachmittag erlaubten mir Muriel Jörgensens Ärzte ein erstes, kurzes Gespräch.

»Fünf Minuten«, erklärte mir eine überaus schlecht gelaunte Stationsärztin mit entzündeten Augenlidern. »Und es bleibt die ganze Zeit über jemand von uns dabei.«

»Ich habe nur zwei einfache Fragen«, versuchte ich sie zu beruhigen. »Dann lasse ich Ihre Patientin wieder in Frieden.«

»Das kennen wir, das mit den zwei Fragen. Am Ende wird dann wieder eine halbe Stunde draus. Und Sie werden sie auf keinen Fall aufregen, haben wir uns verstanden?«

Muriel Jörgensen lag in einem Einzelzimmer. Eine Menge piepsender, summender und blinkender Apparate stand um sie herum. Ihr schmales Gesicht war fast so weiß wie das Kopfkissen. Immer noch hing sie an Infusionen, die Augen waren jedoch offen, ihr Blick klar, und sie erkannte mich sofort. Das Zimmer war überheizt, aber das musste vielleicht aus medizinischen Gründen so sein.

Natürlich hatte die Ärztin recht, natürlich wurden es mehr als zwei Fragen.

»Sie wissen wirklich nicht, wo Ihr Sohn ist?«, begann ich freundlich lächelnd.

Ihr Blick irrte ab. Erst nach Sekunden, als ich schon dachte, sie hätte mich nicht verstanden, schüttelte sie knapp den Kopf.

Ich trat näher ans Bett, um jede Veränderung ihrer Miene zu registrieren.

»Hat Ihr Mann etwas damit zu tun?«

Dieses Mal kam ihr Kopfschütteln schneller.

»Oder vielleicht Ihr Vater?«, fragte ich, Wort für Wort betonend, als wäre sie schwerhörig. »Hat er Tim aus Versehen getötet? Die Treppe hinuntergestoßen, zum Beispiel?«

Jetzt sah sie mir mit schreckensweiten Augen ins Gesicht.

»Nicht absichtlich natürlich. Ich denke eher an einen Unfall.«

Heftiges, fast panisches Kopfschütteln. Der Krankenpfleger

mit der Figur eines Sumoringers stand einen halben Schritt hinter mir. Er räusperte sich vernehmlich und verschränkte die Arme vor der Brust.

»Aber Sie wissen, wo Tim ist, nicht wahr?«

Muriel Jörgensen schloss die Augen und öffnete den schmalen Mund. Ihre Lippen waren farblos und trocken wie Pergament. Sie schluckte dreimal, bis sie einen Ton herausbekam.

»Gehen Sie«, keuchte sie endlich. »Bitte!«

Mein Bewacher brummte etwas, was nicht freundlich klang. Ich hoffte, er würde mich nicht im nächsten Moment am Hosenboden packen und vor die Tür stellen.

Die Patientin hielt die Augen geschlossen und schwieg.

Ich öffnete den Mund zu einer weiteren Frage. Aber dann machte ich ihn wieder zu und ging.

In meinem Vorzimmer erwartete mich Rolf Runkel mit einem Zettel in der Hand.

»Ich hab noch mal recherchiert«, erklärte er stolz. »Ob er's mit Kindern getrieben hat oder nicht.«

Wir gingen in mein Büro und setzten uns. Runkel zog die Stirn in tiefe Falten, was ihm das Aussehen eines heimwehkranken Rauhaardackels verlieh.

»Eine von den Nutten, mit denen mein Kontaktmann in Manila geredet hat, hat den Jörgensen eindeutig als früheren Kunden identifiziert. Er sei vor zwei, drei Jahren ein paar Mal bei ihr gewesen.«

»Und wie alt ist die Dame?«

»Achtzehn. Oder neunzehn. Die wissen das da unten oft selber nicht so genau, wie alt sie sind.«

»Das heißt, als Jörgensen ihr Kunde war, war sie sechzehn.«

So viel zum Thema »reiferes Gemüse«.

Runkel brauchte einige Sekunden zum Nachrechnen. Dann nickte er.

»Mehr hab ich bisher nicht rausfinden können. Die Frauen in diesen Touripuffs wechseln ziemlich oft. Manche lassen sich von einem Kunden heiraten, andere fangen sich irgendwas ein und müssen in ihr Dorf zurück. Manche kriegen auch die Kurve und finden einen anderen Job. Die gehen dann nach Hongkong oder in die Arabischen Emirate und arbeiten da für ein paar Kröten am Tag als Putzfrau.«

Putzfrau. Was irritierte mich an diesem Wort? Iva, natürlich. Ich lehnte mich in meinem bequemen Chefsessel zurück und nahm die Brille ab. Es war nicht nur Iva. Da war irgendetwas mit dem Abend in der Susibar. Eine Erinnerung, die es einfach nicht an die Oberfläche schaffte.

»Das ist ja alles schön und gut«, sagte ich. »Aber was bringt uns das Ganze? Jörgensen ist aus dem Rennen.«

»Ja. Schon.« Frustriert faltete Runkel seinen Zettel immer kleiner zusammen. »Aber sehen Sie mal, seine Frau kriegt ein Kind, und der Dreckskerl treibt's währenddessen mit minderjährigen Nutten. Er wird Vater und hält's nicht mal für nötig, wenigstens ein paar Tage heimzukommen. Das finde ich zum Kotzen, ehrlich gesagt.«

»Wir können Menschen nicht dafür bestrafen, dass sie ihre Kinder nicht liebhaben.« Ich setzte meine Brille auf und nahm demonstrativ irgendein Papier vom Schreibtisch. »Und außerdem: Besser ein Vater, der nichts taugt, als gar keiner.«

»Da bin ich mir nicht so sicher«, murmelte Runkel unzufrieden. »Da bin ich mir wirklich nicht so sicher.«

27

Auch Theresa hatte schlechte Laune an diesem Abend. Das kam hin und wieder vor, und wir nannten das Phänomen ihren »schwarzen Tag«. Der Sekt schmeckte ihr nicht, über nichts konnte sie lachen, meinen Zärtlichkeiten wich sie aus.

»Wozu bist du überhaupt gekommen?«, fragte ich schließlich und leerte mein Glas.

»Weil ich dich sehen wollte.«

»Und wozu, bitteschön, wenn du nur hier herumsitzt und deine Fingernägel begutachtest? Du siehst mich ja gar nicht.«

»Ich weiß nicht. Jetzt, wo ich bei dir bin, weiß ich es eben nicht mehr.«

Ich rückte ein wenig näher und nahm ihr das halb geleerte

Glas aus der Hand. Immerhin ließ sie es zu, dass ich meinen Arm um ihre Schulter legte.

»Gewissensbisse?«

Es kam hin und wieder vor, dass Theresa, die sich sonst mit größter Selbstverständlichkeit nahm, was ihr das Leben ihrer Meinung nach schuldig war, von Zweifeln überfallen wurde. Dass sie sich plötzlich fragte, ob sie ihrem Mann antun durfte, was sie tat. Was sie wohl denken und fühlen würde, wäre es umgekehrt.

Was man als untreue Ehefrau eben so denkt, wenn sich schlechtes Gewissen mit schlechter Laune paart.

Sie drehte den Kopf und küsste mich aufs Ohr. Dann zündete sie sich die vierte Zigarette des Abends an und studierte die Form der Rauchkringel. Ich füllte die Gläser wieder.

»Manchmal habe ich das Gefühl, du siehst in mir nichts als ein Sexobjekt«, murmelte sie irgendwann.

Ich glaubte, mich verhört zu haben. »Soll das ein Witz sein?«

Sie sah mich böse an. »Du triffst mich nur, um mit mir zu schlafen.«

»Du erwartest jetzt hoffentlich nicht, dass ich dir irgendwas von Liebe meines Lebens und ewigem Glück vorsäusele?«

»Weshalb nicht?«

»Weil du mich normalerweise schlägst, wenn ich solche Sachen sage.«

Sie lächelte traurig, aber immerhin, sie lächelte. »Es gibt Tage im Leben einer Frau, da braucht sie das.«

»Okay«, brummte ich, »ich liebe dich über alles. Mindestens.«

»Du bist so ein schrecklicher Idiot«, sagte sie zärtlich und legte ihre Hand auf meinen Oberschenkel.

»Was ist das überhaupt in deinen Augen, Liebe?«

Sie sah zur Decke und schwieg einige Sekunden. Unser Saxofonspieler schien heute leider Ausgang zu haben. Von der Straße hörte man junge Stimmen diskutieren.

»Liebe«, sagte Theresa schließlich, »ist nichts für den Kopf, sondern für den Bauch. Es ist wie mit komplizierten Tanzschritten: Sobald man anfängt, darüber nachzudenken, funktioniert es nicht mehr.«

»Hm.«

»Weißt du eine bessere Definition?«

»Schlag nach bei Goethe«, sagte ich und zitierte aus dem Gedächtnis: »Nenn's Glück! Herz! Liebe! Gott! Ich habe keinen Namen dafür! Gefühl ist alles, Name ist Schall und Rauch.«

»Weißt du, was die gute Viola zu diesem Punkt mal gesagt hat?«

»Ich werde es vermutlich gleich erfahren.«

»Damals war sie noch ziemlich frisch verheiratet. Aber ihr Thorsten hatte sich im Bett leider als Sparflamme entpuppt. Und wie es in solchen Fällen manchmal kommt – sie hat sich einen Lover zugelegt.«

»Leute gibt's …«

Theresas Lächeln wurde eine Spur breiter. »Ich habe ihr natürlich die schlimmsten Vorwürfe gemacht.«

»Ausgerechnet du.«

»Ich war ja noch jünger. Wie sie ihrem armen Mann das antun kann, ob sie sich denn nicht schämt, so frisch verheiratet. Was man als beste Freundin sagt in solchen Fällen.« Mit einem ersten, kleinen Funken Zärtlichkeit sah sie mir in die Augen. »Und weißt du, was Viola geantwortet hat? Dass sie das hin und wieder einfach braucht: Sex, ganz ohne Liebe und Schwüre und Familienplanung.«

»Du musst mich unbedingt mit der Frau bekanntmachen!«

Sie rammte mir den Ellbogen in die Magengrube und schmiegte ihre Wange an meine. Eine Weile schwiegen wir. Aber plötzlich war es kein drückendes Schweigen mehr, sondern gemeinsames Nachdenken, Genießen der Nähe, den gedämpften Geräuschen der Straße lauschen.

»Wozu hast du mir das jetzt eigentlich erzählt?«, fragte ich schließlich.

»Ich weiß nicht.«

»Darf ich dich was fragen?«

»Versuch's.«

»Warum hast du keine Kinder?«

»Das ist eine schwierige Frage.«

»Und das war keine Antwort.«

»Sollte es auch nicht sein.«

Wieder war es lange still.

»Wir haben ein so unglaubliches Glück, Alexander«, sagte Theresa schließlich und streichelte meinen Oberschenkel.

»Wie kommst du zu dieser tiefgründigen Erkenntnis?«

»Wir haben unsere ersten sexuellen Erfahrungen in genau der einen Weltsekunde gemacht, als es die Pille schon und Aids noch nicht gab. Als freie Liebe für einen winzigen Augenblick möglich war.«

»Hm«, erwiderte ich. »Frühere Generationen haben auch ihre Mittelchen und Wege gefunden, ihren Spaß zu haben.«

»Stimmt auch wieder. Da brauche ich nur an Ihre Majestät, Kurfürstin Elisabeth Augusta zu denken.« Mit plötzlicher Energie drückte meine Liebste ihrer Zigarette das Lebenslicht aus. »Und jetzt legen wir uns ein wenig hin und erholen uns von diesen komplizierten Überlegungen.«

»Was hier wirklich fehlt, ist Musik«, meinte ich.

»Und ein wenig Mobiliar könnte unsere Wohnung auch vertragen«, meinte sie lächelnd. »Da fällt mir ein: Meine Putzfrau hat sich kürzlich von ihrem Freund getrennt und zieht in eine kleinere Wohnung. Sie hat jede Menge überzählige Sachen und weiß nicht, wohin damit. Ich könnte sie fragen … Was guckst du denn so merkwürdig?«

»Das Wort Putzfrau macht mich seit Neuestem nervös. Weiß auch nicht, warum.«

»Hat es mit deiner Arbeit zu tun?«

»Womit sonst?«

Theresa schlang ihre heißen Arme um meinen Hals und drückte mich an sich, dass mir die Luft wegblieb.

»Dann werde ich dafür sorgen, dass Sie Ihre Arbeit jetzt mal für ein Weilchen vergessen, Herr Kriminaloberrat«, schnurrte sie mir ins Ohr. Es gelang mir, mein Glas abzustellen, ohne dass es zu Bruch ging.

»Ich liebe deinen Duft!«, seufzte ich.

»Und ich habe heute Zeit bis in die Puppen. Egonchen kommt erst lange nach zwölf.«

»Ich liebe deinen Mann!«

»Und diese lästigen Sachen, die ziehen wir jetzt mal aus.«

»Ich liebe deine praktische Art.«

»Hör endlich auf mit dem Gesülze, Süßer!«

»Sag noch einmal Süßer zu mir, und du bist mein nächster Mordfall!«

Später, als wir wieder bei Sinnen, Verstand und Atem waren, fiel mir etwas auf: »Habe ich mich vorhin verhört, oder hast du tatsächlich Kriminaloberrat gesagt?«

»Ups.« Theresa verschluckte sich am Rauch und hustete.

»Weißt du etwas, was ich nicht weiß?«

»Ich weiß vieles, wovon du keinen Schimmer hast.«

»Hast du es gesagt oder nicht?«

»Es sollte eigentlich Egonchens Weihnachtsüberraschung sein für dich. Ich hoffe, du freust dich trotzdem bei der offiziellen Verkündigung.«

Es war genau drei Uhr und elf Minuten, als ich aus dem Schlaf schreckte.

Plötzlich waren Bild und Ton wieder da.

Es war spät gewesen in der Susibar. Nur noch René und ich und Susi, und am Ende hatten wir nur noch gelacht und herumgealbert. Pretorius gab Anekdoten aus seinem Berufsleben zum Besten, Susi wusste Schwänke von ihrer Kundschaft zu erzählen, ich konnte die eine oder andere kuriose Begebenheit aus meinem Amt beisteuern. Pretorius konnte ein blendender Alleinunterhalter sein. Er hatte sogar Talent zum Stimmenimitator, und wir schlugen vor, er solle es doch im Kabarett versuchen. Davon wollte er jedoch nichts wissen, weil ihm erstens sein Beruf ungeheuren Spaß machte und er zweitens dann nicht mehr wüsste, woher er seine Inspirationen nehmen sollte.

Es war einfach unglaublich, wofür Menschen einen Detektiv engagierten und sich in Unkosten stürzten. Ein Schrebergärtner verdächtigte seinen Nachbarn, aus Neid seine ehemals so phantastisch gedeihenden Tomaten langsam zu vergiften, und ließ sich den Beweis zweitausend Euro kosten. Fünf Tage hatten Angestellte der Detektei seinen Garten rund um die Uhr observiert, um den Übeltäter schließlich tatsächlich zu überführen. Nicht auszudenken, wie viele Tonnen Tomaten erster Qualität der Auftraggeber für das Geld hätte kaufen können.

Ein Ehemann verdächtigte seine Frau, heimlich den gemeinsamen Sohn finanziell zu unterstützen, mit dem er sich zerstritten hatte. Am Ende hatte er zwar nichts gespart, aber recht behalten. Darum ging es offenbar oft bei Pretorius' Aufträgen: Jemand wollte – koste es, was es wolle – recht behalten.

Und als wir um kurz vor zwei schon in der Tür standen, Susi hatte uns bereits mehrfach umarmt und verabschiedet, da hatte der tüchtig betrunkene Detektiv seine Hand schwer auf meine schwankende Schulter gelegt.

»Und manche, lieber Alexander, du wirst es nicht glauben, manche geben sogar eine Stange Geld dafür aus, dass ich ihre entlaufene Putzfrau aufspüre. Als wären nicht jeden Tag hundert Anzeigen in der Zeitung: Polin sucht Arbeit. Putzfrauen kann man doch jeden Tag Hunderte finden, oder nicht?«

Jetzt, endlich, war mir klar: Pretorius wollte mir, vielleicht in einem Anflug von alkoholbedingter Kollegialität, mitteilen, dass er für Muriel Jörgensen deren verschwundene Putzfrau Iva gesucht hatte. Und vermutlich hatte er sie auch gefunden, denn seine Auftraggeberin hatte ja anstandslos die unanständig hohe Rechnung bezahlt.

Nur kurz ärgerte ich mich darüber, dass er offenbar in wenigen Stunden geschafft hatte, wozu meine Truppen trotz aller Technik nicht imstande waren.

Nach dieser Erkenntnis war an Schlaf nicht mehr zu denken. Ich zog meinen Bademantel über, setzte mich in die kalte Küche und notierte auf der Rückseite eines alten Einkaufszettels, was ich über Muriel Jörgensens entlaufene Perle wusste. Nichts, stellte sich heraus. Sie hieß Iva und hatte sich nicht nur um die Sauberkeit des Hauses, sondern auch um Tim gekümmert. Der Name und die geheimniskrämerischen Umstände ließen vermuten, dass es sich auch hier um einen Fall von illegaler Beschäftigung handelte. Eine Ausländerin ohne Aufenthaltserlaubnis. All das würde sich herausfinden lassen. Was Pretorius schaffte, sollte doch wohl auch uns gelingen. Allerdings nicht jetzt, denn es war mitten in der Nacht.

So ging ich schließlich wieder ins Bett, knipste das Licht aus und drehte mich auf meine Einschlafseite. Aber es half nichts. Eine halbe Stunde später saß ich erneut in der Küche und wartete darauf, dass an der Espressomaschine das grüne Lämpchen aufleuchtete. Kam die Putzfrau wirklich als Entführerin infrage? Mit Gundrams Verschwinden hatte sie nachweislich nichts zu tun. Andererseits war es schon ein merkwürdiger Zufall, dass sie in zwei Familien gearbeitet hatte, deren Söhne entführt wurden. Und beide Male war sie danach nicht wieder zur Arbeit erschienen, fiel mir plötzlich auf. Wobei beide Mütter behaupteten, sie entlassen zu haben.

Sollte Iva Tim wirklich entführt haben, dann hätte Pretorius sie wohl nicht so leicht gefunden. Auf einen Stundensatz von dreihundert Euro war er gekommen bei diesem Auftrag, hatte er mir vorgerechnet. Eine Kidnapperin, die sich mit ihrem Opfer versteckt hält, spürt auch der talentierteste Detektiv der Welt nicht in weniger als fünf Stunden auf.

War die geheimnisvolle Iva nur eine Mitwisserin? Eine Komplizin, die die notwendigen Informationen beschafft hatte, um anschließend zu verschwinden? Das klang schon eher glaubhaft.

Der Espresso schmeckte bitter, so früh am Morgen.

Wie sollte ich vorgehen, wenn es endlich hell war? Und warum war ich so aufgedreht? Was war eigentlich so sensationell an der Erkenntnis, dass Frau Jörgensen ihre Putzfrau zurückhaben wollte?

Draußen war es windstill, und es schien wieder einmal zu regnen. Die Temperatur fiel von Tag zu Tag um ein, zwei Grad, und wenn das so weiterging, dann würden die Heidelberger demnächst Schnee schippen dürfen.

Ich machte mir einen zweiten Espresso. Dieser schmeckte schon besser. Um halb sechs klappte unten die Haustür, und ich hätte mir die Zeitung holen können, wenn ich nicht die Kälte des Treppenhauses gefürchtet hätte. Um halb sieben ging ich unter die Dusche. Um viertel vor wurde es hell am östlichen Horizont, und allmählich hätten meine verschlafenen Töchter auftauchen sollen. Aber sie erschienen nicht. Sie erschienen auch nicht um fünf nach sieben und nicht um zehn nach. Schließlich beschloss ich, sie zu wecken.

»Aus den Federn, ihr Schlafmützen«, rief ich mit gespielter Fröhlichkeit und zog ihnen die Decken weg. »Heute habt ihr mal so richtig verschlafen!«

»Spinnst du?«, fauchte Sarah mich an, nachdem sie sich notdürftig den Schlaf aus den Augen gerieben hatte.

»In einer halben Stunde beginnt der Unterricht!«

»Paps, heute ist Samstag! Du weißt, was das heißt?«

»Ja, ja, die Iva«, krähte Frau Weberlein begeistert. »Die ist eine Nette!«

Heute hatte ich nicht angerufen, sondern war ohne Anmeldung nach Handschuhsheim hinausgefahren, um Muriel Jörgensens nächste Nachbarin zu sprechen. Obwohl es erst neun war, freute sie sich über meinen überraschenden Besuch. Frau Weberlein war zwanzig Jahre jünger, als ich sie mir vorgestellt hatte. Ich hatte eine Kurpfälzer Matrone erwartet, und nun stand eine gut gewachsene, dunkelhaarige und fast hübsch zu nennende Frau von nicht einmal vierzig Jahren vor mir und strahlte mich neugierig an.

»Können Sie mir sagen, wann genau sie verschwunden ist?«

»Ach, schon länger.«

Zu ihren Füßen saß eine lustige Mischung aus Pudel und diversen anderen Rassen, das eine Ohr aufgerichtet, das andere abgeknickt, und betrachtete mich mit unverkennbarer Sympathie. Das musste der Hund sein, den Silke hin und wieder betreute, wodurch der Fall Tim Jörgensen letztlich ins Rollen gekommen war.

»Genauer wissen Sie es also nicht?«

Bekümmert schüttelte Frau Weberlein den Kopf. »Sie hat sich ja auch nicht von mir verabschiedet. Irgendwann hat man halt gemerkt, die Iva, die sieht man gar nicht mehr.«

»Könnte es sein, dass sie gleichzeitig mit Tim verschwunden ist?«

»Du meine Güte!« Das rundliche Gesicht bekam fahle Flecken. »Sie meinen doch jetzt nicht …?«

Sie überlegte einige Augenblicke mit gesenktem Blick

»Möchten Sie einen Kaffee?«, fragte sie dann. »Ich hab grad einen aufgesetzt.«

Wir betraten die Weberleinsche Wohnküche. Den wortkargen Herrn des Hauses hatte ich vorhin nur kurz gesehen, als er sich mit einer Sporttasche zwischen den Füßen auf eine gelbe Vespa setzte und davontuckerte. Ich verzichtete auf den Kaffee, da ich ohnehin schon Herzklopfen hatte vom vielen Espresso. Der Hund wuselte um meine Beine herum und freute sich sehr über die unverhoffte Abwechslung.

»Jupp, jetzt lass aber den Herrn in Ruhe!«, ermahnte ihn die Hausherrin streng und schlug mit der Leine nach ihm.

»Was wissen Sie über Iva?«

»Dass sie eine Nette gewesen ist, ja.«

»Iva ist kein deutscher Vorname.«

»Sie ist ja auch keine Deutsche.«

»Sondern?«

Frau Weberlein knetete ihre Hände in kinoreifer Verzweiflung. »Was soll man denn da jetzt sagen?«

Jupp saß inzwischen fiepend vor mir und schien die Hoffnung aufzugeben, in mir einen neuen Spielkameraden gefunden zu haben.

»Frau Weberlein, es geht mir nicht darum, ob Iva brav ihre Steuern bezahlt hat oder nicht.«

»Aus Slowenien kommt sie, hat sie mir mal erzählt. Die sind ja jetzt auch in der EU seit Neuestem. Und verheiratet ist sie. Ihr Mann, der Ratko, der hat früher auch manchmal drüben geschafft, bei der Frau Jörgensen. Im Garten und am Haus. Mehr so die groben Sachen hat er gemacht. Sie macht sich ja nicht die Hände schmutzig, die Madame.«

»So wie Sie das sagen, glauben Sie aber nicht, dass Iva aus Slowenien stammt, oder?«

Mit gesenktem Blick schüttelte sie den Kopf. »Die haben doch selber genug Arbeit. Die müssen doch nicht zu uns zum Putzen kommen.«

»Sondern?«

»Also, ich denke, sie ist aus dem Osten. Das hört man.«

Ein verschlafenes, vielleicht vierjähriges Mädchen in einem warmen Schlafanzug mit Bärchen betrat barfuß die Küche und musterte mich mit offenem Mund.

»Das ist unsere Chantal«, stellte Frau Weberlein vor. »Unsere Jüngste. Sag dem Herrn guten Tag, Chantal.«

Das Mädchen starrte mich unverwandt aus großen Augen an und verbarg die Hände hinter dem Rücken. Ohne ihre Tochter weiter zu beachten, wandte Frau Weberlein sich wieder mir zu.

»Aber der Ratko, der hat sich mit dem Herrn Jörgensen nicht so gut verstanden. Seit der wieder in Deutschland war, ist er nur noch ein- oder zweimal zu den Jörgensens gekommen.«

»Gab es Streit?«

»Und wie! Durchs geschlossene Fenster hat man's gehört! Nicht dass Sie denken, ich würd lauschen. Da hat man nicht lauschen müssen, so wie die zwei sich angebrüllt haben.«

»Worum ging es dabei?«

»Der Ratko hat irgendwas nicht recht gemacht. Oder er hat sich zu viel Zeit gelassen dabei. Der ist nämlich nicht so ein Fleißiger wie die Iva. Vielleicht ist es auch um Geld gegangen. Der Ratko hat hinterher gern ein bisschen mehr verlangt, als vorher ausgemacht war.«

»Können Sie sich erinnern, wann das war?«

Frau Weberlein sah auf die Knie, die unter ihrem taubenblauen Rock hervorlugten.

»So genau weiß ich das jetzt natürlich auch nicht mehr.«

»War es gleich, nachdem Herr Jörgensen aus Asien zurückwar, oder erst später?«

»Später. Der Herr Jörgensen ist ja schon seit Anfang April da. Erst hat man gedacht, wieder nur für ein paar Tage. Aber dann ist er einfach nicht mehr abgereist, und da hat man gemerkt, der bleibt jetzt wohl für immer. Man erfährt ja nichts von denen. Sie reden ja nicht mit einem. Und er hat auch schon krank ausgesehen, das ist mir aufgefallen. Seine Laune ist mit jeder Woche schlechter geworden. Es hat dann öfter mal Geschrei gegeben, da drüben. Und nicht nur mit dem Gärtner.«

Chantal machte plötzlich kehrt und verschwand.

»Könnte es sein, dass dieser Streit zwischen Ratko und Herrn Jörgensen war, kurz bevor Tim verschwunden ist?«

»Möglich.« Sie nickte ratlos. »Aber beschwören möcht ich's lieber nicht.«

»Hat Ratko Herrn Jörgensen bedroht?«

»Schon. Anders kann man's nicht sagen. Ja, er hat ihn bedroht.«

»Was genau hat er gesagt?«

»Dass er sich nicht wundern soll, wenn mal was passiert.«

»Sie können mir vermutlich nicht sagen, wo Iva und Ratko wohnen?«

Sie machte eine vage Handbewegung in Richtung Westen. »In Kirchheim draußen, hat sie mir mal verraten. Aber ich glaub, am Ende, da haben die auch gar nicht mehr zusammengewohnt. Der Ratko, na ja …«

Sie machte eine Geste, als würde sie ein großes Glas an den Mund setzen.

»Er trinkt?«

»Und die Iva hat manchmal ganz schön schlimm ausgesehen.«

»Er hat sie verprügelt?«

»Diese Südländer sind halt oft so temperamentvoll, gell.«

Die Kaffeemaschine stieß ihren letzten, blubbernden Seufzer aus. Es roch nach frischen Brötchen und feuchtem Hund.

»Hat Iva eigentlich auch einen Nachnamen?«

»Bestimmt.«

»Aber Sie wissen ihn nicht?«

»Warum fragen Sie nicht einfach die Frau Jörgensen? Wie geht's ihr überhaupt?«

»Besser. Aber sie ist noch nicht ansprechbar. Sie muss noch eine Weile im Krankenhaus bleiben.«

»Schaffen eigentlich alle bei der Polizei am Samstag?«

»Nur die besonders Fleißigen.«

»Mein Neffe, der Achim, der überlegt nämlich, ob er zur Polizei gehen soll, wenn er irgendwann mal sein Abitur hat. Ist schon zweimal sitzengeblieben, und da haben wir gedacht, Beamter, das wär vielleicht was …«

»Vielleicht kommen wir noch mal kurz zu Iva zurück. Haben Sie nicht irgendeine Idee, wie ich sie finden könnte?«

Frau Weberlein dachte lange und ernsthaft nach. Der Hund hatte sich zu meinen Füßen zusammengerollt und schlief, wobei das hoch stehende Ohr hin und wieder zuckte. Chantal hatte irgendwo im Haus einen Fernseher eingeschaltet und guckte lautstark die Simpsons.

»Sie hat eine Freundin!« Über Frau Weberleins Gesicht ging ein Leuchten. »Genau, die hat sie nämlich manchmal mit dem Auto gebracht. Zimperlich ist sie ja nicht, die Iva, da kann man nichts sagen. Die kommt auch mit dem Rad, wenn's regnet oder schneit. Aber manchmal, wenn's gar zu arg war, dann hat sie sich bringen lassen. Von ihrer Freundin. Möchten Sie nicht doch einen Kaffee?«

»Können Sie diese Freundin beschreiben? Haben Sie sich zufällig das Autokennzeichen gemerkt?«

Frau Weberlein starrte betreten auf meinen Mund.

»Ein blaues Auto war's, das weiß ich noch. Ein kleines. Die Nummer ist von hier, glaub ich. Aber ich hab sie ja nicht so oft gesehen, diese Freundin. Höchstens so zwei- oder dreimal. Eine Schmale ist sie, das muss man sagen. Mit roten Haaren. Und Zöpfen, ja, genau, Zöpfe hat sie. Wie die Pippi Langstrumpf. Aber ohne Sommersprossen.«

Blaues Auto, rote Zöpfe, keine Sommersprossen. Ich hatte schon präzisere Personenbeschreibungen gehört. Aber auch schlechtere.

»Eine letzte Frage noch.« Ich stand schon in der Haustür, als mir ein Gedanke kam. »Sie sagten, Frau Jörgensen würde ihr Haus so gut wie nie verlassen.«

»In letzter Zeit lässt sie sich sogar die Lebensmittel bringen.«

»Bei meinem letzten Besuch habe ich einen Mantel an der Garderobe hängen sehen. Der war feucht vom Regen.«

»Die Rosen«, erwiderte sie abfällig. »Sie geht jeden Tag mindestens einmal zu ihren Rosenbüschen. Egal, wie das Wetter ist. Sonst rührt sie ja keinen Finger für ihren Garten. Früher, wie die alte Frau Gernhardt noch gelebt hat, da hat's da drüben anders ausgesehen, das können Sie mir glauben. Aber jetzt verlottert alles. Nur an ihren Rosen, an denen hat sie irgendwie einen Narren gefressen.«

28

Während der Fahrt zurück in die Stadt – es war noch nicht einmal halb zehn – wählte ich die Nummer unserer Telefonzentrale und bat eine verschlafen klingende Kollegin, die spärlichen Daten von Ivas Freundin über den Funk zu geben. Mein zweiter Anruf galt dem Krankenhaus und brachte das befürchtete Ergebnis: Muriel Jörgensen war für mich bis auf Weiteres nicht zu sprechen. Nach meinem gestrigen Besuch hatte sie einen Kreislaufkollaps erlitten. Die Ärztin klang besorgt. Schließlich versuchte ich noch, Pretorius zu erreichen. Aber sowohl im Büro als auch unter der Privatnummer meldeten sich nur die Anrufbeantworter. Ich bat auf beiden um Rückruf.

Kurz darauf gab es einen ersten, kleinen Erfolg.

»Sie suchen eine Frau mit roten Zöpfen?«, fragte eine knurrige Männerstimme am Telefon. »Mit einem kleinen, hellblauen Skoda?«

»Die Marke weiß ich nicht. Klein und blau ist richtig.«

Der Anrufer betrieb einen Imbissstand in Rohrbach, Ecke Karlsruher- und Römerstraße, und zu seinen treuesten Stammkunden zählten die Besatzungen einiger unserer Streifenwagen, erzählte er mir widerwillig.

»Und Sie kennen die Frau, die wir suchen?«

»Drüben steht ihr Auto. Vorhin ist sie beim Bäcker gewesen, Brötchen kaufen. Aber jetzt ist sie wieder daheim. Falls sie wegfahren will, soll ich sie festhalten?«

»Es reicht völlig, wenn Sie sich das Kennzeichen merken.«

Über Nacht war die Temperatur unter null gefallen. Ein eiskalter Ostwind pfiff, und man erwartete jeden Augenblick die ersten Schneeflocken. Die Pfützen am Straßenrand waren gefroren, eine einsame Zeitung drehte vor Willy's Wurstbude ihre Kreise. Willy selbst, mit dem ich vor einer knappen Viertelstunde telefoniert hatte, war so dürr, dass ich mich unwillkürlich fragte, wie jemand bei seinem Anblick Appetit auf die nicht einmal so übel aussehenden XXL-Currywürste entwickeln konnte. Die Schürze, die zweimal um ihn herumpasste, war verblüffend sauber. Dazu trug er eine Intellektuellenbrille, und er machte den Eindruck eines gescheiterten Philosophiestudenten auf mich.

Willy wischte hinter seiner Theke herum und vermied es hartnäckig, mir in die Augen zu sehen. Als ich meinen Namen nannte, nickte er nur und wies mit einer beiläufigen Geste auf den kleinen Skoda, der schräg gegenüber unter dem Vordach einer aufgegebenen Tankstelle parkte.

»Das Eckhaus«, brummte er, als wollte er mich loswerden. »Dritter Stock links.«

Die Frau, die ich suchte, wohnte in einem viergeschossigen, gesichtslosen Mietshaus aus den Zeiten der kriegsbedingten Wohnungsnot.

»Ich seh sie hin und wieder auf dem Balkon, wenn sie Wäsche aufhängt«, fügte Willy hinzu. »Und im Sommer sonnt sie sich manchmal oben ohne, falls man Glück hat.«

Auf mein »Tschüss und danke« antwortete er mit resigniertem Achselzucken. Ich überquerte die Straße. Den handgeschriebenen Namen an der Klingel entzifferte ich als A. Sereno. Ich drückte den Knopf, und es dauerte keine Sekunde, bis der Türöffner summte. Ich war froh, ins Warme zu kommen.

Innen roch es nach frischer Farbe.

»Huch«, sagte die Frau, die mich am oberen Ende der Treppe erwartete, bei meinem Anblick. Sie sah tatsächlich ein wenig aus wie eine erwachsene Pippi Langstrumpf ohne Sommersprossen. »Ich dachte, Sie sind der Maler!«

Die roten Zöpfe baumelten unter einer verwegenen Baseballmütze hervor. Und sie hatte doch einige Sommersprossen, wenn man genauer hinsah. Als ich meinen Dienstausweis zeigte, wurde ihr Blick für einen winzigen Moment unruhig, und sie wich einen halben Schritt zurück in die Sicherheit der eigenen vier Wände.

»Was kann ich für Sie tun?«

»Es geht um Iva.«

»Was ist mit ihr?«

»Ich würde mich gerne mit Ihnen über Ihre Freundin unterhalten. Aber vielleicht nicht gerade auf der Treppe.«

»Ich hab aber nicht viel Zeit.« Nur zögernd gab sie die Tür frei. »Der Maler wollte eigentlich schon vor einer Dreiviertelstunde hier sein.«

Sie führte mich durch einen winzigen Flur in ein kleines Wohnzimmer mit – für einen Altbaufan wie mich – bedrückend niedriger Decke, das mit Möbeln und anderem Hausrat restlos überfüllt war. Offensichtlich war zu den bereits vorhandenen Dingen auch noch der komplette Inhalt eines Kinderzimmers gequetscht worden. Unschwer zu erraten, welches Zimmer heute gestrichen werden sollte. Es gelang mir, mich zwischen Flohmarktstehlampe und Ikeaschrankwand hindurchzuschlängeln und auf einen Sessel zu zwängen, wobei meine Knie gegen die Kante einer großen, feuerwehrrot bemalten Spielzeugkiste stießen.

Frau Sereno schuf für sich selbst Platz auf einem Sofa und sprang im nächsten Moment wieder auf, als hätte sie sich verbrannt. Augenblicke später kam sie mit einem großen Glas Wasser zurück. Mir bot sie nichts an. Sie zwang sich, mir unbefangen ins Gesicht zu sehen.

»Was ist mit Iva?«

»Ich würde gerne mit ihr sprechen.«

»Und warum tun Sie es nicht?«

»Weil mir bisher niemand sagen konnte, wo ich sie finde.«

Wieder sprang sie auf, verschwand im Flur. Dieses Mal hielt sie einen kleinen karierten Notizblock in der Hand, als sie zurückkam. Sie setzte sich und begann mit geübten Bewegungen, eine Skizze zu zeichnen. Eine Reihe von Quadraten erkannte ich, zwei parallele, leicht gekrümmte Linien.

»Da«, sagte sie schließlich, machte in einem der Quadrate ein Kreuz und riss das Blatt vom Block. »Südlich von Kirchheim. Das Kleingartengelände.«

»Dort wohnt sie?«

»Jedenfalls wohnt da ihr Mann, Ratko. Der wird Ihnen schon sagen können, wo Iva steckt.«

»Sie selbst wissen es nicht?«

»Hab sie ewig nicht mehr gesehen.«

Es gibt gute Lügner und schlechte und hundsmiserable. Meine Gastgeberin wider Willen zählte zur dritten Gruppe.

»Frau Sereno, Sie können ruhig offen zu mir sein. Gegen Ihre Freundin liegt nichts vor. Ich möchte wirklich nur mit ihr reden.«

»Aber worüber denn?« Ein blitzschneller Blick zur Uhr.

»Das geht nur Iva und mich etwas an.«

»Ich kann Ihnen aber beim besten Willen nicht sagen, wo sie steckt. Fragen Sie einfach Ratko.«

Ich beugte mich vor und versuchte, ihren Blick einzufangen. Es gelang mir nicht.

»Können Sie nicht, oder wollen Sie nicht, oder dürfen Sie nicht?«

»Ich ... Ich kann nicht.«

Die Türklingel schrillte dreimal kurz nacheinander.

»Der Maler«, seufzte sie erleichtert und federte hoch. »Na endlich!«

Immerhin Ivas Nachnamen verriet sie mir noch: Draskovic.

Nach Kirchheim war es nicht allzu weit. Der Zettel mit der Skizze lag auf dem Beifahrersitz. Während der Fahrt suchte ich im Telefonbuch meines Handys Sönnchens Privatnummer. Zum Glück war sie zu Hause und kein bisschen empört, weil ich sie am Samstag mit dienstlichen Dingen belästigte.

»Bei dem Mistwetter mag man ja sowieso nicht aus dem Haus«, meinte sie gut gelaunt. »Wie heißt die Frau noch mal?«

»Sereno.« Ich diktierte ihr die Adresse.

»Da ist keiner«, keuchte ein atemloser Jogger und blieb neben mir stehen. »Zu wem wollen Sie denn?«

Ich schätzte den drahtigen Mann im schrillbunten Trainingsanzug auf Mitte dreißig. Er musterte mich neugierig. Sein Atem ging stoßweise und bildete kleine Wölkchen vor seinem auffallend breiten Mund.

»Zu einem gewissen Herrn Draskovic. Ratko Draskovic.«

»Da werden Sie kein Glück haben. In der Hütte da wohnt seit Ewigkeiten keiner mehr, soweit ich weiß.«

Das unübersichtliche Grundstück, vor dessen rostigem Tor wir standen, lag am äußersten Rand eines Kleingartengeländes südlich von Kirchheim und machte einen verwilderten und verlassenen Eindruck. Überall wuchsen Brennnesseln, Brombeerbüsche und Gestrüpp. Dornige Zweige wucherten über den Zaun zur schmalen Straße hin. Hagebutten baumelten traurig an dürren Zweigen. Das schiefe Häuschen, das ich im Hintergrund teilweise ausmachen konnte, war aus allem möglichen und unmöglichen Gerümpel zusammengezimmert, zwei enorme Nussbäume spendeten im Sommer sicherlich angenehmen Schatten. Jetzt knarrten und knackten ihre Äste im wütenden Wind.

Der Jogger hatte offenbar zu viel Zeit. Ich ließ ihn meinen Dienstausweis sehen.

»Hab mir fast gedacht, dass Sie von der Polizei sind. Kommen Sie sonst nicht immer zu zweit?«

»Nicht, wenn es eilig ist.« Ich steckte den Ausweis wieder ein. »Laufen Sie diese Strecke öfter?«

»Nicht oft genug«, seufzte er. »Wenn ich's zweimal die Woche schaffe, dann bin ich schon ganz zufrieden mit mir.«

»Und Sie haben hier in letzter Zeit wirklich keine Menschen gesehen?«

Beflissen schüttelte er den schmalen Kopf. »Ich sag doch, da ist keiner.«

Ich stemmte das herzzerreißend quietschende Gartentor auf. Das Haus, das ich während unseres kurzen Gesprächs ständig im Auge behalten hatte, verfügte offenbar sogar über Strom. Ein im Wind schaukelndes schwarzes Kabel endete an einem stählernen Mast auf dem Dach. Der blecherne Schornstein qualmte nicht. Als ich jedoch näher kam, bemerkte ich, dass die Luft darüber flimmerte. Vermutlich war das Feuer im Ofen erst vor Kurzem in aller Hast gelöscht worden.

Unter den interessierten Blicken des Joggers klopfte ich an die altersschwache Tür, von der großflächig die graue Farbe blätterte. Auf dem Wasser in der rostigen Regentonne an der Ecke hatte sich eine dünne Eisschicht gebildet.

»Polizei!«, rief ich. »Bitte machen Sie auf!«

Im Haus blieb es still.

»Ich weiß, dass Sie hier sind«, rief ich lauter als zuvor. »Wenn Sie die Tür nicht öffnen, breche ich sie auf.«

Wieder rührte sich nichts. Ich blickte über die Schulter. Mein Beobachter sah plötzlich am Haus vorbei. Er gab mir mit dem spitzen Kinn einen Wink. Mit zwei Sprüngen war ich an der Ecke, umrundete die Regentonne und sah eben noch einen Schatten über den heruntergetretenen und erbärmlich verrosteten Maschendrahtzaun an der Rückseite des Gartens springen. Der Schatten steckte in einer olivgrünen Jacke, so viel konnte ich noch erkennen, dann hatte dichtes Gebüsch ihn verschluckt. Ich lief los. Das Gelände war tückisch, der Boden uneben, viele Sträucher stachelig.

Sekunden später erreichte ich die Stelle, wo ich den Flüchtenden zuletzt gesehen hatte. Der Raureif auf dem dürren, hohen

Gras verriet mir seinen Weg. Der Mann lief auf die Felder zu. Nach vielleicht hundert Metern sah ich ihn wieder.

»Stehen bleiben!«, brüllte ich.

Er lief schneller, nun jedoch im Zickzack, um nicht getroffen zu werden. Offenbar hatte Ratko Draskovic Erfahrung darin, unter feindlichen Beschuss zu geraten. Zu seinem Pech war er allerdings noch schlechter in Form als ich. Kurz bevor wir die offenen Felder erreichten, holte ich ihn ein. Als er mich hinter sich hörte, fiel er unvermittelt auf die Knie, verschränkte die Hände im Genick und erstarrte in Erwartung eines Schlages oder einer Kugel. Zur militärgrünen Jacke trug er eine dunkelbraune, fleckige Tuchhose. Ich tippte ihm auf die Schulter.

»Aufstehen!«

Zögernd, als fürchtete er irgendeine Heimtücke, entspannte er sich. Die Hände lösten sich vom Genick, langsam stand er auf, was nicht ganz einfach war, da er die Hände in Schulterhöhe hielt. Schließlich wandte er sich langsam um, und endlich sah ich sein wettergegerbtes, mageres Gesicht. Die blutunterlaufenen Augen waren voller Angst.

»Nicht schießen!«, bettelte er heiser. »Bitte nicht schießen!«

Ratko Draskovic war klein, drahtig und sicherlich einmal sehr viel kräftiger gewesen als heute.

Ich hob ebenfalls die Hände, um zu zeigen, dass sie leer waren.

Mit ungläubiger Miene ließ er die Arme sinken.

»Kommen Sie.« Ich packte ihn am Oberarm. »Gehen wir zurück.«

Fünf Minuten später saßen wir in dem Häuschen, das von innen noch winziger wirkte als von außen. Es stank nach Alkohol, alten Socken und Männerschweiß. Unaufgefordert riss Draskovic das Fenster auf. Dann machte er sich am Ofen zu schaffen. »Strom teuer«, murmelte er. »Holz besser.«

Bald brummte das Feuer wieder.

»Es geht um Iva«, begann ich.

Draskovic legte noch zwei Scheite nach und schloss die früher einmal durchsichtige Tür des Kaminofens. Dann richtete er sich ächzend auf, sah mir kurz ins Gesicht und dann zu Boden.

»Was mit Iva?«

Seine Stimme klang, als hätte er zeitlebens Kette geraucht.

»Ich muss sie dringend sprechen.«

»Warum?«

»Ich weiß, dass Sie und Ihre Frau illegal in Deutschland sind und arbeiten. Aber das interessiert mich nicht. Es geht um Tim, den Sohn einer Familie, für die Iva längere Zeit gearbeitet hat. Und jetzt setzen Sie sich endlich hin und sehen Sie mich an.«

Er nahm so hastig Platz wie ein Mensch, der es von Kind an gewohnt ist, Befehle zu befolgen.

»Woher kommen Sie beide?«

»Aus ...«

»Sie sollen mich ansehen!«

Mit dem Blick eines zu oft geprügelten Hundes sah er mir in die Augen.

»Wovor haben Sie denn solche Angst?«

»Vor ...« Sein Blick flackerte. Aber er wandte ihn nicht ab. »Vor allem.«

Durch eine halb offen stehende Tür konnte ich ins Nachbarzimmer sehen, das noch ein gutes Stück kleiner war als das, in dem wir saßen. Obwohl das Feuer im Ofen inzwischen tobte und knackte, wurde es nicht wirklich warm. Vorne glühte einem das Gesicht, während der Rücken kalt blieb.

»Sie wohnen schon länger hier?«

Im Dämmerlicht des Nebenzimmers erkannte ich eine blauweiß karierte Matratze am Boden, auf der eine fleckige Wolldecke und einige Lappen herumlagen, die früher einmal weiß gewesen waren.

»Ich zahlen Miete«, nuschelte Ratko. »Nicht viel. Aber ich zahlen.«

»Und da nebenan schlafen Sie?«

Müde schüttelte er den Kopf. »Ich nicht schlafen. Zehn Jahre.«

»Sie waren im Krieg?«

Er nickte demütig. »Kosovo.«

»Serbe oder Albaner?«

»Serbe.« Seine Antwort war ein Geständnis.

»Und es war so schlimm, dass Sie seither nicht mehr schlafen können?«

Plötzlich herrschte etwas wie zaghaftes Vertrauen in dem engen, mit jeder Minute stickiger werdenden Raum.

»Herr Draskovic, noch einmal: Wo steckt Ihre Frau?«

»Ich ...« Seine Hände hörten nicht auf zu zittern. »Ich nicht wissen. Seit September Iva nicht sehen.«

»Vorher haben Sie aber hier zusammengewohnt?«

Er nickte so verzagt, als könnte ihn diese Tatsache Kopf und Kragen kosten.

»Iva ist verschwunden, ohne sich von Ihnen zu verabschieden? Ohne zu sagen, wohin?«

Seine Miene wurde unruhig, als würde er gleich zu weinen beginnen. »Ich schuld. Ich schlagen. Ich manchmal so ... Ich schuld. Nächster Morgen Iva gehen arbeiten. Wie jede Tag. Iva viel arbeiten. Iva zäh wie Katze. Aber nicht kommen zurück.«

»Und Sie selbst? Arbeiten Sie auch?«

»Manchmal.« Nachdenklich starrte er auf seine sehnigen Hände, die einfach nicht zur Ruhe kommen wollten. »Ich nicht gut mit Leute. Oft gibt Streit und ...«

»Das heißt also, Ihre Frau hat Sie im Wesentlichen ernährt.«

Schuldbewusstes Nicken.

»Und als Dank dafür haben Sie sie hin und wieder verprügelt.«

»Bitte bringen Iva zurück«, krächzte er. »Ich jetzt anders. Ich jetzt gut! Bestimmt!«

»Ungefähr zum selben Zeitpunkt wie Ihre Frau ist auch das Kind der Familie verschwunden, bei der sie gearbeitet hat.«

»Tim verschwunden?«

Seine Überraschung war echt. Dieser Mann war zu kaputt, um noch glaubwürdig zu lügen.

»Was denken Sie? Könnte Iva etwas damit zu tun haben?«

Diesmal schwieg Ratko Draskovic sehr lange. Sein Mienenspiel ließ mich ahnen, wie die Gedanken durch sein geschundenes Hirn tobten und doch keine vernünftige Erklärung zustande brachten. An den Fenstern rüttelte der Wind. Das Brummen und Summen des Ofens wurde mal lauter, mal leiser.

»Iva immer gern Kinder«, flüsterte er schließlich. »Tim ... Iva hat großgezogen. Die Frau ...«

»Jörgensen.«

»Nicht gute Mutter. Zu viele … Nerven.«

»Sie selbst sollen vor einiger Zeit Streit mit Tims Vater gehabt haben.«

»Jeder hat Streit mit Jörgensen. Schlimme Mensch.«

»Worum ging es dabei?«

»Will nur zahlen Hälfte. Sagen, Arbeit nicht gut.«

»Sie sollen dabei Drohungen ausgestoßen haben.«

Wieder dauerte es lange, bis er sich eine Antwort zurechtgelegt hatte. Das ganze Haus schien zu beben unter dem Sturm, der draußen herrschte.

»Manchmal, wenn wütend, ich sagen Sachen. Aber … sehen Sie doch!«

Anklagend hielt er seine zitternden Hände in die Luft.

»War Ihre Frau Zeugin bei diesem Streit?«

»Ganze Nachbarschaft Zeuge. Alle.«

Die nächste Frage kam mir selbst ein wenig hirnrissig vor.

»Könnte es vielleicht sein, dass Iva an Ihrer Stelle Rache genommen hat?«

Er stieß ein Krächzen aus, das in besseren Zeiten ein Lachen hätte werden können. Dann legte er das Gesicht in die schmutzigen, sehnigen Hände und begann, lautlos zu weinen.

»Sie halten das also nicht für möglich?«

»Aber nein! Nicht Iva! Iva gut!«

»Und Sie wissen wirklich nicht, wo sie sich zurzeit aufhält?«

»Wenn wüsste, dann ich jetzt dort und betteln, kommen zurück. Ich sterben ohne Iva.« Aus schwimmenden Augen starrte er mich an. »Ich sterben!«

»Sie sprechen ziemlich gut Deutsch«, sagte ich, als ich mich erhob.

»Iva mich gezwungen.« Ratko nickte ernst. »Ich erst nicht wollen. Nicht denken, so lange bleiben. Aber Iva sagen, wo man ist, man muss können Sprache. Sie kaufen Buch. Und jede Abend lernen. Jede Abend. Iva so zäh. Iva Katze. Aber ich dumm.«

»Angelina Sereno ist unverheiratet«, berichtete mir meine unersetzliche Sekretärin während der Rückfahrt in die Innenstadt am Telefon. »Sie arbeitet bei der Heidelberger Zement in Leimen als Fremdsprachensekretärin. Ihren Jungen gibt sie tagsüber zu einer Nachbarin im Erdgeschoss.«

»Dafür dass Sie kaum mehr als eine Viertelstunde Zeit hatten, haben Sie eine Menge herausgefunden!«

Sönnchen lachte stolz. »Diese Nachbarin singt auch in einem Gesangsverein. Nicht im selben wie ich, aber so was verbindet halt. Drum hat sie mir auch im Vertrauen verraten, dass Frau Sereno Ende September ein paar Tage verreist gewesen ist. Den Jungen hat sie bei ihr gelassen.«

»Jeder macht mal Urlaub.«

»Schon. Aber erstens ist das damals ziemlich hopplahopp gegangen mit der Reise, und zweitens war es vom einundzwanzigsten bis zum fünfundzwanzigsten September, also genau in der Zeit, in der Tim verschwunden ist. Und außerdem hat sie ihren Sohnemann sonst immer mitgenommen, wenn sie mal ein paar Tage weggefahren ist. Das sei alles ein bisschen komisch gewesen mit diesem Urlaub, sagt die Nachbarin. Erst hat sie gedacht, es steckt vielleicht ein neuer Mann dahinter.«

»Woher kommt Frau Sereno?«

»Aus Kroatien, meint sie. Aber ihre Muttersprache ist Italienisch.«

»Und weiß die Nachbarin auch, wo sie hingefahren ist?«

»Nein. Auch das hat sie ziemlich gewundert, weil sie ihr sonst eigentlich alles erzählt. Einen Hinweis gibt es aber: Sie hat ihr ein paar Flaschen italienischen Rotwein mitgebracht, als Dank fürs Kinderhüten. Und dieser Wein, der war aus der Gegend von Triest.«

Beim letzten Wort entstand etwas in meinem Kopf. Man konnte es noch nicht Idee nennen. Es war nicht einmal ein Gedanke, kaum mehr als ein Gefühl. Da gab es einen Zusammenhang, den ich noch nicht fassen konnte. Plötzlich war ich sicher, dass die Lösung vor mir lag. Dass ich nur zugreifen musste.

Aber so sehr ich auch grübelte an diesem Samstag, ich fand sie nicht.

Den Nachmittag über saß ich abwechselnd in meinem Sessel und versuchte Musik zu hören oder tigerte ruhelos in der Wohnung herum. Der Sturm hatte sich gegen Mittag plötzlich gelegt.

271

Dafür hatte es wieder einmal zu regnen begonnen. In der Stadt hatte es einige Glatteisunfälle gegeben, hörte ich im Radio.

Meine Töchter verbrachten den ganzen Tag mit Proben. Am nächsten Abend würde nun ihr erster Auftritt sein. Im Gemeindezentrum der Christuskirche, praktischerweise nur zweihundert Meter von unserer Wohnung entfernt. Eine halbe Stunde würden sie singen dürfen, als Vorgruppe für eine Band, die ebenfalls kein Mensch kannte. Dennoch waren sie natürlich restlos aus dem Häuschen, und es gab nichts anderes mehr für sie als ihren allerersten Auftritt vor Publikum, der zweifellos der Beginn einer atemberaubenden Karriere sein würde.

Den Gitarristen und den Schlagzeuger hatte ich gestern Abend kurz kennengelernt, als ich sie nach der Probe abholte. Zuhören war allerdings verboten gewesen, weil das Unglück brachte, wurde ich belehrt. Die beiden Jungs waren schon zwanzig und passten perfekt in Sams Konzept einer Sauber-und-anständig-Gruppe. Außerdem hatte ich bei dieser Gelegenheit auch den Namen der zukünftigen Erfolgsband erfahren, der so genial wie einfach war: »The Twins«.

Erst gegen Abend bekam ich meine abgekämpften, aber durch und durch glücklichen Mädchen wieder zu Gesicht. Ihre Augen glühten. Die Generalprobe war ein Erfolg gewesen, und Sam war über alle Maßen begeistert.

»Paps«, begann Sarah, nachdem das Thema durch war, »möchtest du wissen, warum die Tante auf Korfu ihren Jungen adoptiert hat?«

Ich nahm die Fernbedienung in die Hand und stellte die Musik leiser.

»Natürlich.«

»Sams Freund meint, sie kann angeblich keine Kinder kriegen«, erklärte Louise mit einer Miene, als hätten sie eine welterschütternde Entdeckung gemacht.

Wieder war da plötzlich dieses Gefühl, dieser leise Schrecken. Aber warum? Muriel Jörgensens Schwester konnte keine Kinder gebären. Was war so außergewöhnlich daran?

»Du sagst doch immer, jedes Puzzleteil kann wichtig sein.«

Charlie Parker und Miles Davis spielten einen verträumten Blues. Vor den Fenstern fiel der eiskalte Regen.

Und plötzlich formte sich alles zum Bild. Tims Tante konnte keine Kinder gebären. Warum war ich Idiot nicht längst darauf gekommen?

Meine Töchter sahen mich an.

Sie sahen sich an.

Dann wieder mich.

»Ist irgendwas, Paps?«

»Ich glaube, ihr habt eben den Fall Tim Jörgensen gelöst«, sagte ich, vor Aufregung ein klein wenig heiser.

29

Muriel Jörgensen war immer noch erschreckend blass. Es war später Nachmittag, als ich sie besuchte, an einem Montag. Erst vor wenigen Stunden hatte sie auf eigenen Wunsch und gegen den nachdrücklichen Rat der Ärzte die Klinik verlassen. Ich selbst hatte eher zufällig davon erfahren, als ich wieder einmal dort anrief, um endlich die Erlaubnis für ein weiteres Gespräch zu erbetteln. Über eine Woche hatte ich ungeduldig auf die Gelegenheit gewartet, mir endlich bestätigen zu lassen, was ich bis dahin nur vermuten konnte.

Die Premiere meiner Töchter war ein kleiner Erfolg gewesen. Sogar eine zweizeilige Erwähnung in der Zeitung hatte es gegeben, die mittlerweile sorgfältig gerahmt in ihrem Zimmer hing. Inzwischen hatten sie sich von den Aufregungen wieder halbwegs erholt. Wie es nun weitergehen würde, war im Moment nicht klar. Sam hatte sich dazu noch nicht geäußert. Möglicherweise sollte es in der Weihnachtszeit noch weitere Auftritte geben, vielleicht aber auch nicht.

»Sie kommen heute allein?«, fragte Tims Mutter mit ausdrucksloser Miene, als sie mir nach hartnäckigem Klingeln endlich die Tür öffnete. Sie wirkte, als wäre sie betrunken, und schien sich kaum auf den Beinen halten zu können.

Man soll von geretteten Selbstmördern keine Wiedersehensfreude erwarten.

»Darf ich hereinkommen?«

Wortlos wandte sie sich um und ließ die Tür offen stehen.

Noch immer regnete es. Die ganze letzte Woche hatte es geregnet. Mit dicken Schneeflocken durchmischt, fielen die Tropfen schwer und senkrecht und unentwegt zur Erde.

Ich stellte meinen durchnässten Schirm offen auf den gefliesten Boden des Flurs, hängte den feuchten Mantel an die Garderobe und folgte ihr ins Wohnzimmer, in dem es auch heute nicht wirklich hell war.

»Haben Sie nicht geheizt?« Ich rieb meine kalten Hände.

Sie stand am Fenster, sah hinaus und wandte mir den Rücken zu. »Für wen?«, fragte sie zurück.

»Für sich selbst vielleicht?«

Sie zuckte nur die schmalen Schultern, über die sie eine grob gestrickte, tannengrüne Jacke geworfen hatte. Sie musste entsetzlich frieren. Durch Dunst und Schneeregen waren die beiden Rosenbüsche am hinteren Ende des Gartens nur schemenhaft zu erkennen.

»Ich wusste nicht, dass es Rosen gibt, die im November noch blühen.«

»Für Kinder, die zu früh zur Welt kommen, gibt es keine Gräber«, sagte sie anstelle einer Antwort.

Früher als gedacht waren wir beim Thema. Muriel Jörgensen hatte zwei Fehlgeburten erlitten, hatte ich inzwischen in Erfahrung gebracht, und die Rosenstöcke ersetzten ihr die nicht vorhandenen Gräber. Totgeburten, die weniger als fünfhundert Gramm wiegen, wurden in Deutschland bis vor kurzem nicht bestattet, sondern entsorgt.

»Soll ich uns einen Tee kochen?«, schlug ich nicht ganz uneigennützig vor. »Und haben Sie schon etwas gegessen?«

Da sie nicht reagierte, ging ich schließlich in die Küche, fand, was ich brauchte, und setzte Wasser auf. Es gab eine große gläserne Kanne, Teebeutel, Zucker, altmodische, chinesisch bemalte Tassen. Sogar ein Stövchen und eine noch ungeöffnete Dose englischer Butter-Cookies waren vorhanden. Minuten später betrat ich mit einem Tablett in den Händen wieder das Wohnzimmer.

Muriel Jörgensen schien sich um keinen Millimeter bewegt zu haben.

»Es ist angerichtet«, versuchte ich zu scherzen. »Ein heißer Tee wird Ihnen guttun.«

Wieder erhielt ich keine Antwort. So schenkte ich eine Tasse voll und brachte sie ihr. Sie gönnte mir keinen Blick, als sie sie entgegennahm. Ich setzte mich an den Couchtisch, füllte die zweite Tasse und nahm zwei, drei winzige Schlucke, die nicht wärmten. Allein vom Anblick des schmalen, geraden Rückens am Fenster wurde mir sofort wieder kalt.

»Stellen Sie Ihre Fragen, und dann gehen Sie bitte«, sagte sie unvermittelt.

»Heute habe ich keine Fragen. Ich möchte mit Ihnen über Tim sprechen. Und über Sie. Und über Iva.«

»Sie wissen also schon alles.«

»Das glaube ich nicht.« Langsam, sehr langsam wurde mir wärmer im Magen. Meine Finger blieben jedoch kalt und steif.

Der Regen schien noch stärker geworden zu sein, die Dunkelheit weiter zugenommen zu haben. Ein Wetter, um sich das Leben zu nehmen. Ich suchte den Schalter der Tiffanylampe auf dem Ecktisch und knipste sie an. Sie verbreitete warmes Licht, und nun konnte ich plötzlich Muriel Jörgensens Spiegelbild im Fensterglas sehen. Dieser Umstand war für das, was nun folgen würde, möglicherweise von Vorteil.

»Heute Vormittag sind endlich die Ergebnisse aus dem Labor in Wiesbaden eingetroffen«, begann ich.

»Welche Ergebnisse?«, fragte sie teilnahmslos.

»Der Untersuchung des Erpresserbriefs. Es wurden leider keine Spuren daran gefunden, die uns einen Hinweis auf den oder die Entführer geben könnten. Der Mensch, der ihn angefertigt hat, wusste sehr genau, was er tat.«

»Wundert Sie das?«

»Natürlich nicht. Das eigentlich Interessante an dem Bericht ist für mich aber die Stellungnahme der forensischen Linguistin.«

»Was ist das?«

»Eine Spezialistin für die Auswertung des Schreibstils.« Ich zog ein Papier aus der Innentasche meines Jacketts, faltete es auseinander und begann zu lesen: »Der Verfasser oder die Verfasserin hat vermutlich Abitur, mit gewisser Wahrscheinlichkeit sogar einen Hochschulabschluss. Er dürfte einem gebildeten, bürgerlichen Milieu entstammen. Die deutsche Orthografie beherrscht er fehlerlos. Stil und Wortwahl lassen auf mittleres Alter schließen. Die Gesamtsicht legt die Vermutung nahe, dass der Text von einer gebildeten, möglicherweise weiblichen Person im Alter zwischen dreißig und fünfzig Jahren verfasst wurde.«

Während ich las, beobachtete ich die Frau am Fenster ständig. Äußerlich blieb sie völlig ruhig. Aber ihr Blick im Spiegel des Fensterglases hatte sich verändert. Sie beobachtete jetzt mich.

Inzwischen war mein Tee so weit abgekühlt, dass man ihn trinken konnte. Ich leerte die Tasse und füllte sie sofort wieder auf.

»Ich will Ihnen die Geschichte erzählen, so wie ich sie mir zusammenreime. Manches weiß ich, vieles kann ich nur vermuten.«

»Wird am Ende Ihrer Geschichte eine Verhaftung stehen?«, fragte sie so ruhig, als ginge es um das Schicksal einer Fremden.

»Nein. Möchten Sie noch Tee?«

»Wenn ich dabei hier stehen bleiben darf.«

Ich erhob mich und füllte ihre Tasse. Einige Tropfen gingen daneben, aber sie schien es nicht zu bemerken. Wieder an meinem Platz, faltete ich die Hände, sah auf den Tisch und begann mit meiner Erzählung.

»Meine Geschichte beginnt mit einer einsamen Frau. Einer Frau, deren Mann oft für lange Zeit nicht zu Hause ist. Sie hatte es nie leicht im Leben, obwohl sie in wohlhabenden Verhältnissen aufgewachsen ist. Im Grunde hat sie jedoch alles bis auf eines: ein Kind.«

»Ich weiß nicht, was sie mit den toten Kindern machen«, flüsterte sie wie zu sich selbst. »Ich will es auch nicht wissen. Aber begraben werden sie nicht.«

»Der Kinderwunsch der Frau wird von Jahr zu Jahr brennender. Zwei Schwangerschaften scheitern, und irgendwann muss sie sich eingestehen, dass sie niemals Mutter sein wird.« Auch ohne hinzusehen, bemerkte ich, wie ihre Hände mit der Tasse allmählich herabsanken.

»Sie mischt sich nicht gerne unter Leute. Sie lebt zurückgezogen in ihrem viel zu großen Haus, und oft ist ihr kalt.«

Täuschte ich mich, oder war das Geräusch des Regens leiser geworden?

»Eines Tages findet sie eine Freundin. Ein großer Lichtblick in ihrem stillen Leben. Zunächst ist diese Freundin allerdings nur eine Hausangestellte. Aber sie ist so lebendig und so stark und lebensfroh. Sie lacht gerne und viel, obwohl auch sie Schlimmes durchgemacht hat und außerdem unter einem gewalttätigen Mann zu leiden hat.«

Muriel Jörgensen lauschte still. Dann, als wäre sie plötzlich aufgewacht, nahm sie die Tasse wieder hoch, um daran zu nippen.

»Eines Tages geschieht etwas, was sich erst nach einiger Zeit als Glücksfall herausstellt. Zunächst einmal ist es ein Problem: Die Freundin wird schwanger.«

Ich machte eine Pause, um das letzte Wort wirken zu lassen.

»Aber sie will und kann das Kind nicht bekommen. Sie lebt illegal in Deutschland, sie hat keine Papiere, vermutlich auch keine Krankenversicherung und vor allem zu wenig Geld, um ein Kind großzuziehen. Hinzu kommt: Ihr halb wahnsinniger und alkoholkranker Mann taugt nicht zum Vater. Vielleicht fürchtet sie sogar, er könnte dem Kind etwas antun. Der einzige Ausweg scheint eine Abtreibung zu sein. Aber auch dazu fehlt ihr das Geld. So beichtet sie ihr Problem schließlich ihrer Arbeitgeberin und Freundin. Und dann haben die beiden eine geradezu geniale Idee.«

Noch immer hatte sich ihre Haltung nicht verändert.

»Ich nehme an, Tim ist nicht wirklich auf Korfu zur Welt gekommen?«

»Doch«, hauchte sie und hustete. »Iva hat sich um alles gekümmert. Sie kennt so unglaublich viele Menschen, überall hat sie Freunde. Was Iva in die Hand nimmt, ist plötzlich kein Problem mehr.«

Draußen verdämmerte das letzte Licht des Tages. Die Rosenbüsche waren längst nicht mehr zu sehen.

»Wie auch immer«, fuhr ich fort. »Einige Monate später ist die einsame, kinderlose Frau auf wundersame Weise plötzlich Mutter eines süßen kleinen Jungen, und ihre Freundin hat eine riesengroße Sorge weniger. Das Schöne, das geradezu Wunderbare an ihrem gemeinsamen Plan ist, dass Tim sogar zwei Mütter hat, die ihn gemeinsam verhätscheln und erziehen. Zwei Mütter, die sich blendend verstehen. Die leibliche Mutter kann ihr Kind fast ständig um sich haben. Und die andere hat endlich, was sie sich mehr gewünscht hat als jemals etwas zuvor in ihrem Leben.«

Im Spiegel des Fensterglases sahen wir uns in die Augen.

»Nur eine Kleinigkeit ging leider schief. Ihre Hoffnung, Ihren Mann durch das Kind zurückzugewinnen, erfüllte sich nicht. Ich vermute, er weiß nichts von Ihrer Unfruchtbarkeit. Vielleicht wussten Sie selbst es noch nicht so lange. Vielleicht haben Sie es ihm verschwiegen, um in seinen Augen nicht das letzte bisschen Respekt zu verlieren.«

»Respekt?« Ihr Lachen misslang kläglich. »Hermann hat niemals Respekt vor mir gehabt.«

»Er liebt Sie.«

»Sagt er das?«, fragte sie ungläubig.

»Und ich glaube es ihm sogar.«

»Merkwürdig«, flüsterte sie.

»Was hat Sie eigentlich zu ihm hingezogen, wenn ich fragen darf?«

Sie schien tatsächlich überlegen zu müssen. »Stärke«, erwiderte sie endlich. »Hermann war so unglaublich stark. Ein Baum, an den man sich klammern konnte, wenn man Angst hatte. Ein Bär, der auch für die größte Kälte genug Wärme hat. Eine Lokomotive, die einen aus jedem noch so tiefen Morast zog.« Muriel Jörgensen nestelte ein Taschentuch aus dem Ärmel und schneuzte sich. Sie schien jedoch noch immer nicht zu weinen. »Leider hat er seine Bärenwärme nicht nur mit mir geteilt. Nicht einmal am ersten Tag unserer Ehe. Er war am Abend der Hochzeit, als alles tanzte, für zwei Stunden verschwunden. Als er zurückkam, sagte er, er hätte sich den Magen verdorben. Erst viel später habe ich durch einen dummen Zufall herausgefunden, dass er bei seiner damaligen Geliebten war. Um sie zu trösten, wie er es nannte, als ich ihn zur Rede stellte.«

Wieder dieses kläglische Lachen, das einem wehtat. Und wieder schwiegen wir eine Weile. Aber es war jetzt kein gespanntes, unheilschwangeres Schweigen mehr.

»Aber auch auf der anderen Seite gab es Probleme«, fuhr ich fort. »Ivas Mann wurde immer unerträglicher ...«

»Das stimmt«, fiel mir Muriel Jörgensen mit überraschend fester Stimme ins Wort. »Manchmal konnte Iva tagelang nicht kommen, weil sie sich in ihrem Zustand nicht an die Öffentlichkeit wagte. Und gegen Ende wurde es dann wirklich furchtbar. Einmal hätte Ratko sie fast umgebracht. Später hat sie immer öfter hier bei uns geschlafen oder bei Angelina, ihrer Freundin.«

»Ich vermute, auch Ihr Vater hat sein Teil dazu beigetragen, dass die Idylle mehr und mehr Risse bekam.«

»Vater hat Tim von Anfang an abgelehnt. Wir haben nie darüber gesprochen, auch nicht, als er noch klar im Kopf war. Er muss etwas geahnt haben. Erst hat er nur geschimpft und genörgelt. Aber im Frühjahr, da wurde es dann richtig schlimm. Ich musste tatsächlich Angst haben, dass er Tim etwas antut. Und dann kam auch noch Hermann zurück, und plötzlich gab es nur noch Streit. Er hatte sich so verändert. Vermutlich die ersten Anzeichen seiner Krankheit.«

Nun war ihr Blick im Spiegelglas plötzlich wieder furchtsam. Aber ich konnte ihr den letzten Teil der Geschichte nicht ersparen.

»Ich weiß, dass Iva einige Zeit auch bei der Familie Sander geputzt hat. Sie war sozusagen hautnah dabei, als Gundram verschwand. Das hat sie dann vielleicht später auf die Idee gebracht.«

Muriel Jörgensen nippte an ihrem Tee.

»Und eines Tages waren dann plötzlich alle weg. Ihr Mann und Iva und – das war natürlich das Schlimmste – Tim. Und die Hauptperson meiner Erzählung, deren so mühsam und geduldig ausbalanciertes Leben innerhalb weniger Wochen in die Brüche gegangen war, konnte ihren kleinen Sohn nicht einmal als vermisst melden. Sie musste ja fürchten, der ganze Schwindel – bitte entschuldigen Sie das hässliche Wort – könnte auffliegen.«

»Falls es so wäre«, fragte sie leise, »würde sie denn angeklagt werden?«

Ich sah in meinen Tee. »Einem kreativen Staatsanwalt würde

sicherlich eine Menge zu unserer Geschichte einfallen. Urkundenfälschung, Vortäuschung einer Straftat und so weiter. Alles keine Kavaliersdelikte, aber auch nichts Überwältigendes. Das Urteil würde milde ausfallen. Und ich persönlich bin der Meinung, dass Sie Ihre Strafe längst verbüßt haben.«

»Ich büße noch«, wandte sie ernst ein. »Und ich werde es bis ans Ende meines Lebens tun.«

»Ich nehme an, Tim und Iva sind in Serbien?«

»In Montenegro. In einem kleinen Dorf nicht weit von Bar. Iva hat dort Verwandte. Entfernte Verwandte, die Ratko nicht kennt. Er wird sie dort nicht finden. Aber bisher hat er es offenbar nicht einmal versucht.«

»Telefonieren Sie hin und wieder?«

Mutlos schüttelte sie den Kopf. »Herr Pretorius sagt, sie haben kein Telefon. Aber ich denke eher, Iva will nicht mit mir sprechen.«

Inzwischen war mir, vielleicht durch den Tee, endlich ein wenig warm geworden.

»Möchten Sie sich nicht endlich setzen? Es ist mir unangenehm zu sitzen, während die Hausherrin steht.«

»Mir ist es lieber so«, erwiderte sie. »Und falls Sie das beruhigt: Ich bin hier nicht die Hausherrin. Das Haus gehört Vater. Noch.«

»Noch?«

»Ich habe mich entschlossen, ihn entmündigen zu lassen. Es geht ihm ja offenbar ganz gut, dort, wo Sie ihn untergebracht haben. Und ich bin all dem nicht gewachsen. Hermann darf ich nicht helfen, und meinem Vater kann ich nicht helfen. Ich gehe zugrunde, wenn ich noch länger mit ihm zusammenlebe. Es geht über meine Kraft.«

»Dann werden Sie in Zukunft ganz allein hier wohnen?«

»Vielleicht werde ich das Haus verkaufen. Vielleicht fahre ich nach Montenegro und besuche Iva und Tim. Das Dorf ist nicht weit vom Meer. Es ist keine schöne Küste dort, hat mir Herr Pretorius erzählt. Viele Felsen, steinige Ufer und nur wenig Strand. Aber es ist das Meer. Geld werden wir genug für drei haben, das Haus ist schuldenfrei.«

»Iva wird sich freuen.«

»Meinen Sie?«

»Ich bin sicher. Und vor allem Tim wird Sehnsucht nach Ihnen haben. Wann werden Sie fliegen?«

»Ich habe mich ja noch gar nicht entschieden!«

»Gestatten Sie, dass ich Ihnen einen Vorschlag mache?«

Jetzt, endlich, wandte sie sich um. Sah mir fragend ins Gesicht.

»Sie unterschreiben mir eine Vollmacht, und ich werde mich hier um alles Notwendige kümmern. Wenn Sie einwilligen, dann sind Sie Ende dieser Woche bei Ihrem Sohn. Das Wetter soll im Augenblick noch ganz gut sein an der Adria.«

»Das würden Sie für mich tun?«, fragte sie ungläubig. »Weshalb?«

»Ich denke, ich bin Ihnen einiges schuldig.«

Mit müden kleinen Schritten kam sie auf mich zu, stellte die leere Tasse mit einem Rest kaltem Tee ungeschickt auf den Tisch, sank auf die vordere Kante der Couch wie ein unwillkommener Gast, der nur auf einen Sprung vorbeischaut. Eine Weile starrte sie auf ihre blassen, so zerbrechlichen Hände.

Dann hob sie zögernd den Blick.

»Danke dafür, dass Sie das gesagt haben«, sagte sie sehr leise und sehr ernst.

»Dass ich Ihnen etwas schuldig bin?«

»Nein. Dass Tim mein Sohn ist.«

30

Mit einem Mal klappte alles wie am Schnürchen. Muriel Jörgensen unterschrieb einige Papiere und stellte mit tatkräftiger Unterstützung von Sönnchen den Antrag auf Entmündigung ihres Vaters, organisierte seine Unterbringung in dem Heim, wo er bereits zu Gast war, und schon am Freitag derselben Woche fuhr sie allein und mit wenig Gepäck nach Frankfurt, um von dort nach Podgorica zu fliegen. In der Zwischenzeit war es mir gelungen, Kontakt mit dem Polizeiposten in Pečurice aufzunehmen, dem Dorf, wo Iva und Tim sich nun schon seit zehn Wochen aufhielten. Die Kollegen, von denen einer zum Glück leidlich Deutsch sprach, stellten den Kontakt zu Iva her.

Beim ersten Telefonat zwischen Tims Müttern war ich auf Muriels ausdrücklichen Wunsch anwesend. Iva war völlig aus dem Häuschen, Muriel weinte, Tim freute sich und weinte abwechselnd und fragte nach seiner Mama, woraufhin am Ende beide Mütter weinten. Mit dem Geld, das Muriel durch den Verkauf des Hauses mitbringen würde, konnten dort unten drei Menschen jahrzehntelang sorgenfrei leben. Noch am Telefon begannen sie, Pläne zu schmieden für ein kleines Haus mit Blick aufs Meer.

Für uns, für die Polizei, gab es nichts mehr zu tun. Tim war dort, wo er hingehörte, bei der Frau, die ihn geboren hatte. Dass eine Mutter ihr leibliches Kind zu sich nimmt, kann man auch mit bösem Willen nicht Entführung nennen.

So war die Einstellung des Verfahrens kein allzu großes Problem. Muriel Jörgensen hatte ihren Sohn nie offiziell als vermisst gemeldet. Mit etwas Bauchgrimmen konnte ich auch behaupten, sie habe seine Entführung nicht angezeigt. So war Frau Dr. Steinbeißer zwar konsterniert, unterschrieb aber schließlich die entsprechende Verfügung, da ich ihr versichern konnte, Mutter und Sohn seien wohlbehalten in Montenegro aufgetaucht und von der dortigen Polizei zweifelsfrei identifiziert worden.

Die Einzige, die sich in der Sache unbestreitbar strafbar gemacht hatte, war Angelina Sereno, Ivas Freundin. Ohne ihre Hilfe wäre es Iva nie und nimmer gelungen, Tim über alle Grenzen hinweg in den Süden zu schmuggeln. In ihrem kleinen Skoda waren sie Ende September zu dritt nach Süden aufgebrochen. An den Grenzen hatten sie für Tim den Kinderausweis von Frau Serenos Sohn vorgezeigt, der ungefähr im selben Alter war und Tim mit etwas Mühe auch ein wenig ähnlich sah. Die Zöllner dieser Welt achten nämlich streng darauf, dass keine Kinder illegal über Grenzen verbracht werden.

Auch der Verkauf des Jörgensenschen Anwesens verlief überraschend problemlos. Der Bedarf nach Immobilien scheint im Großraum Heidelberg unstillbar zu sein. Marie von Heerfeldt hatte das Objekt auf eine halbe Million geschätzt, und der Preis, den sie am Ende erzielte, lag sogar noch ein wenig höher.

Anfangs telefonierte ich hin und wieder mit den beiden Müttern. Selbst an der Adria war das Wetter Ende November schlecht geworden, und jetzt regnete es dort fast noch mehr als bei uns. Dennoch waren die drei ein Herz und eine Seele.

Auch mit Sven Balke ging es endlich wieder aufwärts. Er gähnte nicht mehr ständig, und sein Blick war hin und wieder so unternehmungslustig wie früher, in seinen wilden Zeiten. Sein Handy meldete plötzlich wieder häufiger den Eingang einer SMS zu den unpassendsten Zeiten. Er war wieder auf der Piste.

An einem stürmischen Montagmorgen überraschte Klara Vangelis die halbe Polizeidirektion dadurch, dass sie handgeschriebene Einladungen zu ihrer Hochzeit verteilte. Mitte Januar würde das Fest steigen, natürlich in der Taverne ihrer Eltern in Dossenheim, die ich bei diesem Anlass endlich auch einmal kennenlernen würde. Eine Weile hielt sich das Gerücht, sie sei mit einem Kollegen verbandelt, aber schließlich stellte sich heraus, dass sie sich einen jungen Ladenburger Zahnarzt angelacht hatte.

»Echo of a night« erreichte Platz eins in den deutschen Charts und schien sich dort eine Weile halten zu wollen.

Die »Twins« hatten tatsächlich noch einen zweiten Auftritt in einem heruntergekommenen Jugendtreff im Norden Mannheims, der leider desaströs schlecht besucht war und in Streit und Tränen endete. In Französisch schrieben sie eine Zwei und eine Drei.

Mitte Dezember begann es zu schneien, was man in Heidelberg nicht häufig erlebt. Aber noch bevor die Bewohner recht zum Schneeschippen kamen, taute es schon wieder, und die ungezählten Weihnachtseinkäufer packten wieder die Regenschirme ein und ließen die Wintermäntel zu Hause. Auch ich hatte begonnen, mir um Geschenke Gedanken zu machen. Für Theresa hatte ich eine CD gekauft, von der ich hoffte, dass sie ihr gefiel. Saxofon, was sonst. Einige der Stücke darauf hatten wir schon live in unserer neuen Wohnung gehört. Wegen der Geschenke für meine Töchter hatte ich wieder einmal Sönnchen um Rat bitten müssen.

Noch immer war es uns nicht gelungen herauszufinden, woher das zweite Kind kam, das Adam Crocoll in seinem Garten begraben hatte. Vielleicht würde dieser Fall für immer ungelöst bleiben.

Am zwanzigsten Dezember, inzwischen hatte ich längst neue Fälle im Kopf und auf dem Tisch, erhielt ich spät abends einen Anruf aus Montenegro, der dazu führte, dass ich am nächsten Vormittag noch einmal Hermann Jörgensen aufsuchte.

31

Ich konnte seinen nahen Tod förmlich riechen. Das vor Wochen trotz der Krankheit noch breite, trotzige Gesicht war eingefallen, die Miene ohne Hoffnung, die Stimme kraftlos.

»Was wollen Sie denn schon wieder?«, brummte er, als seine Pflegerin mich zu ihm brachte.

Inzwischen musste er in seinem Rollstuhl angegurtet werden, um nicht herauszufallen. In die Nase führen zwei durchsichtige Schläuche, deren anderes Ende mit einer Sauerstoffflasche verbunden war. Aus seinem linken Mundwinkel lief ein dünner Speichelfaden. Leona ohne Nachnamen zückte ein kariertes Tuch und wischte ihn sorgfältig ab.

»Es gibt da noch etwas, das Sie wissen sollten.«

Ich fasste in wenigen Sätzen zusammen, was in den letzten drei Monaten mit dem Kind geschehen war, das er nie als seinen Sohn akzeptiert hatte.

»Das ist ja ein Ding«, sagte er nur. »Und jetzt leben sie also auf dem Balkan? Wie hält Muriel das aus? Sie ist doch sonst so pingelig in allem. Allein der Anblick von Schmutz löst bei ihr einen allergischen Schock aus.«

»Es geht ihr ganz gut, soweit ich weiß.«

»Sie haben mit ihr telefoniert?«

»Und mit Iva. Ich soll Sie grüßen.«

»Danke.«

»Es ist ein bisschen eng, aber das wird sich bald ändern. Erst wollten sie ein Haus bauen. Jetzt wollen sie doch lieber eines kaufen. Das ist in Montenegro kein Problem. Viele Häuser stehen leer.«

»Gibt es wenigstens eine Schule für den Jungen?«

»Bis dahin ist ja noch ein bisschen Zeit. Aber es gibt eine, habe ich mir sagen lassen. Er kann sogar schon ein wenig Serbisch.«

»Na, dann ist ja alles prima. Dann können Sie ja jetzt wieder gehen. Ich bin ein bisschen müde geworden, wie Sie sehen.«

Wieder musste sein Mundwinkel abgewischt werden. Er versuchte den Kopf wegzudrehen, wollte sogar die Frau beiseite schieben, aber sie war stärker und geschickter als er.

»Sie sind ja immer noch da«, knurrte er, als die Prozedur überstanden war. Sein Atem ging rasselnd. Der Sauerstoff zischte leise.

»Haben Sie gewusst, dass Tim nicht der Sohn Ihrer Frau war?«

»Geahnt. Geahnt habe ich es. Sie ist bei so unendlich vielen Quacksalbern gewesen, und das Ergebnis war doch immer das Gleiche: Sie konnte keine Kinder mehr bekommen nach der zweiten Fehlgeburt. War das ein Geheule und Gejammer von morgens bis abends. Und dann, auf einmal, ruft sie an und verkündet, sie sei schwanger, und alles liefe diesmal ganz problemlos.«

Jörgensen musste eine lange Pause machen, um wieder zu Atem zu kommen. Dann fuhr er fort:

»Und ich konnte mich nicht einmal daran erinnern, dass ich in der fraglichen Zeit mit ihr geschlafen hätte. Aber – na ja – werde ich wohl mal wieder besoffen gewesen sein, habe ich gedacht. Und im Grunde war's mir ja auch egal. Muriel kriegte endlich das Kind, das sie so unbedingt wollte, und war glücklich. War doch alles prima.«

»Bis auf eine winzige, aber wichtige Kleinigkeit.«

»Was?«

»Es geht um Tims Vater.«

Jörgensen brachte ein schiefes Grinsen zustande.

»Ratko, die alte Ratte. Hätte nie gedacht, dass der überhaupt noch einen hochkriegt. Der arme Kerl kann einem leidtun, wenn man Iva kennt. Sie ist eine Katze.«

»Ratko ist nicht Tims Vater.«

Mühsam hob er den Kopf. »Was Sie nicht sagen! Wer dann?«

»Können Sie sich auch nicht mehr daran erinnern, dass Sie damals hin und wieder mit Iva geschlafen haben?«

Ein Schimmer von Fröhlichkeit stahl sich in seine Augenwinkel.

»Die kleine Iva ist ein ganz schön freches Stück. Hat mich nicht viel Überredung gekostet, sie rumzukriegen, aber ... Moment mal ...?«

Über sein graues, vom Tod gezeichnetes Gesicht tobte ein Sturm aus Angst, Freude, verständnislosem Schrecken, ungläubigem Glück.

»Ich ...?«

»Sie.«

»Sie ... sie hat gesagt, sie nimmt die Pille!«

»Tja.«

Lange war es still. Der Sauerstoff zischte. Irgendwo tickte eine elektrische Uhr. Hermann Jörgensen starrte auf einen bestimmten Punkt an der Wand, wo es absolut nichts zu sehen gab. Hin und wieder schüttelte er den Kopf, bewegte stumm den Mund. Einmal grinste er blöde, um im nächsten Moment wieder ernst zu werden.

Schließlich suchte er meinen Blick und winkte mich zu sich.

»Erwarten Sie jetzt bloß nicht«, flüsterte er und hustete. »Erwarten Sie jetzt bloß nicht, dass ich mich dafür bedanke, dass Sie mir den verdammten Revolver abgenommen haben, Herr Kriminalrat.«

Nur um ihn zu ärgern und obwohl ich von meiner kommenden Beförderung offiziell noch immer nichts wusste, verbesserte ich: »Wenn schon, dann Kriminaloberrat, bitte.«

Er grinste sein Totenkopfgrinsen und drückte meine Hand mit aller Kraft, die ihm noch geblieben war.